Love, Come To Me
by Lisa Kleypas

ふるえる愛の灯火に

リサ・クレイパス
平林 祥［訳］

ライムブックス

LOVE, COME TO ME
by Lisa Kleypas

ふるえる愛の灯火に

主要登場人物

ヒース・レイン……………………米南北戦争後、北部の町コンコードに移り住んだ青年
ルーシー（ルシンダ）・コールドウェル……コンコードで生まれ育ち、父親とふたりで暮らす娘
ダニエル・コリアー……………ルーシーの婚約者
デイモン・レドモンド…………ボストン名家の三男。ヒースの友人
サリー・ハドソン………………ルーシーの親友
ルーカス・コールドウェル……ルーシーの父親。雑貨店経営者
エイミー・プライス……………ヒースの異母妹
クレイ・プライス………………ヒースの異母弟
レイン（ラレイン）・プライス……ヒースの義理の妹
ヴィクトリア・プライス………エイミーとクレイの母親

1

冷たい風にうなじをなぶられ、ヒースは上着の襟を立て、歯を食いしばって悪態をついた。ニューイングランドの冬は初めてだ。どうやらここは、場ちがいな南部人に優しい土地ではないらしい。ブーツ越しにも、大嵐のたびに降り積もった雪が固い層を成しているのが感じられる。幾度となく降り積もっては凍った雪が完璧に解けるのは、この分では六月ころになるかもしれない。

こうして地元民のような分厚いウールの服をまとっていても、新参者なのは誰の目にも明らかだろう。ブロンズ色の肌は、南部の陽射しに長年焼かれてきたあかしだ。一八〇センチという身長は、ケンタッキーやヴァージニアでは珍しくもなんともないが、ここでは細身で小柄な地元民を見下ろす格好になってしまう。まっすぐな青碧《せいへき》の瞳は、ニューイングランドの人びとを不安にさせるらしい。故郷では見知らぬ者同士でも道ですれちがえばあいさつを交わしたものだが、この地で他人の瞳を見つめていいのは、子どもと旧友と仕事仲間だけのようだ。マサチューセッツの住民は、自分たちがどんなに奇異な人間かわかっていない。彼らはなぜ、他人にああも冷たくよそよそしく接するのか、ああも奇妙なユーモアセンスを持ちあわせているのか。きっと、この気候のせいなのだろう。

そこまで考えたところで、ヒースは笑みをもらした（彼がほほえむと、故郷のヘンリコ郡中の女性が胸をときめかせたものだ）。それから、斧の柄を握る手に力をこめた。ストーブにくべる薪を、もっと切っておかなければならない。薪も石炭も、あっという間になくなってしまう。去年の春に買った小さな家を、常に暖かくしておくためだ。外は凍えるほどに寒くて、口笛を吹くのも難しい。それでもヒースは歩きながら、南北戦争時の流行歌「ポトマック川戦線異状なし」をまずまずの調子で吹きつづけた。

やがてゆっくりと歩みを止めた。口を閉じ、川のほうから聞こえてくるくぐもった音に耳を澄ました。ヒースの家は川を見下ろす高台にある。眼下の音は、ひっきりなしに吹きつける風に乗り、木々のあいだを縫ううちに切れ切れになって、ほとんど聞こえないくらいに小さい。だがどうやら、女性の声らしい。


こんな場所で、こんなふうに死んでしまうだなんて信じられない。ほんの五〇〇メートル歩けば橋があるのに凍った川の上を渡ろうとするのは、たしかに無謀だった。でも、だからといってこんな目に遭ういわれは、彼女にはない――いや、誰にだってない。足下の氷が割れて水中へとのみこまれていく瞬間の衝撃のあと、ルーシーは氷のかけらやかたまりに揉まれながら猛烈にもがき、腕を振りまわして、ようやく穴の縁をつかむことに成功した。五秒足らずのあいだに、凍てつく水はドレスを濡らし、肌に浸みこみ、骨の髄まで凍えさせた。

すべてはあっという間の、鼓動がひとつ打つあいだの出来事だった。体を引き上げようとすると、肺の奥からかすれた息がもれた。カシミアのミトンが氷の上で何度も何度もすべる。そのたびにルーシーは、ふたたび口元まで水に浸かった。

「誰か助けて！　だ、誰か……」上ずった声で助けを求めながら、雪にかすむ川岸のほうに視線を投げる。家々の煙突から、煙が流れているのが見えた。体力を消耗してしまうとわかっていても叫ばずにはいられず、ルーシーはむせび泣きながら、とぎれとぎれに助けを求めつづけた。

「か……川に落ちたの……誰か……お願い……」きっと誰かが聞きつけてくれるにちがいない。救助に来てくれるはずだ。

だが助けは現れなかった。ルーシー・コールドウェルのもとには。ずっと誰かに守られて生きてきた彼女のもとには。パニックに襲われながらも、ルーシーはやっとの思いでミトンをはずし、やみくもに氷をひっかいた。口いっぱいに水を飲んでしまい、咳きこむ。水を吸って重さを増したスカートとペチコートに引き綱のように引っ張られ、恐怖につつまれた次の瞬間、ルーシーは完全に水のなかに落ちていた。凍てつく闇にのまれながら、彼女はさらに深みへと引きずりこもうとする重みと闘った。水面に手を伸ばし、空気を求め、どうにかしてふたたび浮上すると、ようやく息をした。なすすべもなくすすり泣き、氷の端をつかんで、氷上に頬をあずける。もう動けない。でも、手を放すわけにはいかない。

目を閉じたルーシーは、指の先を氷に突き立てた。彼女がここにいることを知る者はいない。父はきっと、娘はまだコネチカットのエリザベスおばとジョシュアおじのもとにいると思っているだろう。ルーシーは、予定より早く戻ることをダニエルにも知らせなかった。最後に会ったときにダニエルとけんかをしたから……例のごとく、彼をわざと怒らせて口論になったからだ。ごめんなさい……ルーシーは思った。頬に伝う涙ももはや感じられない。ダニエル……怒らせてばかりいて、ほんとうにごめんなさい。

水の冷たさはやがて、乾いた熱へと変わっていった。ルーシーは身じろぎひとつせずに水面に浮かび、恐怖も薄れて無意識へと落ちていく。川が語りかけてくるかのようだ。その静かな声——執拗でいながら、なだめすかすような声——が、心のなかに浸みとおっていく。

この川では何年も前に、ひとりの少女が溺れ死んだことがあった。あのときも川は、いまと同じようにいとも簡単に、優しく、犠牲者をのみこんだのだろうか。あの少女も、夢のなかにいる心地だったのだろうか。

なにもかも忘れてしまい……闇が語りかけてくる。

陽射し、春のぬくもり、ダニエル……愛……すべては夢……なにもかもが無。

そのときふいに片方の手首が容赦なくつかまれ、感覚を失った体に激しい痛みが走った。ルーシーはもがき、抗い、薄く目を開いた。濡れそぼった髪の隙間から、男の人がすぐそばで腹這いになっているのが見えた。怖いくらい青い瞳が、蒼白になった彼女の顔に向けられる。男性は手首を握る手にいっそう力をこめ、彼女を川から引き上げようとした。ルーシーの唇が言葉を発しようとして開く。けれども出てきたのは、かすかなあえぎ声だけだった。

男性は彼女になにか話しかけているらしい。でも、なんと言っているのかわからない。両の腕を強く引かれた次の瞬間、ルーシーは闇の底へと沈んでいった。

ルーシーは森のなかを運ばれていた。ウール越しに誰かの肩に頭をあずけ、額を首筋にうずめていた。両の脚が静かに揺れるたび、見知らぬ誰かの脇腹にあたる。その人はルーシーを抱いたまま、吹きつける雪のあいだをたしかな足どりで進んだ。規則正しくリズムを刻む頼もしい大またが馬車馬を思わせた。彼女が意識を取り戻したのに気づいたのか、その人は優しく、明らかにそれとわかる南部訛りで話しかけてきた。

「薪を切りに向かう途中で、きみの声が聞こえてきた。どういうつもりか知らないが、あの川を歩いて渡ろうとするなんて正気の沙汰じゃない。氷の解けたところがあるとは、思わなかったのか？」

錆びた鉄のようにくっついて離れない唇を、ルーシーはやっとの思いで開いた。返事をしようとしたが、出てきたのは言葉にならない震え声ばかりだった。あまりの寒さに、話すことも考えることもままならない。

「心配ない。すぐに元気になる」男性はそっけなく言った。すっかり打ちひしがれていたルーシーの耳に、その声はひどく冷淡に響いた。水を吸って重たくなったドレスが冷たく体に貼りついて、手足が痛む。これまではいつだって、けがをしたときや落ちこんでいるときにはすぐに誰かが優しく手当てをしたり、なぐさめたりしてくれた。このような、全身をつつむ耐えがたいほどの痛みはいまだかつて味わったことがない。これほどの苦痛に、耐えるすべは彼女に備わっていない。ルーシーはめそめそと泣きだした。すると男性は小さく悪態をつき、彼女を高く抱え上げて頭をしっかりと肩にもたせかけた。そうして彼女の耳元に唇を寄せ、静かに語りかけた。

「小さな耳だ。すっかり冷たくなってる。いいかい、きみはすぐに、すっかり元気になる。これからきみを、暖かなストーブのある居心地のいい部屋に運んであげるから。もうすぐそこだ。だから泣くんじゃない。あと少しだけこのまま我慢しなさい。家に着いたら、手を尽くして温めてあげるから」

男性は、少女を相手にするような口ぶりでそう言った。どこか尊大な物言いなのに、ルーシーの心はなぐさめの言葉になごんだ。「もうすぐそこだ」と男性は言ったが、彼女にはそれが一時間にも感じられた。たどり着いた先は、小さいけれども明るい家だった。家に着くなり、首から下の感覚がないことに気づいたルーシーはパニックに陥りそうになった。たちまち恐怖につつまれる。まさか体が麻痺してしまったのだろうか。ひょっとして手足の指をなくしたとか？　恐怖のあまり言葉を発することもできないまま、彼女は家のなかへと運びこまれた。男性が扉を閉めて一陣の雪を閉めだし、彼女をそっとソファに寝かせる。ドレスや髪がソファを濡らすのも、男性は気に留めていないようだった。部屋の一隅には、鮮やかに火が燃える薪ストーブがある。そのぬくもりを目で見ることはできるのに、肌で感じることができない。薪が勢いよく燃える音に合わせるかのように、ルーシーの歯ががたがたと鳴った。

「じきにぬくもってくる」男性は言い、ストーブにさらに薪をくべた。

「う、嘘だわ」激しく震えながら、ルーシーはそれだけ言った。

男性がふっとほほえみ、近くの椅子に腕いっぱいのキルトを投げる。

「嘘じゃない。あっという間に体が温まって、扇子とアイスティーをちょうだいと言いだすに決まってるさ」

「か、感覚がまったくないのよ」と訴えるなり涙があふれてきた。すると男性はソファのかたわらにひざまずき、彼女の顔にかかる濡れそぼった髪をかきあげた。

「泣くんじゃないと言ったろう……ミス・ルシンダ・コールドウェル。それがきみの名前だね？」

断続的に震えながら、ルーシーはうなずいた。

「お父上の店で働いているのを、見かけたことがある」男性は言葉を継ぎ、水がしたたるカシミアのスカーフをルーシーの首からはずした。

「わたしはヒース・レインだ……じつを言えば、ずっと以前からきみとお近づきになりたいと思っていた。最高の機会とは言いがたいが、最大限に生かすとしよう」

彼女の上着のボタンを淡々と手早くはずしていくヒースを、ルーシーは目を丸くし、激しく歯を鳴らしながら見つめるばかりだ。

「ルシンダ。いまのきみは、まるで小さな巻き貝だな。少しは協力してくれ。さあ、仰向けになって」

「い、いやよ――」

「痛い思いはさせない。楽にしてあげるだけだ。意地を張らないで、仰向けになって。そう、それでいい……」

ヒースの指がドレスの前へとすばやく移動し、紐をほどいて身ごろを左右に広げる。相手がなにをしているのか気づいて、ルーシーは身をよじって逃れようとした。男の人に服を脱がされたことなど一度もない。でもいまは脱がざるを得ないし、自分では脱げない。彼女は抵抗したい気持ちを必死に抑えこんだ。

「川の流れが激しくなかったのは幸いだった」ヒースは淡々とつぶやいた。「激しかったら、ペチコートやら襞飾りやらなにやらのせいで……あっという間に、水底に引きずられていた」

ルーシーは目を閉じ、キルトの端でこめかみをぬぐわれて初めて、自分が涙をこぼしていることに気づいた。ヒースは手際よく、ドレスやしゃれたバッスル、折りたたみできるクリノリン、幾層にもなったペチコートを脱がせていった。ブーツを脱がすときには、ボタンをうまくはずすことができず、いくつかはじけ飛んで床に転がるのを見て悪態をついた。コルセットを脱がせる段になると、水を吸った紐がほどけず、彼は顔をしかめてベストから峰のえぐれた猟刀を取りだし、無造作に紐を切った。たちまちコルセットが緩まって左右に広がる。ナイフで刺されたかのような痛みが肋骨のあいだを走り、ルーシーは弱々しくうめいた。

ヒースがつづけて、水のしたたるキャミソールの下へと指を挿し入れる。ルーシーはいっそう体をこわばらせた。まるで悪夢だ。そうとしか考えられない。

「すまない」彼はささやくと、薄もののキャミソールと長ドロワーズを脱がせた。

ルーシーは自分が息をのむのを聞いた。でもそれは、彼が掛けてくれたキルトの衣擦れの音だったのかもしれない。キルトでしっかりとつつみこまれ、ルーシーは頭だけをのぞかせる格好になった。寒気が関節にも浸みこんで、彼女は苦悶にうめきながら、膝や肘を折り曲げた。ヒースがキルトごと軽々とルーシーを抱きかかえ、そのまま、ストーブのかたわらの椅子に腰を下ろす。キルト越しにも、岩のように硬い腕の感触が感じられた。

「ダニエル。ダニエルに会いたい」つぶやくルーシーの頬を、つららのような涙が伝った。

ヒースがダニエルを知らないことなど、どうでもよかった。

「落ち着いて」大きく温かな手が額に触れ、もつれた髪をかきあげる。ひりつく頬を優しい手のひらが撫でた。

「あ、脚が痛いの。膝がずきずきして――」

「わかってる。わたしも同じような目に遭ったことがある」

「う、嘘だわ、こんな痛みは――」

「あいにくほんとうだ」ヒースはほほえんだ。「生きながらえて、こうして当時の話をしている。だからきみも、きっとよくなる」

「いつの話……？」

「一八六四年、リッチモンドが包囲されたとき。数人の狙撃兵をかわした際に、凍った池に落ちた。地獄というのは、熱いところじゃないらしいな。耐えがたいほどに寒い場所だ」

「あなたは……南軍だったのね」

視線を上げると、ヒースはまじまじとこちらを見つめていた。驚くほど青い瞳には哀れみと、なんだかよくわからない感情が浮かんでいる。

「ああ、ヴァージニアの出身だ」

「なぜ……こっちに?」

問いかけには答えず、ヒースは目をそらすと炎を見つめた。抱きしめる腕に力がこめられ、体の震えが止まる。これほどまでにみじめな状況でなかったなら、彼女は衝撃のあまり死んでいただろう。生まれてこのかた、南部人に触れられたことなど一度もない。腕に抱かれるなど、いわずもがなだ。けれどもヒースがどこの誰だろうと、固く抱きしめられ、しっかりと守られるのはとても心地よかった。

「少しはよくなったかい?」しばらく経ってから、たずねられた。

「まだ。体の芯……骨の髄まで……凍えてしまったみたいで」

するとヒースは彼女の体の位置を少しずらし、ベストの内側に手を忍ばせると、傷だらけの銀のフラスクを取りだした。フラスクがストーブの炎を受けて鈍い光を放つ。

「こいつが効くかもしれない」

「なあに?」

彼がフラスクのふたを回すと、強い酒のにおいがつんと鼻をついた。

「酒は気つけ薬にもなる」

「けっこうよ！」ルーシーはおののき、目を丸くした。飲酒は悪であり、とりわけ女性にとってはありとあらゆる不道徳な行いの源になりうるのだと、厳しく教えられてきた。父からも、第一教区教会のグリンダル・レイノルズ牧師からも。

「こいつは骨の髄にすぐに浸みこむんだ。さあ、口を開けて、ルシンダ」

「いらない！」ルーシーはもがいた。キルトにしっかりとつつまれていなかったなら、逃れることができただろうに。だがヒースはいとも簡単にフラスクの口を彼女の唇に押しあて、上に傾けて、忌まわしい液体を口いっぱいにそそぎこんだ。反射的にそれを飲みくだしたルーシーはたちまちむせ、さらに残りも飲みこんでしまった。やがて腹のなかが、焼けつくように熱くなってきた。ヒースがフラスクをどける。咳きこみながら、ルーシーは相手をにらみ、懸命に息を整えた。まともに呼吸できるようになったところで、なにか言おうとして口を開くと、ふたたびフラスクが唇に押しあてられた。先ほどよりもすんなりと液体が口に流れこんでくる。ルーシーはなすすべもなく、たくましい腕に頭をあずけたまま、ウイスキーを飲みこんだ。こんなふうに乱暴に扱われるのは初めてだ。元気になったら、父に言いつけてやる。そんな彼女の思いを、ヒースは読みとったらしい。彼はふいに笑みを浮かべた。彼女の頬を見下ろし、ウイスキーのしずくを見つけると、長い指の先でぬぐった。

「南部のうまいコーンウイスキーを毛嫌いするとは、よくないね、ルシンダ。こいつは、きみたちがいつも飲んでいるやつよりもずっと――」

「やめて」ルーシーは言い、身をちぢこまらせて、触れてくる手から離れた。そんなふうに冷たくあしらっても、なぜか彼は不快な顔も狼狽の色も見せず、ふっと笑っただけだった。

「そうかっかするな――無力な女性を、なんとかしようなんて思っちゃいない。きみはほれぼれするほど魅力的だけどね」

「口ばっかり」ルーシーは弱々しく抗議した。「川で溺れかけた……みじめな姿をした女になにを言うの」

「いいや、きみほどの女性をこの腕に抱くのは生まれて初めてだ。嘘だと思っているんだろう？　でも、少しくらい信じてくれたっていいんじゃないかい？」

「南部人の言うことなんて」ルーシーはかすれ声で応じた。ウイスキーのせいで頭がくらくらする。アルコールのぬくもりが、体を芯からほてらせている。

「南北戦争が始まる前は、連邦主義者だったんだよ」と彼がなだめる口調で訴える。「と言えば、ちょっとは心を開いてくれるかい？」

「いいえ」

ほろ酔い気分で頬を赤く染めるルーシーを見て、ヒースはほほえみ、かすれ声で語りかけた。

「北部のお嬢さん《ヤンキー・レディ》……ほんとうにきれいだ」

大切なものを慈しむかのような、優しくなだめる口調に、ルーシーはいらだちと照れくささを同時に感じていた。男性からこんなふうに甘くささやかれるなど、かつて経験したことがなかった。ダニエルからだって一度もない。部屋をつつむ躍るような炉火の光がまぶしくて、彼女は目を閉じ、ヒースの首筋に顔をうずめてそっとため息をついた。鈍い痛みはもう耐えがたいほどではなく、一秒ごとに和らいでいくのがわかる。

「早く家に帰らせて」ルーシーは彼にもたれながらささやいた。

「いまはおやすみ。ずっと見ていてあげるから」

やがて眠りに落ちたルーシーは、とりとめのない奇妙な夢を見た。ダニエルとともに成長してきた思い出……いがみあっていたふたりは、やがて友だちとなり、深い愛情を抱きあうようになって……戦地へおもむくダニエル……紺地に赤い縁取りの軍服姿がきりりとしてすてきで、茶色の瞳は輝き、三日月形に整えられた口ひげがよく似合って……ダニエル――愛する人。でもまだ、恋人とは呼べない。

南部が降伏し、帰還を果たした日のダニエルの様子を、ルーシーは思い出していた。ルーシーの胸は喜びでいっぱいだったが、彼は疲れてひどく年をとって見え、まなざしは温かいけれど暗く、かつての輝きを失っていた。

「ダニエル!」列車を降りるダニエルの姿を見つけるなり、ルーシーは大声で呼んだ。もう何年も前から彼女は、まるで子どものように彼に夢中だった。でもすでに一七歳になり、ひとりの女性として心からダニエルを求めるようになっている。出迎えには家族も友人も大勢集まっていたけれど、ダニエルは真っ先にルーシーに気づいてくれた。

「ルーシー、ほんとうにきみかい？」ダニエルが言い、両の腕を広げる。ルーシーは幸福にこぼれんばかりの笑みを浮かべ、彼に駆け寄った。

「手紙は届いた？　ちゃんと読んでくれた？　あちらでは――」

「全部読んだよ」身をかがめたダニエルが、すばやく彼女にキスをした。「一通残らずちゃんととってある」


彼に結婚を申し込まれたときのことを、ルーシーは思い出していた。あのときの彼の腕のぬくもりを、抱きしめる腕のたくましさを、重ねられた唇のやわらかさを。

「いますぐ、というわけにはいかないけど」ダニエルはそう言った。「鉄道会社で出世するまで、一年か二年は待たないとね」

「いやよ、わたしはすぐにでも――」

「いまのぼくじゃ、きみを幸せにできない。待っていてくれるね、ルーシー？　ほかの誰かに心変わりしたりしないと、約束してくれるね？」

「一生だって待つわ」ルーシーは応じ、ハシバミ色の瞳に涙を浮かべた。「心変わりなんて絶対にしない。あなたがいるかぎり……愛してくれるかぎり、わたしはあなたのものよ」


あれから三年。ひたすら思いを募らせるばかりの三年間だった。ダニエルはまだ結婚できる状況になっていないし、間もなくそのときが訪れる兆候もない。その間もルーシーは彼に求められればすべてを捧げるつもりでいたが、けっきょく、愛を交わすことはなかった。根っからの紳士であるダニエルに、結婚の初夜も迎えないまま彼女を奪うつもりはいっさいない。ダニエルは道徳を重んじる人であり、情熱よりも道徳のほうが大切だと考えているのだから。自分を抑えられず、ルーシーはやみくもに彼にしがみついた。

「ダニエル……愛していると言って。今夜は一緒にいてほしいの……お願い」

額に温かな、問いかけるかのようなくちづけを感じる。ダニエルはルーシーのこめかみに唇を押しあてると、頬と下まぶたをそっと撫でた。ルーシーは吐息をもらし、愛する人のぬくもりを感じて口を閉ざした。「しーっ……」ダニエルがささやき、手のひらで彼女の頭をつつみこんで、自分の肩に抱き寄せる。「もうおやすみ……心配はいらないから……」

青碧の瞳で、ヒースはまじまじとルーシーの顔を見つめた。ルシンダ・コールドウェルが、わが腕のなかでまどろんでいる……。信じられない、とばかりに彼はかぶりを振った。いったいどんな運命のいたずらなのか、周到に練りあげてきた計画はたったいま思いがけず実現してしまった。まさかこうまで簡単に、彼女をこの腕に抱くことができるとは。ヒースはぐったりとなったルーシーの体を軽く揺すって、抱き心地を味わった。完璧だ。見た目はきゃしゃなのに、触れてみれば意外ななまめかしさがある。

ヒースは幾度も考えたことがある——こんなふうに間近で見たら、彼女はどんなふうにこの目に映るのだろうと。肌はどんな質感を持ち、眉はどんな形で、まつげはどれくらいの長さだろうと。その答えを目の前に得て、彼の好奇心は大いに満たされた。これまでもルーシーを遠目に見たことは何度かあった。見かけるたびに、魅力的な明るい笑顔や、通りを歩く元気な足どりに気づかされた。だがいまや彼は、ほかの誰も知らないルーシーの秘密をも知るようになった——自然な丸みを帯びた体、染みひとつない透きとおったなめらかな肌、左の胸元に散ったそばかす。

頰に涙の跡を残し、赤ん坊のようにすべらかな肌をした彼女は、たとえようもないほど可憐だ。唇は誘うようだが、少々大きすぎるし、頑固そうな感じもある。眉は太く濃く、眉じりがすっと上がっている。卵形の顔に意志の強さを感じさせる唇と眉が並ぶさまは、気の強い子どもを思わせる。そうやって見れば見るほど、ヒースはルーシーに惹かれていった。これほどまでに無防備で愛らしく、対照的な魅力を兼ね備えた顔に惹かれない男などいるわけがない。

ルーシーは身をよじってうめいた。目を開こうとすると、ひどい頭痛がした。わずかにまぶたを開き、薄明かりに照らされた寝室と、窓を閉ざすカーテンを見やる。カーテンの隙間から細い陽の光が射しこんでおり、すでに朝なのだと知れた。

「父さんなの?」部屋に誰か入ってきた気配を感じ、かすれ声で呼びかける。「ねえ、わたし……」現れたのが父ではないのを見てとり、昨日の出来事を思い出したとたん、ルーシーの声はかき消えた。顔が蒼白になる。「あの、ええと、あなたは――」

「ヒース・レインだ」彼はそう応じると、軽やかな足どりでベッドに近づいてきた。ルーシーはあわてて身をちぢめ、顎の下まで毛布を引き上げた。純潔を踏みにじられた乙女の風刺画そのものの姿を見て、ヒースが口の端をひくつかせて笑った。

「まさか人を疑っているわけじゃないだろうね、ルシンダ。賞賛に値するほどの自制心を発揮してみせたんだから、疑いのまなこより、勲章が欲しいところだよ」

そう言うなり彼は、ルーシーに抗う隙さえ与えず、頭をつつみこんでしまうほど大きな手を額にあてた。そうして熱がないかどうかたしかめながら、脈打つこめかみを親指の先で軽くなぞり、やがて手をどけた。わがもの顔に触れられるのが、ルーシーは不愉快でならなかった。

「熱があるな。まあ、あんな目に遭ったんだから当然だろう」長い手脚を器用に折りたたむようにして、ヒースはかたわらの椅子に腰を下ろした。

千々《ちぢ》に乱れた記憶を、ルーシーは数分かけてようやくかき集めた。

「たしかあなたは昨日、溺れかけたところを――」

「そのとおり」

「わたし……お礼も言っていなかったわ」

「小柄な女性を川から引き上げるくらい、なんでもないさ」

「でも、あなたは南部の人でしょう。わたしは――」

彼はいかにも意気消沈したような表情を向けた。

「南部の人間は、助けを求めている人間がいても手を差し伸べない、相手が北部人《ヤンキー》ならなおさらだ、とでも思っているのかい？」

「それは……」

「ああ、答えなくてもいい」ヒースは苦笑を浮かべた。「ひとつ言っておくよ、ルシンダ。北軍の愚か者にでもわかる……川魚の餌食にするには、きみはあまりにももったいない」

からかわれているのはわかっていたが、どう反応すればいいのかは見当もつかなかった。他人からまるで旧知の知りあいのようになれなれしく接せられて、ルーシーはとまどってい た。いくら命の恩人で、ゆうべは自制心を発揮してくれたといっても、信用するわけにはいかない。

「家に帰りたいわ」ルーシーはおずおずと言ってみた。

「そうだろうとも。でもね、ルシンダ、きみはいま熱がある。それにいま行かせたら、また川に落ちるかもしれない。第一、外に出るのは不可能だ。まだ大雪が降っているからね。北部の悪名高き吹雪が、しつこく居座っているわけさ」

「でも、でも、いつまでもお宅にいるわけにはいかないわ。帰らなくちゃ！」

「帰らないと、誰かがきみを捜そうとする？　お父上とか？」

「いいえ、娘はまだコネチカットのおじおばのもとにいる、父はそう思っているはずよ。わたしが勝手に、予定より三日早く戻ってきたの。列車に乗って、駅から歩いて——」

「そして川に落ちた。ねえハニー、帰ったあとちゃんと看病してくれる人はいるのかい？」

「父がいるわ。それに、婚約者のダニエル・コリアーも。ふたりとも、いやな顔をするはずよ、あなたがわたしを……そんなふうに呼んだと知ったら——」

「だけど、きみにぴったりの呼び名だろう、ハ、ニ、ー」わざと強調して言いながら、ヒースは物憂げにほほえんで青い瞳をきらめかせた。「きみがわたしのベッドで寝たと知ったら、ふたりはますますいやがるだろうね」

「どちらも、ふたりにばれないようにするもの。もう帰らなくちゃ。きっと帰る方法があるはず——」

「昨日のことを秘密にしておけると、本気で思っているのかい？」

「秘密にしなくちゃいけないの。父が……ダニエルも怒るに決まっているもの。彼が知ったら、あなたをただじゃおかないはずよ！」

「わたしが負けるとでも？」ヒースが慎重な口ぶりでたずねる。

それはなんとも言えない。でも、正直に答えるわけにはいかなかった。

「そうよ。ダニエルは南北戦争の英雄で、狙撃兵だったんだもの。たんすは勲章であふれるほどだわ」

「ほう」ヒースは意味深長に言葉を切った。「だったら、秘密にしておいたほうがよさそうだね」

「わたしの体面なんてどうでもいいのね。ご自分の身がかわいいだけなんだわ！」

「そりゃそうさ。数年間、せっかく守り抜いたわが身だ」戦争で失うこともなかった両腕をさも大事そうに眺め、ヒースが口の端を上げてほほえむ。ためらいがちに笑みをかえしたルーシーは、初めてまじまじと彼の顔を見つめた。周りの男性とは、まったくちがうタイプだと思った。彼くらいハンサムな知りあいは周りにもいるけれど、なんとなくちがう。ヒースにはもっと荒々しい、野生の獣を思わせる雰囲気がある。完璧な仕立てのいかにも高そうな服をまとっていても、その印象は変わらない。そもそも彼ほど大柄な男性には出会ったことがない。肩など、白いシャツがはちきれんばかりに広い。裾の折り返しも折り目もない灰色のズボンは、引き締まった腰にぴったりと貼りつくようだ。わずかに開かれた太ももは、分厚い筋肉に覆われているのが見てとれる。

思わず顔を赤らめ、ルーシーはあわてて、太ももやボタンフライになったズボンの前開き、たくましい胸板や広い肩から、相手の顔へと視線を戻した。いまいましいことに、ヒースは薄い笑みを浮かべていた。きちんとした家庭に育った若い女性らしからぬまなざしで、いかにも無遠慮に見つめていたのを、ちゃんと気づいていると言わんばかりだった。

こちらを見つめる瞳は、どこまでも青かった。日焼けした肌が瞳を余計に鮮やかに見せるのか、トルコ石の青を彷彿とさせた。ヒースのこめかみに、うっすらと傷跡が残っているのにルーシーは気づいた。目じりまで伸びた傷跡は、ほほえむと笑いじわにまぎれてしまうようだ。その傷跡が整った顔に個性を、どこか不遜な雰囲気を与えている。ルーシーは顔をそむけ、やわらかなベッドの上で寝返りを打とうとした。すぐさまヒースが立ち上がり、かたわらにやってきて、彼女の向こうに置かれた枕を取ろうと腕を伸ばす。

「そいつを背中に挟んであげよう――」

「自分でできるわ――」

「いまはきみに、指一本たりとも動かしてほしくないんだよ、ルシンダ」

彼女の背中に腕をまわし、ヒースはそっと体を持ち上げた。つかの間ルーシーは、彼のたくましさ以外なにも考えられなくなってしまった。自分がひどく小さな存在に感じられた。ヒースの肌と服から、とてもいい香りが漂ってくる。健康で精力あふれる男性らしい、すがすがしい香りだ。いままでこんないい香りはかいだことがない。もちろん（とルーシーはきまじめに自分に言い聞かせた）、はるばるニューヨークから取り寄せたコロンをつけているダニエルの匂いには、とうていかなわないけれど。

枕を背中に挟み終えたヒースが椅子にふたたびくつろぐさまを眺めながら、ルーシーはふと気づいた。北部の男性たちと、彼の大きなちがい。それは、ひげだった。北部の男たちはみな、頬ひげのほかに顎ひげか口ひげを生やしている。ダニエルのような三日月形の口ひげなり、蜜蠟で先端をぴんと立たせたカイゼルひげなり、馬蹄ひげなり、あるいは軍人の多くに見られるきれいに整えられたセイウチひげなりを。けれどもヒースの顔に、そのような飾りはなかった。すっきりとひげの剃られた顎のラインや、まっすぐな唇の輪郭がまぶしいくらいだ。ルーシーはほんの一瞬、不実にも、こそばゆい口ひげのない男性とキスをしたらどんな感じがするのだろうと思いをめぐらした。そうしてすぐさま、そんなふしだらな考えは捨てなさい、と自分を叱りつけた。

「なにか気になることでも？」ヒースがとくに関心のない様子でたずねてきた。

なんだか急に相手を恐れる気持ちがなくなって、ルーシーは応じた。

「体がとても大きくて、いかにも南部の男性らしいなと思っていただけだわ」

「たしかに南部の男はみな大きい。きみたち痩せっぽちのニューイングランド人は、引きこもりなのがいけない。それにろくすっぽ食べないから――」

「ちゃんと食べているわ！」

「魚だのチャウダーだのを、まともな食べ物と呼ぶのならね。ヴァージニアではね、皿の端まで本物の食べ物でてんこ盛りにするんだ。きみたちが好きな、色付きのパスタなんて料理のうちに入らない。量だってほんのちょっぴりで……あれじゃ大の男は、何日食べつづけても腹いっぱいにならない」

「こちらに来てどのくらいになるの？」

「一年ほどかな」

「北部の食べ物に、それほど困っているようには見えないわ。このあたりでは、ピーチパイやフライドチキンはあまり食べられないでしょうけど――」

「フライドチキンか」ヒースが懐かしそうにつぶやく。「それにうまいスモークハム。ササゲとベーコンの煮たやつに、ヤムイモのバター炒め……」

ルーシーは思わずほほえんだ。ヒースの気取りのなさやちゃめっけに、惹きつけられずにはいられなかった。唐突に、おいしい料理で彼のおなかをいっぱいにしてあげたくなった。たとえば、コンビーフとキャベツの煮もの、糖蜜入りの蒸しパン、それからデザートにアップルパイ。これならヒースだって、北部の料理も南部に負けてないと思ってくれるはずだ。

「そもそも、なぜコンコードに来たの？」とたずねたルーシーは、青碧の瞳からきらめきが消えたのに気づいた。「変じゃない。戦争は終わって、すでに再建《レコンストラクション》の時代に――」

「レコンストラクションか。北部の連中はたいがいそうだが、きみもその言葉のほんとうの意味がわかっていないようだ」

「いいえ、わかっているわ。レコンストラクションによって、北部は南部州に連邦への復帰を促し――」

「そうして、杖をついてでも無理やり立てとわたしたちに命じる。なぜ北部の人間は、わたしたちに感謝を強いる？　新聞の発行を禁じ、選挙権を取り上げ、その事実に異論を唱える機会さえ奪っておきながら――」

「南部が再建を遂げるには、時間がかかるわ」ルーシーは重々しく言いかえした。「でもいずれきっと――」

「いずれ？　そんな日は永遠に来ない」

「どういう意味？　来るに決まっているでしょう？」

見つめてくるヒースのまなざしに、ルーシーは当惑させられた。彼が静かに、誰かの言葉を引用する。

「〝……汝の道は変われり。汝の優しくほほえむ夏の顔は変われり。懐かしきときは過ぎにけり……戦士たちが汝に残したのは、ただ過去と、孤独だけなり〟」

ルーシーはヒースを凝視しながら、耳に優しく響くささやきに魅了されていた。

「聞いたことのない詩だわ……」

「そりゃそうだろうとも。きみが知っているはずがない」立ち上がったヒースが薄い笑みを浮かべた。「疲弊しきった従軍記者……南部の記者が書き散らかした駄文だ。腹はすいてるかい？」

「ええ、でもその前にどういうことか――」

「サワーミルク入りのビスケットなら、けっこういけるよ」

「ねえ、どうして――」

「それとコーヒーと」

「もういいわ！　あなたにはもうなにも訊かない」

「知りたがり屋だな」

「そんな……もうひとつ訊きたかっただけだわ」

「ふうん。なんだい？」

ルーシーはためらい、色あせた清潔そうなキルトに視線を落とした。顔がだんだん赤くなっていくのが自分でもわかる。数秒間じっと考えてから、彼女は問いかけを口にした。

「あの……ええと……ト、トイレはあるかしら――」

「あるとも。あいにく化粧着はなくてね。わたしのシャツでいいかい？」

「ええ、あの……ありがとう」

恥ずかしがる彼女に、幸いにもヒースは淡々と応じてくれた。あるいは四年におよぶ戦争を経験したせいで、自然現象を恥ずかしく思う気持ちなど忘れてしまったのかもしれないが。

たんすのほうに大またで歩み寄る彼を見つめながら、ルーシーはますます顔を赤らめた。自分がコルセットと長ドロワーズしか身に着けていないことに気づいたからだ。ゆうべのうちにヒースが、乾かしたあとで着せてくれたのだろう。ルーシーはどぎまぎした。生まれて初めて裸を見せた男性は、目の前にいる彼なのだ（二〇年前に彼女の誕生に立ち会ったドクター・ミラーを除けば、の話だが）。頭のなかにさまざまな思いが浮かんできた。ヒースはわたしの裸身を見てどう思っただろう……止めなくてはいけないとわかっていても、考えずにいられなかった。世間の理想とちがい、彼女は栗色の髪で背も小さい。しかもおしゃべりで、運動神経は鈍いくせにせかせかと歩く癖がある。一六歳を過ぎてからは体全体が丸みを帯びてきて、余計に背が低く見えるようになってしまった。だからほっそりとして背の高い、エレガントな女性になりたいとずっと願ってきたが、周囲からはよく、きれいだと褒められる。ヒース・レインも、そう感じてくれただろうか。

やわらかな白いシャツと羊毛の靴下を無表情に彼女の膝の上に置くと、ヒースは背を向けた。寝室から出ていく様子はないので、ルーシーは頰を真っ赤に染めつつ、一気に着替えを済ませた。シャツに腕を通してすぐ、彼の匂いがするのに気づいた——すがすがしく清潔そうな、乾いた匂いだ。シャツはあまりにも大きすぎ、袖口を何度も折らなければ手も出なかった。裾は膝まで届きそうだ。全身にひりひり、ずきずきとした痛みを感じて顔をしかめつつ、ルーシーはキルトから両脚を引き抜き、靴下をはいた。靴下もまるでサイズが合わなかった。思いきって目を上げてみれば、ヒースはわずかにこちらを向いて、横目で彼女を見ていた。視線に気づいてすぐさま壁のほうに顔を戻し、小さく肩をすくめる。こんなふうに着替えを盗み見られたら、相手に腹を立て、不安と疑念に駆られるのが普通だろう。けれどもなぜか、ここで怒ってはいけないとルーシーは直感した。

「ミスター・レイン」と強い口調で呼びかける。「紳士にあるまじき振る舞いはよして」

「ミス・コールドウェル」ヒースが向こうを向いたまま応じる。「昔はわたしも、紳士になりたいと願っていた。だが、ある選択を迫られてね……紳士のままでいるか、それとも生き延びることを選ぶか。戦争はこの世から紳士を駆逐する最高の方法だ……紳士でいては、戦いつづけることなどできない。しかしならず者になれば――」

「もうけっこうよ！」ルーシーは声を張り上げ、相手がふざけているのか本気なのかわからず、恐れと当惑の入り交じった表情で見つめた。「冗談にしていいことと悪いことがあるわ」

「たしかに。だが戦争はちがう。それとも戦争は正義だとでもいうのかい？　だとしたらきみも、そのへんの連中と同じだな。勝者は常に戦争を正義として記憶し、自らの行いを巧みに正当化する」

どう反応すればいいのか、ルーシーにはわからなかった。偶然にも相手に触れたりしないよう、用心深い足どりで、彼について二階の浴室に向かう。楕円形の浴槽は錫張りの鉄製で、きれいに磨き上げられていた。浴室の一隅を、頼もしい番兵のように水洗トイレが占めている。小さいながらも近代的な設備の整ったさまに、ルーシーはすっかり魅了された。

「お風呂にも入りたいわ」とつぶやきながら、誘うように輝きを放つ真鍮の蛇口を見やる。

「熱があるうちはだめだ」

「家のなかは暖かいし、気分もいい――」

「五分と経たずに朦朧状態になる。浴槽で溺れかけたところを、わたしに助けられたくはないだろう？　もちろん、こっちとしてはむしろ大歓迎――」

「だったらやめておくわ」そっけなくさえぎり、ルーシーは相手の鼻先で扉を閉じると、頭のなかで悪態をついた。図体ばかり大きな、恥知らずのならず者。あんなふうに女性をからかうなんて、どうかしている。人の服を脱がすだけじゃ飽き足らないのかしら。もちろん、服を脱がせたのは肺炎を心配したからだろうけれど、女性をからかうなんて……悪魔だ！

用を足し終えてから、ルーシーは水で顔を洗い、もつれた長い髪を両手で梳いた。そうしてすぐ、やはりヒースの言ったとおりだったと悟った――彼女はひどく疲れていた。扉を開くと、彼はすぐさま目の前の廊下に現れた。きらめく青い瞳でルーシーの全身を眺めまわし、靴下の先がだらしなく余り、シャツの裾が膝までだらりと伸び、その下から長ドロワーズのレースがのぞいているのを見てとったようだ。

「そんな目で見ないで」ルーシーは小声で訴えた。「自分でもひどい格好だってわかってるわ」

「きみの噂は、会う前から耳にしていた。町一番の美人だと。でもまさか、ここまで美しいとは思わなかった」

空疎なお世辞が不快で、ルーシーはうつむいた。「大嘘つき」

ダニエルなら、そんな言葉を投げたらその場で固まり、冷たく沈黙してしまうだろう。けれどもヒース・レインはにっと笑っただけだった。

「たしかにわたしは、正直じゃないときがある。でもきみには、嘘はつかない」

寝室へと戻るルーシーの後ろから、ヒースが大またでゆっくりとついてくる。背中に視線を感じて、彼女は歩みを速めた。

「もうやすむわ――」

「その前になにか食べなさい」

「おなかがすいていないの」

「ベッドの脇に本を置いておいた。朝食を用意するあいだ、読んでいるといい」

議論の余地はないらしい。おとなしくベッドに入ったルーシーは腹に両腕をのせ、キルトを整えてくれるヒースをハシバミ色の瞳でじっと見つめた。

「ありがとう、でも、ここまでしてもらう義理は――」

「きみといると、なぜか故郷の女性たちを思い出す……」キルトを整え終えた彼はそこで言葉を切った。青碧の瞳には笑みが浮かんでいる。

「愛らしくて、ちょっとわがままで……やたらとお行儀がいい。でもルーシー、ほんとうのきみもそんなに上品で澄ました女性なのかい？」

無礼な問いかけに、かえす言葉をルーシーは必死に探した。けっきょく見つけられず、相手を蔑みの目でにらむだけにとどめた。するとヒースはくっくっと笑いながら寝室を出ていった。蔑みの目など、なんとも思っていないようだった。

一日眠って目を覚ますと熱は下がっていたが、ヒースはまだ、ベッドから出してはくれなかった。夕食にはスープとパンを運んでくれた。ルーシーが食べているあいだはベッド脇の椅子にたくましい脚を組んで座り、ラウンドトウのブーツの擦れを眺めていた。

「三日早く、戻ってきたと言っていたね？」

「ええ」おいしいスープを口に運ぶ合間にルーシーは答えた。「でも父はそのことを知らないから、娘の帰宅は明後日だと思っているはずよ」

「なるほど。どうせ列車は明後日になっても運行を再開しないだろう。お父上には、駅から家まで歩くきみを通りかかりに見つけたから、送ってきたと話そう。ところで、荷物は？」

「荷物は……川に落ちたときになくしたみたい。列車に置き忘れたとでも言っておくわ」ルーシーはしょんぼりとため息をついた。「いまごろはもう、川底に沈んでいるもの」

「ハニー、そんなにしかめっ面をしちゃいけない。女性はもっと笑ったほうがいいのに、どうして北部の連中はちゃんと教えないんだろう」

「代わりに節約精神をたたきこまれたわ」応じながらルーシーは瞳を輝かせて笑った。「だから、むやみに笑ったりしないの」

「相手を選ぶわけか」ヒースがつぶやき、まじまじと見つめてくる。夕食に夢中になっているルーシーを、彼は愉快そうに観察した。「予定より早く帰ってきた理由は？」

口いっぱいに食べ物をほおばったまま、ルーシーはすばやく顔を上げた。一瞬のうちに彼の態度が変わったのを感じとっていた。問いかけはさりげなかったが、瞳に浮かぶ好奇心には最前とちがうものがある。そう気づくなり、ルーシーは口のなかのものを飲みこめなくなった。彼が、この状況を利用するような人でなければいいのだが。

「ある人に謝らなくちゃいけなかったから」彼女は手短に答えた。

「ダニエル・コリアーかい？」

「そうよ。口論をしたあと、仲なおりをしないままコネチカットの親戚の家に行ってしまって」おかしな話だった。何日も延々と考えつづけていたダニエルのことを、この数時間はすっかり忘れていた。「それで、一日でも早く謝りたくて帰ってきたの」

「けんかは、ふたりでするものだ。相手が先に謝ってくるのを待てばいいじゃないか」

「だけど、わたしが先に謝るのが筋というものだわ。けんかをしかけるのは、いつだってわたしだもの。子どものころからずっとそうだった」

「そんなところだろうと思ったよ」ヒースは破顔した。「なんにせよ、その彼はいったん怒るとなかなかきみを許してくれないようだね。その大きな瞳も効き目なしか」

「数日かかることもあるわ」ルーシーは重たい口調で応じた。「きまじめな人だから、物事を軽く考えられないのね。でも、ちゃんと話しあってこちらが謝れば、仲なおりできるの。わたしの手をとってくれたら、許す気になったという証拠よ。それから二、三日もすれば、けんかのことなんてすっかり忘れて――」

「手をとる？」ヒースはどこか愉快げにたずねた。「その程度で仲なおりできるようなけんかなのかい？　そもそも、けんかの原因は？」

「あなたには関係がないでしょう？」ダニエルとの関係を批判され、ルーシーはむっとした。「彼がどんなに高潔な男性か、あなただって会えばわかるわ。物静かで思慮深くて、やたらと気持ちを口にするような人よりもずっと深く相手を思いやれる人だわ！」

「なるほどね。静かな川ほど……深いというからね。それで、すぐに彼と結婚するつもりなのかい？」

「ええ、すぐに。まだ日どりは決めていないけれど、婚約は三年前に済ませたし、そろそろしようかという話に――」

「三年前だって？　終戦後すぐってことか？」

「人の言葉をいちいちくりかえさないで！」

「信じられん」ヒースはつぶやいた。「だがこれではっきりした。やはりきみたち北部人はわれわれとはちがう人種だ。三年も待たせる彼と、三年も平気で待つきみと、どちらが悪いのかはわからないが」

「待っといっても、ダニエルが立派な家を買い、家族を養うのに十分なお金を貯めるまでの話だわ。成り行き任せにできない人なの。わたしのために、がんばってくれているんだわ」

「別の男が現れて、きみを奪っていったら、なんて考えないんだろうか」

「そんな人、現れないもの」ルーシーは心の底から言った。「この世の誰にも、ダニエルからわたしを奪うなんてできっこないわ」

「おふたりさんは、そう信じているんだろうが……三年も婚約したままでいるなんて聞くと、だいぶ危ない感じが――」

「スープをごちそうさま」ルーシーはぴしゃりとした口調でさえぎり、トレーを彼に差しだした。「もうおなかいっぱいよ」

口を閉じたヒースはトレーを受け取ったが、目の端には嘲笑めいたものが浮かんでいた。部屋を出るときには、こちらを見るなりウインクをしてきた。そうやって人の自尊心をからかい、笑いものにして、おもしろがればいい。

翌日、目覚めたルーシーが窓の外をのぞくと、幸いにも空は青く澄みわたっていた。

「おはよう」

くるりと振り向いて、ヒースにほほえみかける。彼は戸枠に寄りかかり、しばらくルーシーの全身を眺めまわしていたかと思うと、あらわな細い足首とはだしに目を留め、不快げな、いらだったような視線を投げてきた。そんなふうにしかめっ面をしても、彼はハンサムだった。

「おはよう」ルーシーは応じた。

「おい、はだしでベッドから出るなんて、いったいどういうつもりだ？」

あわててベッドに戻り、羊毛の靴下を捜しだして大急ぎではく。

「おい、なんて乱暴な言葉はやめて」

「病気にでもなりたいのか？」

立腹するヒースを、ルーシーはほほえみであしらった。

「病気になんかならないわ。すっかりよくなったから、明日には帰れると思うの。いまはただ、外の様子を見ていただけ」

「なるほど、嬉しそうな顔をしているわけだ。帰って婚約者に謝るのが待ちきれないんだな。悪くもないのに謝るなんて……わたしなら屈辱だね」

「あなたが謝るわけじゃないでしょう？」

ヒースがしぶしぶ笑みをかえす。「たしかに、きみの言うとおりだ」

「よくなったんだから」ルーシーは希望をこめて言った。「熱いお風呂にゆっくり入ったほうがいいんじゃないかしら」

「それも、きみの言うとおりかもしれない」ヒースは洗いたてのシャツを持ってくると彼女に手渡した。指先すら触れないよう気をつけているのが、ありありとわかった。

「ねえ」ルーシーは明るい声で呼びかけた。「あなたも明日の晩からは、もう居間で寝なくていいのでしょう？　ようやく寝室でゆっくりやすめるわけよね？」

「ずっと寝室を使っていてくれたって、かまわないさ」

たしなめるようにヒースをにらんでから、無邪気にほほえむ彼に背を向け、ルーシーは部屋をあとにした。ヒースが階下でストーブに火をおこしているあいだ、彼女はゆっくりと浴槽につかり、石けんをたっぷりと泡立てて体や髪を洗った。入浴を終えたあとは上気した頬に濡れた髪のまま居間に向かった。するとヒースはこちらを見もせずに、ストーブの前の椅子に彼女を座らせ、キルトを何枚も掛けてきた。居間は明るく、不思議な親近感に満ちている。ルーシーは栗色の髪のもつれを指でほどいてから、櫛で梳かして乾かしていった。ヒースはといえば、山積みにされたぼろぼろの新聞をなにやら熱心に読んでいる。

ルーシーは気づいていないようだが、ヒースは何度も何度も、青い瞳で彼女を盗み見ていた。さりげなく視線を送っては、彼女が髪を梳かすさまを、炎に素肌がきらめく様子を堪能していた。そうして大いに気持ちをそそられていた。経験豊富なヒースだが、ルーシー・コールドウェルほど愛らしく無防備で、無邪気な女性には出会ったことがない。優しさと芯の強さと天真爛漫さが不思議に入り交じった彼女に、ヒースは魅了される一方で、反発も覚えた。ルーシーの夢はひとつも壊れていない。対するヒースの夢は――夢の残骸は、粉々にくだかれ、古い新聞の上に言葉となって残されているだけ。大切に保管してきた新聞を彼は何度となく読みかえし、しまいには内容を覚えてしまった。この四年間に学んだことはけっして忘れない。同じまちがいは、二度とくりかえしてはならないのだ。

「なにを読んでいるの?」興味津々の声にわれにかえり、ヒースはすぐさま応じた。

「古い『アトランタ・インテリジェンサー』紙だ。アトランタの戦いに関する記事だよ」

「どうしてそんな古い新聞を？」

ヒースは苦笑をもらした。

「まちがいを見つけるためさ。たとえばこの記事に、ジョンストンがチャタフーチー川を渡って退却したときのことが書かれている。〝部隊は整然と退却した〟かぶりを振り、ふんと鼻を鳴らす。「わたしはこの場にいたんだ。ジョンストンの部隊にいた。あれは〝整然〟とはほど遠かった――どいつもこいつも自分だけは助かろうと押し合いへし合い、大あわてで逃げたと言ったほうが正しい」

「ジョンストンの部隊にいたの？ 驚いた、ダニエルはそのころシャーマンの部隊にいたのよ！」

「だったら彼とは、鼻突きあわせて戦ったかもしれないな。いや、きっと彼は、包囲網でわが軍を一網打尽にした獣ども――ああ、いや、兵士のひとりだったにちがいない」

「どうしてまちがい探しを？」

「趣味のようなものさ……記者連中がどんな編集方針で、どんなふうに記事を書くのか研究するのがね。人はたいてい、正しいことではなく、まちがったことからより多くの情報を得られるものだ。ご存じのとおり戦時中は……両軍の記者が数えきれないほどのまちがいを犯した」

ストーブの前に敷かれた絨毯に腰を下ろし、ヒースはルーシーに新聞を手渡した。

「どのページも……巧言《こうげん》だらけだ。事実ではなく、巧言ばかりが書き連ねられている。わたしが記者なら……」

「記者なら？」黙りこんだヒースに、ルーシーは先を促した。「記者なら、どうやって事実を伝えるの？　自分なりのやり方でそれを始めたところで、いずれ政治家の圧力に屈し、彼らに言われるとおりの記事を載せるように――」

「手厳しいな」ヒースは愉快げに瞳を輝かせた。

「事実だもの……マサチューセッツでは、みんな政治家の言いなりよ」

ヒースはのけぞって笑い声をあげた。

「わたしはちがう。周りの人間がどんな方針だろうと、わたしが記者なら、操り人形になんかならない。時流に乗ったりせずに、わが道を行くさ。記者というのはたいがいが、政治家をはじめとした他人に操られても平気な顔をしている。北部の新聞も、お粗末さにかけては南部と同じ――弱腰で、日和見主義で、臆病だ。耳障りのいい言葉を使わず、読者にたたかれてでも真実を伝えてやろうとする意気地のあるやつなんて、ただのひとりも――」

「だけど、常に真実ばかりを載せるわけじゃないでしょう？　むしろ真実のほうが、あなたの意に沿わない場合だってあるんじゃない？」

「絶対に真実しか載せない」

「そうかしら。最初のうちはそうでも、いずれ変わるんじゃない？　ほかの記者がしているように、あなたにとっての真実を載せるようになるかもしれないわ」

「あいにく、ほかの連中とはちがうんだ」ヒースは応じ、興奮気味のルーシーにほほえみかけた。「読者を甘い言葉で釣るのもいやだし、あいまいな書き方もしたくない。幸い偏見はほとんどないほうだから――」

「北部人を嫌っている以外にはね」

「ずいぶんだな。言っておくが、北部人を嫌ってはいない。むしろ、すごく好きな一面もある」ヒースがくっくっと笑うと、ルーシーは吸い寄せられるように炎に視線を投げた。

「ねえ」炎に目を向けたまま呼びかける。「ひょっとして、新聞社で働いていたことがあるの？　なんだかそんな感じだけど」

「戦時中は、『モービル・レジスター』紙の記者だった。他紙に寄稿していたこともある。編集者が忙しくて手がまわらないときなんかは、自分で原稿をまとめるようにしていた。せっかくの原稿を半分にぶった切られるほど、記者にとって腹の立つことは――」

「でも原稿を短くするのは、それなりの理由があってのことなんじゃないかしら」

ヒースはふっと笑い、呆れかえった表情でかぶりを振った。

「たしかに。彼らの考えでは、大衆の士気を高める記事を書くのが記者の務めらしいからね。戦況に関するわたしの記事もおかげで連中から不評だった――あら探しに終始している、内容が暗い、前向きじゃないってね。だが、どうして戦時中に楽観的なことなんて書ける？　負け戦を強いられているならなおさらだ」

ふたたびほほえむヒースを、ルーシーは興味深げに見つめた。そこでなぜ笑うのか、理解できなかった。炉火の光を受けて彼の髪が赤褐色にきらめき、濃いまつげが日に焼けた頬に長い影を落としている。屈託のなさそうなハンサムな顔を見ていると、戦場の過酷さも戦火の恐ろしさも知らない人のように思えてくる。数えきれないほどの恐怖や殺戮を目にしてきただろうに、どうして彼はほほえみながらおだやかに戦争の話をすることができるのか。ひょっとすると彼は、慈悲のかけらもない人なのかもしれない。普通の人は戦争の話をするとき、怒ったり、もっと辛辣になったり、興奮したり、いばったりするものだ。かすかに眉根を寄せ、ルーシーは別の話題を探そうとした。

「『モービル・レジスター』というのは大手の新聞なのでしょう？　発行回数も相当多かったのかしら？」

「かなりね」

「ご自分の記事が載った新聞はそこにないの？」

「ない」

「残念。ぜひ読んでみたいのに。記事の署名にはイニシャルを使っていたのかしら、それとも――」

「南部兵《レベル》という筆名を。イニシャルは使えなかった。世論と正反対の記事を書くことが多かったからね。仕事仲間たちにも陰で、やつの目には戦場を飛び交う天使や勝利に輝く金の旗が映らないのかといって、非難されていたはずだ。だがわたしの目には兵士たちの負傷した姿や、屈辱感に震える顔しか映らなかった。南軍が勝っているときですら、彼らのなかに勝利の喜びなど見いだせなかった……いや、当時のわたしに想像力が欠けていただけかな」

苦々しげな表情を浮かべ、ルーシーはヒースを見つめた。

「ほんとうにレベルという筆名だったの？」

「気に入らないかい？」

「そうじゃなくて……じつは……あなたの記事を読んだことがあるの。北部の新聞に、再掲されたものを。アトランタ陥落の様子が、どの記事よりも克明に描かれて――」

「ヤンキーの新聞に記事を再掲されるとは、光栄至極だ」

「軽口はよして。レベルの――いいえ、あなたの記事を、何度も何度も読んだわ。避難民や親を亡くした子どもたち、脱走兵の記事を。からかっているわけじゃないわね？もしいまの話が嘘なら、絶対にあなたを許さない――」

「からかってなどいないよ、ルーシー」ヒースはふいに、きまじめそうな険しい表情になった。

「終戦後、本を書いたでしょう……それともあれは、レベルの筆名で誰かほかの人が――」

「わたしが書いた」

「みんな読んでいたわ……わたしはまだだけど、いずれきっと読むつもりよ」

「ぜひそうしてくれ。最近は印税が減ってしまってね」

ルーシーは笑わなかった。座ったまま、手のなかの新聞に視線を落としつつ、文字を読んではいなかった。アトランタの戦いは、戦時中の数少ない鮮やかな記憶のひとつだ。コンコードが戦地からだいぶ離れていたため、当時のルーシーは戦争を他人事のように感じていた。戦時中だと意識するのはもっぱら、ダニエルの不在を実感したり、兵士救済婦人会での活動に精を出したりするときだけ。そんなある日、レベルという記者によって書かれた記事を目にするようになった。ジョージアでの戦況や、同州の激戦地マリエッタから必死の脱出を図る人びと、包囲網に遭ったアトランタの疲弊や絶望。希望のかけらもない陰鬱なレベルの言葉によって、ルーシーもようやく、故郷が破壊されるさまをまのあたりにした人たちの恐怖を少しだけ理解できるようになった。あの記者が、目の前にいるヒースだなんてとうてい信じられない。

「みんな、あなたの記事をもっと読みたがっていた」ルーシーは伝えた。「南部降伏のときも、あなたの記事がきっと載るはずだと期待していたわ。でも、記事を目にすることはなかった」

「すでに戦地を離れていたからね。ハーペス川で負傷したんだ。あれは捨て身の攻撃だった。あの戦争で勝利をおさめるため、死力を尽くした気高い戦いだった。連隊の大部分が死んだよ」

「あなたが無事でよかった」言いながらルーシーは、こらえようとした涙があふれてくるのを感じた。震え声に気づいたヒースが驚いて顔を上げ、首を振りながら苦笑を浮かべる。

「泣き虫なんだな」

「そうよ。ダニエルにも、やたら泣くなと言われるんだけど、ときどきどうしても――」

「またダニエルか。会ったこともない男のことを、こんなふうにいろいろ聞かされて憎たらしく思うなんて、生まれて初めての経験だな」

ルーシーはくすくすと笑い、涙を抑えようとして大きく息をついた。

ヒースの手が伸びてきて、彼女の指を温かく、力強くつつみこんだ。彼を誘うようなまねは、ひとつもしていない。視線を投げることすら。でもルーシーの脈は速さと勢いを増し、胸はどこか心地よい不安に満たされている。おずおずと手のひらを上に向けると、指と指がからみあった。たちまち、なじみのない甘やかな感覚が全身を貫いていった。手を握るくらい別になんでもないわ――ルーシーは言い訳がましく内心でつぶやいた。それでも、知らない男性と触れあって喜びを感じるなど、ダニエルに対する裏切り行為だと思わずにはいられなかった。そっと彼女の手を握りしめていた手にかすかに力がこめられたかと思うと、ヒースがいきなり立ち上がった。ルーシーは、置き去りにされた気持ちになった。

「薪を作ってくるかな」と彼が言い、ルーシーは無言でうなずいた。胸の内では当惑と、一刻も早くひとりになりたい気持ちと、彼にそばにいてほしい気持ちとが、ないまぜになっていた。

2

川の水によって受けた被害は、当のルーシーよりもドレスのほうがずっとひどかった。生地の一部がちぢみ、ところどころ変形までしていた。オーバースカートに襞をつけるベルベットの脇紐を調整してみたが、まるで効果はなかった。茶色のサテンリボンを何度も結びなおしたところで、いびつな形を隠すのは不可能だった。それでもマントを羽織ってしまえば下に着ているものは見えなくなる。ドレスはあとでこっそり捨ててしまえばいい。父は経営する店のことではなにかとこまかいが、娘に関しては放任状態だ。ドレスの一枚や二枚なくなっても気づくわけがない。

今朝、ルーシーとヒースのあいだには奇妙な沈黙が漂っていた。昨日は気さくに話せたのにわけがわからなかった。ヒースはまだら模様の蘆毛馬《あしげ》が引く小さな馬車で彼女を村まで送ってくれた。広場が近づいてくると、馬の歩みが遅くなったように感じられた。

「もうすぐね」三日間の不思議な冒険が終わりに近づきつつあるのを悟って、ルーシーはつまらなそうにつぶやいた。そうしてふいに、彼と話し忘れていたことがあったのを思い出した。「ヒース、待って。馬車を止めてくれない?」

陽の光を浴びて涼しげにきらめく青碧の瞳をこちらに向け、ヒースは手綱を引いて馬を止めた。

「先に決めておかなくちゃ」ルーシーは沈んだ声でつづけた。「今後、人前でばったり会ったときにどうするか。あれだけしてくれたあなたに、赤の他人のように接するのはいやだけど……でも、だからといって知りあいとして振る舞うわけにもいかないでしょう！」

ヒースは無表情だった。こめかみの傷跡も、笑いじわにまぎれて見えない。

「わたしが、南部人だから？」

「いいえ、そうじゃないの。わたしたち、誰かに紹介されたわけでもないし……ゆうべのように気さくにあなたと話すわけにはいかないの。こっちは婚約者がいる身で、あなたは婚約者のいる女性を友だちに持つような人じゃないわ。ふたりがどうして知りあいなのか、みんな不思議に思うでしょう？　とりわけダニエルが」

「だろうね」ヒースが同意し、そのおだやかな声音にルーシーはほっとした。彼もわかってくれているらしい。視線をヒースの顔に向け、褐色の肌と濃い金色の髪を凝視する。雪と冷たい空気につつまれた北部には、まるで不釣り合いだ。さんさんと照る陽射しや緑豊かな大地に住むよう運命づけられた人という感じがする。それにあの物憂げなほほえみや、母音を伸ばす発音は北部ではけっして受け入れられない。ほんとうに、どうして故郷を遠く離れてこちらに移り住んだのだろう。なにがあったのだろう。頭のなかで考えをめぐらせながら、ルーシーは質問を投げることはできずにいた。そのとき初めて、ヒースの首の脇にシャツの襟からのぞくようにして、ほとんどそれとわからないほど薄い傷跡があるのに気づいた。あの傷はいったいどこまで伸びているのだろう。原因はなんだろう。こめかみの傷跡に、よく似ているけれど……。

ルーシーはさらに考えた。ヒースはいったいどういう人間なのだろう。いまのところわかっているのは、人生経験が豊富で、他人に理解できない感情はあまりおもてに出さない人、ということくらいだ。ダニエルをはじめとする周囲の人たちはみな、基本的にわかりやすい性格をしている。けれどもヒース・レインは非常に複雑な人となりをしていて……見かけに騙されてはいけない気がする。溺れかけていたところを助けてくれたのは感謝しているが、だからといって、友だちになれるかもしれないと思うほど単純なルーシーではない。なにしろふたりには共通点がない。いや、まるで正反対の人間同士だ。

「助けてもらったこと、絶対に忘れないわ」ルーシーは重々しく言った。「お礼のしようもないけれど――」

「永遠の感謝の気持ちなんてものはいらないよ」ヒースがさえぎり、皮肉めかした笑みを浮かべた。「そう悲しげな顔をするなよ、ハニー。これでお別れというわけじゃないんだから」

「いいえ、これでお別れよ。いままさに、そう言おうとしていたの」

「なるほど。気づかなくて申し訳ない。なにしろヴァージニアでは、別れの告げ方がちがうものでね」

ヒースの青い瞳がいたずらっぽく光り、ルーシーは思わずほほえみかえしながら、顔をそむけた。「からかわないで」と少し媚《こび》を含んだ声で答える。彼がなにを求めているのかはわかっているが、どんなにしつこく誘われようと、応じる気はなかった。彼女には婚約者がいるのだから。

「からかってなどいないよ。まじめな話だ。少なくともキスくらいしてくれて当然だと思わないかい？　こっちはきみの命を救ったんだからね。命の恩人へのキスも、ダニエルは惜しむたちなのかい？　そもそも彼にばれる心配はあるのかい？　わたしからは絶対にばらしたりしないよ。ルーシー、キスくらい大したことじゃないだろう？」

「ダニエル以外の人と、したことないもの」しかつめらしく答えたルーシーだが、ヒースと言葉でたわむれるのを内心で楽しんでいた。

「ふうん、でもダニエルは、きみの母斑さえ見たことがないんじゃないのかい？」ヒースは言い、ルーシーが顔を赤らめるのを見て笑った。「ああ、すまない。たしかにきみの言うとおり――こいつは紳士にあるまじき振る舞いだな」

「そのとおりよ」

「それで、ダニエル以外の人とキスしたことがないというのは、ほんとうかい？」

どうして彼とこんな話をしなければならないのだろう！　視線をよけながら、ルーシーは顔を真っ赤にした。

「基本的にはね。婚約前に……ひとりかふたりとキスの真似事くらいはしたけど……でも、ダニエルとのキスは本物だった」

「本物のキスか」ヒースは考え深げにくりかえした。「本物じゃないキスなんて、この世にあるのかな」

「わかっているくせに。まるで無意味なキスだってあるでしょう？　本物のキスには、ちゃんと意味があるわ」

「いや、やっぱりちがいがよくわからない。ねえルーシー、こっちを向いてごらん」

当惑と期待がないまぜになっている自分に気づきながら、なぜかルーシーは彼に従ってしまった。ヒースはキスをしようとしている。許すべきではないのに、やめてと言うことがどうしてもできない。ヒースは彼女の視線をとらえたまま、悠々と手袋をはずした。褐色の手が伸びてきて、ルーシーのうなじをつかみ、栗色の髪に指が挿し入れられる。反対の手が、コルセットで締めつけられた腰の曲線にそっと置かれる。ダニエルの控えめな抱擁とは、まるで別物だった。

「こいつは本物のキスかな、ルーシー？」

ヒースの頭が下りてきて、ルーシーは目を閉じ、すばやく息を吸いこんだ。触れた瞬間の唇は乾いて温かく、彼女の知らないなにかを求め、促すかのようだった。ルーシーは座席の端をつかみ、おずおずとくちづけを受け入れた。もうすぐ終わるだろうと思ってしばらく経ってからも唇はまだ重ねられたままで、やがて角度を変えていっそう強く押しつけられると、口を開かざるを得なくなった。ルーシーはあえぎ、両手を広い胸板にぴったりとあてて相手を押しのけようとした。くちづけはいまや熱く湿り気を帯びており、不快感と喜びが同時にルーシーをつつんで、彼女の身を震わせている。やがて舌をからめられると、ルーシーは驚愕し、うろたえた。こんなくちづけは、夢にも思ったことがない。ヒースの唇は燃えるように熱く、飢えている。彼は魔法でも使っているかのようにルーシーの感覚をすくいとり、そっと促していた。初めて彼に抱きしめられたときと同じように、ルーシーは身震いをした。でも今回は、寒さのためではなく、胸の奥深くからわき起こる熱のためだった。

くぐもったうめき声とともにヒースがくちづけをやめ、どこか当惑したような表情を浮かべた。ルーシーは呆然としつつも彼の瞳を見つめかえした。するとたちまち胸が締めつけられ、胃がひっくりかえるような感覚に襲われた。たったいま、彼に口のなかまで愛撫されたのだ。それが普通の愛撫ではないことに思い至り、ルーシーはどぎまぎした。けれども……不快感はなかった。

「いまみたいなキスを婚約者としてはいけないよ」ヒースが諭す。「どこで教わったんだと、訊かれるからね」

あわてて彼から身を離し、ルーシーは座席の端にずれると顔をそむけた。唇がやわらかみを帯びて腫れている。からめられた舌の感触がまだ残っている。愛撫のことを思い出すたび、ルーシーは体の力が抜け、身が震えた。どうしてヒースに許してしまったのだろう。罪悪感に苛まれつつ、ルーシーはダニエルを思った。ダニエルはああいう愛撫をけっしてしようとしなかった。ふたりはきっとこれからも、口を閉じたままキスをするだろう。おそらくは結婚したあとも。ダニエルは言っていたではないか。男という生き物はある種の女性を肉欲の対象とみなし、またある種の女性を愛の対象とみなすのだと。そしてダニエルにとって、ルーシーは愛の対象なのだと。

「それで、いまのは本物のキスだったかい?」ヒースは問いかけ、目を合わせようとしないルーシーを見て苦笑をもらした。「まあいい……そろそろ家に送るよ」


その日の夜、ダニエルが家にやってきた。彼の家から大通り沿いに建つ雑貨店までは、歩いてほんの数分だ。ルーシーは母のアンを幼いころに肺結核で亡くして以来、父とふたりきりで店の二階に住んでいる。

「わしは下で、在庫整理でもしてこよう」ルーカス・コールドウェルは、雪のように白い口ひげの先がぴんと立っているかどうか指先で無意識にたしかめながら言った。ダニエルとふたりきりになれる時間を作ってくれる父に、ルーシーは感謝をこめてほほえみかけた。扉を静かにぴったりと閉じて出ていく父の、服にしわひとつない後ろ姿を見送る。父がいなくなると、彼女はダニエルの腕のなかに飛びこんだ。やはりダニエルは自分に一番ふさわしい相手だと思った。背の高さもちょうどよく、抱かれていると安心感につつまれる。高すぎて威圧感を覚えることもない。それに抱きあうと、あたかも手と手を握りあわせたときのように互いの体が寸分の隙間もなく密着する。考え方だってまったく同じだ。ダニエルはルーシーの一番大切な友人で、それは永遠に変わらない事実。夫婦になったあとも、けっして変わらない。

「ああ、会いたかったわ」ルーシーは熱っぽくささやき、顎を上げてくちづけを受けた。いつものようにダニエルの口ひげが上唇をそっとかすめ、ルーシーは衝動的に口を開いた。軽いキスだけでは物足りない。もっと彼を味わいたい。もっと荒々しい、今日の午後のキスみたいなくちづけが欲しい。きっとダニエルはいままで、彼女を怖がらせまいとして、軽いキスで我慢してただけ……。けれどもルーシーの切望感に気づきもせず、ダニエルはあっさりと顔を上げた。

「ぼくも会いたかった」ダニエルは言い、茶色の瞳で愛おしげに彼女の顔を見つめた。「きみが発つ前に話したことを、何度も思いかえして――」

「わたしも。あのときは、うるさく言ってほんとうにごめんなさい」

「結婚のことを心配するのは当然だと思うんだ。気持ちはよくわかるよ……ぼくだって、一日も早くきみと一緒になりたい。近いうちに日どりを決めよう。約束するよ」

「でもあなたは、三年前からそう言ってるわ」

「きみにふさわしい家を買えるようになるまで結婚は――」

「こぢんまりした家ならもう買えるでしょう？　大きな家に住む必要なんてない。あなたと一緒にいられればそれでいいの。父とここで同居するとか、あなたのご家族と同居する方法をどうして考えてくれないの？　自分たちの家を買うお金ができるまでだっていいじゃない？」

「自尊心の問題だよ。前にもそう言った――」

「いまだけでもいいから自尊心は忘れて、わたしの話を聞いてちょうだい。自分や妻の家族と同居している男性なら、いくらだっているわ。最初は小さい家で我慢して、あとから大きな家を建てる男性だっている。そういう選択肢はあなたにはないの？　いつまでもこのままなんて、耐えられない」言葉が喉に詰まり、ルーシーは静かにつけくわえた。「わたし、さびしい」

ハンサムだがいかめしい顔に驚きの色を浮かべ、ダニエルは両手を彼女の肩に置いた。

「いったいなにがさびしいんだい？　きみの周りには、いつも人が大勢いるじゃないか。ぼくとも毎日会ってるし、ときには一日に何度も会うだろう？　ダンスや講演会にも一緒に出かけて――」

「大勢の人に囲まれていても、さびしく感じることはあるわ。誰からも必要とされていない気分。誰のものでもない自分を実感してしまうの」

「きみにはお父上が――」

「父には店があるもの。父にとって一番大切なのは店よ。店とお客さんが父にとっての〝世界〟で、そのふたつさえあればいいの。もちろん娘に愛情はそそいでくれるけど、同列には語れない。そしてあなたにはご家族がある。兄弟や姉妹が何人もいる大家族が。ご家族みんな仲がよくて、ひとりひとりが家族の一員として支えあっている」

「きみだって、わが家の一員も同然――」

「いいえ、わたしは部外者よ」ルーシーはあくまで譲らなかった。「だから、わ、わ、わたしも家族

あなたはそれを受け取ってくれない。わたしは女で、あなたにあげたいものがいっぱいあるのに――あなたはそれが欲しいの。わたしは……」言いよどんでから、ルーシーは早口につづけた。「もっとあなたのそばにいたいし、夫としてあなたを愛したいの。ポーチで軽いキスをしたり、人目を忍んで手をつないだりするだけじゃ、もういやなの」

彼女がなにを言わんとしているのか気づいたのだろう、ダニエルは耳まで真っ赤になった。

「ルーシー、静かに。自分がなにを言っているのか、きみはわかっていないんだ」

「あなたのものになりたいの。あなただけのものに。もう待つのはいや。これからまた二年も三年も結婚を遅らせるなんて――」

「まいったな」ダニエルは彼女から身を離し、神経質な笑い声をあげた。「まさかきみが、そんなことを考えているとは思わなかったよ」

「考えるに決まっているわ。女性ならあたりまえよ。口にするかしないかだけのちがいだわ」

「きみの望みをかなえることはできない。初めての夜には、無垢でいてほしいんだ。花嫁はみな、そうあるべきだよ」

「そうやって、あなたはいつも常識を重んじてばかり」うつろな声で応じたルーシーの瞳に、先ほどまでの情熱や切望はもう宿っていない。「いまのこの状況……わたしの気持ちについては、なんとも思わないの？」

「いつまでも待たせるつもりはないよ。まずは日どりを決めて――」

「近いうちにね。わかったわ」

「約束するから」ダニエルは身をかがめてルーシーの額にキスをした。

唐突に両の腕を彼の首にまわし、ルーシーは自分の唇を相手の唇に重ねると、高ぶった体をぴったりと押しあてた。驚いたダニエルがその場で固まり、やがて両腕を体にまわしてきて、熱っぽいキスにこたえはじめる。勝ち誇った思いでルーシーは身を震わせ、首をのけぞらせて、さらに体を密着させた。たくましく鍛えられた男らしい体が、張りつめてくるのが感じられる。脈打つ硬いものが下腹部にあたり、彼の高ぶりが実感される。

ダニエルはふいに唇を引き剝がした。頰は上気し、まごついた表情を浮かべていた。

「いけない」かすれ声で諭す。「言っただろう、ルーシー。物事には順序があるんだ」

彼の興奮を呼び覚ますことができた、切望感を抑えきれずにいるのは自分だけではなかった――そう思うと小躍りする気分だったが、ルーシーは同時に失望も覚えていた。いったんこうと決めたら、ダニエルは絶対に譲らないのだ。

「わかったわ」ルーシーはつぶやき、うつむいた。拒絶された自分が、恥ずかしくてならなかった。

「いまみたいに衝動的な振る舞いはよくないよ、ルーシー。相手につけ入られたら、いったいどうするんだい？　ぼくはきみを大事にしたいんだ。いずれきみも、そんなぼくに感謝するはずだよ」

「でしょうね」

「まちがいないさ」

二月の嵐がもたらした雪が、わずかに解けた。吹きだまりが固まって、大通りに並ぶニレの裸木を覆っている。ルーシーは店で父の手伝いに精を出していた。コーヒーや紅茶、蜜蝋に固形石けんなど、嵐のあいだに切れたさまざまな備蓄品を買い足す人びとが大勢訪れ、店はいつになく忙しい。おかげで、ヒース・レインと川向こうの小さな家――秘密の三日間を過ごした場所のことは、ほとんど考える暇もなかった。それでもときおり、異国人めいた青碧の瞳や「ハニー」と呼びかける声、ときに辛辣でときに気まぐれな独特のユーモアセンスなど、あれやこれやがふと頭に思い浮かぶ一瞬があった。ダニエルがそばにいるときでさえヒースを思い出すことがあって、そのたびに赤らんだ頬や無口の言い訳をしなければならず、ルーシーは自分にとまどった。

土曜日の朝の習わしで、ダニエルは友人たちと一緒に店のストーブの周りに集まり、グラント将軍が流行らせた葉巻をくゆらせながら戦時中の思い出話にふけっている。父はナイフをしまったガラスケースを磨き、ルーシーはデイドレス用の生地を選ぶミセス・ブルックスへの応対に忙しい。ミセス・ブルックスが買い物を終えて店をあとにすると、扉の上のベルが軽やかに揺れて、新しい客が入ってきた。リネン地を抱えていたルーシーはしばらく客をほうっておいたが、ふと気づけばダニエルたちが妙に押し黙っていた。戸口に視線を投げてみると、濃い金色の髪と日に焼けた褐色の肌が目に入り、あわててカウンターに視線を落とした。震える手でリネン地を取り上げ、棚にしまわれたリネンの上にのせていく。

「おはよう、ミスター・レイン」父が気さくに声をかけた。「注文品の受け取りかね？　昨日のうちに届いているよ」

「ついでに手紙も」強い南部訛りのある声がかえってきた。記憶のなかにあるとおりの、母音を伸ばしたような温かみのある声。ルーシーは背筋にしびれのようなものが走るのを感じた。ポプリン地のドレスのサッシュにそっと手を伸ばし、背中で結んだ大きなリボンを直して、簡素なオーバースカートと縞模様のアンダースカートの上にきちんと伸ばす。

「ルーシー、わしは手が離せないから頼むよ」父が言った。

「おはよう、ミス・コールドウェル」

ルーシーが思いきって視線を合わせると、深い青碧の瞳には笑みが浮かんでいた。サッシュを直すところを見ていたのだろうか。もしそうなら、自分が来たからだと思ったにちがいない。なんてうぬぼれ屋なんだろう！

「おはようございます」ルーシーは冷ややかに応じた。ぎこちなく手を伸ばして、入口近くのガラスで仕切った箱のなかをやっとの思いで探る。ヒース・レイン宛の手紙は二通あり、一通は女性の筆跡だった。誰からだろう――もっとよく見たい衝動を抑えこみ、ルーシーはヒースに手紙を渡した。ふたりの視線がふたたびからみあい、ルーシーの鼓動が速くなる。そうしてい目の前には彼が立っている。ふたりで過ごした三日間はやはり夢ではなかった。そうしていま、ヒースと自分とダニエルは同じ部屋にいる。

「ミスター・コールドウェル」

「ありがとう、ミス・レインは」ふいにダニエルが言った。いつものダニエルらしくない、すぐにはそれと気づかないほどのかすかな蔑みがこめられた声だった。「元南軍兵だが、こっちに移住してきたんだよ、ルーシー」

「婚約者のダニエル・コリアーです」ルーシーがそう紹介すると、ヒースはダニエルを興味深げな目で見てから彼女に視線を戻した。

「なるほど」ヒースが短くつぶやき、ルーシーは必死に笑いをかみ殺した。彼がダニエルをどう思ったか、その一言でよくわかったからだ。なんだか、ふたりで秘密の冗談を共有している気分だった。けれどもダニエルがいきなりかたわらにやってきて、愉快な気持ちはたちまち消え失せてしまった。

「いいかい、ルーシー」ダニエルはせせら笑った。「きみはよく戦争や南軍の連中のことをぼくに訊くだろう？　こいつは、まさにそのひとりなんだ。こいつらが北軍の兵士たちを痛めつけ、命を奪った。ジョニー・シェフィールドみたいな少年まで薄汚い牢屋にぶちこみ、天然痘で死なせたんだ」

「よして、ダニエル！」ルーシーはぎょっとして婚約者を見つめた。いつものおだやかで礼儀正しいダニエルらしくない。口論を嫌う彼が、まさかけんかを売るなんて。見ればば優しげな茶色の瞳は冷たい怒りに燃えており、ルーシーは無意識のうちに一歩後ずさった。その拍子に触れた肩は、鋼鉄のように硬かった。

「まさか南部野郎が、注文の品を自ら取りに来るとはね」ダニエルが言い、ヒースを鋭くにらむ。「奴隷に命令しないのかい？」

「奴隷制度には昔から反対でね」ヒースは静かに答えた。

ストーブのかたわらの椅子に座っていた男ふたりが、すっくと立ち上がった。

「笑わせんな」とひとりがこわばった声で言う。「きさまらは奴隷制度をつづけたいがために戦争したんだろうが？　奴隷制度に賛成だからこそ、罪もない何千人という善人を殺したんだろうが？」

「わたしが戦ったのは、別の理由からだ」南部訛りがひときわ強くなり、北部人の口調とのちがいが際立つ。「なにも知らないヤンキーに、命令されるのがうんざりだったというのが一番の理由だが――」

「ルーシー、ミスター・レインを下に案内して、注文の窓ガラスをお渡ししなさい」父が娘に命じ、そのくらいにしておけ、と言わんばかりの顔で男たちを見た。商売人である父にとって、自分の店でこの手の騒ぎが起こるのは腹に据えかねるのだろう。男たちもすぐさま静かになった。ルーカス・コールドウェルは町のみんなから愛され、信頼されている。町の誰もが、ひとつやふたつ彼に借りがある。その事実を、ルーカスが口にする必要すらなかった。

ルーシーは父の瞳を見つめ、意図を読みとると、小さくうなずいた。

「南部野郎と彼女がふたりきりになるのは、気に入りませんね」ダニエルが言った。

「心配いらないさ。そうだろう、ミスター・レイン？」

「ええ、もちろん」

「早く行きなさい、ルーシー」

ルーシーはヒースをともなって店の裏に向かい、細い階段を下りた。下りる途中、父の声が聞こえてきた。

「いいかね、わしの店ではどんな客も大切な客なんだ。北部人だろうと南部人だろうと、フランス人だろうと、イヌイットだろうと。わしのやり方が気に食わんのなら――」

倉庫にたどり着く。さまざまな紙包みの置かれた木製の棚の前に歩み寄る。

激しい動揺に、ルーシーはわずかに鼻をふくらませた。

「ごめんなさい。ダニエルに――彼らに代わってお詫びするわ。ダニエルも、いつもはあんな……あんな……」

「短気でも、高圧的でもないのに？」ヒースが控えめな表現であとを継ぐ。

「みんな、子どものころからの知りあいよ。一対一だったら、あなたにあんなことを言ったりしないと思うの。でも仲間がいると――」

「だろうね。ついでながら、彼らが南部に行っても、やっぱりあんなことは言えないだろうと思うよ。向こうじゃ、相手の言葉より先にこぶしが飛んでくるから」

ヒースを見上げたとき、ルーシーの動揺は幾分おさまっていた。どうやら彼は怒っていないらしい。先ほどの出来事を不快にすら感じていないようだ。いまだにもやもやしているのは、ルーシーだけ。深呼吸をひとつして、彼女は気持ちを落ち着かせた。ダニエルのけんか相手の味方をするなんて変だ。その相手が赤の他人なら、なおさらだ。

「体調はいいのかい？」ヒースが訊いてくる。

「ええ。あの……例のことのあとも、風邪ひとつひいていないし」

川での出来事をぼかして言うと、ヒースはほほえんだ。

「そう。ダニエルにも、疑われたりしなかった？」

「大丈夫」

「口論したとか言っていたけど、仲なおりは？」

「それが……ちゃんとしたわけでは」

「そいつはまずいね」

「もう」ルーシーは笑いだした。「あんまり親身になられると、なんだか困るわ」

「一言いいかな——ダニエルは、思っていたとおりの男だね。口ひげのことは、きみから聞いていなかった気がするけど？」

「すごく目立つでしょう？」

「わたしも、生やしてみるかな」

「やめて！」ルーシーはきまじめな顔で言い、笑われると真っ赤になった。

「きみがそこまで言うなら。つまりきみは、口ひげはあまり好きではないわけだ——」

「ダニエルのは別よ」

「彼に夢中のようだね。それとも、いまだけかな。これならきっと……ほかの誰かがきみの心を奪うのも不可能じゃないかもしれない」

「ありえないわ。ダニエルとわたしは死ぬまで一緒よ。わたしたち、ともに成長してきたんだもの。そういう絆は、なにものにも壊せないはずよ」

「なにものにも？　ハニー、わたしがこの数年間で、ひとつだけ学んだことを教えてあげよう。この世にたしかなものなど、ひとつもないんだよ」

ルーシーは意味深長に彼を見つめた。この会話はあまりにも個人的すぎると、警告するつもりだった。

「その呼び名は、二度と使わないでほしいわ」

ヒースはふっと笑った。

「ではミス・コールドウェル、わたしの荷はどれかな？」

無言で棚のほうを向き、ルーシーはつま先立って、端に置かれた荷に手を伸ばした。左右の隅をつかんで棚から引き下ろす。すると背後からヒースの腕が伸びてきて、荷を支えた。包装された窓ガラスを危なっかしくつかんだ彼女の手に、いまにも触れんばかりだった。ほんのつかの間、たくましく引き締まった体を背中に感じ、ルーシーはすぐさまくるりと振りかえった。

「やめて」と険しい声でたしなめる。「さわらないで」

「わざとじゃない。つま先立ちでよろめいているきみに、一カ月も前に注文した窓ガラスを割られたら困るからね」

「よろめいてなんかいません！」

「ふうん。するとこう言いたいわけか、きみの魅力にまいったわたしが、いい口実になるとばかりに――」

「そんなこと言ってません！　もう……もう、上に戻って！」

するとヒースは、いやにうやうやしく階段を指し示した。瞳は愉快げにきらめいている。

「レディーファーストですよ、ミス・コールドウェル」

つんとして階段を先に上り、店に戻ると、ルーシーは店での定位置であるカウンターのなかに立った。ヒースから受け取った金を数えもせず、レジのほうに移動する。

「すまないが、あと一分だけ待ってくれ」父がヒースに声をかけた。「いま領収書を――」

「ありがとう、でも領収書はけっこう」

長身の南部人が大またに戸口へと向かうさまを、店内に残された者たちは無言で見ていた。

一言言わずにはいられない短気なジョージ・ピーボディが、口のなかで悪罵を吐く。

ヒースが歩みを止めて振りかえり、値踏みする目でジョージを見た。だがヒースがなにか言いかえす前に、ルーシーはジョージをきっとにらんで注意した。

「ジョージ、口にボタンをして！」

「ボタンなら、ブリーチのほうが先みたいだが」ヒースが言い、ルーシーに向かって軽く帽子を上げてから店を出ていく。

一同は反射的に、ジョージのブリーチの前を見た。たしかにボタンがいくつか開いていた。

場の空気が一気にほぐれる。真っ赤になったジョージがきまり悪そうに後ろ向きになると、みなくすくすと笑いだした。ダニエルですらほほえんでいる。

「失敬な南部人め」と彼が苦笑交じりに言い、一同は無言で同意した。

コンコードの家々の居間では近ごろ、偏見を捨て、客観性と分別を持ちながら、レコンストラクションについて話しあう討論会が相次いで開かれている。しかし誰もが予想したとおり、討論会は客観性とは程遠く、分別のかけらもない、偏見に満ちたものとなっている。それでも、白熱した会合には大勢の人びとが深い関心をもって参加する。発言できるのは男性だけだが、女性も居間の隅で静かに座って聞いているだけなら、その場にいてもかまわない。市民と意見を交換するのは、整然とした語り口のブロンソン・オールコットや、洞察力に富むラルフ・ウォルドー・エマソンらだ。今回の討論会の開催場所はルーシーの家だが、この前の場所のように大勢の参加者を受け入れられるほどの広さはない。

討論が進むなか、ルーシーはキッチンの様子を確認しに行った。乾燥した空気が蒸気で和らぐよう、鋳鉄のストーブの上にのせた鍋に水を足す。あとで参加者に振る舞うため、トレーにはティーケーキを並べてある。準備万端整っているのをたしかめると、彼女はモスリンとレースのエプロンのしわを伸ばし、声のするほうへと足音をたてずに向かった。ちょうど、白髪交じりの髪を肩まで伸ばしたブロンソン・オールコットが参加者の輪のなかに立ち、控えめな身ぶり手ぶりで熱弁をふるっているところだった。

薄暗い戸口にそっと立ち、室内を見わたしてみる。奥のほうに父がいて、懐中時計を見ていた。ティーケーキはいつ出てくるんだろうとでも考えているにちがいない。ダニエルは輪の中心に陣取って脚を組み、片膝に両手を置いて、オールコットの話に聞き入っている。部屋の隅の物陰にはヒース・レインが座っていた。陰のせいで、金髪が小麦色に見える。足首を交差させ、腕をさりげなく組むさまはいかにも、つまらない話だと言いたげだ。だがなぜかルーシーにはわかった。彼は、話者の一語一句に真剣に耳を傾けているはずだと。

それにしても、なぜ彼はレコンストラクションに関する討論会にいつも参加するのだろう。南部人は彼ひとりだ。たしかにコンコードでも、ことレコンストラクションに関する話では南部寄りの意見もたまに耳にする。だがヒース・レインはここではよそもの——当のヒースも含め、周知の事実だ。討論会が開かれたばかりのころなどは、ヒースがその場にいるだけでまともな議論にならなかったという。参加者がみな彼にばかり注目するためだ。いつ南軍お得意の雄叫びをあげ、けんかを始めるかと誰もが恐れていたためだ。だがけっきょくヒースは討論会のあいだ中、一言も発しなかったらしい。いまでは町の住人も、ヒースが討論の場にいることさえ忘れているように見える。ヒースは会場に着くと、大胆にも話しかけてくる人たちに気さくに応じ、黙って議論に耳を傾け、そうして帰っていく。あたかも単なる傍聴者にすぎず、戦争など経験したこともないかのように！　そんな彼の振る舞いが、ルーシーにはまるで理解できなかった。でもきっと、彼を理解できる人などいないのだ。

「この闘争を、完全なる悪と完全なる正義の対立とみなすべきではない——そう主張する人ひとに対し、わたしはこう言いたい――」オールコットが論じる。「奴隷制度という悪を冷徹なまでの客観性をもって分析してみたまえ、と。奴隷制度を後押ししてきた人間への思いやり、そして彼らに対する寛容の心は、反逆罪にも等しいのではないか……」

何度も耳にしてきた演説に、ルーシーはあくびをかみ殺した。そっと片手を上げて口元にあて、目をしばたたいて退屈を吹き飛ばそうとする。あらためてヒースのほうを見やれば、青碧の瞳がじっとこちらを見つめていた。目をそらすことができずにしばらく見つめあっていると、彼が口の端にかすかな笑みを浮かべ、ルーシーもついほほえんだ。つづけてエマソンが灰色がかった緑の瞳を輝かせながら、オールコットの意見に持論をつけくわえる。エマソンの言葉は例のごとく、場の注目を一気に集めた。

「南部人への寛容の心は、与えるべきでも、与えてよいものでもない。なぜならわれわれには、南北戦争で求めた理想を守りつづける義務があるからだ。大志の実現を目指すなら、われわれは南部人を許したり、和平交渉を申し出たりするべきではない。戦争は遊びではない。道義を手に入れることができるのは、道義のために戦う者のみ。ならばわれわれは、敵への慈悲の心を捨てて戦わねばならない」

「慈悲の心を捨てて、ですか？」父がおずおずとたずねた。「しかし、われわれは――」

「男は、戦争のずるさや堕落に苦しむことで、真の男となれる」エマソンは抑揚のない声でさえぎった。「ある意味、戦争は男にとって有益なものなのだ。若者に戦うことを奨励するのもそのため――そして、われらの理想の追求のためだ」

そのときふいに新たな発言者の、作ったようにおだやかな声が室内に響きわたった。

「あなたはまちがっている……ミスター・エマソン。戦争は男にとって……人間性を奪うものでしかない」

目という目がすべて部屋の一隅に向けられる。ヒース・レインは相変わらず退屈を装っている。口の端に、いつもの笑みが浮かんだ。「たやすいことだ」と最前よりもさらにおだやかな声でつづける。「あなたのような人が若者を戦争へと駆り立てるのは。なぜならあなた自身はライフル銃を持つには年をとりすぎているし、ご子息はまだ子どもですからね。若者をライオンの檻へと飛びこませるのも、同じようにたやすい。彼らは、国のためと言われればすべてを信じるのですからね」

ヒースの言葉に一同は凍りついていたが、やがて、低くつぶやく声が徐々に大きくなっていった。ルーシーは両手でエプロンをぎゅっと握りしめ、ヒースを凝視した。彼に対する共感と不安とが胸の内を満たしている。あれ以上黙っていられなかった気持ちはよくわかる。けれども、自ら厄介事を招く必要はないではないか。コンコードで最も敬愛されるエマソンに、あなたはまちがっている、などと言える人はいない。エマソンは臆病者だと、ほのめかせる人もいない——南部人ならなおさらそうだ。自分がなにをしでかしたか、わかっているの……ルーシーは内心、ヒースを責めた。できることなら時計の針を戻して、彼がなにか言う前にあの頑固な口をハンカチでふさいでやりたい。

「戦争は、男の高潔さを試す場だ」エマソンが応じた。怒りのためか、それとも動揺のためか、顔は蒼白になっている。「訓練の場と言ってもいい。南部人を征服することで、北部人はその道義心と高潔さを証明してみせたのだ。仲間を失ってでも、証明する価値はあった」

「ミスター・エマソンのおっしゃるとおりだ、ミスター・レイン」ダニエルが横から口を出す。こわばった声で話すとき、口ひげがわずかに上下した。「南部人の傲慢さゆえに、われわれは善き仲間たちを失ったのだ。南北戦争は、サウスカロライナの連邦離脱をきっかけに始まり――」

「サウスカロライナが連邦を離脱したのは」ヒースがさえぎった。「北部の干渉によって対抗措置を余儀なくされたからだ」

「だから南部人は」ダニエルは薄笑いを浮かべた。「傲慢だと言うんだ。実際には、サウスカロライナは南部全州の支持を得て対抗策に出たのだろう？　そんなことをすれば、いずれ戦争になるのはわかっていたはずだ。きさまらのおかげでわれわれは、善き仲間たちを大勢失う羽目に――」

「そう、われわれ南部人も、その二倍の仲間を失った――」すぐさまヒースがやりかえす。「無教養な南部人を、だろう？　ミスター・エマソンがかつておっしゃったとおり、サウスカロライナ全市民の命を足したところで、ひとりの北部人の命にも値しない」ダニエルはせせら笑い、やがて口をつぐんだ。

ヒースは青ざめた。自尊心が、青碧の瞳の奥でぎらついている。南部の人びとにとってはその自尊心こそが、大義を失ったのちも戦いをつづける原動力となったのだ。けれども先ほどまで固く握りしめられていた両の手は、なぜかほどかれていた。「サウスカロライナには善き人が大勢いた」と告げ、奇妙な笑いを浮かべる。「北部にも多少なりとも善き人はいるようだな、ミスター・コリアー」

それだけ言うと、罵声のなか、ヒースは部屋をあとにした。整然とした討論会はいまや、参加者が口々に意見をぶつけあう口論の場となっている。ルーシーは急いでキッチンを抜け、裏口から外に出た。通りの向こうに渡るとき、コンクリートの足台に危うくつまずきそうになった。

「ヒース……待って。お願いだから、少しだけ……」

立ち止まった彼はゆっくりと振りかえった。顔はまったく無表情だった。葉のないニレの木の枝が、その顔に細い影を落としている。

「あなたの言うとおりだわ」ルーシーは息を切らせ、困惑し、思いつめた目で言った。「あなたの言ったこと、そのとおりだと思う——でも、もっと言葉に気をつけなくては。コンコードの人が南北戦争に対してどんな感情を抱いているか、ミスター・エマソンをどれほど尊敬しているか、あなただってよく知っているはずよ。ミスター・エマソンに、面と向かってまちがっていると言える人なんていままでひとりもいなかった」

「誰かが言わなくちゃならないんだ」

「あなたが今夜見たのは、ミスター・エマソンの一面だけだわ。彼がほんとうはどんなに思いやり深くて善い人か、あなたは知らないでしょう？　彼が小さな子どもに話しかけるときの表情や、他人に手を差し伸べるさまや、町のために尽くす姿を見ればわかるはずよ。ほんとうの彼は優しくて慈悲深く、それは誠実で――」

「もういい」ヒースは鋭くさえぎり、やめろと言わんばかりに片手を上げた。「あいつの宣伝ならけっこうだ」

「つまりね、ミスター・エマソンはコンコードで最も敬愛されている方なの。まともに考えればわかるはずよ。あんなまねをすれば、あなたはすぐさまコンコードから追放される――ダニエルや彼の友人だって、この前――」

「連中がわたしをどうしようと、きみには関係ないだろう、ハニー」という声はいかにも無頓着だが、見れば彼は固く歯を食いしばっている。なぜかふいに彼がひどく孤独な人に見えて、ルーシーは胸が痛むほどの同情を禁じえなかった。思わず手を伸ばし、なぐさめるかのように彼の腕を撫でる。指先に触れたたくましい腕はなめらかでありながら鋼鉄のように硬く、抑えつける感情に小刻みに震えていた。

「あなたがここにいるのはなぜ？」ルーシーは優しく問いかけた。夜の静けさに、問いかけは甘いメロディーのように響いた。「故郷を遠く離れて、ここにやってきた理由はなに？ご家族と一緒に、あなたを愛してくれる人たちと一緒に故郷で暮らすほうがずっと――」

「よしてくれ」ヒースは唐突にさえぎると、乱暴に身を引いた。喉の奥から笑い声をもらす。

「お涙ちょうだいはけっこうだ。哀れみもいらない」

「哀れみなんかじゃない。あなたはわたしを助けてくれた。今度はわたしが、あなたを助けたいの」

不安の色をかすかに浮かべながら、ルーシーはヒースを見上げた。冷たい月明かりの下、彼女の肌は透きとおらんばかりに青ざめていた。するとヒースのまなざしがいきなり変わった。そこにはもはや、優しさも親しげな笑みもない。ルーシーの乏しい人生経験のなかで、こうまで感情のうつろいが激しい人に出会うのは初めてだ。物憂げな笑みを絶やさない見知らぬ男性が、まるで別人のように険しい表情を浮かべて鋭いまなざしをそそいでくる。うろたえたルーシーは、相手の腕から手を離した。

「じゃあ、助けてもらおうか」ヒースはぞんざいに言った。「いますぐ、この場で」言うなり彼はすばやく彼女の手首をつかみ、建物と建物のあいだの暗がりへと引きずりこんだ。見慣れた平穏な町が目の前から消えた錯覚に陥り、ルーシーは恐怖にちぢこまった。

「やめて！」

ヒースの両腕がルーシーをきつく抱きしめ、うなじに彼の熱い息がかかる。「遠慮はいらない」ヒースはささやいた。「もっと叫んで、暴れるといい……そうすれば町じゅうの人間が集まってくる。わたしはそれでもかまわないよ、ハニー。ちっともかまわない……」

荒々しく唇が重ねられ、ルーシーは懸命に逃れようとした。夜がベルベットのようにふたりをつつみ、闇が彼女の喉をふさぐ。ルーシーはやみくもに相手のうなじに手を伸ばし、短く刈られた豊かな髪をつかんだ。するとくちづけは優しいものへと変わり、痛いほどの圧迫感も、記憶のなかにあるままの甘く探るようなぬくもりに取って代わられた。ヒースは孤独

のをやめた。自分の苦しげな息が、小刻みな吐息へと変化していく。そのことに気づいたルーシーは抗うを忘れるために彼女を利用しているのかもしれない。そのことに気づいたルーシーは抗うの

もがくのをやめたルーシーは、彼にもたれかかった。それは同情心――そう、あくまで彼に対する哀れみから生まれた行為だった。やがて彼は腕の力を抜き、先ほどまでとはうって変わって優しく慈しむかのように抱きしめてきた。そうしていっそう深々と身をかがめ、巧みに唇を重ねた。あまりの心地よさに耐えきれず、ルーシーはあえぎ声をもらし、優しくうごめく舌にこたえた。頭のなかが真っ白になって、自分が他人のように感じられてくる。絹のような髪を両手でつかむと、毛先が指にからみついた。ヒースの体に、そっと自分の体を押しあててみる。すると温かな手が優しく背中を撫で、腰に置かれた。ふたりの体は、まるで互いのために創られたかのようにぴたりと重なりあった。乳房はたくましい胸板に押しあてられ、腰と腰は心地よく密着している。隙間もないほど密着しているせいで、彼のものが硬くなっているのまで感じとれた。ヒースがさらにきつく彼女を抱き寄せ、最前までの怒りが純粋な欲望へと変わっていく。

「いけないわ……」ルーシーがあえぎながら訴えると、ヒースの唇は首筋へと下りていった。首をかしげてヒースの肩にもたせる。唇がなめらかな肌の上を這い、顎の下のくぼみへと移動していく。あたかも、彼女自身ですら気づいていなかったなにかを、秘めやかな感覚を知っているかのような愛撫だった。でも彼にこんなことをする権利はない。彼女にも、それを許す義務はない。

「やめて」小声で止めると、彼の匂いが鼻孔をくすぐった。全身が、彼の望むままにさせてしまえばいいと訴えている。ふたたび唇が重ねられ、ヒースが両手で彼女の頭をつつみこみ、最後にもうひとつ、むさぼるようなキスをする。そうして胸を上下させながら、とぎれがちになにごとかつぶやいて、ヒースは彼女をわが身から引き離した。

「誰のせいでもない」彼がつぶやき、ルーシーは背中が建物の壁につくまで後ずさった。鼓動が聞こえるほど大きい。ヒースの声は低くかすれ、闇のなかで全身にまとわりつくようだった。「きみもわたしも、自分を抑えられなかったというだけの話だ。これ以上ついてこないでくれ。ついてきたら、どうなるかわかっているだろう？」

身じろぎもせずにその場に立ちつくし、ルーシーは早鐘を打つ心臓に両の手のひらをあてた。

「父上のもとに戻れ」ヒースは荒々しく命じた。「ダニエルのもとに。早く」

つんのめるようにして通りに出たルーシーは、安全な場所へと逃げ戻った。駆け足が、徐々に速度を増していった。

ヒース・レインになぜか惹かれる自分が、ルーシーには理解できなかった。彼への思いを捨て去ることもできなかった。いまや彼はコンコードで「例の元南軍兵」と呼ばれている。そんな彼を見かける機会が減ると、余計に彼のことばかり考えるようになってしまった。自分は避けられているのではないかとも思った。ルーシーが父の手伝いをしている時間には、けっして店にやってこないからだ。たまたま居合わせたときは、目を合わせようともしない。だがきっと、これでいいのだろう。

町ではヒースに関するさまざまな噂があっという間に広がった。誰もが彼に興味を抱いていたからだ。彼は遊び人としても有名だった。ミセス・ブルックスなどはボストンで、着飾った女性をヒースがエスコートしているところを夫と一緒に見たことがあるとか。またコンコードのやんちゃな若者たちは、ローウェルのダンスホールにヒースとくりだし、酒と安い香水の匂いをぷんぷんさせて帰ってきたとか。いずれにせよ、ヒース・レインは北部にもんちゃくを起こしにやってきた短気な道楽者、というのが大方の評判だった。ヒースに関する最も重要なふたつの疑問――彼がほんとうはなにもので、なにを糧に生きているのか――に対する答えは、誰も知らないようだった。仕事には就いていないようだが、暮らしぶりは優雅らしく、身に着けているものはすべて上等だし、金払いもすこぶるいい。

しばらくすると、ヒースの噂はいっさい聞かれなくなった。目的はわからないがボストンに行ってしまい、それから二カ月以上も経ったからだ。その間、日々はのろのろと過ぎていき、噂も燃料がなくなったかのように燃えつきた。ヒースの蘆毛馬は町の中心部に建つ厩舎にいるので、飼い主はいずれ戻ってくるつもりらしかったが、ルーシーは二度と彼に会えないかもしれないと思いはじめていた。彼を頭のなかから追いやり、ルーカス・コールドウェルの娘としての、あるいはダニエルの婚約者としての義務を果たすことに集中した。「婦人の火曜日の会」や「コンコード婦人慈善会」の活動に積極的に参加し、文学クラブやさまざまな会合に顔を出した。時間があれば、ダニエルがダンスに連れていってくれることもあった。最近では、毎週のようにいろいろな団体がダンスパーティーを催している。

慈善会も、貧しい人たちのための募金を目的としたダンスパーティーを毎年開いていた。参加費用はひとり一〇セント。家族なら二五セントだ。慈善会の実行委員のひとりであるルーシーは、近ごろはダンスパーティー開催に向けた打ち合わせに時間を取られがちだ。開催場所は町の集会所、テーマはもちろん「春の訪れ」だ。そうしてある土曜日、彼女は会の女性たちと一緒に一日がかりで、集会所の二階や大きなバルコニー、大階段などの飾りつけを行った。

パーティー当日、女性たちは手を貸しあいながら控室で着替えを済ませた。丁寧に包装された箱からドレスを取りだすとき、ルーシーの胸は心地よく高鳴った。中身は新品のドレス、その日初めて袖を通すドレスだ。きっとダニエルも、彼女のドレス姿に目をみはるにちがいない。ひょっとするとすっかり気をよくして、今夜のうちに結婚式の日どりを決めようと言ってくれるかもしれない。

「もっときつく結んで」息を切らせつつ、ルーシーはサリー・ハドソンに頼んだ。一九歳になる快活なサリーとは幼いころからの親友だ——理由はルーシーがダニエルに夢中で、サリーと男の人を取りあってけんかになることがないからなのだが。

「一九インチでいい？」サリーがたずね、自分のこぶしに紐を巻きつけてきゅっと引き絞る。

「一八インチまで絞ってくれる……ドレスが……一八インチだから……」うっ、とうめいたルーシーは、息を止めて目を閉じた。

「無理なんじゃない？」サリーが言いつつ、さらに紐を引き絞る。「どうしてウエスト一八インチのドレスなんか。いままで一九インチより小さいのなんて一度も——」

「今回は……痩せるつもりだったのよ」

腕に思いっきり力をこめてから、サリーは紐を結び、ほれぼれした面持ちでコルセットを見つめた。「これでなんとか……一八インチ半よ。完璧な砂時計だわ」考えこむかのように、金髪の頭をかしげる。「でも今度ここまできつく絞るときは、スワンビルのコルセットを試したほうがいいんじゃないかしら。いま着けているのはどこの？」

「トンプソンのグローブフィッティング・コルセット。新しく出た商品で——」

「ああ、あれね。『ゴーディーズ』に広告が載っていたわ。でもわたしは、やっぱりスワンビルがいいな。あれのほうが、よく締まるから」

ルーシーはやっとの思いでバッスルとペチコートを身に着けると、両腕を上げて、頭からサリーにドレスをかぶせてもらった。ドレスを着終えたとたん、賞賛のため息が周囲から聞こえてきた。純白のシルクでできたドレスは、新雪のごときすがすがしい輝きを放っている。スカートは透けたシルクの大きなフリルが幾層にもなってあしらわれており、ウエストにはスミレと葉の飾りが散っている。大胆に刳《く》れた胸元には、シルクの薔薇飾り。パフスリーブにも薔薇飾りが揺らめいている。ドレスの後ろを留め終えたサリーが、妬ましげにルーシーを見つめた。

「ひとりだけずるいわ、ルーシー」親友は手鏡を差しだしながら、怒りの表情を装って鏡の上からのぞいてきた。「『ゴーディーズ』の広告そのままじゃないの」

ほほえんだルーシーは、鏡に顔を映して髪の具合を見た。今日は栗色の髪を巻いてシニヨンにまとめ、後れ毛を少し散らして、うなじで揺れるようにしてある。孔雀石のイヤリングとネックレスがハシバミ色の瞳に浮かぶ緑を際立たせ、頬は期待感に上気していた。われながら、いつもよりずっときれいだ。

「ダニエルが見たら、なんて言うかしら」と思わず口にする。

「もともとあなたに夢中だもの。ひざまずいて、美しさを称える頌歌《しょうか》でもうたってくれるんじゃない？」親友はいたずらっぽく笑った。「わたしがあなたなら、よほど注意するわ。一階の誰もいない事務所に、連れこまれたら困るもの」

むしろ、そうなってほしいくらい……内心でぼやき、ルーシーは苦笑をもらした。

「それより、彼がパーティーに遅れてくるんじゃないかと心配だわ」とつぶやき、薔薇飾りの花びらをふくらませる。

「遅れてくる？」サリーがくりかえした。「どうして？　また弁護士と打ち合わせでもしているの？」

「そうみたい」

「あなたもよく我慢できるわね。ダニエルときたら、年がら年中、仕事ばかり――」

「そんな彼を心から誇りに思うわ。ダニエルはまだ、ボストンとローウェルの鉄道会社代理人のなかで一番若いんだし、いまの立場を得るのにもずいぶん苦労したわ。やっと戦争が終わって、いろいろな開発計画も進みだして、いままで以上に忙しくなるのは当然――」

「はい、はい」サリーはうんざりした顔でさえぎった。「あなたのことだから、なんにだって慣れっこになるんでしょうよ。金曜日の長い長い打ち合わせにもね。だけど、少なくともあなたには婚約者がいる。わたしたちなんか、それすらもかなわないんだから。男性人口が減って、わたしも前みたいにえり好みできる立場じゃなくなったわ。ねえ、わたし、もうじき二〇歳なのよ、なのに婚約者もいない――」

「まるでオールドミスみたいな口ぶりね」ルーシーは声をあげて笑った。

「やめてよ――オールドミスにだけは絶対にならないわ」サリーはきっぱりと言った。「ダニエルのお姉さんのアビゲイルみたいになるのはまっぴら。三三歳にもなって、誰ともキスしたことがないなんて――やだ、アビゲイルがこっちに来るわ」

ルーシーはアビゲイルに愛想よくほほえみかけた。しかつめらしい表情に引き結んだ口の未来の義姉は、きまじめな性格でユーモアをいっさい解さない。キスもしたことがないというのは、ほんとうだろうか。きっとほんとうだろう。彼女のようによそよそしい女性に、言い寄る男性はまずいない。アビゲイルは、瞳はダニエルと同じ茶色で、顔にはほとんど表情というものがない。ダニエルのことは、ほかの家族同様に溺愛している。コリアー家の人びとがダニエルにそそぐ愛情は異常なほどで、ルーシーは内心、そんなダニエルに自分はふさわしくないと思われているのではないかと不安に感じてもいる。

「こんばんは、ルーシー」アビゲイルが儀礼的に言った。「ダニエルから伝言よ。ローウェルを出るのは今夜遅くになりそうですって」

「では、今夜のパーティーには……」

「そういうこと」と応じるアビゲイルの鋭いまなざしは、文句があるならどうぞとでも言いたげだ。「仕事だからしかたがないわよね。たかがダンスパーティーのために、仕事を放りだすわけにはいかないもの」

「ですよね」ルーシーは顔を赤らめた。がっかりだった。しかも恥ずかしいことに、あまりの落胆に涙が浮かんできてしまった。こんなときに泣いてはだめよ、と自分に言い聞かせ、涙をこらえる。サリーとアビゲイルが冷ややかな目で見つめあい、アビゲイルがその場を立ち去る。

「意地悪な人」サリーはむっとして言った。「あなたが着替えを済ませたころあいを見計らって言いに来たのよ。ダニエルが来ないんじゃ――」

「ルーシー・コールドウェルの人生はダニエルを中心に回っている――みんなそう思っているわけね」ルーシーはつぶやいた。「きっとルーシーはこのまま家に帰る。この場に残っても、ダニエルがいないのでは暗い顔で途方に暮れるだけだって。いいわ、わたし、そのどちらも選ばない。ここで楽しい時間を過ごして……ほかの男の人と踊って、笑って、殿方とたわむれるわ！」

「ルーシーったら！」驚いた表情を浮かべつつも、サリーは嬉しそうだ。「そんなの無理よ。

みんなになんて言われると思う？」

「ダニエルの所有物じゃないんだもの……まだ、ね。店ざらしにされたままなんて、まっぴら。ダニエルと婚約はしたけど、結婚式の日どりだって決めていないのよ。まだ若いんだし、結婚もしていないんだし……今夜は楽しみたい気分なの」

決然と顎を上げ、シルクの扇子を小さな手斧のようにつかみ、ルーシーは控室を出た。控室での宣言どおり、その晩、彼女は特定の男性と過ごそうとはせず、陽気におしゃべりをし、気ままにダンスを楽しんだ。いつもの自分らしくないと思ったが、明るい笑い声や気さくな態度がいつになく男性陣を魅了しているのも実感した。これでいいんだわ……と陰気に思いつつ、目が合った男性という男性に輝くばかりの笑みを向ける。今夜のことを知ったら、ダニエルも仕事にばかりかまけず、わたしとの時間を大切にしてくれるにちがいない。ひょっとすると腹を立て、どういうつもりなんだと詰問するか、よその男と二度と口をきくなと命令するかもしれない。いずれにしても、ダニエルの気を引けるのなら万々歳だ。部屋の向こうから父が咎める目で見ているのも無視し、ルーシーは相手をとっかえひっかえして踊りに踊った。室内を音楽が満たし、窓が開かれて冷たい空気が招き入れられる。胸の奥のわだかまりも、少しずつほぐれていった。

「今夜のきみを見られなくて、ダニエルもさぞかし後悔するだろう」ワルツのパートナーに選んだデヴィッド・フレーザーが言った。待ち望んだせりふをようやく聞けて、ルーシーは嬉しそうに相手を見上げた。

「ほんとうにそう思う？」とたずねると、デヴィッドが巧みなお世辞をいくつも口にし、ルーシーは屈託なく笑った。けれどもそれからわずか数秒後には、唐突に笑いを消さなければならなくなった。デヴィッドの肩越しに、軽食のテーブルを囲む数人の男性が見えたからだ。その輪のなかにヒースがいた。彼の言葉に、周りの男性陣が肩を揺らして笑う。ヒースが笑い、褐色の肌に白い歯がまぶしい。

彼は帰ってきていたのだ。

3

ヒースを凝視していたルーシーは、軽くよろめいた。デヴィッドが踊りの速さを緩める。ルーシーの視線の先を追った彼は、なにが彼女の気を引いたのか気づいたらしい。

「彼はヒース・レインといって、元南軍の——」

「ええ、知っているわ」ルーシーはヒースから視線を引き剝がし、ほほえんでデヴィッドを見上げた。「あんなふうに囲まれているから意外に思っただけ」とさりげない口調でつづける。「みんなから嫌われているんだろうと思っていたから」

「みんなというわけじゃない。だが、人によって好き嫌いがはっきり分かれるだろう——いま周りにいるのは、彼のようになりたいと思っている連中だ」

「彼のようにって……服装とかのこと？」

「服装とか……あらゆる面で」デヴィッドは苦笑をもらした。「世のなかには、まれにああいう男もいる。どう言えばいいのかよくわからないし、わたし自身は、連中がなぜそこまで彼に惹かれるのか不思議でならないが。なにしろほんの三年前には、敵だった男だ」

「でもいずれ、敵味方なんて考えは捨てて、お互いにうまくやっていく方法を見いださなくちゃいけなくなるんだわ」ルーシーは上の空で応じ、ゆっくりとターンをしつつ、デヴィッドの肩越しにあらためて視線を投げた。

ヒースのようにおしゃれな男性は、町ですらめったに見かけない。このご時世に、普通はあれほど上等な服を着ることができるわけがない。白いピケ地のベストは、黒いズボンのウエストにかからない短めの丈で、しわひとつなく体にフィットしている。上着もみんなが着ている厚手のフロックコートではなく、ずっと軽そうで、袖も手首に向かってすっきりと細くなっている。シャツにしても、大きなリボンの付いた前立てだけの偽物のシャツではなく、ぱりっと仕立て上げられた本物のシャツに、細い純白のネクタイまで締めている。日に焼けたきらめく髪は、もみあげとうなじがきれいにカットされており、北部人の長いもみあげが古臭く見えるほどだ。目立ちたがりの雄孔雀みたい……ルーシーは思い、ヒースに視線を奪われている女性が自分ひとりではないことに気づいていらだった。ここにいるすべての女性に見つめられているのを、彼は知っている……それを彼は楽しんでいる。羞恥心や謙遜のかけらも持っていない人なのだ。

ルーシーはデヴィッドと踊りつづけた。けれども、もう浮き立つような気分は消え失せ、機械的にステップを踏むばかりだった。一、二分経ってから軽食テーブルのほうをさっと見やると、ヒースはいなくなっていた。室内を目で捜し、よりによってサリーと踊っているのを見つけた。上気したサリーはくすくす笑いながらヒースと踊り、注目を浴びている自分を大いに楽しんでいる様子だ。ヒースはといえば、おだやかな無表情で彼女を見下ろし、口元に薄い笑みを浮かべている。周囲の人は苦々しげに舌を鳴らしたり、眉間にしわを寄せたりしてふたりを見物している。サリーの母親が、部屋の片隅で落ち着きなく娘を見守るのが目に入った。ヒースとサリーが、顔をぐっと近づけてしゃべっている。いったいなにを話しているのだろう。

「なんだか暑くなってきたわね」ルーシーはデヴィッドに向かってつぶやいた。パーティーのきらめきも輝きも、ふいにすっかり失せてしまったように感じられた。デヴィッドはすぐに彼女の思いに気づいてくれたようだ。

「ダンスはこれくらいにしておくかい?」

「ええ、そうね」

気づかうデヴィッドに部屋の隅へといざなわれたあと、ルーシーはすぐさま化粧室へと逃げこんだ。汗ばんだ額と頬にハンカチをあて、冷静さを必死に取り戻そうとした。手鏡をのぞいて、ヘアピンからこぼれた髪を直し、当惑の色を浮かべた瞳をのぞきこむ。

「わたしったら、いったいどうしたのかしら」小さくつぶやき、乱暴に手鏡を置いた。自分の心に嘘はつけない。彼女はヒース・レインのダンスの相手になりたかった。サリーにやきもちをやいていた。

でも、そんなの無理に決まっているじゃない……ルーシーはおのれの本心にあぜんとした。わたしにはダニエルがいるのだもの。誰かを愛しながら、ほかの誰かのせいでやきもちをやくなんて、ありえない。自分の気持ちが、まるで理解できない。

きっと、ダニエルがここにいないせい——それだけのことだ。それと、ヒースへの不可解な感情を捨て去ることができないせい。ヒースとのあいだには、誰にも言えない秘密がある。暖かなヒースの家で三日間、ふたりきりで親密な時を刻み、おしゃべりに興じ、そして、くちづけを交わした。だからといって、彼は自分のものだと言うつもりも、彼の気を引きたいとも思わない。これっぽっちも！　ため息をついて、ルーシーはパフスリーブのしわを伸ばし、化粧室を出て、軽食テーブルのほうへ向かった。パンチでも飲めば、冷静になれるかもしれない。

半分空になったボウルからレードルを取り、ピンクの液体をカップにそそごうとしたときだった。

「わたしがやろう……貸してごらん」

指からすり抜けたレードルがボウルにぶつかって音をたてる。どじを踏んだ自分を、ルーシーは内心で叱りつけた。

視線を上げると、愉快そうにきらめくヒースの青碧の瞳があった。彼はルーシーからカップを奪うと、パンチを少しばかりそそぎ入れた。なみなみと入れれば、飲むときにドレスにかかってしまうと配慮したのだろう。どうやら彼はそうしたこと、こまごまとした女性への気配りに非常に長けているらしい。

「ボストン滞在は楽しまれたのかしら」ルーシーは控えめにたずね、相手の目を見ずにカップを受け取った。

「ええ、おかげさまで」ヒースはわざとらしい礼儀正しさで応じ、ルーシーの全身をゆっくりと眺めまわした。今夜の彼女には、なぜか妙に心惹かれるものがある。若さにあふれ、生き生きとして、そのくせどこかさびしげで。彼女をこの場で抱きしめる口実を得られるなら、地獄に堕ちてもかまわないとまで思った。

「向こうには、お仕事でいらっしゃったの？」と問いかけるルーシーは、好奇心を隠そうとしてまるで隠しきれていない。

「休暇向きの場所ではありませんからね。まるで見るに値しない」

「そうでしょうね。冬場のボストンは――」

「ボストンではありませんよ。ヤンキーの女性のことを言っているんです」ヒースはわずかに顔をしかめ、不快げな表情のルーシーを見るとふっと笑った。

「ヤンキーの……いえ、こちらの女性のどこがご不満？」ルーシーが眉根を寄せて問いただす。

「きみのような女性がほかにひとりもいないのが」

いたずらっぽく瞳を輝かせ、口の端に笑みを浮かべてみせると、ルーシーも声をあげて笑った。

「お上手ね」

「きみほど美しい女性には、出会ったことがない」

まるで真剣みのない気楽な口調だったのに、ルーシーは胸を躍らせ、そんな自分にいらだった。自分は、餌に食いつく魚よろしく無意味なお世辞に飛びつくほど、自信がないのだろうか。

「そもそも、こちらに戻ってきたのもきみに会うためでね」ヒースがつづける。「きみを思い出してばかりいた――最も思い出すべきではないときにね」

「戻ってきたのは、馬を預けたままだったからでしょう」ルーシーは生意気に言いかえした。

「馬を預けておいたのも、きみのためだ」

「馬を預けたのが？　どういう意味？」

「いずれきみを馬でさらい、西部に逃れ……きみはそこで、錫の鍋を火にかけてコーヒーを淹れ、わたしと一緒に荷馬車の下で眠り、星を見上げて――」

なんて恥知らずなせりふを……彼の気持ちがまったくわからない。どう反応すればいいのか、ルーシーはとまどった。笑ってみせれば、ますますからかわれるだけだろう。でも激怒してみせれば、笑われるに決まっている。悩んだあげく、やんわりとたしなめることにした。

「婚約者が聞いたら、あなたをただじゃおかないと思うわ」

「ほう？　それで彼はいまどこに？」ヒースが無邪気にたずねる。

「彼を探すふりをするのはやめて。来ていないことくらい知っているんでしょう？　だからいまだって、ずうずうしくわたしに近づいてきたんだわ」

「ことさみに関しては、いくらでもずうずうしくなれる……もう忘れたかな、ミス・コールドウエル？」

最後に会ったときのことを言っているのだ。ヒースが金髪の頭を下げて、彼女の唇に自分の唇を重ねたことを。彼女が身を震わせ、くちづけを受け入れたことを。むさぼるような、熱いキスだった。でも冗談交じりに言われて、思い出はすっかり汚されてしまった。どうして彼は、あれを冗談にできるのだろう。ふいに怒りがわいてきて、多少なりとも愉快な気分が消え失せる。ルーシーは頬を真っ赤にしながら、顔をそむけた。

「ぶしつけね……もう向こうに行ってちょうだい」声を潜めて言うと、ヒースは小さく笑った。

「怒りっぽいんだな。ダニエルにもそう言われないかい？」

「よく言われ……もうっ、ひとりにしてったら！」

「ダンスのお相手をしてもらってからね——それとも、部屋の真ん中で踊るきみに熱い視線を送られていると思ったのは、単なるかんちがいかな」

「ほっといて。さもないと、大声を出すわ！」

「どうぞ。わたしの面目など、もともとないも同然だ。でもきみは？　今夜のきみは、あのはしゃぎっぷりだ。大声など出せばいよいよ評判が地に堕ちるかもしれない。さあ、パンチは片づけて、わたしの腕をとりなさい、ルシンダ」

しぶしぶヒースの腕をとりながら、こけおどしはやめて、と彼に言ってやれたらとルーシーは歯噛みした。でも、彼と踊りたいのは事実だった。それに、ダニエルの意に背くことをしているのだと思うとなぜか気分がよかった。

「みんなが見ているわ」ルーシーはささやき、ヒースにいざなわれるままにワルツの輪の中央へと進んだ。近くの人たちが脇にどいて、ふたりのために場所を空けてくれる。

「今夜は、みんながきみを見ているよ」ヒースは苦笑いした。「とくにこのわたしが」大胆に刳れたドレスの胸元に視線を落とし、胸のふくらみをつかの間見つめてから、彼女の顔に目を戻す。ダニエルや幼なじみの男性たちと同い年なのに、ヒースのほうがずっと年上に、自信に満ちているように思える。ルーシーはそんなヒースになぜか信頼を寄せる一方で、恐れも抱いている。相手の本音がわからないのが、彼女はいやでならなかった。

けれどもひとたびワルツのステップを踏みだせば、最前までの不安を忘れ、くつろいだ気分で踊りを楽しむことができた。たくましい両の腕がいつかのように体にまわされる。ヒースの腕は記憶にあるとおり、力強く、頼もしかった。彼とのダンスはとにかく心地よかった。ふたりのステップは小気味いいほど合っていた。ヒースは太い腕を彼女のウエストにしっかりとまわし、流れるような動きで堂々と彼女をリードする。彼がどこへ向かおうとしているのか、自分がどこへ向かえばいいのか、考えなくてもルーシーにはわかった。まるで空を飛んでいるようだった。けれどもなんとなく、彼に操られているような感じもして、それがとても不快だった。

「どうしてそんな目で見るの？」ルーシーは詰問した。青碧の瞳が、耐えがたいほど強いまなざしを彼女の顔にそそいでいたからだ。ヒースがいつもの物憂げな笑みを浮かべてくれたので、ルーシーは安堵した。

「ダニエル・コリアーは愚か者だなと考えていただけさ」

「彼はそのへんの男性とはちがうの」自信を少しばかり取り戻して、ルーシーは反論した。

「自分の時間は、もっぱら仕事と他人のために使って――」

「そうして、きみをいつまでもほったらかしにし……きみがよからぬ影響を受けてもなんとも思わない」

「たとえばあなたから？」

「そのとおり」ヒースは値踏みするような視線を向けてきた。「今夜のきみの浮かれっぷりからすると、彼が知ったらかんかんに怒るのが当然だ。少なくともきみ自身は、むしろ彼を怒らせたいと思っている。でも、彼は絶対に怒らない。必死に謝るきみに、しばらくは渋い顔をしてみせるだろうが、じきにきみを許し、その小さな手をとって――」

「わたしやダニエルのことを、すべてわかったような口ぶりはやめて」ルーシーは腹立たしげに肩をいからせた。「わたしたちがどんなふうに考え、どんなやりとりをするか、まるでわかっているみたいに……あなたほど横柄でぶしつけな人――」

「彼は絶対に、きみを叱らない」ヒースは淡々と言った。「叱るのが当然な場合でも。本来備えているべき男らしさの半分でもあれば、叱るんだろうけれどね」

「なぜわたしにそんな話をするの？　そもそも紳士は女性を――」

「そうかっかしなくていい、ルシンダ」彼がさえぎった。「ぶしつけなのは生まれつきだ。礼儀正しく振る舞えないたちでね」

「なぜそんなふうに呼ぶの？」

「ルシンダ、と？　誰もそう呼ばないからさ」

ルーシーは眉をひそめた。どうせダンスのあいだ中、いまみたいに彼女を笑わせようとするにちがいない。残念ながら、ルーシーはそれに抗う自信がない。

予想に反して、ダンスパーティーでのルーシーの浮かれた様子を知ったダニエルの反応は、怒りではなかった。それよりももっと恐ろしかった。翌日の午後にやってきた彼は、困惑し、傷ついた様子だった。居間に落ち着くと彼は両手をきつく握りあわせ、ルーシーは罪悪感に苛まれた。そうして質問を投げられるたび、深い意図はなかったと請けあった。

「ぼくとの婚約がいやになったのかい？」ダニエルが静かに問いかけた。両手の親指で彼女の手の甲を撫でている。「ほかに誰かいい人が――」

「そんな……そんなんじゃないわ、ダニエル」ルーシーはあわてて否定した。うなだれたダニエルを見るだけで、胸が張り裂けそうだった。彼は至極冷静で、ちょっとばかり反抗的になってはしゃいだゆうべの自分が、あらためて後悔された。あんなふうに仕返しをしようとするなんて、なんと愚かだったのだろう。でも、まさかここまでダニエルを傷つけるとは思わなかった。ゆうべのことを振りかえれば振りかえるほど、自分の振る舞いが子どもじみたものに思われてならない。人目もはばからずに媚を売ったり、大きな声で笑ったりした自分が、たまらなく恥ずかしい。

「欲しいのも、愛しているのもあなただけよ」ルーシーは訴え、しゃにむに彼の手を握りしめた。「ただ、あなたがいなくてさびしかっただけなの」

「ルーシー、その話なら前にもしただろう? なるべく早く式を挙げるために、いまのぼくは必死に働くしかないんだよ。一刻も早く結婚したいときみは始終言っているけど、大切な仕事をパーティーやダンスのために断っていたら、式を挙げる日は遠のくばかりだよ。それに、平日は仕事に明け暮れ、週末は社交の場に連れだされたんじゃ、やすむ時間もない。男だって、ときには休息が必要なんだ!」

「わかっているわ。ちゃんとわかっているの」ルーシーは応じ、目に涙をためた。「わがままを言ってごめんなさい。だけど、あなたが好きでどうしようも――」

「泣くなよ。きみはすぐに泣くんだから。子どもじゃあるまいし……泣くなったら」

重ねていた手をほどいたダニエルは、ポケットにあるはずのハンカチを探りだした。ルーシーは手のひらをまぶたに押しあて、唇を嚙んだ。「ごめんなさい」と謝って洟をすすり、大きなため息をつく。ダニエルがようやくハンカチを見つけ、手渡してくる。ルーシーが勢いよく洟をかむと、彼は眉をひそめた。

「二度と傷つけるようなまねはしないわ」ルーシーはくぐもった声で言った。「あなたみたいな強さや忍耐力が、わたしにもあればいいのに」

「そうだね。女性という生き物は、総じて忍耐力に欠けているから」ダニエルが応じ、彼女の背中を軽くたたいて、肩を撫でる。「生まれつきなんだろうね」

ハンカチに顔をうずめながら小さくほほえみ、ルーシーは苦笑をもらした。反論したいのをこらえて、もう一度洟をかんだ。

「たしかに、わたしには生まれつき忍耐力がないわ。でも、これから身につけるようにがんばるから。これからは完璧な――」

「きみは完璧だよ」ダニエルがさえぎり、彼女を抱き寄せて、髪に頬を押しあてた。「ぼくにはぴったりだ」

安堵のため息をつきながら、ルーシーは彼にいっそう身を寄せた。こんなふうに深い安心感をくれるのはダニエルだけだ。「よくわたしに我慢できるなって、ときどき不思議に思うわ」さらに強く相手を抱きしめ、彼女はつぶやいた。

「我慢なら何年もしてきたよ。これからも、やめるつもりはないんだ」

ダニエルとはほんとうに長いつきあいだ。彼以外の誰かに、愛や安心感、心の平穏や支えを求める自分など想像もつかない。ルーシーはそっと、彼の胸に顔をうずめた。

「生涯あなたを愛しつづけるわ」気持ちを抑えきれずにささやく。「生まれたときからずっと、愛していたんだもの」

「ルーシー」ダニエルが抱きしめる腕に力をこめ、髪にキスをしてくる。「ぼくも、これ以上は待てそうにない。いいだろう、式は九月に挙げよう。ぼくたちはこの秋に結婚するんだ」

コンコードではほとんどの家に最低でも一艘の小型船がある。船は昔からある橋か、新設された石造りの橋に着けられており、暖かな日は川下りとしゃれこむのがこのあたりの風習だ。大通り沿いを流れる支流のサドベリー川を下れば、必ず数人の友人知人に出くわす。七月四日のこの日、サドベリー川は川下りを楽しむ人びとでとりわけ混雑していた。堤に立ち並ぶボートハウスを眺めながらダニエルが櫂を漕ぎ、ルーシーは声をあげて笑いつつ、大勢の友だちにいちいち声をかけていた。ふたりの小船の周りには、オールドノース橋へ向かうカヌーや小船が幾艘も走っている。

「気持ちいいわ」ルーシーは言った。片手で冷たい水をかき、反対の手でほっそりとした日傘の象牙の柄を握っている。暑く湿度の高い日で、誰もが気だるい安らぎに身を浸しているようだ。独立記念日の演説をタウンホールで聞いたあと、川の周辺のあちこちへとピクニックを楽しむために向かっているところである。夜はカーニバルが開かれることになっており、華やかに飾りたてられた船が川を下り、花火も打ち上げられるのだとか。

「その帽子をかぶったきみの肖像画を、いつか描かせたいな」ダニエルが言い、ルーシーはほほえんだ。今日の帽子は小ぶりなもので、額の近くにかわいらしくのせてある。編んだ麦わらのつばにはサンゴ色の花を散らしてあり、それがこめかみのあたりで揺れて、栗色の髪とたわむれているかのようだ。

「あら、この帽子を買ったときには、おかしなデザインだと言ったじゃない」

「そうだったかな。まあ、たしかに実用性は低いからね……でも、すごくかわいいよ」

「わたしが？　それとも帽子が？」

「訊くまでもないだろう？」ダニエルは応じ、櫂を漕ぎながら、視線を遠くへやった。

もう少しはっきりと褒めてくれたらいいのに……ルーシーは思った。水に浸していた手を上げ、水滴を振りはらう。彼女はかすかに眉根を寄せた。このごろはなぜか、以前ならなんとも感じなかったようなことがひどく気になってならない。たとえばダニエルが、わがままな子どもを相手にするように自分に接することとか。彼の言葉を借りるなら、ルーシーのことを「実用性は低いが、すごくかわいい」と思っているのがありありと感じられる。ひょっとしてダニエルも世の男性同様、女の頭はしょせん帽子をのせるためのもの、とでも思っているのだろうか。だからルーシーとは、表面的なことしか話そうとしないのだろうか。たとえば政治問題などは、ふたりのあいだで話題になったためしがない。彼女が自分なりの意見を口にしたり、質問を投げたりしても、上の空で聞いておざなりな返事しかしない。全国婦人参政権協会の次期会長として、エリザベス・ケイディ・スタントンが選ばれた話をしたときもそうだった。

「時間のむだだよ」ダニエルは淡々と言った。まるで、これでこの話はおしまい、と言わんばかりだった。

「わたしはそうは思わないわ。婦人参政権について話しあったり、意見を交換したりするのはとても大事なことよ」ルーシーは食い下がった。「来週も講演があるそうだから、わたしも聞きに――」

「女性が参政権を得られる日なんて来やしないよ。第一、そんなものは必要ない。女性は家庭にいるもの。夫と子どもの世話をして、快適で心安らぐ家庭を作ればいいんだ。それにね、男は一票を投じるときに自分のことばかりではなく、家族のこともちゃんと考えている。だから男の一票は、妻の一票も同然というわけさ」

「だけど――」

「ルーシー、時間のむだだ」

年をとれば、ダニエルももっと彼女の意見を尊重してくれるようになるのだろうか。いまの彼はまるで、彼女の考えになどいっさい関心がないかのようだ。ダニエルの考える「男の領域」に女性が女性なりの意見を持つのが、どうやら彼には我慢ならないらしい。とはいえ、世の男性はみな多かれ少なかれそういうものだろう。その傾向に若干の差があるだけだ。例外は、ルーシーの知るかぎりではヒース・レインだけ。社交の場やダンスパーティーで彼と短い言葉を交わしたときのことを、ルーシーは思い出した。むろん、あまり人目にはつかないようにした。周囲の噂になったりしたらかなわない。でも、彼に惹かれる気持ちを抑えることはできなかった。ダニエルはなにかにつけて絶対的な意見を固持するが、ヒースは「絶対」なんてこの世にないと思っているように見受けられる。ヒースはルーシーの話にもまじめに耳を傾けてくれる。ときには反論してきたり、言葉をわざと曲解してからかったりもするが、彼女の言動をばかにしたりはしない。

「あなたみたいに人を操るのが上手な人にはお目にかかったことがないわ」ルーシーはヒースを責めた。とあるダンスパーティーで、無理やりワルツの輪へといざなわれたときのことだった。ほんとうは彼の誘いを断りたかった。その晩、ダニエルは仕事で、次の日には彼の耳にもヒースとのダンスのことが入るはずだからだ。でもヒースは、なんと言ってからかえば彼女を自分の思いどおりにできるか、なぜか心得ているらしい。それでルーシーはあとから思いかえすたび、いらだちを覚えるのだが。

「わたしが？　きみを操っている？」と問いかける青碧の瞳には、まるで邪気がない。「わたしが楽しそうにしていると、むっとするような言葉をかけてくる。そうして人を存分に怒らせておいて、山ほどのお世辞で丸くおさめようとする。せっかく人がおしゃれに成功したと満足していると、自尊心を傷つける。髪が乱れて困っていると、ばかなことをやったり言わせたりする。わたしはいつだって、あなたに操られて――」

「ちょっと待った、ハニー。それじゃまるで操り人形じゃないか。わたしがなにをしようが、きみの言動はきみ自身が決めているものだろう？　わたしがきみに無理強いをしたとしても、たとえばダンスに誘って明日の心配をさせたりしても、断る余地はちゃんと与えている。いいかいルシンダ、したくないことは、しなくたっていいんだ」

「わかっているわ。誰だってそうだもの。あなただって。つまり、戦争がいやなら戦うことはない。でもあなたは、それが義務だから志願兵となり――」

「戦争がいやだなんて、言った覚えはないけどね」

「でも……」ルーシーは口ごもり、まごついた。「戦争は男から人間性を奪うと、あなたは言ったわ」

「たしかに。最終的にはそうなるだろう。だがあいにく、エマソンの言うことにも一理あってね――戦争は、不要なものを排除する。そして日々の暮らしの退屈さを浮き彫りにする。戦場でわれわれは、人としての極限をまのあたりにする――死、度胸、臆病、勇気――そこではすべてが、想像も絶するほどに鮮明だ。戦場でわたしは、あらゆる感情を知った。ありえないほど深く、鮮烈にね」

記憶をなぞるような表情を浮かべていたヒースだったが、ルーシーを見下ろしていたずらっぽく笑ったときには、その表情はすでに消えていた。

「ただし、愛という感情は別だ」

「自分にふさわしい女性に出会えなかったのね」

「どうかな」

「真剣に探そうとしなかったんじゃない？」

「探したとも」

川を下る小船に揺られながら、ルーシーはヒースとの会話を振りかえり、くすりと笑った。

「どうかしたのかい？」ダニエルがたずね、ルーシーは肩をすくめた。

「なんでもないわ」

「最近はよくそうやって、ひとり笑いをしているね」

「いけない？　人が笑うのは、幸せだからだわ」

「別に、いけなくはないさ」ダニエルはどこかまごついた様子で応じた。

幾艘もの船が川の湾曲部へと近づいていくさまを、朽木の端に座ったカメがじっと見ている。船がそばまでやってくるとカメは川へと飛びこみ、緑あふれる堤の近くを泳ぐカモがそちらを見た。そんな景色を眺めながら、ルーシーは考えた――この温かくきらきらした川、スイレンの葉に埋めつくされ、ヤナギが脇に立ち並ぶこの川が、危うく溺れかけたあの不毛で冷たい川と同じものとは信じられない。これまで彼女は、ヒースに命を救ってもらったことがあるのだと人びとに言いたい衝動に何度となく駆られた。そうすればヒースの立場もよくなるし、彼に対していまは閉ざされた扉も、いずれ開かれると思ったからだ。だがふたりとも、あの日のことを誰にも打ち明けていない。反対にルーシーの立場は悪くなると、わかっているからだ。ヒースの家で過ごした三日間になにごともなかったという言い分を、信じる人はいまい。コンコードのように狭い町では、噂はあっという間に騒動へと発展する。

「ルーシー！」と元気よく呼ぶ甲高い声が、数々の小船やカヌーが停泊する堤のほうから聞こえてきた。サリーだ。独立記念日を祝して、白と赤と青のドレスを着ている。

「あとで彼女に、大声で呼ぶなと注意しておいたほうがいいよ。みんなに注目されるから」

ダニエルがいらだたしげに言った。「みっともないったらありゃしない」

「ダニエル、気にする人なんていやしないわ。みんな友だちだもの」

「ルーシーったら、国旗の色のドレスを着る約束だったはずよ！」サリーが叫ぶ。「裏切るなんて、愛国心がない人ね！」

「愛国心ならちゃんと持っているわ」ルーシーも笑い交じりに叫びかえした。「ドレスの数があなたより少ないだけ」

「まあいいわ。ねえ、ダニエルに早くこっちへと伝えてよ」

「女性に命令されるのは不愉快だ」ダニエルがむっとしてつぶやき、ルーシーはくすくすと笑った。

「怒らないで。わたしのために、笑顔でいてちょうだい。サリーは一番の親友よ。それに今日は、となり同士に座りましょうねと約束しているの」

「例年どおりね……そうすれば彼女は、ぼくらの持ってきた料理も食べられる。彼女、料理ができないんだろう？　で、今回の彼女の連れは誰なんだい？　例のつまらない農場主かな。それともフレッド・ロスフォードかい？　あるいはあの、ぼそぼそしゃべる――」

「聞いてないわ。相手が誰であれ……」つづく言葉は、喉の奥で消えてしまった。こちらにやってくるサリーの背後に、気だるげに木に寄りかかる長身な男性が見えたからだ。広い肩に引き締まった腰の男性は、糊のきいていない襟とゆったりとした袖の純白のシャツに、淡黄褐色のズボン、はき古したブーツといういでたちである。

「おいおい」ダニエルがせせら笑う。「あいつがサリーの連れ？　このぼくに、あの南部野郎と一緒にランチを食べろというのかい？」

「ダニエルったら」ルーシーは小声でたしなめた。頭の片隅では、どうして声を潜めるのはこんなに難しいのだろうと思っていた。「みっともないからやめて。第一、失礼よ。四、五分間だけでいいから、彼に礼儀正しく接して。親しげに、とは言わないから――けんかだけはしないで」

「向こうが吹っかけてきたら、喜んで買ってやるさ！」

「彼だってけんかなんか望んでいないわ。決まっているじゃない。ここへはピクニックにやってきただけ、わたしたちと同じようにね」

「ぼくたちと連中を比べるのはよしてくれ」ダニエルはぴしゃりと言い放った。「ぼくは、やつとはちがうぞ」

「わかっているわ」ルーシーはなだめるようにうなずいた。日傘を閉じて、なにごとも起こりませんようにと神に祈る。悪夢はだいたい、こういうときに起こるものなのだ。

岸に船を着けたダニエルに手を貸してもらって陸に上がったルーシーは、スカートの裾をつまんで、わずかに傾斜した堤をひとりで上っていった。ダニエルは背後で、小船に積んだピクニックバスケットを探している。これから面倒な義務を果たさなければならない人ならではの、のろのろとした動きだ。堤を上ったところの広場にはピクニック用のブランケットがそちこちに広げられ、サリーとヒースがルーシーを迎えてくれた。

「ふたりは初対面ではないのよね？　紹介はしなくていいんでしょ？」というサリーの声が、どこか遠くでしゃべる他人のもののように聞こえる。ルーシーは青碧の瞳をじっと見つめながら、鼓動が恐ろしいほどに速さを増しつつあるのを感じていた。

「こんにちは、ミス・コールドウェル」ヒースが礼儀正しく頭を下げる。「嬉しい偶然ですね」

「嬉しい偶然って、ほんとう？」ルーシーは、サリーがダニエルの手伝いに行ったのを見計らってたずねた。

「嘘でもあり、ほんとうでもある」

「どういう意味？」

「偶然、というのは嘘。嬉しい、というのはほんとう」

「どうせあなたが仕組んだんでしょう？　あなたがサリーを誘ったのは、サリーとわたしが友だち同士で、ピクニックのときに彼女がわたしたちのとなりに座るとわかっていたからなんだわ」

「ずいぶん回りくどい話だね。そんな面倒なまねをすると思うかい？　きみがサンドイッチをほおばる姿を見るだけのために、わざわざ」

ルーシーは顔を赤らめた。うぬぼれたことを言って、からかわれたのが恥ずかしかった。

「いいえ、ほんの冗談で言っただけよ」

「ふうん、でも、図星だったかもしれないよ」

彼の顔を見上げると、そこには親しげな、ちゃめっけたっぷりの笑みが広がっていた。思わずほほえみかえしたくなるのを、ルーシーは必死にこらえた。嬉しさと不安と興奮がないまぜになって、ふいに胸の内にわき起こる。ヒースの話し声が、胸の奥のなにかに触れる。

「せっかくのピクニックが、ニューイングランドの湿気のせいで不快なものにならないといいのだけど」ルーシーはやっとの思いで言った。

「心配ご無用。もっと暑いところで暮らしてきたから」

「では、今日みたいな天気はむしろ快適ね」応じながら、彼の視線が頭のてっぺんからつま先へ、ふたたび頭へとすばやく移動するのを感じとる。お気に入りのドレスを着てきてよかった。きらめくピンクのモスリン地のドレスは両脇にサッシュがあしらわれ、前身ごろには真珠を一粒ずつ抱いたサンゴのボタンが並んでいる。背後に歩み寄るダニエルの気配を感じとったルーシーは、小さなボタンをそわそわともてあそび、警戒のまなざしをヒースに向けた。

「やあ、ミスター・レイン」ダニエルが冷ややかに声をかける。心から嫌っている相手に礼儀を尽くさなければならない自分にいらだっているのだろう、口ひげがひくひくとうごめいた。

「やあ、ミスター・コリアー」

ヒースの顔に冷笑が浮かんでいないのを見て、ルーシーはほっと胸を撫で下ろした。そうして彼からダニエルへと視線を移すと、婚約者のほうはいつも以上に実直そうな、落ち着いた面持ちだった。襟にたっぷりと糊をきかせたシャツにプレード地のベストとズボンというでたちの婚約者は、いかにも頼りがいがある誠実な男性という感じで、しゃれ者のヒースとは正反対だ。ダニエルはいつだってルーシーを気づかってくれる。さっそうとしているとは言いがたいし、おもしろみに欠けるけれども、性格はいたってまじめだ。対するヒースは、むら気のかたまりと言うべきか。

食事をするあいだ、ルーシーとサリーはひたすら陽気なおしゃべりをつづけた。コンコードでダニエルも含めた三人がどんなふうに育ってきたか、ヒースにおもしろおかしく話して聞かせた。いくつかの逸話では、ダニエルでさえほほえみを禁じえなかったようだ。とりわけ、友人たちと一緒に挑戦した素人劇のエピソードでは大笑いだった。

「一番できがよかったのは」サリーが笑いの発作をこらえながら言った。『犬にもいつかいい日が来る』ね。最初から最後まで、失敗ばかりしている犬の喜劇。ルーシーが拾った雑種の捨て犬を主人公に書いた舞台よ」

ヒースがほほえんだ。「犬の演技もさぞかし素晴らしかったんだろうね」

「才能のかけらもなかったわ」ルーシーは応じ、愉快げに瞳を輝かせた。「じっとしていることもできないし。まるで脚本どおりに演じようとしないんだもの」

「脚本は誰が？」

「もちろんルーシーよ」サリーが答えた。「小さいころ、ルーシーはいつも脚本や小説を書いていたの。なかには、ほんとうにいかした作品もあったわ」

「いかした？」聞き慣れない言葉に、ダニエルが不快げな表情でたずねる。

「上出来という意味よ」サリーが説明し、くすくす笑う。

ヒースがルーシーを見た。温かく、思案げなまなざしだった。

「文章を書くのが趣味だったんだね。知らなかった」

「きみが知っている必要はないだろう」ダニエルが口を挟む。

ヒースは無表情にダニエルを見やった。「たしかに」

「あの犬、その後どうなったの？」サリーがルーシーにたずね、男ふたりの会話をあわててさえぎった。「一度も話してくれなかったじゃない。たしかある夏にわたしが親戚の家を訪れて、帰ってきたら、犬はもういなくなっていたわよね」

「あのころは、どうしても言えなかったの」ルーシーは当時を振りかえる表情になった。「あの子が逃げだしてばかりいたのを覚えてる？　通りを走りまわっては、誰かれかまわず吠えたてて。ある日ね、馬車に轢かれてしまったの」

「かわいそうに」サリーは思いやり深く言った。

「ええ、おかげで数週間は落ちこんだわ」ルーシーは軽い口調で応じた。「ばかみたいでしょう？　あんなもじゃ毛のちびに執着したりして。顔だって大してかわいくなかったわ」

「醜いと言ったほうがいいんじゃないかい？」ダニエルが横槍を入れる。

「そうかもしれない」ルーシーは認めた。「かわいそうな子。貯水池のそばで見つけたときには、まだ手のひらにのるくらい小さかったのよ。どうやら誰かが子犬をいっぺんに捨てたらしくて、あの子だけが生きていたの。拾って帰ったら父は驚いていたけど、飼うのを許してくれたわ。けんかばかりして、ほんとうに困った子だったけど、心はとても優しかった。あれ以来、生き物は飼っていないわ」ふいに涙があふれてきて、ルーシーは自嘲気味に笑いながらハンカチを探した。「ごめんなさい。変な話をしちゃって」

「われらがルーシーは泣き虫なのよね」サリーが愛情深くほほえみ、親友の背中をぽんぽんとたたく。

「その点は、今後改善してもらわないと困るな」ダニエルが言い、目じりをぬぐうルーシーを当惑といらだちの入り交じったまなざしで見やった。「何年も前に死んだ犬のことでめそめそするなんて、みっともないじゃないか！」

非難されて顔を真っ赤にしたルーシーは、視線をさまよわせた。しばしの沈黙が流れる。

「まあ、そうはいっても」ヒースがおだやかに口を開いた。「女性が思いやり深いのは、別に悪いことじゃない」

「女性はいずれ、子どもたちの手本とならなければならないんだ」ダニエルは反論した。「自制心のない母親では、子どもたちまで泣き虫の意気地なしに育つ」

ヒースはそれ以上なにも言わず、頰を紅潮させたルーシーを横目で見た。その視線には怒りが浮かんでいた。なぜいつものようにダニエルに言いかえさないのかと、内心で首をかしげているのだろう。だがダニエルとの関係をヒースにわかってもらえるわけがない。ダニエルの前でかばってもらう必要はないのだと、ルーシーはヒースに言いたかった。とりわけ、あなたにはかばってほしくないのだと。けれども言えるわけがないので、「それくらいにしておいて」という視線をかえすにとどめた。ヒースが川のほうに顔をそむけ、不快げに口をゆがめた。

「アーモンドケーキのお代わりがいる人は？」ルーシーはすすめた。

「まだ一ダースはあるわよ」話題が変わって安堵したのか、サリーが明るく言い添える。けれども男たちは、なにも聞こえないと言わんばかりに押し黙っていた。

ランチの時間はやがて、のんびりとした社交のひとときへと変化していった。女性陣が残った料理をバスケットに片づけ、ブランケットをたたむかたわらで、男性陣はそちこちで集まっては、女性の耳には入れられないような際どい冗談を言い交わしている。ルーシーはサリーと座っておしゃべりをした。ヒースとダニエルが二手に分かれ、別々の集団へとくわわってくれたのでほっとしていた。

「あのふたりを同席させたらまずいなんて、考えもしなかったわ」サリーは残念そうに首を振りながら言った。「ダニエルはいつも……誰にでも、優しくて紳士的な人でしょう？　ミスター・レインだって――たとえ元南軍の裏切り者でも、あんなに魅力的な男性はいないもの」

「ダニエルとしては、まだまだ南部の人と友だちになれる気分じゃないんでしょうね」ルーシーは静かに説明した。「南軍のせいで友人知人がどんな目に遭ったか、忘れることができないのよ。たしかにヒー……いえ、ミスター・レイン自身になにかされたわけではないわ。それでも南北に分かれて戦っていたわけだし、その事実をどちらも忘れられないんでしょう」

「南軍兵なんて、卑劣な野蛮人ばかりだとずっと思っていたわ」サリーが思いかえす口調で言った。「でもミスター・レインは――」

「ええ、そんな人ではないわ。ダニエルやこの町の男の人たちと、ちがうところなんてない」

「そういうことを言いたかったんじゃないの」サリーが説明を始めようとしたとき、堤のずっと向こうの湿地から、小銃を撃つ音と男たちの歓声が聞こえてきた。「射撃競争が始まったみたい」サリーが興奮気味に言う。「だからみんないないのね。ダニエルも友だちと一緒に参加しているんじゃない？」

「いいかげんに飽きてくれればいいんだけど」ルーシーはつぶやき、立ち上がってドレスのしわをきれいに伸ばしてから、サリーについて草原のほうに歩いていった。途中、静かなピクニックが台無しだとぼやく人びとの声が耳に入った――周囲では少年たちが爆竹で遊び、男たちが缶を的に射撃競争に興じ、少女たちが甲高い笑い声をあげておしゃべりを楽しんでいる。もちろん、誰も本気で文句を言っているわけではない。なにしろ今日は独立記念日だ。

草原を越え、男たちがいる湿地を目指しながら、ルーシーとサリーは噂話に声をあげて笑った。射撃競争の邪魔になる心配はない。参加する男性陣はみな、女性に見られるのも、賞賛の声をかけられるのも大好きなのだ。ルーシーも、ダニエルの腕前を心から誇らしく思っている。ダニエルはコンコード一の射撃の名手――いや、マサチューセッツ一と言ってもいいかもしれない。戦時中、彼のような名手はたいそう重宝された。普通の兵士は、南軍兵をひとり倒すのに弾薬を二〇〇ポンド、鉛を九〇〇ポンドも浪費すると言われていた。

ダニエルは南北戦争で、いくつもの勲章と数えきれないほどの賛辞を受けた。コンコードの人びとは彼の活躍をけっして忘れないだろう。町の誰もが、北軍のために勇敢に戦った彼を誇りに思っている。だからルーシーはよく、「ダニエルはあんただけのものじゃない、町のみんなのものなんだ」と冗談を言われたりもする。もちろん彼女は、そのとおりですねとうなずいておく。ほんとうは言われるたびに不愉快になるのだが、誰も気づいていないらしい。だけど……とルーシーは不満とともに思った。ダニエルが他人にどう思われようがまるで気にしない人で、町のみんなでなく、自分だけのものだったらどんなにか嬉しいのに。

湿地の際まで来ると、ふたつの切り株に渡した丸太が一五〇メートルほど離れたところにあり、デヴィッド・フレーザーがスペンサー銃を手に立っているのが見えた。デヴィッドが慎重に銃を掲げ、丸太に並べられた七つの缶のうちのひとつに時間をかけて狙いを定める。引き金が引かれ、空の薬莢《やっきょう》が地面に落ちる。七つの缶は整然と並んだままで、男たちは肩を揺すって、デヴィッドの失敗を愉快げに笑った。

「降参。交代しよう」デヴィッドがダニエルに言い、ダニエルは笑いながら銃を受け取った。空になった薬室に新たな弾を装塡《そうてん》してから、ダニエルはルーシーのほうに視線を投げた。巨石に座るふたりの女性にようやく気づいたようだ。ルーシーはいたずらっぽく手を振り、石の上のほうに移動して、スカートを広げなおした。

「あなたって世界一幸運な女性ね」サリーがささやきかける。「ダニエルに愛されて。あんなに紳士的でハンサムな――」

「でしょう?」ルーシーは応じつつ、ダニエルの黒髪や引き締まった体に釘づけになっていた。貴族を思わせるほっそりとした体。銃を掲げ、構える手は、美しく繊細そうだ。彼が引き金を引く。一発目で最初の缶が丸太から落ちる。二発、三発、四発――缶が次から次へと地面に落ちる。五発、六発、七発。ダニエルはすべての缶を一度もしくじらずに仕留めた。男たちが歓声をあげて口笛を吹く。ダニエルは控えめにほほえんで、ルーシーのほうを見た。

彼女は手をたたき、頬を紅潮させた。

「次はおれだよ！」一七歳になるハイラム・デイモンが名乗りをあげた。亜麻色の髪の少年の挑戦を、男たちが優しく笑って歓迎する。少年は年齢が足りなくて南北戦争で戦うことができず、いまだに悔しがっているのだ。

「いいだろう、今回はおまえにもチャンスをやる」ダニエルが応じ、少年がぎこちない手つきで弾をこめるさまを見守った。

「一発も当たらないに二五セントだ」誰かが言った。

「じゃあぼくは、当たるに二五セント」ダニエルが賭けに乗り、ハイラムの背中を力強くたたく。「ハイラム、ほんの少し左を狙うんだ、焦らなくていい」

「ダニエルはいい父親になるわね」サリーがささやいた。「子どもの扱いがとても上手だもの」

ハイラムが真剣に狙いを定めて引き金を引くと、缶がふたつ同時に倒れた。サリーとルーシーは大きな歓声をあげ、レディらしからぬ口笛まで吹いた。

「誰かぼくに挑戦する人は？」ダニエルが呼びかけた。「なんならこっちには不利な条件をつけてもいい。少し後ろに立つか、あるいは――」

「目隠しをするのはどう？」サリーが提案すると、一同は大いにわいた。

「今日のわたしはついているようだから」笑い声を縫うようにしてデヴィッド・フレーザーが口を開いた。「相手になろう、ダニエル。わたしはここから、きみは二〇〇メートル離れるという条件でどうだい？」

「ダニエルを負かした人には二五セントあげる！」サリーが声を張り上げた。

「きみは、ルーシー？」ダニエルが促す。ルーシーに向かってほほえんだとき、口ひげの端がわずかに上がった。

「勝者にはキスを」ルーシーが応じると、一同は声をあげて笑った。どうせいつだって、ダニエルが勝つのだ。

「がぜん興味がわいてきた」新たな声が割って入り、みなが一斉に右を見る。大きな岩に半ば寄りかかるようにして、ヒース・レインが立っていた。間延びした南部訛りだが、きっぱりとつけくわえる。「こいつは、誰でも参加できるんだろう？」

ルーシーは頬が冷たくなっていくのを覚えた。両手に視線を落とし、握りしめながら、友だちのささやき声を聞く。

「例の南部人がしゃしゃり出てきたわ」

「飛んで火にいる夏の虫だな、ミスター・レイン」ダニエルがこわばった声で迎えた。その表情からは、ぬくもりも楽しげな笑みも消えている。「ぼくは優秀な狙撃兵でね――南軍相手に腕前を証明させてもらったとおり」

ヒースがほほえみ、金色に輝く湿地の照りかえしを受けて青碧の瞳がきらめいた。ダニエルの挑発に動揺するそぶりすら見せない。

「だったら、見物人に徹しておこうか。邪魔をしては申し訳ない」

だがヒースはすでに一同の邪魔をしてしまったのだし、みなそう感じている。愉快な射撃競争が、彼のせいで戦いの様相を呈していた。

「いや、遠慮せず参加したまえ」ダニエルが誘いこむ。その顔は、かつて見せたことのない憎しみにゆがんでいた。

「やめて……」ルーシーはささやいた。しかしすでにデヴィッドは銃をダニエルに渡し、少し離れた位置に下がってしまっている。最前まではしゃいでいた男たちはすっかり黙りこみ、緊張の面持ちで戦いを注視している。無意識にルーシーは、つめが食いこむほど強くサリーの腕をつかんでいた。親友が痛みに叫び声をあげて腕を振りほどき、責める目でにらまれてようやく、自分がなにをしていたか気づいた。けれども蒼白になった彼女は、目の前の出来事に夢中で謝罪の言葉すら口にできなかった。ヒースがあそこまで大胆にダニエルに挑み、ダニエルがそれに受けて立つとは、まさか思わなかった。

「試し撃ちをしたほうがいいんじゃないかい？」ダニエルがいやに礼儀正しく提案する。

「いや、けっこうだ」

缶が並べられるあいだにダニエルは弾をこめ、ヒースのほうを見やった。

「スペンサー銃の使い方は？　きみたち南軍が使っていた前装砲とは、だいぶちがうぜ」

スペンサー銃は、南軍が使っていた銃よりずっと近代的な作りだ。連射速度も異常に速く、そのため兵站部《へいたんぶ》が弾の浪費を心配したほどだった。

「ああ、大丈夫だろう」ヒースは立ち上がると、射撃位置に歩み寄った。目を細めて、前方に並ぶ缶をじっと見る。「お互いに二〇〇メートルで勝負しようじゃないか」彼が提案すると、ざわめきが広がった。どうやらヒースも、自軍を愚弄されて黙ってはいられないらしい。

一同はぶつぶつ言いながらも数歩下がり、ルーシーとサリーは気づけば集まった人びとのちょうど真ん中にいた。数人の男たちが巨石に手をかけて寄りかかり、ダニエルとヒースを見守る。ルーシーは全身をこわばらせながら、ダニエルが銃を掲げ、狙いを定めるさまを見つめた。ダニエルの背筋がぴんと伸び、筋肉が張りつめ、引き金が引かれる。一発、二発と彼の撃つ弾が命中し、缶がきれいに宙に跳ねて丸太から落ちる。すべて撃ち落とされると、一同は安堵のため息をもらし、ダニエルの技術に感心しきって温かな拍手を送った。

ルーシーはといえば、ダニエルの腕前を誇らしく思う一方で、ヒースへの同情も感じていた。ダニエルのように巧みに銃を撃てる人などいやしない。ヒースは大勢の前で、自ら恥をかこうとしているのだ。ルーシーはその場にいたくなかった。ヒースを擁護したい気持ちがふつふつとわいてくる。彼は新たに弾をこめられたスペンサー銃を手にし、台尻を指で撫でているところだ。なぜ彼は、たったひとりでみんなを敵にまわそうとするのだろう。

ヒースがわずかに脚を広げ、左肩を丸太のほうに向け、銃を構える。あまりにも適当な構え方なので、ルーシーは驚いてしまった。お遊びのつもりなのだろうか……考えていたらいきなり一発目の銃声が響き、ルーシーはぎくりとした。ろくに狙いもせずに撃つとはどういうつもりなのだろう。鋭い銃声が立てつづけに鳴り響く。むしろ銃のほうが、射手の動きの速さによくついていくと不思議に思うほどだ。七発すべてを撃ち終えたヒースが振りかえってルーシーを見つめ、ふたりの視線が熱くからまった。

「なんてこった」と誰かがささやくのが聞こえ、ルーシーは無理やり視線を引き剝がして丸太のほうを見た。缶は七つとも落ちていた。湿地は静まりかえっている。

「同点ね」彼女は言った。信じられない結末に狼狽して、声が震えた。

ヒースは依然として彼女を見ている。「つまり、ふたりともキスしてもらえるということかい？」彼が愉快そうにたずね、ルーシーはその厚かましさに呆れた。

「いいえ、どちらにもキスしないわ」自分とダニエルをこんな目に遭わせるヒースに、いっそなにか仕返しがしてやりたい。

「勝負はまだついていない、ということだ」ダニエルが鋭く言い放った。「二二五メートル離れよう。最初に外したほうが負けだ」

それからは、あわただしく数秒間が過ぎていった。ひしゃげた缶がふたたび並べられ、銃に弾がこめられた。湿地に銃声が響きわたり、ダニエルが七つの缶を撃ち落とした。茶色の瞳は冷たく、満足げに光っていた。

つづけてヒースの番になった。驚くべき速さで、丸太の上の缶を撃ち落としていく。素晴らしい腕前だった。誰もがそう思っていたが、当のヒースがその事実を最もよくわきまえていた。彼はうっすらと笑みを浮かべたまま勝負をつづけた。その頓着しない様子から、こんなものは朝飯前なのだと知れた。

対するダニエルはいらだちを抑えきれない様子だ。一回の勝負が終わるごとに、神経が張りつめていくように見える。婚約者の顔が紅潮し、汗ばんでいくさまを、ルーシーは悶々としながらも無言で見つめていた。ダニエルのあのような憤怒の表情は見たことがない。彼女は内心、ヒースと彼の意地の悪いやり方をののしった。同情したりするのではなかった。自分の腕前を鼻にかけ、人をばかにするような男に。そんなまねをすれば、みんなに尊敬されるどころか、ますます嫌われるだけだとわかっているだろうに、それでもヒースはゲームをやめようとしない。

ヒースの大きな背中をにらみ、ダニエルへと視線を移す。婚約者は、男としての誇りを守ろうと必死に闘っている。彼が心配になり、ルーシーの瞳はくもった。銃の腕前ではかつて誰にも負けなかったダニエルだ。負ければ、どれほど傷つくことだろう。

だがもうみんな、負けるのはダニエルだと気づいている。

ルーシーはヒースの視線を感じた。彼のほうを見たとき、不安と怒りを視線にこめずにはいられなかった。なにか言ってやりたくて唇が震えたが、彼女は言葉をのみこんだ。すると彼はかすかな冷笑を消し、片手を上げて乱れた豊かな髪をかきあげた。次に銃を握ったとき、その手はずっと慎重で、動きもゆっくりとしていた。ルーシーを一瞥してから、的へと視線をすばやく移動させる。一発、二発、三発……四発、五発……六発。そして最後の一発を撃つとき、わずかにためらいを見せた。

七つ目の缶は、倒れずに残っていた。

サリーが金切り声をあげ、巨石から飛び下りてダニエルに駆け寄る。一同も大きな歓声をあげてダニエルを囲み、おめでとうとばかりに背中を力強くたたいた。けれどもルーシーは座ったまま、ダニエルにおどけて敬礼をするヒースを見ていた。ダニエルは冷ややかな表情でうなずき、友人たちのほうへと戻っていく。歓声で迎えられ、婚約者はにっこりと笑った。ヒースはルーシーのところへとやってきた。きれいにひげの剃られた顔は、彫像のように感情がうかがい知れなかった。ほほえんでいないせいで、こめかみの傷跡がいつもより目立って見える。その傷跡をなぞり、頬を手のひらでつつんでなぐさめてあげたい……そう思った次の瞬間、ルーシーは悟った。誰も気づいていないが、ヒースはわざとダニエルに勝たせたのだ。最後の一缶を外したのは、一同に対する侮蔑のあかし。みんなが必死になっていたゲームは、彼にとっては朝飯前だったのだから。ルーシーは思った。ひょっとしてヒースは、わたしのことも蔑んでいる……?

「わざとやったのね」彼女は声を潜めた。するとヒースは、瞳ににじむ切望感を消しもせずにじっと見つめてきた。

「きみのためにやった」彼はかすれ声で答えた。「死んでも認めたくないが」と自嘲気味につづける。「きみに頼まれると弱い」

「なにも頼んでなんかいないわ!」ルーシーはすぐさま顔をそむけ、巨石からすべりおりようとした。手を貸そうとして、ヒースが肘をつかんでくる。素肌に手で触れられただけだというのに、なぜか全身をおののきが走った。周りには大勢の人がいて、ダニエルもほんの数メートル離れたところにいるというのに、この場でヒースに抱きしめられたくてたまらなくなる。つかの間ルーシーは、彼の腕に飛びこみたい衝動に駆られた。褐色の肌に顔をうずめて、彼の匂いを存分にかぎたいと思った。なんとか衝動は抑えこんだものの、ダニエルよりも、ほかの誰よりも、目の前のヒースに惹かれている事実を否定することはできなかった。そのまぎれもない事実が、ルーシーは怖かった。身をよじるようにして彼から離れ、懸命に自分を抑えながら、ダニエルを囲む人びとのほうへと駆け寄った。婚約者のかたわらに立ち、巨石のほうを振りかえったときには、ヒースの姿はもうなかった。

「やつとなにを話した?」

「なにも」ルーシーはもぐもぐと応じ、列車の照りかえしがまぶしくて目を細めた。ダニエルとふたり、牛乳輸送用の貨物車の脇を通りすぎる。町はずれに住む農家の人たちが、車内に牛乳を積みこんでいる。客車に向かう途中、ダニエルの表情は硬いままだった。道すがらルーシーはたっぷり一五分かけてくよくよ悩み、そうして、ボストンに向かう婚約者に駅まで見送りに行くなどと約束するのではなかったと心の底から後悔した。

「会議は何時からなの? 列車が定刻どおりに出発するといいわね」

「サリーに聞いた。射撃競争のあいだじゅう、きみはやつと見つめあっていたらしいね」

「わたしが見ていたのはあなたよ!」

「二度とやつとは口をきかないでくれ。ただの一言も。ぼくがいない場所では」

「通りでばったり会ったときは? 無視しろとでもいうの? 失礼じゃない」

反論すると、ダニエルはいきりたった。

「いいかいルーシー、この件について、きみの言い分を聞くつもりはいっさいない。予定どおり結婚し、夫婦になるとして――」

「なるとして、ってどういう意味？」

「ぼくらは、もっとお互いを理解しなくちゃいけない。ここ数カ月のきみときたらまるで別人だ。思慮に欠け、なにかといえば反論し、ぼくを怒らせてばかりいる。もうたくさんだ。あいつとは……あの南部野郎とは、二度と口をきくんじゃない。サリーとも距離を置いてほしい。彼女はきみに、悪い影響を与えているようだからね。それから、ぼくの付き添いなしで社交の場や会合には出ないこと。お父上だけでは、きみをしっかり見張れないようだ」

「子ども扱いはやめて！」

「ぼくの妻になることを望むのなら、それなりのルールが必要だよ」

「ダニエル……」ルーシーはいらだちに身を震わせ、真っ赤になった。数日前の射撃競争以来、ダニエルはそのほっそりとした顔にお似合いのきまじめな表情を貼りつけたままで、一向に笑みを見せようとしない。茶色の瞳は冷たく光り、きれいに整えられた口ひげの下では、唇が固く引き結ばれている。

「間もなく発車時刻だ」ダニエルはこちらを見もせずに言った。「もう乗るから。つづきは今夜にでも話そう」

列車に乗りこむ婚約者を、ルーシーは腕組みをし、反抗的に口を結んで見送った。ダニエルは、彼女が変わったと言った。だが変わったのはダニエルだって同じだ。

列車ががたがたと揺れ、鉄の線路の上を走りだす。その巨体が小さな点になってしまうまで見送り、ルーシーは重いため息をついてから、家までの道を引きかえしはじめた。

「ずいぶん楽しそうにしゃべっていたじゃないか」

彼女はぎょっとして、声のするほうを向いた。ヒース・レインのハンサムな、どこかいたずらっぽい笑みを見つけて、いらだたしげに目を細める。

「つけてきたの？」ぶっきらぼうに詰問し、人に聞かれていやしないかと周囲を見わたす。

ヒースは肩をすくめ、ズボンのポケットに両手を突っこんだ。体にフィットしたズボンがぴんと張り、たくましい太ももの線を浮き立たせる。そんなところに気づいてしまう自分をルーシーは叱りつけた。けれどもヒースが醸しだす独特の雰囲気、まがうかたなき男らしさと自信には、どうしても目を留めずにはいられない。

「まさか」ヒースはこらえきれなくなったかのように、大きな口の端に笑みを浮かべた。

「町にちょっと用事があってね。そのかわいらしい帽子が偶然見えたものだから」

帽子の位置がずれていやしないかと、ルーシーは思わず手をやった。優美なデザインの白い帽子は、蝶をかたどった真珠の飾りと、羽毛と真珠でできた花束があしらわれている。

「さわらないほうがいい。いまの位置で完璧だ」ヒースが言い、あからさまに賞賛のまなざしを向けてくる。ルーシーは視線を落とした。

「さっきの話を聞いていたのなら――」

「ああ、聞いたよ」

「あれはわたしたちふたりの問題で――」

「だろうね」ヒースはいかにも愉快げに、ダニエルのルールをひとつずつ挙げていった。「南部野郎といるところを見られるな。サリーとは仲よくするな。婚約者の付き添いなしに会合やダンスパーティーに行くな。結婚しても、きっと彼はきみのやることなすことに命令を――」

「それが夫というものだわ」

「そうなのかい？」

もちろんそうだ。だがルーシーはそう言えなかった。口を開いては閉じるのをくりかえし、ふさわしい言葉を探したが、見つけることができなかった。

「結婚したら、なにもかもが変わるわ」ようやく言った。ヒースにというより、むしろ自分に言い聞かせるような口調だった。「人だって」

「たいていは、悪いほうにね」

「どうして断言できるの？　結婚のことなら……あるいはわたしのことなら、なんでも知っているとでも？　あなたって、まるでダニエルみたいね。わたしにとってなにが一番いいかわかったような顔をして。いっそこれからは、思うがままに生きようかしら！」

ヒースの瞳が猫のように光る。

「それがいいかもしれない。どんなふうに生きたい？」

ダニエルとともに生きたい。でも、いまのままのダニエルではいやだ。

「あなたには関係のないことでしょう？」

「いや、ある。きみのために、だいぶ使ってしまったようだからね」

「わたしのために使った？　いったいなにを？」

「きみを思い、きみのために悩む時間を」言葉に似合わない、のんきな口調だった。「彼のせいできみが変わってしまうのではないかと思うと、不安でならない。きみは彼といるべきじゃない」

「いいかげんにして。聞きたくないわ」

「彼はきみを、自分好みの従順な女性に変えようとしている。だがそんなことをすれば、きみはみじめな人生を送ることになる。むろん彼は、きみにみじめな人生を送らせたいわけじゃない――単に彼の求める女性像が、きみと正反対というだけの話だ」

「正反対ですって！　笑わせないで。ばかばかしい。ダニエル以上にわたしを大切にしてくれる人はいないわ。ダニエルとわたしはね、価値観が一緒なの」

「本気でそう思っているのかい？」ヒースは問いただし、ふいに眉間にしわを寄せた。「妻を自分の思いどおりにしたがるような男と結婚して、自分が幸せになれると思うのかい？それで自分が……」言葉を切り、ルーシーを見つめる。ヒースは瞳をくもらせ、いっさいの表情を消し去った。「まったく頑固なお嬢さんだ。言われたら言われた分だけ、持論に固執するんだろう？　もうやめた。そんなに彼がいいのなら、自分で決めるといい。もう一言も意見するつもりはない」

「待ってよ……まだ話が終わってないじゃない。さっき、なんて言おうとしたの？」

「別の話をしよう」

「でも、気になるから教えて――」

「断る」

有無を言わせない口調だった。あたかも鼻先で扉を閉められたかのように、ルーシーは心底いらだった。「どうして教えてくれないの？」と詰問する自分の声が、ひどく無愛想なのがいやだった。

「だってきみは、口論が楽しいだけなんだろう？　わたしは楽しくない。だいたい、この話はきみとダニエルでするべきものだ。なぜ列車が出る前に、彼に反論しなかった？　わたしが現れるのを待つ必要などなかっただろう？」

「待ってなんか……ああ、もうこんな話はうんざり。あなたと話しているとまるで――」

「まるで、なんだい？」ヒースがすぐさま促す。

「子どもにかえった気分。わたしのしたことに腹を立てるたび、父は事情も聞かないうちから勝手に理由を決めつけたわ。それじゃ反論もできないじゃない。卑怯よ」

ヒースは声をあげて笑い、やれやれとばかりに首を振った。

「たしかに。でもきみみたいな娘がいたら、お父上もそういう戦術に出るしかないだろうね。ふだんはきみのほうが、お父上を丸めこんでばかりいるんだろう？　しかも、お父上も周りの人もそれを承知している」

「父はいい人なの。率直で、自分をちゃんとわかっているというか――」

「そのようだね。つまりきみは母親似なんだ」

さりげないあてこすりに、ルーシーはしぶしぶ笑った。

「どうかしら。母のことはあまりよく覚えていないわ。でも、とてもきれいな人だったのよ」

「わかるよ」ヒースはうなずき、ルーシーの後れ毛をもてあそんだ。あまりにもなれなれしいしぐさだったが、物思いにふける彼女は、咎めるどころではなかった。

「父は絶対に母の話をしようとしないの。でも母の知りあいのミセス・モーガンに聞いたところによると、母は婦人慈善会や会合の席でよく演説をしていたそうよ。あるときなんて町議会に乗りこみ、女子の進級を認めるべきだと一五分もかけて論じたらしいわ。町の学校では男子ばかり優先して、席が足りなければ女子を中退させるから。演説好きの母に、父はさぞかし手を焼いていたんでしょうね」

「だろうね」

「ヴァージニアにも、そういう女性はいた？」

「演説好きな女性ということかい？　いや、とくにはいなかったかな」

「あなたのお母様は――」

「いや。母はわたしが小さいころに亡くなったから」

意外な事実に驚いて、ルーシーはもっと彼のことが知りたくなった。

「お父様は？　どんな方だった――」

「戦争で死んだよ」ヒースの態度から、見る間に優しさが消えていく。個人的な質問がいやなのだろう。

「ほかにご家族は？」

「異母妹に異母弟……継母。継母と聞いて人が思い浮かべる、すべての資質を備えた人だった」

「残されたご家族とは――」

「空を見てごらん……雨が降りそうだ。早く帰らないと帽子が台無しになる。馬車で送ろうか？」

「でも、人に見られたら困るわ」

「なるほど。ダニエルの言いつけを守らないといけないしね。忘れていたよ」

「歩いて帰るわ」ルーシーは頑固に答えた。「大した距離ではないもの」

ヒースがほほえみ、彼女の手をとって持ち上げ、指の甲にそっとキスをした。ルーシーは身を硬くした。唇が軽く触れただけなのに、なじみのない秘めやかな感情につつまれていた。

「じゃあまた、ルシンダ」

ヒースはささやき、物憂げに歩み去った。この世に急いで行くべき場所などどこにもないと言わんばかりの、ゆっくりとした足どりだった。

4

半鐘が鳴っている。

脚にからみつく、レースで縁取りされたシーツを蹴り、ベッドを出たルーシーはよろめきながら窓辺に向かって、寝ぼけまなこでおもてを眺めた。空は分厚い雲が垂れこめ、眠たげな町にこまかな霧を降らしている。いまにも雨に変わりそうなのに、レキシントン通りのあたりの雲は赤銅色に輝いている。

ルーシーは目を丸くして通りの様子を見つめた。人びとや馬車や馬がどんどん集まってくる。湿った生ぬるい風が、かすかな煙のにおいを連れて吹きつける。洋服だんすに駆け寄り、ルーシーは寝起きの体をぎくしゃくと動かして、着古したドレスをあわてて引っ張りだした。火事のとき、コンコードでは誰もがすぐに駆けつける。女性や子どもにも、やるべき仕事があるのだ。

椅子の座面に置かれたコルセットをつかみ、ルーシーは大急ぎで着替えた。淡青色のドレスを頭からかぶり、身ごろのボタンをおぼつかない手つきで留める。髪は後ろにまとめてリボンで結び、擦り切れた靴をはき、音をたてて階段を駆け下りた。

父はすでに階下におり、ロープをまとめているところだった。巻いたロープを、消防団の一員に支給される手桶に突っこむ。平素はきれいに整えられている白髪も雪のような口ひげも、こっけいなほど乱れている。

「わたしももう出かけられるわ」ルーシーは息を切らせつつ告げた。冷静そのものの父の顔を目にして、先ほどまでの動揺が小さくなっていく。父はいつだってそうだ。どんなわざわいに遭っても、けっしてあわてず、忍耐強く向きあえる。

「ホズマーさんの馬車が外に止まっている。一緒に乗せてもらうぞ」父が応じ、娘の頬を軽くたたいてから玄関へと向かう。

「今日はむちゃをしないで。危ない仕事は、もっと若い人に任せて。わたしには父さんしかいないんだから、万が一のことがあったら――」

「ああ、するべきことだけをするよ」父は請けあった。「英雄じみたまねはしない。だがコールドウェル家の人間は、けっして義務から逃げようとしないものなんだよ」

「それはわかっているけど」ルーシーはうなずき、父の顔を見やった。そのとき初めて、父が急に老けこんだことに気づいた。頬にはこまかなしわが刻みこまれ、首のほうまで伸びており、薄茶色の染みもいくつも浮いている。老いた父になにかあったらと思うとルーシーは怖くなり、「とにかく気をつけてね」と優しく、懇願するように言った。父は上の空でうなずき、遠くで雲が厚みを増していくさまを凝視している。あいにく、炎の勢いを止め、延焼を防ぐほどの雨は見こめそうにない。

人びとが向かう方角へとひた走る馬車のなか、ルーシー父娘とホズマー家の人たちのあいだで言葉はほとんど交わされなかった。ホズマー家の三人の息子は、落ち着かない様子で座っている。三人ともまだ一〇代で、大人たちとちがい興奮を隠しきれていない。ルーシーは緊張のあまりクッションの端を握りしめた。風になぶられた栗色の髪がほどけそうになる。やがて現場が近づいてくると、驚きの声を小さくもらした。

エマソン邸だった。屋根と二階はすでに炎につつまれており、火柱は刻々と高さを増して、ついには雲に届いてしまいそうだ。周囲では大勢の人が忙しく立ち働いている。なかには家具や衣類を運びだそうと、一階に飛びこむつわものもいる。消防団員は懸命の消火活動を行っているが、もはや手遅れという感じだ。家の前では、蒸気ポンプ車を引く大きな白馬がしきりに足踏みをしている。黒い蒸気缶《じょうきがま》が太いホースから水を吐きだすたび、煙をもうもうと立ちのぼらせる。つややかな真鍮の車体や金色の車輪に水がしたたる。馬車は庭の手前でゆっくりと停止した。庭には家から運びだされたさまざまな物や書類などが乱雑に置かれている。

「かわいそうに」ミセス・ホズマーがつぶやいた。赤毛に白髪が交じりはじめた夫人の青い瞳は、五〇年におよぶ苦しい人生にも輝きを失っていない。ミセス・ホズマーはぶっきらぼうだが親切な人だ。ルーシーは夫人の視線の先を追い、燃える家の前に立ちつくすミスター・エマソンを見つけた。淡い金髪が頬にへばりつき、落ちた肩には水浸しのコートがかかっている。「きちんとした、行き届いた暮らしが好きな人だから、さぞかしこたえているでしょうね」夫人がつづける。

「だが大勢の友だちがいる」父がおだやかに言い、馬車を降りるルーシーに手を貸した。

「きっと乗り越えられるさ」

「そうだといいわね」ルーシーは応じ、父の頰に軽くキスをしてから、一階の窓の前に並ぶ女性や子どもの列へと駆け寄った。彼らは衣類や食器などを順繰りに手渡して、安全な場所へと移動させていた。男性陣は上等な家具などをせっせと運びだしている。重さに耐えかねてうめき声をあげ、燃えさかる炎に汗をかいている。数メートル離れたところにいるルーシーでさえ、火炎に頰を焼かれるかに感じた。まるで真夏にオーブンの前に立っているかのようだ。

「ミセス・エマソンの書類箱を見た人はいない？」ダニエルの姉のアビゲイルが、エマソン家の人たちのそばを離れて大声で訊いてまわっている。「書斎にあったそうなの。大事な書類に、保証書や契約書が入っているそうよ」

一同がすばやくあたりを見まわすが、それらしきものはない。つかの間、沈黙とためらうような空気が流れた。ルーシーは人びとの顔から顔へと視線を移した。みんな邸内に飛びこむのが怖いのだろう。

「わたしが行くわ」名乗りをあげたルーシーは、髪のリボンをきつく結びなおした。

「でも、危ないわ――」

「まだ大丈夫よ。男の人たちもなかに入って、家具を運びだしているでしょう？　火はまだ一階まで来ていないはずよ」それ以上の異論が出てこないうちに、ルーシーは半ば開いた窓に走り寄ると、窓枠に手をかけてよじのぼった。窓を閉めてから、部屋の奥へと進んだ。居間のようだった。室内は熱く、煙が充満していて、ほとんどなにも見えない。部屋は不気味なほどの静けさに満ちているのに、邸内には烈火が逆巻く音が響いている。

扉の取っ手はまだ冷たかった。彼女は用心深く扉を開け、廊下に出た。貴重品を運びだそうと、男たちがあわただしく働いている。絶えず人が行き来する廊下では、こちらに目を留める者もない。ルーシーは壁に沿って進み、となりの部屋を目指した。そこが書斎なのを見てとると、ほっと胸を撫で下ろして室内へと足を踏み入れた。煙が目に染み、鼻孔を焼き焦がされる感覚に陥る。咳きこみながら手探りで大きなテーブルをまわりこみ、椅子にぶつかった拍子になにかを床に落としてしまった。目を細めて、金属でできた四角い物を凝視し、ささやかな勝利感につつまれる。書類箱だ。

すでに熱を帯びている箱を引っつかんで脇に抱え、ルーシーは大またで廊下に出た。警戒を促す大声と轟音が耳を聾《ろう》した。激しく咳きこむと、息ができなくなった。重たそうな椅子を持った少年が通りかかり、図らずもどんとぶつかってきて、よろめいたルーシーは壁にぶちあたった。そのときふいに炎につつまれた梁が天井から落ちてきて、すんでのところで彼女は逃れた。とげだらけの、火を噴く梁を衝撃とともに見つめる。天井が崩壊寸前なのだ。真の恐怖がじわじわとわき起こってきて、ルーシーの顔は青ざめ、勇気も萎えていった。脈は稲光のごとく速くなった。いまいましいことに、とっさに隅に隠れたくなった。いますぐこの場から逃げなければいけないのに！　スカートに火が燃え移らないよう、用心深く梁をよけながら歩きだす。そこへ、ブーツをはいた足が視界に入ったかと思うと、一息に梁を蹴って脇にやった。両肩を荒々しくつかまれ、ルーシーは書類箱を落とした。

「いったいなにをしているんだ！」かすれた男性の声に問いただされ、顔を上げてみれば、そこにはヒース・レインの険しい瞳があった。肩を乱暴につかむ手の力と憤怒の表情に、言葉も出ない。ヒースの褐色の肌は汗で光り、煤まみれで、瞳は煙のために赤らみ、細められている。シャツの袖をめくり上げているせいで、湿ったリネンの下で張りつめた筋肉があらわに見えた。みぞおちあたりまではだけたシャツの胸元も、たくましい筋肉が盛り上がっている。激しい怒りのあまり、いまにも彼女の息の根を止めてしまいそうなほどだ。一瞬、ルーシーはほんとうに殺されるのではないかと怖くなった。

「とっととここから出ていけ！」ヒースはどなった。「なぜお父上も、あのいまいましい婚約者も、平気できみから目を離すんだ。こんなまねをしたきみの尻を、ふたりのどちらもたたかないというなら、わたしが代わりに――」

「しかたがなかったんだもの！」ルーシーはむっとしてさえぎり、痛いくらいに強くつかんでくる手から身をよじって逃れると、腰をかがめて箱を取り上げようとした。咳の発作に襲われて、動けなくなる。

ヒースが悪態をつき、背を伸ばしたルーシーの手から重たい箱を奪いとった。彼女の腰に腕をまわし、半ば引きずるようにして抱え上げ、廊下を急ぎ足に進んでいく。玄関扉は、両側が炎の舌に舐められていた。ルーシーは抗おうとしたが、ヒースはわが身で彼女の体を守るように抱きかかえながら進む。汗で黒みがかったヒースの金髪が、鼻と頬をかすめた。体にまわされた両の腕はライオンの牙を思わせる強靭さを備え、非情なまでの無限の力を感じさせた。彼がいっさい恐怖を覚えていないのがわかると、ルーシーは自分が、最も嫌悪するタイプの女性になった気がした。強い男にしがみつく無力な女性だ。深々と息を吸い、理性をかき集めて、彼の肩から顔を上げる。外に出るとすぐに、身を引き離そうともがいた。ヒースは玄関ポーチに彼女を下ろすと体を支え、書類箱を差しだした。最前よりも重く感じられる金属の箱を、ルーシーは震える両腕で受け取った。

「最初は溺れかけ、次は灰のように焼かれかけるとはね」ヒースがぼやき、彼女を後ろ向きにさせてから、通りへつづく階段のほうへと力強く背中を押す。声にはまだ怒りがにじんでいたが、多少は落ち着いたようだ。「今度はいったいなにをしでかしてくれることやら」

「ひとりでも、ちゃんと出てこられたわ！」

「まったく。いいから、さっさとここから離れるんだ」

あえて言いかえすことはせず、ルーシーは広い肩が扉の向こうにふたたび消えるのを黙って見送った。階段を下りるときになってようやく、庭に山積みにされた家具のほうへと向かう自分の足がすっかり萎えていることに気づいた。書類箱をそっとソファに置いてから、ルーシーは屋敷から残された家具を運びだす男たちを見守った。もう屋内へ戻っていこうとする者はいない。炎はすでに階上を破壊し終え、階下にも広がりつつある。天井は食いつくされ、壁は崩壊し、あたかも家そのものが死の罠であるかのようだ。

ルーシーは父のもとへと歩みを進めた。父はエマソン一家のそばで、猛火を凝視していた。ミスター・エマソンはショック状態のようで、焦点の定まらない目で爆ぜる炎を眺めてはいるが、事態をいっさい把握していないらしい。その姿があまりにも哀れで、ルーシーは目をそらした。あからさまに悲嘆に暮れきった顔を、それ以上見ていられなかった。数メートル離れたところに、ダニエルのほっそりとした姿があった。町の人たちと一緒に、家から運びだした品々を確認している。婚約者のことを一瞬たりとも考えなかった自分、彼の身の安全を心配しなかった自分に思い至り、ルーシーは罪悪感につつまれた。両手を握りしめ、周囲が落ち着きを取り戻したら、すぐに彼のもとへ行こうと考えた。

「原稿が」エマソンがふいにつぶやいた。あまりにも小さな声で、すぐには聞きとれなかったほどだ。「一番新しい原稿が。家にある原本以外に、複写もしていない!」

「大丈夫ですよ、ミスター・エマソン」誰かがなだめる口調で言った。「きっと誰かが運びだしたはず――」

「誰が? どこにある?」エマソンは相手の言葉に飛びつき、興奮気味に詰問した。「書斎の白い箱に入れておいた。どこにある?」

庭に集まっていた人びとが白い箱をあわただしく捜しはじめたが、どこにも見つからなかった。

「原稿が」エマソンが震える声でつぶやく。蒼白になりながら、彼はよろめくような足どりで、なぐさめの声をかける人びとから逃れた。そうして危うく、地面に座りこむヒースにぶつかって転びかけた。ヒースは疲れきった様子で膝を抱えていた。青碧の瞳を細め、顔を上げて、エマソンを見る。ふたりの男たちは、まるで正反対だった。一方はすでに年老いて、体力も失い、人生の機微を知りつくしている。他方はまだ若く頑健で、未来が待ち受けている。一方は北部で生まれ、他方は南部で生まれた。けれどもふたりには共通点もあった。少なくともひとつは。つまりふたりとも、紙に書かれた言葉の大切さを誰よりもわかっていた。目の前の老人にとって、原稿を失うことがいったいなにを意味するのか、ヒースは即座に理解した。ふたりはしばし無言でにらみあった。やがてヒースは腰を上げ、なにやら悪罵を吐いてから、屋敷へと足を踏みだした。

水浸しのキルトを地面から引っつかみ、正面玄関の階段を大またにゆっくりと上っていくヒースを、ルーシーは呆然と見つめた。誰ひとりとして彼を止めようとしない。

「だめよ」彼女は言ったが、声が小さくて聞こえなかったようだ。パニックに襲われて、火炎に近づいていく彼に叫ぶように言う。「行かないで!」

果たしてヒースはその言葉を聞いたのかどうか、ルーシーを無視して、燃え上がる屋敷のなかへと消えた。ルーシーは一歩前に進みでようとしたが、父に引き留められ、みんなが見ているぞと小声でたしなめられた。喉からかすれた息がもれた。心臓が痛いほど鼓動を打った。彼女は彫像のように立ちすくんだまま戸口を一心に見つめた。全身が鉄のごとくこわばっていた。屋根の一部が焼け落ちたのだろう、邸内のどこかから、とどろくような崩壊の音が聞こえてきた。腕に置かれた父の手から身を引き、彼女はひたすら戸口を凝視しつづけた——まるで、そうすればヒースが無事に姿を現すとでも言わんばかりに。だが数時間も経ったかに思えるのに、彼が戻ってくる気配はない。

「ルーシー、どうかしたのかい？」というダニエルの声に、彼女は振りかえった。婚約者は疲れた顔をして、ため息をつきながら肩の凝りをほぐしている。

「どうかしたのかって……家のなかに……ミスター・レインがいるのよ」ルーシーは硬い声で応じた。「心配じゃないの？」

「心配？」ダニエルはおうむがえしに言い、彼女の両肘をつかんで顔を見下ろした。茶色の瞳には、困惑といらだちが浮かんでいた。「そりゃみんな心配しているさ……だがきみほどじゃない。どうしてそこまで気にするんだい、ルーシー？」

「彼だって同じ人間よ。なぜみんな、どうでもいいような顔をしているの。いまの状況を、なぜ誰も理解できないの」

答えるダニエルの声は鋭く、落ち着いていた。

「戦時中の子どもと同じだな。理解できていないのは、きみのほうだよ。南部の連中にとって、われわれは生かすも殺すも一緒だった。連中が戦時中に北部人をどんな目に遭わせたかわかっているのかい？　あの悪臭放つ牢屋で、われわれがいったいなにをされたか知っているのかい？　獣のように扱われ、飢えと病に苦しみながら死んでいった——ああ、忘れることなんて、許すことなんてできやしないさ。あの南部野郎にしたって、ぱっと見はどんなにハンサムで魅力的だろうが、中身はほかの南部人と同じ、薄汚い、腐りきった男さ。心配する必要などないね」

「薄汚いのは、彼らだけではないでしょう？　北軍の兵士だって、南部人にひどいことをしたと聞いたわ」ルーシーは言いかえし、頬を伝う涙をぬぐった。「南部人の家と土地を焼き、南部の女性を……」

ダニエルは身じろぎひとつしなくなった。「なにが言いたい？」と問いただしたときの表情は険しく、視線は刺すようだった。

「どちらがどれだけいけないとか、そういう話ではないと思うの——」

「火事騒ぎで、頭がどうかしているみたいだな」ダニエルは冷たくさえぎった。「だったらいまの会話も忘れよう。理解の範疇を超えることについて考えようとするのは、もうやめたほうがいい。きみだって戦場にいたら、南部人がどういう輩かわかったはずだし、憎んで当然だと納得しただろうね。ぼくがきみなら、あのいまいましい南部野郎を心配するのはこの場でやめる。なぜって、いまさらあいつを家から助けだすのは、奇跡みたいなものだからさ」

大またに立ち去るダニエルを見つめながら、ルーシーは唇を噛んだ。なぜかふいに、周りの人がみな他人のように思えた。ダニエルも、父も、町の人たちも——もともとみんな赤の他人で、彼らが演じる舞台を、同じ舞台の端に立って筋書きもわからぬまま眺めているかのようだ。いまのルーシーにわかるのは、ヒースが燃えさかる屋敷のどこかにいることと、彼の身を自分が心底案じていることだけ。彼がどんな人だろうと、過去になにをしていようと、ここで命を落としていいなどとは思わない。ルーシーは両手をこめかみにあて、激しい頭痛を抑えながら、鮮やかな猛火に目がくらむまで屋敷を凝視しつづけた。

やがて、戸口になにか動くものが見えてきた。ヒースがよろめきながら現れた。キルトを引きずり、手には白い箱を握っている。黄色い炎を背景に、一段抜かしで階段を下りる姿が浮かび上がる。さらに屋根が落ち、上階の壁が内側にひしゃげるように崩壊する。人びとは無言でヒースを見つめ、幾人かが彼のために道を開けた。ヒースは顔も胸元も腕も煤まみれだった。白いシャツは灰色に焦げ、はだけた胸元から汗に濡れた褐色の肌が見えた。そこには、長い年月をかけてようやく癒えた傷の跡が、縦横に刻まれていた。軽く足を引きずるさまは、彼に対する畏怖の念を減じさせるどころか、ますます近寄りがたい雰囲気を強めている。あたかも、わが身を守るため敵に飛びかかろうとしている手負いの獣のようだ。用心深い目で周囲を見まわしてから、ヒースはエマソンに歩み寄り、原稿を差しだした。

「すまない」エマソンはつぶやいて頭を下げ、子どもを抱きしめる親を思わせる優しい手つきで箱を受け取った。「借りができたな――」

「借りではない。それに、あなたの思想や政治観に共感したからやったわけでもない」ぶっきらぼうに応じたヒースは足を引きずりながら、屋敷裏手の森のほうへと向かった。ルーシーは地面をにらんで感情を押し殺しつつ、安堵感に吐き気すら覚えていた。

夜が明けてくると、町の人びとは庭の片づけを始め、風に吹かれて芝地に散らばった書類や手紙などを追いかけだした。火事もようやく消し止められたが、あとに残されたものは黒ずんだ数枚の壁と、数メートルに積み上がったがれきと燃えかすばかりだった。ルーシーはヒースが歩み去ったほうをこっそりと見やり、誰にも見られていないのをたしかめてから彼を追った。父やダニエルのそばにいるべきなのはわかっていたが、ヒースを追いたい激しい衝動に駆られて、息もできないほどだった。

彼は細長い平らな岩に座り、シラカバの古木に背をあずけていた。両の膝を折り、そこに肘をのせて、両手に顔をうずめている。地面を覆うマツの小枝や葉を踏む彼女の足音が聞こえたはずだが、身動きひとつしない。

「あんなことをする必要なんてなかったのに」ルーシーは荒々しく言い、水の入ったひしゃくを差しだした。ヒースが受け取り、おいしそうに飲み干す。冷たい水が胸とシャツを濡らした。彼のかたわらにしゃがみこんだルーシーは、庭に山積みになっていた衣類のなかから見つけた水浸しのハンカチをたたむと、つかの間ためらってから、彼の顎についた煤をそっとぬぐい取った。ヒースはシラカバの幹に頭をもたせ、用心深くこちらを見ている。

「たかが紙切れのために命を落としかけるなんて」彼女は無愛想につづけた。「どんなに大切なことが書かれていたとしても、ありえないわ」

「そうは思わない人もいる……」ヒースはしわがれ声で応じ、咳きこんだ。

「ばかみたい」鋭く言い放ったルーシーのハシバミ色の瞳が光る。最前よりも遠慮のない手つきで、彼女は煤を拭いていった。元気なときのヒースなら、彼女が世話を焼くさまを見てきっと笑っただろう。こんなふうにとなりにしゃがみこみ煤まみれの顔を拭くのが、どれほど他人の目に親密そうに映るか、彼女はわかっているのだろうか。

「誰かに顔を拭いてもらうなんて、久しぶりだな」彼はかすれ声で言った。

「どのくらい久しぶり？」

「二〇年ぶりくらいかな。母が、目鼻まで消してしまいそうな勢いで顔を拭いてくれた」

ルーシーが一瞬手を止める。「目を閉じて」と静かに告げて、まぶたにこびりついた、とりわけしつこい汚れを拭きとった。「どうしてわざわざやってきて、わが身を危険にさらすようなまねをしたの？」とたずねる彼女の手首を、ヒースは大きな手でつかんだ。

「もういい」顔を拭くことを言っているのではないのは、お互いにわかっている。それでもルーシーはハンカチを地面に落とした。やがて彼が手首を離した。

「あなたについては、なにもかもが謎ばかりね」

「謎なんてない――」

「自分のことは、なにも教えてくれないじゃない」

「なにが知りたい？」ヒースは眉をひそめた。

たちまちふたりは黙りこんでしまった。踏みこんではいけない領域なのは、ルーシーもわかっていた。いま以上に彼のことを知りたがるべきではない。彼にはなにも訊くべきではない。ここにふたりきりでいてはいけないのだ。でも、二度とこんな機会は得られない。

「ヴァージニアの、具体的にはどこから来たの？　お父様はなにをしていらしたの？」

「リッチモンドだ。父は弁護士だったが、廃業して、ヘンリコ郡で一族が経営していたプランテーションを継がざるを得なくなった」

「プランテーションですって？　でも前に、奴隷制度には反対だと――」

「ああ」

「だけど、レイン家がプランテーションを経営していたのなら、奴隷が――」

「そうじゃない。レイン家じゃないんだ」ヒースは無表情にルーシーを見つめた。「プライス家だ。父の名はヘイデン・プライス。わたしは、プライス家の人間とプランテーションで過ごしたことは一度もない。母のエリザベス・レインに、リッチモンドのホテルで育てられた」

「ご両親は……結婚してらっしゃらなかったの？」ルーシーは耳が真っ赤になるのを感じた。打ち明け話に対する反応を量るかのように、彼にまじまじと見られるのがいやだった。

「そう。母は父の縁戚で、プライス家を一家で訪問したときに父と出会った。父にはすでに妻がいた。妊娠がわかると、母をリッチモンドに住まわせた。当然ながら、プライス家の人たちはわれわれ親子といっさいかかわろうとしなかった」

自分にはなんの咎もないのに面《つら》汚し扱いされ、ホテルで育てられて、幼い少年だった彼はどんな気持ちだったことだろう。

「お父様は、会いに来てくださったの？」

「たまにね。身なりや教育には気を配ってくれたよ……嫡出子と同程度にはね。一八歳のときに留学させられたが、その一カ月後にサウスカロライナが連邦から離脱し……あとは知ってのとおりだ」

「終戦後は……？」

「まぬけ面でプランテーションを訪れた。農場経営をつづけるには人手が必要だろうと思ってね。たしかに人手は必要だった。わたし以外の人手が」

家もない。家族もない。帰る場所もなかったヒースに、家のことを訊いたりした無神経な自分をルーシーは泣きたくなった。

「お父様が……亡くなった原因は？」とたずねると、ヒースは無言で首を横に振り、答えようとしなかった。いらだちのにじむ、挑むような目で見つめてくる。「北部にやってきたのはなぜなの？」

「言えない」

「どうして？　自分でもわからないから？」

「言いたくないからだ」

ルーシーはふっと笑みを浮かべた。「ひねくれものなのね」

ヒースもくつろいだ表情になり、まぶたを閉じた。「みたいだね」

「屋敷に戻っていったときは、どうしようかと思ったわ」ルーシーは咎めた。「どうしてあんなまねを？　いいところを見せたかった？」

「エマソンの原稿を後世に残すためだ」ヒースは応じた。ブロンソン・オールコットのもったいぶった口調をそっくりまねた声音に、ルーシーは思わず笑い声をあげかけた。

「冗談はよして」

「それに、火は怖くない。原稿を捜しに行けそうな連中はみな、怖がっている様子だったけれどね」

「なぜ怖くないの？」

「最悪の事態に直面したことのある人間に、恐れるものなどない」

淡々と口にされた言葉が、ルーシーの胸を打った。ヒースの額にかかる煙臭いもつれた髪を、彼女はかきあげてやらずにはいられなかった。そっと触れた手に、彼はなんの反応も示さなかった。

「最悪の事態って、いったいどんな？」

「まだ一〇代のころ、ホテルが火事に遭った。その日は帰りが遅くて、夜通し町で……なんと言えばいいかな、紳士にあるまじき遊びにふけっていてね。帰る道すがら、数キロ先に煙が見えた。母の寝室は二階にあった。誰も間に合わなかった」

ルーシーは聞きとれないほどの小声でなぐさめの言葉をつぶやいた。ヒースの金髪を、指先で何度も何度も撫でていた。

「ルシンダ？」しばらくしてから呼びかけたヒースの声は、疲労と撫でられた心地よさのせいだろう、どこか眠たげだった。

「なあに？」

「あの家にきみが入っていったこと、やはり許すわけにはいかないな」

「わたしは自分のしたいようにするの。あなただって」

「話を一緒にするな」ヒースが濃いまつげを上げてこちらを見つめる。やけどでもしたかのように、ルーシーはいきなり手をどけた。「きみとちがってわたしは、自分で自分の身を守るすべを知っている」

彼女は当惑気味に眉根を寄せた。額にまでしわが寄る。

「ヒース……わたしを子どもだと思っているの？」

「いいや。いっそ子どもだと思えればいいんだが」

「なぜ？」

「子ども相手なら、こんな気持ちにならずにすむ」

ヒースは手を伸ばすと、指先でルーシーの首筋をなぞった。彼女を見つめるとき、口元が優しくほころんだ。食い入るようなまなざしに彼女は動けなくなり、前かがみになったヒースの手がうなじに添えられてもなお、身じろぎすらできずにいた。そうして気づけば、たくましい胸元に寄り添い、素肌から立ちのぼる香りにつつまれていた。

「ルシンダ」とささやきかける満足げな声に、ルーシーは身を震わせた。「ここに来てはいけなかったのに」

「無事を確認したくて」

「でも来るべきじゃなかった」

こんなふうに優しく、大切そうに抱きしめられたことがあっただろうか。ヒースは胸に抱く彼女の感触を堪能しているかのようだ。こんなふうに誰かに求められるのが、酔わせるように心地よいものだとは知らなかった。ヒースの触れ方は誰ともちがう、特別な感じがした。ルーシーはつかの間、どうしてダニエルはこういう触れ方をしてくれないのだろうと悲しく思った。ダニエルの抱擁は温かく快適だけれど、甘やかな、夏の暑さにも似た喜びを呼び覚ましてはくれない。

ヒースを求めてしまうのは、いけないこととわかっているからなのだろうか。彼が南部人だから？　両のこぶしを握りしめ、ルーシーは彼のシャツの残骸に指をからめた。

「わたし、どうしちゃったのかしら」彼女はつぶやいた。

「どうもしやしない。きみは女で……誰かに求められたいと願っている」ヒースは小さくほほえんだ。「求められることを欲している」

「でも、ダニエルもわたしに同じ気持ちを抱いているはずよ」

「だったらなぜ彼は、きみの一番の長所を変えようとする？」

「一番の長所？」ばかを言わないで、とばかりにルーシーはくりかえした。「わたしは短気で――」

「きみの短気が好きだ」

「泣き虫で――」

「思いやり深いからだね」

「ばかみたいに夢見がちな――」

「想像力が豊かなだけだよ」ヒースは優しく正した。「わたしは、どの長所も変えたいと思わない。でもひとつだけ例外がある。ルーシー、きみは心から誰かに愛されているようには見えない……不満を抱えているようにしか」

胸を衝かれて、彼女は顔をそむけた。

「もうやめて。やっぱりあなたの言うとおり、ここに来るべきでは――」

「でも来た。理由はお互いにわかっているはずだよ。もう一度、わたしに助けてほしかったんだろう？」

意外な言葉に、ルーシーはどきりとした。「ど、どういう意味？」

「自分はヒース・レインのものだと思ってごらん」彼は促し、両の腕をルーシーの体にまわした。「一分だけでいい。わたし以外にはこの世に誰もいない、わたしが運命の男だと想像してみるんだ。頼む……一度だけでいいから」

それこそまさに、ルーシーが胸に秘めていた夢だった。どうしてヒースが知っているのだろう。まるで彼女のすべてを知っていて、抗えないのもわかっているから誘っているかのようだ。ルーシーはダニエルのことを考えようとした。けれども脳裏に思い描こうとしたダニエルの顔は消え去り、気づけば首をのけぞらせてヒースのくちづけを受けていた。ゆったりとしたくちづけは熱く、この世界にふたりきりしかいないかに思えてくる。ヒースはぬくもりに満ち、とても優しかった。ルーシーは自分が彼のものではないことも、彼を求めるのが罪であることも忘れた。キスの魔法に酔いしれ、現実が指のあいだからすり抜けていくのに任せた。

ヒースは身をかがめ、腕でルーシーの首を支えつつ、彼女を平らな岩の上に押し倒した。空を照らしはじめた太陽を一瞬、視界にとらえたとき、ルーシーは自分が彼を止めなければ大変なことになると悟り、身を引き離そうともがいた。

「暴れないで。大丈夫だから。怖がらなくていい」ヒースはささやきながら彼女の首筋に唇を這わせ、きめこまかな肌の感触を味わった。それから彼女に覆いかぶさり、口にしかけた言葉をくちづけでのみこんだ。

互いの服越しに、ルーシーは彼の太ももが脚を割って入ってくるのを、やわらかな肌にたくましい筋肉が重ねられるのを感じた。彼と重なりあうのが、なぜかとても自然なことに思えた。ルーシーは両の手をシャツの下へと忍ばせ、大きな背中にまわして、絹を思わせる素肌をまさぐった。やがて指の先に、斜めに走る長い傷跡を感じとった。唇を離し、片手をゆっくりと上げて、こめかみの傷跡に触れてみる。見下ろすヒースの瞳には、青い炎が静かに揺れていた。

「どこで?」ルーシーは息をあえがせながらたずねた。「どこでこの傷を?」

「戦争で」

「全部?」

「そう。気持ちが悪いかい?」

「いいえ……ただ、誰かがあなたを傷つけようとしたのだと思うと……」

ヒースはふっとほほえんだ。「当の本人はあまり気にしていないんだ」

「ヒース、もう離して」

できなかった。自制心などすでに消え失せていた。「あと一分。もう一分だけでいい」

ルーシーは目を閉じ、震えながら首筋にキスを受けた。とりわけ感じやすい場所を唇が探りあて、そこにしばしとどまる。

「なぜ北部に来たの？」彼女はたずねることで意識をそらそうとし、両手で胸板を押し離そうとした。

「きみがここにいるから」

ルーシーは震える笑い声をあげた。

「嘘ばっかり……そんなわけはない……ああ、ヒース……」

唇は胸のふくらみを這っており、指は身ごろのボタンをはずそうとしていた。

「お願いだからやめて――」

「キスをするだけだよ」

「嘘よ、やめて……」

けれども唇は徐々に下へと、さらに下へと這っていき、やがて小さなつぼみへとたどり着いた。軽やかな舌の動きに、彼の口のなかでそこが硬くなっていくのを覚え、ルーシーは喉の奥であえいだ。胸の奥では、ふたつの相反する気持ちがせめぎあっていた――この罪深い行為をすぐさまやめさせなければという決心を、えもいわれぬ心地よさと衝動とが押しとどめようとしていた。ルーシーは彼の髪に指を挿し入れ、身ごろの上からまさぐられると、やわらかな髪を握りしめた。ヒースの片手が大胆にドレスの下へと忍び入り、乳房をつつみこんで、親指でつぼみを撫でる。

温かな感覚が、激しい雨のように彼女をつつんだ。わが身に感じるヒースの重み、素肌を撫でる熱い舌。たくましく隆起する筋肉は、彼女を押しつぶすことも可能だろうに、どこまでも優しくつつみこむばかりだ。ヒースの息は不規則で荒々しく、脈動は熱を帯びている。

「わかっただろう？」彼がかすれ声で言った。「なによりもきみを求めている男、なんとしてでもきみを手に入れようとしている男ならこうやって——」

「それ以上はだめ——」

「まだだ」焼けつくようなキスで唇を奪われながら、ルーシーはめまいのなかで、今度こそ、次のキスのあとこそ、彼を止めなければと思った。小さな手を広い肩にかけ、思わずヒースを抱き寄せると、耳元でささやかれた。「ルーシー……わたしのルーシー……どれほどきみを求めていることか……」片手がふたたび乳房をつつみ、優しく揉みしだく。ルーシーはつま先を丸め、骨抜きになったかのように横たわったまま、彼の名を呼んだ。心の奥底では、永遠にこれをやめないでほしいと懇願していた。けれども彼をもっと近くに感じようと身をよじったとき、女性の鋭い叫び声があたりに響きわたった。

歓喜に朦朧となりながらもわれにかえり、唇を赤く腫らしたルーシーは目を開いた。声が聞こえたほうへと力なく視線を向ける。ほんの数メートル先に、ダニエルとサリーが蒼白になって立ちすくんでいた。

悪態をついたヒースがすばやく身を起こして、彼女を背後に隠す。

「ふたりで……あなたを捜していたのよ、ルーシー」サリーは口ごもり、両手で口元を押さえたかと思うと、くるりと背を向け、葉を踏みしだく音を残して走り去った。

ダニエルはといえば、無言でふたりを凝視するばかりだった。驚きの表情が、徐々に憎しみのそれへと変わっていく。森はしんと静まりかえり、聞こえるのは葉擦ればかりだ。険しい茶色の瞳が、挑発するような青碧の瞳とぶつかり……ダニエルはふいにほほえんだ。

「いっそきさまの眉間を撃ち抜いてやってもいいんだが」彼は力なく言った。「その程度の手間すら惜しいね」

両手に顔をうずめ、ルーシーはダニエルが歩み去る足音を聞いていた。情熱がもたらしたぬくもりはすでに消え失せ、冷たい後悔の念だけが残された。


帰宅する馬車のなかで感じたみじめさを、ルーシーは生涯忘れないだろう。ホズマー家の人たちは無言で彼女を見つめていた。ミセス・ホズマーは末の息子を自分のほうに引き寄せ、あたかも一家の倫理観念を脅かすものであるかのように、けがらわしいものを見る目つきでルーシーをにらんでいた。馬車を降りたあと、ルーシーは居間にひとりで座った。父は階下で、店の開店準備に取りかかった。頭がうまく働かず、彼女はただ壁を凝視しながら、今日の出来事のあれこれを何度も何度も思いかえした。昼になると機械的に食事を用意しながら、際限なく頬を伝う涙をぬぐった。階段を上ってくる父の足音はいつになく静かで、当のルーシー以上に、父娘が向きあう瞬間を恐れているのが察せられた。

「店は忙しい？」ルーシーは震える声でたずねた。なんだか、なにもかもが現実とは思えなかった。人生がめちゃくちゃになりかけているときに、なぜごく普通の会話ができるのだろう。

「暇だよ」父は答え、長いため息をつきながら椅子に腰を下ろした。昼食を食べる父を、ルーシーはただ眺めていた。料理に指一本でも触れたら、自分は吐き気に襲われるだろうと思った。しばらくしてから父はフォークを下ろし、泣き腫らした娘の目をまっすぐに見つめてきた。

「ダニエルに対するおまえの気持ちはよくわかっている。だからこそ、まさかおまえにかぎってと思う。しかも――」父の顔に、当惑といらだちが広がった。「町中の人がほんの数メートル離れたところに集まっているというのに、あんなまねを」

ルーシーはうなずき、震える手を額にやった。それ以上は父の視線を受け止められなかった。

「わしは、彼ではなくおまえの行動に驚いているのだよ」ふたたび口を開いた父の声音は、耐えがたいほどに疲れていた。「南部の男たちが北部の女たちをどんな目で見ているか、誰もが知っているからな。もちろん、彼のほうがおまえにつけ入ったんだろう。なるほど彼は南部人にしては悪い人間ではない。だが、ほかの南部人と同じ欠点を持っていることにちがいはないのだよ」

「なぜ彼の話をするの？」耐えきれずにルーシーは詰問した。「面倒を起こしたのは、このわたし――」

「いいから聞きなさい」父はさえぎった。口調はおだやかなままだったが、表情が険しいものに変わっていた。ルーシーはすぐさま口をつぐみ、腕組みをして皿に視線を落とした。

「今朝、ブルックスさんが店に来た。おまえがカウンターでの仕事をしているかぎり、奥さんとお嬢さんを店に来させられないそうだ。おまえの影響を受けたら困ると言ってね。ほかの人たちも同じ気持ちだろう。いいかいルーシー――」

「だったら、わたしが店で働くのをよせばいい話でしょう」

「それでもやっぱり、わが家に対する嫌悪感はぬぐえないだろうね。おまえがちゃんと結婚をし、体面を取り戻すまで、暇な状態がつづくはずだ」

「他人にとやかく言われる筋合いはないわ」

「たしかにな。だが、他人とはそういうものなんだ。それにな、おまえのしでかしたことは、おまえ自身の体面を傷つけたばかりか、わしと店の評判まで台無しにしたんだよ」

「じゃあ、わたしが憎いでしょう」ルーシーはささやいた。少女のころにかえって、あの当時のように父がすべてを解決してくれればいいのにと願った。あのころはよかった。二、三の助言や、一ドル紙幣や、一粒のキャンディですべてを解決できた。

「憎くなどない。わしは、おまえにがっかりしているんだ。それに、おまえの今後が気がかりでもある。ダニエルがまだおまえを大事に思ってくれていたとしても、ご家族がなんと言うか。世間体をたいそう重んじる人たちだからね」

「別にいいわ」ルーシーはつまらなそうに応じた。「アビゲイル・コリアーみたいにオールドミスになって、父さんとここで暮らすから」

「ルーシー」父はしばらく言葉が見つからないようだったが、小さく咳ばらいをしてからつづけた。「おまえがここにいれば、店は暇になる一方だよ。生活が成り立たなくなる」

「本気で言っているの？」ルーシーは鋭く問い、すっくと立ち上がると乱暴に目元をぬぐった。「わたし、そんなにいけないことをした？　そこまで言われるようなことだった？」父は答えず、無表情のままだ。口と鼻の周りのしわが、いつもより深く見える。彼女はのろのろと腰を下ろした。顔がまるで石でできているかのように、こわばり、冷たく感じられる。父は店を口実にしている。ほんとうは娘の振る舞いにうんざりして、もう一緒に暮らしたくないだけなのだ。悪い噂のたった娘とはいたくないのだ。ルーシーは、これほどまでの孤独を感じたことはなかった。

「出ていけというのね」彼女はようやく言った。「でも、どこへ……これからどうすればいいの？」

「母さんの実家がニューヨークにあるから、居候を頼んでみてもいいが、難しいだろう。縁戚との結婚話を断ってわしと一緒になったときに、実家とは縁を切ってしまったからな。あるいは、コネチカットのおじさん、おばさんのところに行くという手もある」

「そんな」ため息をつき、ルーシーはかぶりを振った。「あそこは家が狭いし、生活もとてもつましいから、絶対に無理よ。おじさんもおばさんも好きだけど、すごく厳しいし……」

父のがっかりした表情に気づき、言葉をとぎらせる。

「もっと厳しく育てるべきだったのかもしれん。わしはおまえを甘やかしすぎたようだ。いまならはっきりそう言える。だがおまえはたったひとりの娘で、母さんのためにも、好きなようにさせてやりたいと思って――」

「母さんの話はやめて」ルーシーは喉を詰まらせ、父に背を向けて顔をハンカチにうずめた。

「選択肢はもうひとつある」父が言葉を継ぎ、長いことためらってから告げた。「ミスター・レインとの結婚だ」

くるりと振りかえり、驚愕のまなざしで父を見つめる。「どういうこと?」

「二時間ほど前に店にやってきてね。おまえを妻として迎えたいそうだ」

「わたしに……元南軍兵と結婚しろというの?」

「おまえになに不自由ない暮らしをさせてやれると言っていた。嘘じゃあるまい」

ルーシーは息さえできなくなった。一瞬、夢に見た日々が、ダニエル・コリアーとの幸福な結婚生活が、脳裏に浮かんだ。ふたりは町の誰からも愛されうらやまれる、評判の若夫婦になるはずだった。ボストンでディナーや観劇を楽しみ、紳士淑女が集まるパーティーに招かれ、コンコード一の歴史と名声を誇る社交界の一員となるはずだった。それらの夢は、もう手に入らないのだ。ヒース・レインの妻になったら、自分はどうなるのだろう。町の誰からも見下され、サリーには同情されるだろう。南部人とのたわむれを人びとに許してもらえるまで何年も、慎ましく、目立たぬよう暮らしつづけなければならないだろう。

「いやよ」彼女はほとんどパニック状態だった。「いくら父さんでも、あの人との結婚を無理強いすることは――」

「もちろん、無理強いはしない」

「だったら、あの人に断って。わたしはもう二度と口をききたくないから。あの人に言って、妻になんかなりたくない、なにがあろうと――」

「答えは数日待ってほしいと伝えておいた。しばらく様子を見て、今後についてじっくり考えなさい、ルーシー。これから自分を取り囲む状況がどうなるか、おまえはまだわかっていないようだからね」

噂はわずか半日で町中に広がった。親友だとばかり思っていたサリーが、口をつぐんでいられなかったらしい。ルーシーは家に閉じこもりつづけた。思いきって外に出てみるたび、冷たい視線や好奇に満ちたまなざし、あるいは哀れみの目で見られたからだ。何度も人から無視されるので、最初のうちは驚いていたのが、しまいには当然だと思うようになった。生まれたころから知っている人、ずっと親しくつきあっていた人たちが、まるで憎むべき犯罪者を相手にするかのように、いまは彼女に声をかけようともしない。無視されるのがどんなにつらいことか、ルーシーは考えたこともなかった。

ダニエルからはなんの音沙汰もなかった。彼にどう思われているのか不安で、ルーシーは眠れぬ晩を幾夜も過ごした。以前ほどの愛情はなくとも、とくになんとも思っていない可能性もある――そう自分に言い聞かせたりもした。自分はまだ無垢なのだと、ダニエルにだけは理解してもらえるかもしれないとも思った。だが、問題はそこなのだろうか。それから数日間で、そうではないことにルーシーは気づかされた。問題は、南部の男とたわむれていたという事実だった。北部人の古傷はまだ癒えはじめてもいない。戦争の傷はまだ生々しく残っており、ルーシーの罪はとうてい許されるものではなかった。誰もあえて口にはしないが、要するに彼らにとってルーシーは裏切り者で、裏切り者は無視するのがあたりまえなのだった。

一週間が過ぎたある晩、父から長い説教を受け、そろそろ今後について決めなさいと促された。いつになく寒い夜だったがルーシーは家を飛びだし、青ざめた顔に動揺の表情を浮かべ、ボンネットも肩掛けも身に着けずに、ダッパーと名づけたロバを走らせた。ずっと昔、父から贈られた雌ロバだ。どこに行こうとしているのかもわからぬまま、気づいたときにはコリアー家の玄関口に着いていた。

緑の瞳に黒髪の、アイルランド生まれのメイドのナンシーに邸内へ招き入れられ、居間に通された。静かな部屋にひとり、重厚なマホガニー材の家具に囲まれて腰を下ろした。視線は閉じられた扉だけに向けた。その向こうから、コリアー家の人たちの押し殺した声が聞こえてくる。ずいぶん経ったころにダニエルが現れ、後ろ手に扉を閉めた。婚約者もまた蒼白な顔にとまどいの表情を浮かべているのを認めて、ルーシーは少しばかり安堵した。だが愛情に満ちあふれていた茶色の瞳は、いまはすっかりくもっている。

「どうしても会わなくちゃいけないと思って」震える声で彼女は言った。「話さなくちゃいけないと思って」

ソファの反対端に座ったダニエルが、身を硬くしているのがわかる。

「ぼくの性格はよく知っているだろう……だったら、今回のことをどう感じているかも、わかるはずだよ」

「ダニエル」ルーシーは不安のあまりこわばったささやき声で呼びかけた。「幸せなとき、なにもかもがうまくいっているときに、人を愛するのはたやすいわ。でもほんとうの愛は、わたしたちの愛は……心からそれを必要としているとき、つらいときこそ、与えられるものだと……」

ふいに口をつぐみ、ルーシーはわっと泣きだした。ダニエルは身じろぎひとつしない。

「これ以上冷たくしないで。わたしがいけなかったのは認めるわ。でも、心底申し訳なく思っているの。これからは一生、あなたの言うとおりにする……あなたが必要なの、抱きしめてほしいの……お願いだから、許して……」

自分のものとは思えない哀れっぽい声で懇願していると、ダニエルの両手が肩に置かれた。触れられた喜びに思わずすすり泣きながら、深い安堵感につつまれて、彼に身をあずけようとした。ところがダニエルは両腕を伸ばして、彼女を近づけまいとしている。

「同情はしてるよ」彼はつぶやいた。瞳にはなんの感情も浮かんでおらず、声はひどく冷たかった。「ぼくたちの未来を台無しにしてしまったきみに、同情はしてる。でも、哀れみだけで結婚はできないし、きみへの気持ちはもう哀れみしかないんだ。以前はきみが必要だと思っていた。求めるに値する人だと、信じていたよ。でも、いまのきみを必要だとは思わない。悪いけど」

打ちひしがれていても、ルーシーはこれでおしまいなのだと理解した。言い訳は聞いてもらえないのだと。許しは得られないのだと。のろのろと身を引き離した彼女は、震える足で立ち上がった。ダニエルも腰を上げ、よろめいた彼女に反射的に手を貸そうとする。

「さわらないで」ルーシーは言い、弱々しくも冷たい声にわれながら驚いた。「同情したければしてちょうだい。そんなもの、わたしはいらないけど」おぼつかない足どりで彼から離れたあとは、悪魔にでもとりつかれたかのごとく、一目散に屋敷をあとにした。いまとなっては、行き先はひとつしかない。熱に浮かされたような小さなつぶやきを頭のなかでくりかえしつつ、ルーシーはその場所をひたすらに目指した。

ダッパーにまたがり、小さな家の前に到着すると、ヒースが戸口に現れた。彼は驚いた顔も見せず、彼女がひとりで来た事実になにを言うでもなかった。体面を失った女は、ある意味、自由なのだとルーシーは悟った。自分がなにをしようが、いま以上に眉をつりあげる人も、盛大に舌打ちをする人もいない。家に入り、炉辺の椅子に腰を下ろすと、先ほどまでの絶望感は消え去り、冷たく麻痺した心だけが残された。この一週間絶え間なく胸を焼き焦がしつづけた恥辱感と苦悩が、同時に消えていく。ヒースは無言で向かいに座った。彼の視線、静かに心の内を探るまなざしを感じ、ルーシーは傲然と顔を上げた。

わずか一週間で、彼女はすっかり別人になってしまった。ヒースとの出会いさえなければ、生涯でもこれほどの変化を遂げることはなかっただろう。体重が落ち、少しぽっちゃりしていたのが、めっきり痩せてしまった。顔が腫れるほど泣いたのに、以前の丸みが失われたのは一目瞭然だ。愛らしい曲線を描いていた頰はこけ、そのせいで頑固そうな顎の線と頰骨が際立って見える。どこかおどおどしていたハシバミ色の瞳には、鋭い光が宿っている。気の強そうな眉はいっそうりりしさを増し、表情からは子どもっぽさがすっかり消えて、ずっと印象的な面立ちになった。

「飲み物をくれない？」ルーシーは言い、自分の声がもうこわばってても震えてもいないことにぼんやりと気づいた。彼女は早くも立ちなおりつつある。あたかもここに来たことで、なくしていた自信を取り戻したかのようだ。彼女の言う「飲み物」がなにかを理解したのだろう、ヒースは立ち上がると、グラスに少量のウイスキーをついですぐに炉辺へと戻ってきた。ルーシーは酒を口に含み、グラスを握る手に力をこめて、琥珀色の液体が喉の奥を焦がす感覚を味わった。不思議だった——胸の内の氷は溶けていないのに、なぜ焼き焦がすような感じを覚えるのだろう。

「この一週間、町じゅうの人に無視されつづけたわ」苦々しげに打ち明け、ふたたびウイスキーを口に含んで、思わずむせる。「知りあいの誰も彼もから、巧みに避けられた。父ももう、わたしと暮らしたくないそうよ。お店の評判が……わかるでしょう?」ダニエルのことは言わずにいた。ここに来たという事実だけで、元婚約者とのあいだになにがあったかわかるだろうと思ったからだ。「以前、地獄は寒い場所だと言ったわね。ほんとうに、そうだったみたい」

ヒースはなにも言わず、火かき棒を取り上げて薪をつつき、火を大きくした。炎の明かりが顔の片側だけを照らし、反対側の傷跡を闇でつつむ。ルーシーに感情を読みとられまいとして、彼は無表情を装いつづけた。傷ついた表情の裏側で彼女が怒りをたぎらせているのが、ヒースにはわかる。怒りの少なからぬ部分は、彼に向けられたものだろう。そうだとしたら、彼女はヒースが差し伸べる手をとりたくはないはずだ。それでもふたりは、いや、町の住民もみな、残された選択肢は彼だけなのだと知っている。その選択肢がいやなら、ルーシーは背を向けてこの町を、友人知人を、人生を捨てるしかない。それがどんなにつらいことか、ヒースにはよくわかる。彼はルーシーを求めていた。だがこんなかたちで手に入れたくはなかった。彼女の憎しみも、感謝や義務感からの優しさも、欲しくなかった。深く息を吸い、ヒースはふたたび悟った。求めるものを手に入れるには、苦しみも受け止めなければいけないのだと。

「あなたからの申し出について、考えてみたの」ルーシーは言葉を継ぎながら、自分の声を他人のもののように聞いていた。「おかしな話よね。残されたわずかな体面を守れるのが、あなただなんて。いわばあなたのせいで、体面を失ったというのにね。でも、その申し出がまだ生きているのなら、お受けするわ。もう生きていないのなら、コネチカットのおじとおばのもとに身を寄せるつもり。正直言って、どちらでもいいの。だから、わたしのために自ら受難を受け入れようなんて――」

「いや、もう十分に受難には遭っているようだから」ヒースにさえぎられたが、さりげないあてこすりにルーシーは答えるつもりはなかった。

「じゃあ、まだ申し出は生きているの？」

ヒースはためらい、永遠とも思える時間が過ぎたころ、ようやく口を開いた。

「きみが、純白のウェディングドレスを着てくれるなら」

「もちろん着るわ」ルーシーはきっぱりと答えた。「着る権利があるもの……町の人たちは、赤のほうがお似合いだと言うでしょうけど」

「ルシンダ……」ゆっくりと呼びかけ、ヒースが探るようなまなざしを向けてくる。「わたしは、きみの体面を台無しにした男だ」

「あなただけの責任ではないもの」ずいぶんためらった末に応じた。それからウイスキーの残りを飲み干し、喉のつかえが少し和らいだところで、冷たく言い添えた。「わたしも、大声で助けを求めたり、足で蹴って抗ったりしなかった。だからわたしにも責任はある……残りの責任はあなたね」

「一生背負わねばならない責任とか、受け入れねばならない受難なんてものはないと思う」

ヒースは言い、かすかな冷笑を浮かべた。「でもきみにとって、わたしとの結婚は贖罪代わりにちょうどいいんだろうね」

ルーシーは落ち着かないものを覚え、空のグラスを見つめた。たしかに自分は、自らを罰するために彼と結婚しようとしている。だが彼のほうはなぜ、そんな結婚を選ぼうとするのだろう。ルーシーを哀れんでいる様子はない。ただ、この状況をどこか意地悪く笑いつつ、彼女の気持ちを理解してくれてはいるようだ。ルーシーはヒースとの未来を、逃げ場のない一生を思い描いてみようとした。だが、思い浮かぶのは薄闇ばかりだった。考えてみれば、自分にはもう未来などないのだ。

「お代わりが欲しいわ」

「だめだよ、ハニー。これからきみを家に送る。いまの話を、酔って忘れてしまわないうちにね」

「子ども扱いはやめて。自分のしたいことも、したくないことも、自分で決めるわ。そういう妻を望まないのなら、今夜の話しあいはなかったことにして。人に指図されるのはもううんざり――」

「しーっ」ヒースは彼女からグラスを奪うと、手を貸して立ち上がらせた。優しい手の感触に、なぜか心が安らぐ。わたしの気持ちを彼はすべて理解しているのかもしれない――そんな奇妙な感覚につつまれた。「一度にあらゆるルールを課されるのはつらいな……ひとつひとつにしてくれないか？　ともあれ結婚後、きみはすべて自分の好きなようにしていい。だが今日のところは、家まで送ろう」

「わたしだってもう帰りたいわ」なんだかどっと疲れてしまって、ルーシーは力なく言いかえした。「あなたに言われたから帰るんじゃない」

「わかっているよ」ヒースは優しく応じ、彼女を戸口へといざなった。なんでもかんでも同調するのはやめてほしいと、いつものルーシーならやりかえしただろう。だがいまは、言い分を認められ、手を差し伸べられ、優しく話しかけられるのが嬉しくてならない。咎めるような鋭い目で彼女を見ないのは、この世でヒースだけだ。彼だけが、面目を失ったルーシーをあざ笑いも、見下しもしないでいてくれる。なぜなら彼は、真実を知っているから。自分を信じてくれる人がいると思うと、救われる気持ちだった。

「ああ、でも……」もどかしげにつぶやき、かぶりを振る。「わたし、元南軍兵と結婚するのでしょう？　コールドウェル家の人はきっと認めてくれないわ」

「ねえ、ハニー」ヒースが静かに呼びかけて苦笑をもらし、白い歯がのぞいた。「ヤンキーと結婚するのと、別に大差ないじゃないか」

「向こうに戻るつもりはないのよね？　わたしはいやよ。あなたと結婚する理由のひとつはここに残るためなんだし、あなたもそれはわかっているはずだわ」

「ああ、戻るつもりはいっさいない」ヒースの手が痛いくらいに強く腕をつかんでくる。

「この約束だけは、絶対に破らない」

「痛いわ」ルーシーがぼやき、腕を引き抜こうとすると、すぐさま彼は手を離した。痛むところをさすりながら、彼の肩に視線をやる。それは顔のすぐそばにあって、ルーシーはふいにそこへ頭をあずけたくなった。そうして少しだけ泣き、規則正しい鼓動に頬を寄せ、たくましい腕に抱かれながら、この世のすべてから隠れてしまいたい。けれども胸の奥深くにある自尊心のかたまりが、ヒースに安らぎを求めるのを許してくれなかった。その自尊心をこそ、彼女は心のよりどころにし、力を得ていた。自分で思っていたほどには他人の手を求めてはいない自分に、彼女はようやく気づきはじめていた。

5

ダニエルとの結婚式で着るつもりだったドレスは、まだ作りかけだった。ドレスメーカーの自宅を訪問したルーシーは、後悔の念とともに未完成のドレスを眺めた。第一教区教会の廊を進む花嫁がかつて着たことがないような美しい品に仕上げたいと、ふたりは考えていた。けれどもルーシーが夢に描いた完璧なウェディングドレスは、いまやほんとうに夢でしかなくなった。もちろん、あらゆる細部を明確に頭に描くことはできる。素材は純白のシルク。体の曲線を際立たせるように前部にこまかなギャザーを寄せて、後ろには大きなバッスルをもたせ、オレンジの白い花を滝の流れのようにあしらう。裾にはクリスタルを散らしたチュールをひらめかせ、オーバースカートはサテン地にクリスタルのフリンジで華やかに飾る。ヴェールは純白のチュールで、母の形見の品である金の櫛で髪に留めようと考えていた。完成していたら、どんなに美しいドレスになったことだろう。コンコードじゅうの人たちにどれほどうらやまれたことだろう。

だが南部人との結婚式でそのようなものを着れば、人びとはルーシーの汚れた体面をますます笑い、噂にするだろう。そもそも、純真無垢な乙女のごとく着飾るなど、いまさらばかげている。ドレスメーカーと並んで座り、手早く効率的にできる新しいデザインを一緒に考えるのは楽しいことではない。けれども自分の結婚式に、手持ちのドレスの一枚を着るくらいなら死んだほうがましだ。結婚相手が誰だろうと、ルーシーなりにまだ自尊心というものがあるのだから。

最終的に、すでに縫い終えていた純白のシルクドレスを土台に、ピンクのクレープ・デシンと、白い朝顔《モーニング・グローリー》をあしらうことになった。じょうごのような形のその花を、ルーシーは密かに、弔いの花《モーニング・グローリー》と呼んだ。結婚するならなるべく早いうちにと父が言い張ったため、ドレスは式の直前、デザインを決めてからわずか一週間後には完成して届けられた。すべてがあっという間で、ルーシーはゆっくり座って考える暇もなかった。荷物をまとめ、最低限度の嫁入り道具をととのえ、必要な品々を買った。なにもかもをひとりで手配した。サリーをはじめとするかつての友人たちがおずおずと手伝いを申し出てきたが、頑として断った。これをやり遂げるには、たったひとりで世間に立ち向かわなくてはいけないと思ったからだ。サリーも、彼女が広めた噂も、人を鼻で笑った人たちも、許すつもりはない。許すくらいなら、彼らへの深い恨みをしばらく味わっていたい。

生まれ育ったわが家で過ごす最後の日、ルーシーはあてもなく部屋から部屋へと歩き、見慣れたものや大切なものを見てまわった。私物はすでに旅行かばんや箱に詰めて、まさにいまこの瞬間、父がヒースの家に運んでいるところだ。自分の小間物やあれこれがなくなった部屋べやは、なぜか空っぽに見えた。父も同じように感じるのだろうか。だが娘のいなくなった家をどんなにさびしく感じようと、父がそれを口にする日は来ないだろう。そういうことを言う人ではないのだ。

炉棚の前で立ち止まったルーシーは、そこに並べられた置物類を眺めた。端に置かれた小さな磁器の像が落ちそうになっている。色あせた像はハイウエストの古めかしいドレスを着た女性で、幾度も触れられ、年を経たために、履物とサッシュを彩っていた金色の濃淡がすっかり消えている。像は母の形見だった。そういえば、形見はひとつも引っ越しの荷物に入れていない。ルーシーはおずおずと手を伸ばし、危ういバランスで置かれた像を救ってやり、小さな手でしっかりと握りしめた。他人のものを盗んだような錯覚に囚われ、あわててハンカチでつつむとハンドバッグにしまいこんだ。母のアンが生きていたら、今度のことをどう思っただろう。南部人との結婚を嘆き悲しんだだろうか。おそらくそれはないはずだ。家族の反対を押し切って、夫を選んだ母なのだから。母なら、ルーシーの気持ちをわかってくれたかもしれない。

父のロールトップデスクの前に座り、そこに積まれた便箋をぼんやりともてあそびながら、ルーシーは数日ぶりにヒースのことを考えてみた。一週間前、求婚を受け入れたあのばかげた支離滅裂な晩以来、彼からの連絡はいっさいない。父を手伝って、荷馬車から彼女の旅行かばんや荷物を下ろすヒースの姿を思い浮かべてみる。あの小さな家も、彼女の荷物が並べばだいぶましになるだろう。青と白の磁器や、鮮やかなパッチワークのキルト、縫い目の美しいシーツ、刺繍入りの上掛け。上掛けは、ダニエルとの新居に置く嫁入り箱に掛けようと思って用意したものだった。行き場をまちがえた彼女の嫁入り箱。コリアー家のイニシャルの〝C〟を、どこにも刺繍していなければいいのだが。

ふいに思い立って、ルーシーは便箋を一枚手に取った。中央にルーシー・コールドウェルと丁寧に書き、それから右下に、ルーシー・レインと書いてみた。ルーシー・コールドウェル・レインのほうがいいだろうか。いや、短いほうがさっぱりしていていい。便箋をまじまじと見つめ、そんなに悪い名前でもない、と思う。そうだ、ちっとも悪くない。その紙を握りつぶし、ルーシーは両腕に顔をうずめて泣いた。

結婚式当日の午後、ルーシーはピンクと純白のドレスをまとって鏡の前に立ち、腰をひねったり後ろを向いたりして、あらゆる角度から具合をたしかめた。午前いっぱいを費やして着替えをし、髪をまとめたのだが、頬はいくらつねっても赤みが差してくれなかった。いくらがんばっても幸福に光り輝く花嫁にはなれそうにない。心が麻痺し、全身を不安に満たされている状態ではとうてい無理だ。そこへ、父が扉をたたく音が聞こえてきた。父はいつも、こぶしの背で控えめにたたく。「どうぞ」と張りつめた声で応じるルーシーの神経は、すでに千々に裂けている。父は淡褐色のスーツをまとい、白いひげを蜜蠟できれいに整えていた。

「とてもきれいだよ」父は言った。

「花嫁というより、花嫁付き添い人みたいでしょう」

娘の冷ややかな言葉にはなにも言いかえさず、父は少し驚いた表情を浮かべてから、賞賛のまなざしを向けてきた。

「ヴェールはどうするんだね？」

「着けないことにしたわ」その判断を、ルーシーはいま心から後悔している。ヴェールがあれば、誰にも顔を見られていないと安心できただろうに。

「うむ、着けないほうがいい」父はあいまいにうなずき、背を向けて部屋を出ていこうとした。「五分後に出発するぞ」

「ええ、もう準備はできたから」と上の空で応じながら、ルーシーは頭のなかを駆けめぐる小さなつぶやきを聞いていた。準備なんてできてない。ちっともできていないのに。

罠にかかった気分だった。いまのルーシーは、自ら用意した道をただ進む以外になにもできない。だが同じような道を選んだ人、愛していない相手と結婚した人は大勢いる。だから自分も、ダニエルと結婚できないのなら相手など誰でもいい。

小型の馬車で教会に向かう道すがら、父は咳ばらいをしてから、いつになくぎこちない口調で話しだした。

「ルーシー……女性が結婚するときは普通、母親かおばなどが……夫婦のあいだのことについて教えるものだ。おまえがこれまでにどんな……その、経験をしたかはわからんが、花嫁たるもの事前に知っておくべきことがいろいろある。この前言っておいたとおり、わからない点はレイノルズ牧師に訊いておいたかい？」

父の顔が、自分よりもいっそう赤らんでいるのがわかった。なぜこんなときに、こんな質問をするのか。結婚式の一〇分前になって言われても、正直に話せるわけなどないのに。

「ええ、牧師とお話ししたわ」ルーシーは応じ、手にした小さなブーケに視線を落とした。「聖書の引用句をいくつか読むよう、一覧をいただいて、ゆうべのうちにすっかり目をとおしたから……全部、いえ、だいたいはわかったと思う」

「それなら安心だ」父はあからさまに安堵した様子で言い、その話題はそれでおしまいとなった。

ブーケをにらみ、ルーシーは眉根を寄せた。ほんとうは、聖書の言葉などなんの役にも立たなかった。「従順であれ」「産み、増やせ」「誠実であれ」といった助言がいくつも並んでいたが、彼女の知りたいことについては、悲しくなるくらいなにも書かれていなかった。だから、自らの経験や常識、『ゴーディーズ』で得た断片的な知識などから、結婚生活がどのようなものかを考えてみた。とりわけその雑誌のゴシップ記事やファッション記事のあいだに挟まれた小説が、さまざまなヒントをくれた。たとえば、『フィロメーナのジレンマ』という刺激的な一篇で、ヒーローがヒロインのフィロメーナに荒々しくくちづけるくだりが参考になった。フィロメーナは「彼の胸に抱き寄せられ」たのち、「女性であることの真の喜びを理解した」のだという。ヒーローに抱き寄せられたあとフィロメーナになにが起こったのか、ルーシーはちゃんと行間から読みとった。なにしろ男性は、女性を長いあいだ抱きしめたときに体に起こる変化を隠すことができない生き物だ。それにヒース・レインのおかげで、結婚初夜の最初の数分間になにが待ち受けているかもすでに知っている。途中と最後になにが待っているかはよくわからないが……。彼のベッドにふたり並んで横たわる場面を想像し、ルーシーは下腹部がきゅっとなるのを覚えた。

レイノルズ牧師と太めだがいつも笑顔の妻、まだ幼い娘の三人は、教会の正面玄関を入ったところでヒースと一緒に待っていた。ルーシーは父の先に立って教会に足を踏み入れ、未来の夫の前で歩みを止めると、おののきとともに彼を見上げた。例のごとくたいそう上等な淡黄褐色のリネンのスーツに身をつつんだ彼は、とてもハンサムだった。スーツはカットも仕立てもみごとで、フラットカラーにカフスのないしゃれた袖がとくに目を引いた。金髪から磨き上げられたサイドボタンの靴まで、まったく隙がない。その完璧な外見以上にルーシーをいらだたせたのが、彼のくつろいだ様子、あたかもピクニックにでも行くかのような、おだやかな表情だった。ルーシーを見つめるまなざしから、ヒースが彼女の不安を確実に読みとり、「結婚式をやり遂げられるのかい？」と無言のうちに挑発している感じを受ける。臆病者のように途中で逃げだすとでも思っているのだろう。ルーシーは悔しさに歯を食いしばった。

参列者のいない教会の前方へと進み、それぞれの位置につくと、ヒース以外の誰もが緊張しきっているのが伝わってきた。何百回と結婚式を執り行ってきたレイノルズ牧師でさえ、眼鏡をはずして、レンズのくもりをぬぐっている。

「どうかなさいましたか、牧師」ヒースが丁寧にたずねる。

「いや……南部人の式は初めてなものでね」すまなそうに応じる牧師の声音に、ルーシーはふいに怒りを覚えた。なぜ誰も彼もが、あたかも彼女が人間以外の生き物と結婚するかのように「南部人」と口にするのだろう。

「別に問題はないんじゃありませんか?」ルーシーは辛辣に言った。「誓いの言葉は同じはずです。発音は多少ちがっても」

ヒースは懸命に苦笑いを押し殺した。甘やかされて育ったニューイングランドのお嬢さんにしては、ルーシー・コールドウェルはじつに気が短い。今回のことで彼女が内にこもってしまわなかったことに思い至り、ヒースは心から安堵した。控えめでおとなしい妻など欲しくなかった。一方で彼は、この結婚を愉快にも思っていた。北部生まれの立派な家柄の青年ではなく、自分のような男との結婚を余儀なくされたルーシーが、さぞかしいらだっているだろうからだ。彼女には少しばかり偽善的なところがある。ヒースがボストンの旧家出身であれば、ルーシーだってすぐさまダニエル・コリアーを捨てて自分に走っただろう。そもそも初対面から、自分たちは惹かれてあっていたのだ。それを彼女に認めさせるには、少々時間がかかるだろうが。

いま、ルーシーは彼を見上げて、この生意気な態度についてなにか言ったらどうなのとでも言いたげな表情を浮かべている。だが彼はほほえんで肩をすくめるにとどめた。あたかも、ヤンキーのやり方にはもう口出ししないことにしたんだと言わんばかりに。

それからしばらくのあいだ、ルーシーはあえていらだちを忘れずにいた。そうしていれば、目の前で起こっていることについてあまり考えずにすむからだ。世界一のウェディングドレスが地味なドレスに変わってしまったように、世界一の結婚式は手短な儀式へと変わってしまった。牧師の妻が朗々と奏でるオルガン音楽の響きわたるなか、誓いの言葉を交わし、指輪を交換する。指にはめられた高価な金の指輪にルーシーが目を凝らす暇もなく、ヒースは彼女の顎の下に指を添え、顔を上げさせ、軽くキスをした。

これにて完了。ダニエルとの夢は永久に消え去った。ルーシーの誓いはほかの男に捧げられ、彼女の手は他人の手にゆだねられた。ヒースが牧師からの祝福の言葉を受けているあいだに、父は教会をあとにし、馬車を取りに行った。ルーシーは腰をかがめて、牧師の幼い娘にブーケをやり、花の茎を握りしめた小さくて温かな手にそっと指で触れた。それから身を起こしてミセス・レイノルズを見やった。ルーシーの瞳に浮かぶ思いを見てとり、夫人は丸顔にかすかな同情の色をにじませた。

「花嫁がそんなしかめっ面をしてはいけないわ」と優しくささやきかける。「お相手もよさそうな人だもの、あとはあなたしだいよ」

無言でうなずいたルーシーは、悲嘆がかたまりとなって喉を詰まらせるのを感じつつ、夫人の言葉を聞いていた。

「人生は、必ずしも思いどおりにいくとは――」

「わかっています。ありがとう、ミセス・レイノルズ」思ったよりも辛辣な口調でさえぎってしまい、夫人がむっとして口をつぐんだ。すると突然、ヒースの手が警告するかのごとく、万力のように腕をつかんできた。かすかに眉根を寄せながら抗議の目を向けてみたが、ヒースはミセス・レイノルズににっこりとほほえみかけていた。

「今日はほんとうにありがとうございました」南部訛りで礼を述べ、夫人の怒りを静めようとする。なぜ彼がそんな気配りを見せるのか——ミセス・レイノルズにどう思われようが、関係ないはずなのに。

「あなたのおかげで、素晴らしい思い出ができました。生涯忘れません」

「よしてちょうだいな、ミスター・レイン」夫人はまんざらでもない様子で言い、得意げな、誇らしげな表情を浮かべた。「わたしは讃美歌を弾いて、お式を見届けただけ——」

「そうして式に参列し、祝福してくださった」ヒースは心からの笑みを浮かべた。夫人の豊かな胸は、これで彼への好意でいっぱいになったにちがいない。彼はルーシーに向きなおり、手首を軽くひねると、妻をいざなって扉のほうを目指した。

「あざになるじゃない」彼女は小声で訴え、ヒースの指を無理やり引き剝がした。夫は歩調を緩めることもなく、おもてに向かっている。

「文句があるなら言えば《クロウ・トウ・プラック》いい。わたしに、いやダニエルにでもお父上にでも。だが、親切心で諭してくれるご婦人にああいう態度は——」

「カラスの羽根をむしる《クロウ・トウ・プラック》?」ルーシーは小ばかにする口調でくりかえした。「ああ、文句があるなら《ボーン・トウ・ピック》言えってことね」

「きみたちヤンキーは骨を拾う《ボーン・トウ・ピック》んだろうが、メーソン・ディクソン線より南では、カラスの羽根をむしるんだ」

「あいにくここは、メーソン・ディクソン線の南じゃないの」

ふたりは馬車の前で歩みを止めた。青碧の瞳とハシバミ色の瞳が一瞬、鋭くにらみあう。ルーシーはのろのろと視線を落とした。

「家に行くの？」と低い声でたずねる。

「ウェイサイド・インで夕食でも食べようかと思っていたが」

「おなかはすいていないわ」

ヒースがため息をつく。忍耐の限界らしい。彼が金髪をかきあげ、額にどこかなまめかしく前髪が垂れた。

「ルシンダ……今日はお互いにとって、生涯でたった一度の結婚日のはずだ。だからいさかいはやめよう。ウェイサイド・インに行き、ワインでも飲みながらゆっくり夕食を楽しもう。コンコードに戻ってくるころには、荷物の片づけも済んでいるはずだし——」

「誰が片づけを？」

「コリーン・フラナリーという女性と、娘のモリーさんだ。週に何日か、洗濯と料理に来てもらっているんだよ。きみには明日、ふたりが来たときに紹介しよう」

ルーシーはしぶしぶうなずき、夫の手を借りて馬車に乗りこんだ。式を終えてすっかり疲れ果てているうえ、今朝よりもなお気が張りつめている。夫との会話をつづけようと懸命に努めたものの、じきにふたりとも黙りこんでしまった。それからしばらくの記憶はぼんやりとしているが、沈黙は夕食のあいだもずっとつづき、しじまが破られたのは注文をしたときと、塩を取ってもらったときだけだった。ところがワインが二杯目になると彼女の舌もようやくなめらかさを取り戻し、ずっと気になっていた質問を夫に投げることができた。

「また本を書くの？」

「いや、考えたこともない。どうして？」

「だって……生活費が必要でしょう？　つまりその、処女作からの収入が永遠にあるわけではないのだろうし、いい暮らしをするには――」

「なるほど」青碧の瞳が、ふいに愉快げに光った。「夫が作家として生計を立てればいいときみは考えているのか。つまり、日に三度の食事さえとれればそれで十分というわけだね？」

「だって、処女作は大評判だった――」

「まあね。だがあの本を出して得た金は、一週間でなくなったよ」

ルーシーはあぜんとした。妻にはなに不自由ない暮らしをさせると、ヒースは父に言ったはずだ。それにヒースは身なりもよく、いかにも将来の不安などなさそうな顔をしている。

ルーシーは一瞬たりとも彼の言葉を疑ったりしなかった。

「だけど、てっきりあなたは……だったらどうやって生計を立てているの？」

「終戦後、父が遺してくれた土地の一部を売り、その金を元手に投資を始めた。投資先のひとつが非常にうまくいっていてね、それだけで十分に快適な暮らしができる。鉄道の冷蔵車について聞いたことはないかい？」

「いいえ」ルーシーはすっかり安堵していた。土地に投資。つまり夫は生計を立てるすべを持っているのだろう。

「果物や野菜を輸送するために、車内を低温に保った貨物車でね。荷を腐らせることなく遠くの大規模商店まで輸送できるから、多数の小規模な店舗に卸さなくても、荷主はこれまでの一〇倍に事業を拡大できる――」

「でも、商売が成り立たなくなる人も大勢出てくるんじゃないの？」

「ああ。だが致し方ないことだ……これからは世のなかがどんどん変わっていくんだから」

「冷たいのね。罪悪感はないの？　自分のせいで仕事を失う人がいるとは考えられない？」

「きみに説教されるとはね」ヒースは薄く笑った。だがにらまれると笑みを消し、どこか酷薄な表情を浮かべた。なぜそんな顔ができるのか、ルーシーは不思議でならなかった。

「罪悪感はない。仕事を失う人に同情はするが、おかげでこちらは住む家も持てた」

「だけど――」

「それが戦争というものだよ……過去の序列を揺るがすのが。成り上がる者もいれば、落ちぶれる者もいる。落ちぶれないためになすべきことをするほうが、溺れるよりはましだ」

「高潔さを失うくらいなら、落ちぶれるほうがましだと思う人だっているわ」厳しく咎める口調でルーシーはやりかえした。

青碧の瞳が氷のように冷たく光り、ルーシーはぞっとした。

「ミセス・レイン、きみは男という生き物について、男の高潔さについてなにもわかっちゃいない。戦時中は愛しのダニエルだって、生き延びるために卑怯なまねをしたはずさ」

「ダニエルの話なんかしていないでしょう！」ルーシーはかっとなって口走ったが、彼のことを考えているのは一目瞭然だったはずだ。

「きみの欠点にはいくらだって目をつぶるつもりだ」ヒースは応じ、やすやすと妻を黙らせた。「でも、わたしを値踏みしたり――比べたりするのはやめてくれ」

それきりふたりはまた黙りこんだ。破るきっかけすら見つからない冷たい沈黙は、最前のしじまよりもいっそう居心地が悪かった。

夕食を終えてコンコードに戻ればもう夜はすっかりふけていた。ベッドに入る前に、ルーシーはしばらくひとりになることができた。慎重にドレスを脱ぎ、自分でしまった。まるで夢のなかにいるかのように、あらゆる動きが緩慢だった。ぎこちない手つきでコルセットをはずし、肺の奥まで深々と息を吸いこむと急にめまいに襲われた。ベッドの支柱につかまり、柱に頰をあずけて目をつぶるうち、めまいはおさまった。

「ルシンダ？」と呼ぶヒースの声に驚いて、はっと目を開く。「大丈夫かい？」夫はたずねながら、戸口からベッドへと歩み寄った。整った顔が、心配そうにゆがんでいた。支柱から手を離し、ルーシーはわずかに後ずさって、やわらかな絨毯を踏むはだしのつま先に力をこめた。

「なんでもないの」とあわてて答え、震える両の腕を体にまわす。相手がちゃんと服を着たままなのに、一日中コルセットをしていたせいでしわくちゃのキャミソールとドロワーズしかまとっていない自分が、耐えがたいほど強く実感された。

「こんなにすぐ来ると思わなかったから。まだ……用意ができていないの」

「どのくらいかかりそうか、聞いていなかったからね」

「だったら」ルーシーはひきつった声で応じた。「しばらく向こうの部屋で待っていてくれない？　そのあいだにナイトドレスを探して、それから――」

「ここにいてもいいだろう？」ヒースは優しく提案しつつ、すでに肩をすくめて上着を脱いでいる。夫が靴を脱ぐさまを、彼女は呆然と見つめた。「普通にしていたほうが、楽だと思うよ」

「普通になんて……無理だわ――」

「そんなに緊張しなくていい。もっと薄着のきみだって、すでに見たことがあるんだからね」

背を向けてヒースを視界から追いやり、ルーシーは着替えに戻った。キャミソールの肩紐に両手をかけたが、そこで凍りついてしまった。やはり彼の前で脱ぐなんてできない。それとも彼は、目の前で裸になってみせろとでもいうのだろうか。あるいは、彼のほうこそ背後ですでに裸になっている？　もしそうなら、視線をどこにやれば、なにを言えばいいのだろう。初夜がこんなにばつの悪いものだとは、思ってもみなかった。どうして、いったいどうして誰も自分に教えてくれなかったのだろう。正しい切り抜け方がきっとあるはずだ。でも誰ひとりとして、この瞬間の居心地の悪さに耐える方法など教えてくれなかった。黙りこみ、凍りついた手を肩に置いたまま、ルーシーは身を震わせて立ちつくし、あわてて考えをめぐらせた。そういえば、ヘアピンをまだ抜いていなかった。ヘアピンを抜くのに、一、二分はかかるはずだ。巻き毛を留めるピンにぎこちなく手を伸ばす。ピンがふたつみっつ床に落ちる音が響き、それと同時に、ヒースがはだしで近づいてくる足音が聞こえた。

「わたしがやろう」

ヒースの指が長い栗色の髪にそっと挿し入れられ、絹のごとき髪を撫でてから、ゆっくりと時間をかけてヘアピンを抜いていった。彼女はしぶしぶ夫に向きなおった。ズボンが視界に入ったのでほっとしたものの、上半身はすでに裸で、そうすると夫はずっと大きく、威圧的に見えた。男性の素肌がここまであらわになったところなど、ルーシーはかつて目にしたことがない。どこもかしこも日に焼け、あらゆる場所に傷跡が残っている。引き締まった腰はたくましい胸板から肩へと、逆三角形を描いている。妻を見下ろしたとき、彼の口の端にうっすらと笑みが浮かぶのがわかった。

かかとの高いお気に入りの室内履きがないと、ルーシーの背は彼の肩までしかない。自分がひどく小さく思えるのが、のけぞって見上げないと目も合わせられないのが、彼女はいやでならなかった。ヒースがダニエルと同じくらいの身長だったらいいのにとも思った。そうだ、大柄な男性と小さな女性は夫婦になったりするものではないのだ。ダニエルがしてくれたようにヒースにこの場で抱きしめられたりしたら、あの胸板の真ん中に鼻がついてしまう。

やがて大きな両手が肩に置かれ、親指が鎖骨を撫ではじめた。ルーシーは彼の喉元にじっと視線をそそぎ、身じろぎしまいとがんばったが、こんなにそばにいると思うだけで息が詰まりそうだった。いっそ両手を振りはらって身を引き離し、走って逃げてしまいたい。緊張がかたまりとなって喉までせり上がり、耐えがたさが増していく。両手が腰へと下りてきたとき、ルーシーは息をのんで身を引き、くるりと背を向けて両手に顔をうずめた。また触れてくるのではないかと思うと、全身が震えた。

「無理よ」彼女はみじめったらしく訴えた。「耐えられない。いまは無理なの——お願いだから時間をちょうだい。数日、いえ、一週間か二週間でいいの。すべてに慣れることができるまで——ほうっておいてほしい。あなたに触れられるのがいやなの。結婚なんかするんじゃなかった。よく知りもしない相手と結婚なんかするべきじゃなかったのに、ろくに考えもせず……」

途中で言葉を切り、ルーシーは息をあえがせながら、冷静さを取り戻そうとした。

しばらくして沈黙を破ったヒースの声は、とても低く静かだった。

「われわれはお互いに、学ぶべきことがたくさんあるようだ。こっちに来てごらん」

振りかえって一歩ずつ彼のもとに戻りながら、ルーシーは床だけを見つめていた。彼の手が伸びてきたときは、思わずしりごみをした。両腕が体にまわされ、引き寄せられると、氷のように冷たくなった肌に驚くほど温かな肌が触れた。体の震えを、ルーシーはこのまま二度と止められないのではないかと思った。ヒースはといえば、身をこわばらせて夫を拒む彼女を抱きながら、まるで臆病な小動物をなだめるかのように静かにささやきかけていた。

「落ち着いて……大丈夫だから……なにも怖がる必要なんてないから」

ヒースは抱きしめるほかはなにもしない。少しずつルーシーは緊張を解いていった。夫のぬくもりが肌に浸みわたり、静かな流れとなって全身に伝わっていく。ルーシーは両の手のひらをあらわな胸板に押しあて、さらに頬を寄せて、規則正しい鼓動を感じとった。すると彼が髪にくちづけるのがわかった。夫の腕につつまれながら、いとも簡単に支えてくれるたくましい体にわが身をあずけるのは、とても心地よかった。

「不安になって当然だ」ヒースがささやき、長い栗色の髪に隠れた背中を撫でてくれる。

「でも、もう大丈夫だから」

「いいえ」くぐもった声でルーシーは訴えた。「あなたは大丈夫でも、わたしはちがうの」

「きみを怖がらせたり、傷つけたりすることだけは、絶対に――」

「だったら、時間をちょうだい」ルーシーは懇願した。「一週間、いえ一カ月。そうすればきっと――」

「すんなり受け入れられるとでも?」ヒースはおだやかにさえぎった。「それどころか、一日ごとに不安が増すはずだよ」

心とは裏腹に、混乱したルーシーは夫にいっそう身をすり寄せた。彼女が無言でいると、それを返事と受け取ったのか、夫は抱きしめていた腕をほどき、キャミソールの裾へと手を伸ばした。そうして抗う暇も与えず、頭から一気に脱がせた。

「明かりを――」金色の光にあらわな胸が照らしだされているのを責め苦のように感じながら、ルーシーは口を開いた。

「きみが見たいんだ」ヒースがさえぎり、青碧の瞳がふいに熱を帯びた。「わたしのことも見てほしい」ベッドに片膝をつくと、彼はルーシーを横たえ、陽射しのように軽やかに腹に触れた。唇をほんの一瞬だけ重ね、つづけて荒々しくくちづけ、彼女の唇をこじ開けた。ルーシーの五感は、くちづけの味で満たされた。ゆっくりと、なまめかしく舌がからめられる。彼女は両の腕を夫の首にまわし、純粋な官能に逃げ場を求めた。夫の指がドロワーズのウエストを見つけ、もどかしげに引き下ろす。

心地よい陶酔のなかで、ルーシーはヒースの唇と手の動きだけに意識を集中させていた。くちづけは性急さがまったくなく、ルーシーが求めれば求めるほど、いっそう気だるげな動きへと変わっていく。彼女は自ら求め、唇を探し、しまいにはいらだちのあまり夫の髪に指をからめて頭を押さえつけるしまつだった。するとヒースは優しく笑い、妻の情熱にこたえるかのように長く、深々とキスをし、舌で口内をまさぐった。そうしてルーシーは、かつてない感情が胸の奥深くに芽生えている事実に驚愕した——永遠にキスをつづけてほしい、夫の手に触れられたい。以前にしてくれたように——あのときのようにしてほしい。ヒースが欲しい。

ゆっくりと身を引き離したヒースが、まだはいたままのズボンに手をかける。ルーシーは真っ赤になって、足元の薄いキルトを引き上げ、無意識に裸身を隠そうとした。ズボンが床に落ちる音が聞こえ、固く目を閉じると、ヒースがベッドに入ってきた。すぐ耳元で彼がささやく。

「ルーシー……わたしを見て。少しくらい興味はあるんだろう？」

長いまつげを上げて夫と目を合わせれば、そこにはいたずらっぽい光が宿っていた。

「いいえ、興味なんて」

ヒースはふいに笑った。「嘘をつけ。素直に認めないとは、意地っ張りだな」

「どこが？　わたしは――」

「そんなふうににらむもんじゃない……やる気が失せるじゃないか」

「願ったりかなったりだわ」ルーシーは応じ、身をよじって夫から離れようとした。せっかくの夢見心地が、彼のせいで台無しだった。「それと、そうやって人を笑うのはやめて。おもしろくもなんともないんだから」

「じっとしていて」ヒースは彼女を釘づけにすると、鼻先に軽くキスをした。口元の笑みは無理やり消したようだが、瞳がまだ笑っている。「きみはまじめすぎるんだ」彼は優しく言った。「自分を笑うことも、覚えないといけないね」

「なんのために？」くぐもった声でルーシーは問いただした。「あなたに笑われるだけで、もう十分だわ」

昼の両端にキスをしてから、ヒースは耳たぶをかじり、耳の裏のくぼみにくちづけて、ほとんど聞きとれないほど小さな声でささやきかけた。聞きとれたのは、きれいだよ、きみが欲しいといった言葉ばかりで、巧みな誘惑にルーシーのいらだちはあっという間に消え失せた。優しい魔法にかけられ、彼女は夫に身を寄せた。手のひらが軽やかに乳房をつつみこみ、硬くなりかけたつぼみを指先がもてあそびはじめる。快感が夫の手から全身に流れこんでくる。酔わせるように心地よい波の上を、漂っているかのようだ。

「恥ずかしがらないで」ヒースが首筋に唇を寄せてつぶやいた。「なんてきれいな手なんだろう……その手で、わたしに触れてくれないか？」

「どこに？」ルーシーはあえぎ、おずおずと相手の肩に触れた。

「体中に」

「でも、どんなふうにすればいいのか――」

「したいように、すればいい」ヒースは彼女をそそのかしつつ、自分の情熱は驚くほどの自制心で抑えつづけている。勇気を奮いたたせ、彼女は胸板から背中へと手を這わせてみた。鋼鉄のように硬く均一に鍛え上げられた筋肉を指先で感じとり、しなやかにくぼんだ長い背骨をなぞる。けれども引き締まった腰にたどり着いたとき、不安と恐れに手が止まり、頬が赤らんだ。するとヒースは誘惑の言葉をささやき、彼女の手に自分の手を重ねた。

「ヒース――」

「やめないでくれ」

「でも――」

「ふたりを隔てるものはなにもない。いま、この部屋にはなにひとつ。壁も、タブーも……恐れも、隠しごとも、失うものもないんだ」

自分の鼓動が、岩壁にぶつかる波のように耳の奥でとどろくのをルーシーは聞いた。身を震わせながら、夫に導かれるがまま手を下ろしていく。最初は指先に豊かな毛が、つづけて手のひらに、信じられないほど熱く硬いものが触れた。ヒースが息をのみ、張りつめた吐息をもらす。ルーシーはしなやかな指を彼のものに這わせ、そっとそれをまさぐり、おのれの愛撫が夫のなかの炎と情熱をかきたてているのに気づくと、つかの間手を止めた。ふたたびゆっくりと愛撫を始めたときには、恥ずかしさは好奇心に取って代わられていた。彼に触れるのがちっともいやではない自分を発見して、なんとなく驚いていた。なじみのない感触なのに、どこか心地よく、妙に好奇心をそそられる。ルーシーはいっそう大胆にそこに触れてみた。

「こんなふうでいいの？」とたずねると、温かな息が首筋にかかったのだろう、ヒースは身を震わせた。

「ああ、いいよ」彼はくぐもった笑い声をもらした。「ヤンキーの女性についてはいままでいろいろ聞かされたが、あれはすべて出まかせだったんだな」彼女の手首をつかみ、探るような指をどける。「少し休憩だ」あえぐように宣言すると、手首をつかんだまま仰向けに寝転がった。

「どうかした？」

つかんだ手を自分の口元に持っていき、ヒースは指の甲に順番にくちづけた。

「なんでもない。ただ、あまりあれをつづけられると、予定よりも早く夜が終わってしまうからね」

ルーシーは片肘をついて半身を起こし、彼を見下ろした。温かなまなざしが身内を駆け抜けていき、夫に対するわだかまりがたちまち消えていく。指に触れた唇の優しさが、不安な心を軟膏のように和らげてくれる。

「どういう意味？」

「きみがそばにいるだけで、わたしは自制心を失ってしまう。いっさいの自制心を」

「そのほうが……いいんじゃないの？」ルーシーはささやき声で訊いた。

「そんなふうに笑わないでくれ」ヒースはうめいた。「どうにかなりそうだ」

彼は唐突にルーシーを抱き寄せると、身を起こして覆いかぶさった。猫のように背をそらし、両脚を彼女の太もものあいだに据えて、腕は彼女の両脇に置いている。彼のものが大切な部分に触れているのを感じ、ルーシーは息をのんだ。夫の重みと、いまにも爆発せんばかりの力強さとを感じとった。不安になって身をよじり逃れようとしたが、しっかりと体重をかけられているので、逃げる代わりに身をちぢこまらせた。

「自制心なんてもの……」太い腕が背中にまわされると、体が自然と弓なりになって、あとは愛撫を受けるしかなくなった。乳房の下の温かな皮膚に鼻が押しつけられ、舌が這い上がってきて、期待につぼみが硬くなる。そこに舌が触れ、赤みを帯びた肌に円を描くように愛撫を与え、うずく先端を軽やかに転がす。ルーシーはおののいた。熱く震える切望が抑えがたいほどにふくれ上がり、頭のてっぺんからつま先へと駆け抜けていって、なすすべもなく彼を求めるばかりだ。

ルーシーは無意識に夫の髪をまさぐり、無言のうちに、やめないでと懇願した。中指の先でこめかみの傷を探りあて、そっとなぞる。そのとき偶然、手のひらが自分の胸に触れ、その丸みとぬくもりと激しい脈動を感じとってしまった。やけどでもしたかのように、彼女はおのが手を勢いよくどけた。ヒースが顔を上げて、光を放つ青碧の瞳で見つめてくる。

「どうかしたのかい？」彼はかすれ声でたずねた。「自分で触れるのは、悪いことじゃないよ」

恥ずかしさのあまり真っ赤になりながら、ルーシーはあっという間に欲望が消えていくのを覚えていた。

「さわるつもりなんかなかったわ。偶然触れてしまっただけよ……そんな目で見ないで」

彼はほほえんでいた。「ちっとも悪いことじゃないのに」とあらためて言い、彼女の手をとる。その手をルーシーが引き抜こうとすると、彼は指に力をこめた。

「やめて、もう聞きたくない」

「まだやめないよ。その前にきみに教えたいことがあるから」

「なあに？」と思わず訊くと、その声音に期待を感じとったのか、ヒースは笑みをもらした。

ルーシーの手を胸元へと運んで、重みをたしかめさせるかのように乳房の下に沿わせる。羞恥心に頬を染め、彼女は手をどけようと引っ張ったが、ヒースは放してくれない。それから彼は身をかがめ、そっとつぼみを噛んだ。

「自分で自分に触れることもできなくて」いったん言葉を切り、温かな口につぼみを含む。

「どうやってわたしに触れられるんだい？　そういう煮えきらない関係は、わたしはいやなんだ」いやがる彼女の手をつかみ、下腹部のほうへと下ろす。やわらかな巻き毛が触れた瞬間、ルーシーは身を硬くした。自分の指が脚のあいだにあって、熱く湿ってかすかに震える部分に触れている。

「どんなに心地いいものかわかっただろう？　自制心を保てないと言った理由も」

ルーシーは押し殺した声とともに手を引いた。胸が大きく上下する。枕の上、頭の横に置いた自分の指先が濡れており、部屋の空気が冷たく感じられて、彼女は体を震わせた。

「なぜこんなことをするの？」ささやき声で問いかける。奇妙に入り交じる感情に圧倒されて、まともに頭が働かない。

「タブーはないと言っただろう？」ヒースは最前の言葉をくりかえした。そうしてその言葉を裏づけるかのように、身をかがめて彼女の指を一本ずつ舐めていった。

「でも……そ、そんなまねをする必要はないはずよ」ルーシーは口ごもり、大きく目を見開いた。

「どうしてそう言いきれる？」とたずねる声は優しく、からかうようだ。「わたしの知るかぎりでは、世の夫はみんな妻にこれをやっているらしいよ」

嘘だ。ダニエルなら絶対に、こんなことはしない。彼女が望まないことをしようなどとは、夢にも思わない。きっとどこまでもロマンチックに、誠実に、優しくしてくれたはずだ。それに対して夫のやり方ときたら、まるで肉欲に溺れる異教徒の儀式のようだ。

ヒースは凍りつき、笑みを消した。ルーシーがいまなにを、いや、誰のことを考えていたのか、よほどの愚か者でなければわかるだろう。むろんその誰かはヒースではない。わびしい思いで、彼は考えた——いったいいつまで、妻が求めていた男の影に向きあいつづければいいのか。

「お上品ぶってもむだだよ」ヒースは甘くささやきかけた。「となりにいるのがニューイングランド人だったらどんなにいいかと想像していたんだろう？　お行儀がよくて、ナイトドレスの裾をそれはそれは遠慮がちにめくり上げてくれる男だったら、どんな愛撫を与えるときも必ず許しを請う男だったら——」

「そんな話、聞きたくない」

「図星だな？　この場にいるのがダニエル・コリアーなら、すべてを捧げるんだろう？　きみを笑ったり、きみの欲望を駆り立てたりする男じゃなく、蠟人形のようにただ横たわらせておいてくれる彼のためなら、魂すらも売りわたすというんだろう？」

「そのとおりだわ！」あてこすりに我慢がならず、ルーシーは叫んだ。「ここにいるのが彼ならどんなにいいか！　心からそう思うわ！」

ヒースの整った顔が、冷笑でゆがむ。

「だがそこまで彼に執着するのは、捨てられたからだろう？　そもそもなぜきみは捨てられた？」

忍耐の限界だった。ルーシーは懸命にヒースから逃れようとしたが、手首を頭上で押さえこまれていてできない。

「あなたのせいでしょう？」

その言葉にヒースは顔を青くし、下唇をわずかにゆがめたが、それ以外の反応は示さなかった。

「はは……やっと認めたね」と猫撫で声で言う。「やっぱり、なにもかもわたしのせいなんだろう？　でもこの前はそうじゃないと言った。わたしの責任だと思いながら、求婚を受けるとはずいぶん不誠実じゃないか」

「ずっとダニエルを愛していたわ」ルーシーはつぶやき、怒りに身を震わせた。「たったの数カ月で気持ちが変わるとでも思って？　忠誠心も、真の愛もわかっていないくせに……ベッドに入れば、なにもかも解決するとでも――」

「真の愛、か」ヒースは冷笑交じりにくりかえした。「真実を教えてあげよう、ルーシー。なぜ彼がきみを捨てたか、その真の理由を。わたしとはいっさい関係ないことだ。彼もようやく、きみみたいなわがまま娘は満足させられない自分に気づいたんだよ。なにしろきみが求めてやまないものは、彼には生涯与えることができないんだからね。もちろんそのなかには、ベッドでの楽しい営みも含まれている。彼にはとうてい、きみの望みをかなえることはできない。きみは彼に求めすぎる。彼にできるのは、きみを抑えつけようとすることだけ。でも、どうやらそれすらも、うまくいかないとわかったから――」

「わたしは彼に満足していたわ」ルーシーは声を荒らげた。「勝手な憶測ばかり言わないで」

「いいや、憶測じゃない。彼がいないところで、わたしになびいたのはなぜだい？　そこまで彼に満足していたのなら、どうしてなんだい？」

「あなたに同情しただけだわ」

「同情？　そうか。エマソン家の火事のあと、情熱的に愛撫にこたえてくれた理由が同情だとは気づかなかったな」

「あれはわざとだったのでしょう？　あの場でああすれば、人に見られるとわかっていてやったのでしょう？」

「そのうち、〝わたしをおびきだすためにエマソン家に火をつけたんでしょう〟とでも言いそうだな。なにもかも人のせいにするのはたしかに簡単だ。でも、きみ自身に落ち度はないのかい？　ひょっとして、ダニエルに嫉妬させるためにほかの男をそそのかしたりしていないだろうね？」

「ばかにしないで！」怒り心頭でルーシーは叫んだ。「彼に嫉妬させる必要なんてないもの。あなたが現れるまで、なにもかもうまくいっていたのに」

「ああ、なにもかもとびきりうまくいっていただろうね。なにしろ、婚約して三年。三年だ！　それでもまだきみは、できたてのペニー硬貨みたいに無垢とくる。きみのことだ、自分から誘ったことくらいあるんだろう？　しつこく迫ったあげく、体面だの道義心だのと言いくるめられたんだろう？　なぜ彼は拒んだんだい、ルーシー？　どうして彼は、きみを自分のものにしようとしなかったんだい？」

「わたしを愛していたから。彼の誠意の表れよ！」

うとましげに彼女を放したヒースは、床に落ちたズボンに手を伸ばした。

「誠意なんてものは関係ない」冷ややかに否定しながらズボンのボタンを留め、シャツや上着を手に戸口へと向かう。「自分の手に負える女じゃないと、気づいただけの話だ。きみとやっていくたくましさも、時間も、忍耐力もないとわかっただけの話だよ。どうせきみは、一生その事実を認めようとしないだろうけれどね。夫とうまくやっていこうと努力もせず、いつまでも彼を求め、一緒になれたらどんなだったろうと夢を見つづければいい」

「あなたが……あなたが今夜わたしを奪うのを、止めたつもりはないわ。けんかを始めたのは、あなたのほうじゃない」

「人のせいにするのはおやめ、ルーシー。誠意あふれる元婚約者への思いを、捨てさせるのは無理そうだ。これなら、片腕で戦地におもむくほうがよほど簡単だよ」

ルーシーはなにも言いかえさず、裸身にキルトを押しつけた。キルトの端を強くつかんだために、指が白くなっていく。

「大人になる覚悟ができたら、そう言うといい」先ほどより少しおだやかな声で、ヒースが戸口から言い添える。それから彼は、いやに静かに扉を閉めた。力任せに閉めてくれたほうがずっといいのにと、ルーシーは思った。

のろのろと目覚めたルーシーは、目を開けるなりひどい罪悪感に押しつぶされそうになった。温かなキルトの下に潜りこみ、カーテンの隙間から意地悪く侵入してくる朝の陽射しを避けようとする。口のなかが、チョークでもほおばったような味がした。ごく薄く目を開け、誰もいない部屋を見わたし、額に手をやる。列車で頭を轢かれたかのようにすさまじい頭痛がした。ルーシーはうめき、枕の下に頭をうずめて、ゆうべの出来事を思いかえしてみた。言いたいだけ言ってしまった。怒りに任せてろくに考えもせず口走った言葉のすべてを取り消したいが、不可能なのはわかっている。

ゆうべの自分は、別の誰かが代わりに演じ、しゃべっているかのようだった。どんなときも人を傷つけることはすまいとしてきたのに、ゆうべは、執念深く相手をののしる女に成り下がってしまった。ヒースに投げられた言葉を思い出すと自尊心が痛んだが、それでもやはり、彼女は心から後悔した。夫にひどいことを言われたからといって、自分の言動が正当化されるわけではない。

ゆうべは、ダニエルのことを考えるべきではなかった。もちろんいまでも彼を思う気持ちはある。真の愛はたやすく忘れられるものではないし、ダニエルとの美しい思い出はいまも胸にたくさんしまってある。ともに笑い、抱きしめあったこと。黄金色のヤナギの香りにつつまれながら、川沿いを並んで歩いたこと。優しいキスに、長くロマンチックな抱擁。あれがすべて過ぎたことだとは信じられずにいる。だからといってヒースにみじめな思いをさせたくはないし、悪妻になることも望んでいない。ただ、ヒースが相手だと、かつて覚えたことのない激しい怒りに駆り立てられてしまうのが問題なだけだ。

夫はまだ怒っているだろうか——当然だろう。彼の顔を見たくない……ルーシーは暗い気持ちで思った。でも夫はすでに起きているらしく、キッチンで立ち働く音も聞こえる。気づいているのにベッドに隠れているなんて、子どものすることだ。夫になにを言われようと、どれほど冷たい目で見られようと、階下に行き、向きあわなければならない。彼女はのろのろとベッドを出ると、洋服だんすに歩み寄り、化粧着を探した。そこへ、濃いコーヒーの香りが漂ってきた。ヒースが淹れてくれたのだと悟ったとたん、ルーシーはますます落ちこんだ。わたしは彼の妻なのに……と罪悪感に苛まれながら思う。わたしがしなくちゃいけないことなのに。

ヒースはキッチンにひとりで座っていた。褐色の手で、コーヒーの入った分厚いマグカップを握っていた。寝乱れた金髪の頭を高い背もたれにあずけ、眠れぬ夜を過ごしたあとのなんとも言えない無気力を味わっていた。彼はいつだって、それがどんなに苦いものだろうと真実を受け入れてきた。運命を切り開きたければ、人は自分に嘘をつかない生き方を学ばなければならない。彼が自らの理想で真実を覆い隠したのは、戦時中だけだ。仲間たちと同様、彼もまた、頑固にも負けを受け入れようとしなかった。負けを認めたときにはすでに、たたきつぶされ、誇りを打ち砕かれ、骨の髄まで失望を味わわされていた。

そうしてようやく新たな機会を、生きることを楽しみ、誰かを大切に思う機会を勝ち取ったというのに、それを意図せず放りだしてしまった。ルーシーは自分を憎むようになるだろう……それこそ、彼が最も望まぬことだというのに。ヒースは小さなポーチに出ると、熱いコーヒーをたっぷりと口に含み、町へとつづく道を眺めた。

自分たちはあまりにもちがいすぎる。共通点はほとんどない。彼女は苦労だの困窮だのを知らずに生きてきた。恐れが野心を駆り立てることすら知らない。すべてを手に入れ、すべてを失うのがどんなものかも。彼がこのような人間になってしまった理由も。だから彼を理解できなくて当然だ。彼が彼女を理解できないのも致し方ない。それでも、自分はダニエル・コリアーよりはずっと彼女をわかっていると思う。わかっているからこそ、彼女を傷つけてしまう。ゆえに自分は、常に自制心を失ってはならない。それがどんなに耐えがたくても。

「ヒース？」おずおずと呼びかける声がキッチンのほうから聞こえた。キッチンにつづく戸口へとゆっくり歩いていき、側柱に肩をもたせて、ヒースは無言で妻を見つめた。

寝乱れた夫を目にした瞬間、ルーシーは奇妙な感覚に囚われた。大人の男性がそのような状態でいるのを見るのは初めてだった。父はいつも、朝食を食べに現れる前に着替えとひげ剃りを済ませていた。ところが目の前のヒースときたら、無精ひげが伸び、髪もぼさぼさのままだ。褐色の肌を灰色のズボンと前をはだけたシャツにつつむだらしない姿に、なぜかひどく意識させられてしまう。彼はかすかにほほえんだ。すっかり冷静さを取り戻したように見えるが、その仮面のすぐ下で炎がくすぶっているのが、ルーシーにはたやすく感じとれた。

「今朝は……あなたがコーヒーを淹れてくれたのね」目を合わせずに、低い声で言う。「明日からはわたしが淹れるわ。そういうのは、妻の役目だから」

冷静さを総動員しなければ、ヒースは指摘してしまいそうだった。夫に対する妻の役目なら、ほかにもっと大切なことがあるだろうと。けれども彼は抑揚のない声で、「気にしなくていい。誰が淹れようと、飲めさえすれば」と言った。

「マグカップを使うのね」ルーシーは緊張気味に言い、食器棚に歩み寄ってなかを確認し、青と白の磁器がきれいに重ねられて並んでいるのを見つけた。「普通のコーヒーカップとソーサーより、そのほうが好きなの？」

「どっちでもいい」

自分用に磁器のカップとソーサーを取りだし、コーヒーをそそいで、疲れたため息を小さくもらしながらテーブルの前に腰を下ろす。

「よく眠れたかい？」ヒースがたずねた。

また嘲笑されているのだろうか――ルーシーは鋭い視線を夫に投げた。だが夫の顔は無表情だった。

「ええ。昨日はとても疲れていたから」

「わたしもだ」

コーヒーを飲みながら、彼女は夫の視線を感じていた。見られていると思うと、じっと座っていられない。

「今日は、家のなかを見てまわるわ」と告げて沈黙を破る。「なにがどこにあるか確認しておきたいの。とくに、鍋や調理器具なんかが——」

「その必要はない。フラナリーさん母娘が料理と掃除はしてくれる。たまには自分で料理をするのもいいだろうが、家事だの料理だのをやってもらうために結婚したわけじゃない」

困惑し、ルーシーは夫を見つめた。ではなぜ結婚したのかと、初めて疑問に思った。世話を焼いてくれる相手がいらないのなら、単なる同情心だったのだろうか。そう考えると、苦い味が口のなかに広がった。

「だけど……それならわたしは一日中なにをしていればいいの？」

「自由に過ごせばいい。町に出かけても、家でのんびりしても。なにもしないのも、好きなことするのも、きみの自由だ。わたしの予定に合わせる必要もない。これから数カ月、わたしの予定はかなり不規則になるしね」

「それは別にかまわないわ。夕食までに帰ってきてくれれば、一緒に——」

「率直に言うと、夕食をともにする機会もあまりないと思う。普通の時間には帰ってこられない。仕事でね……ローウェルだのボストンだのので、打ち合わせがいくつもある」

仕事？　聞き飽きた言い訳に、ルーシーは心底うんざりした。男性にとってはじつに都合のいい言葉だ。その一言ですべて説明がつくし、知られたくないことを巧みに隠せる。娘と過ごす時間よりも店にいる時間が長い父を責めるたび、「仕事だからしかたがないだろう？」と言われたものだ。「仕事なんだよ」「仕事のためだ」「仕事でちょっとね」——父もダニエルも、いや知りあいの男性はみんな、自分に落ち度があったとき、約束を破ったとき、家族や恋人をほったらかしたとき、仕事というあいまいな言い訳を口にする。まさか夫までもが、その言葉の使い方を心得ているとは。

「どんな仕事？」ルーシーは疑わしげにたずねた。

「出版関係の仕事だよ。なにか不満でも？」たずねかえすヒースの声音には、いよいよ冷笑がにじんでいた。ルーシーの舌の上でいくつもの抗議の言葉が震える——ええ、不満だわ。あなたの顔なんて見たくない。こんなんじゃほんとうの夫婦にはなれない。わたしの気持ちなんて考えてもくれないのね——どの言葉も、口に出すことはできなかった。

「もちろん、ないわ」彼女は冷ややかに答えた。

6

結婚生活には、夢に見ていた以上の自由があった。お金と自分の時間はいくらでもあり、責任はほとんどない。世間での評判は、結婚によっていくらか持ちなおしたものの、万全とは言いがたかった。道ですれちがうだけでふんと鼻を鳴らしたり、顔をそむけたりする人もまだいる。けれども最近のルーシーは、他人の意見をほとんど気にしなくなった。夫の財産と新たな立場のおかげで、いままでとはまるでちがう種類の人たちと親しくなれたからだ。いまルーシーは、一日のほとんどを町やその周辺で過ごし、新しい友だちを作っては、楽しく遊びほうけている。父や古い友人はそんな彼女を見て、無言で首を横に振っている。

夫との時間は皆無に等しかった。めったに顔も見ないので、日中などは結婚している自分を忘れてしまうほどだ。ただ、夜は少し事情がちがった。同じベッドを使っているからだ。とはいえ夫に求められることは一度たりともなかったし、端と端に離れて眠るため、ほとんど別の大陸にいるも同然だった。それに夫の帰りはいつもとても遅く、帰宅したころには、ルーシーはすでにベッドの端でひとり眠っている。夫がベッドに入ってくる気配を感じると、彼女はもぞもぞと寝返りを打つ。それからふたりは、互いに触れることもなく離れて横たわり、やがて眠りに落ちる。しかも相手の領域にうっかり入らないよう、どちらも細心の注意をはらっていた。左は妻、右は夫の領域で、ぐっすり寝入っているときですら、夫婦を隔てる見えない境界線を腕や脚がまたぐことはなかった。

そんなふうに触れあいも会話もない夫婦なのに、一緒に寝る習慣だけは絶対にやめたくないとルーシーは思っていた。夫がいなくても、うとうとすることはできる。でも、彼がとなりにいないと熟睡はできない。夫がとなりにいると思うだけで、あるいは規則正しい深い寝息を聞くだけで、夜中に目覚めてそこに横たわる夫の暗い輪郭をたしかめるだけで、なぜか安心できるのだ。

ヒースの帰宅が早かった夜は、ルーシーはランプの明かりを小さくして先にベッドに入る。そうしてヒースが服を脱ぎ、となりに横たわるまでのあいだ、ぎゅっと目をつぶっている。でも彼が眠りについたあとで、目を開けてじっと夫を眺めることがよくある。クロヒョウを思わせる優美な体の線はもうすっかり見慣れたもののはずなのに、目にするたびに必ず、小さな興奮を覚えてしまう。夫は、人並みはずれたハンサムだ。そうして夫は、初夜以来、妻に指一本触れようとしない。

妻に無関心なヒースに、ルーシーは当初、安堵を覚えた。やがて不思議に思うようになり、少しずつ恨むようになっていった。いまでは一日の多くの時間を、どうやったら彼の気を引けるのだろうと考えることに費やしている。以前の夫は、彼女を強く求めているようだった。それがなぜ、ここまで変わってしまったのだろう。単にルーシーに遠慮しているだけなのか、それとも本気で興味を失ったのか。面と向かってたずねるわけにはいかないし、夫のほうも、この問題について掘り下げてみるつもりはなさそうだ。というわけでルーシーは、いずれ自分がアビゲイル・コリアーのように、あの気難しくも汚れなきオールドミスのようになるのではないかと恐れている。

結婚式から数週間経ったころ、ルーシーはコンコードの若くておしゃれ好きな婦人の会木曜日の会《サーズデイ・サークル》に加入した。暇を持て余し、美しく着飾った数人のレディからなる集まりだ。会員はいずれも使用人に家事を任せ、多忙な夫は留守がちな既婚婦人ばかりで、自らの知名度を高めるために慈善団体や楽団に寄付をしている。文化的催しや、社交の集まりも主催しており、ルーシーはそれらにせっせと参加するようになった。

会には喜んで迎えてもらえた。若くておしゃれ好きで日々の暮らしに退屈しているという、会員としての資質をすべて備えていたからだ。先輩会員たちも、やはり夫とはめったに顔も合わせないという。だからありあまる自由時間を好きなこと、つまり買い物やおしゃべりや、ファッション誌をめくることに費やしている。会合は毎回、ゴシップに終わる。男女に関するゴシップをここまであからさまに他人が話すのを、ルーシーは初めて聞いた。だから内心、愛人や性的な事柄や情事について露骨なせりふを耳にしてどぎまぎすることもあった。それでも、気取らない会話を楽しむ笑顔の下にみんなが自分と同じさびしさを隠しているのは、よくわかるのだった。そもそもみんな、一緒にいて楽しい人ばかりだった。露悪的で都会的な自分を誇り、冷ややかな笑い声とたばこの煙で部屋を満たすレディたち。彼女らがとくに好んで吸ったのが、女優や社交界の貴婦人に人気だという、工場製のたばこだった。

「ねえ、ディキシー」地元の銀行員を夫に持つオリンダ・モリソンが、ある木曜日の午後の会合で物憂げにルーシーに呼びかけた。「ちょっと教えてほしいことがあるんだけど」

「ディキシー？」ルーシーはおうむがえしに問い、弧を描く茶色の眉をいぶかしげにつりあげた。

「そうよ、これからあなたのことはディキシーと呼ぶことにしたの。あなたのご主人が元南軍兵だなんて、昨日初めて聞いたわ。とっても興味深い話だから、いろいろ話して聞かせてくれない？」

「いいけど、具体的にはなにが知りたいの？」ルーシーは応じ、ベルベットを思わせるオリンダの黒い瞳にあからさまな好奇心が浮かぶのを見つけるとほほえんだ。はっとする美貌の持ち主であるオリンダは、誰にでも、どんなことでもずけずけとたずねる。ほんとうに美しい人だからこそ、あそこまでぶしつけにもなれるのだ。

「どんな人なの？」オリンダが問いかけてくる。

「どんな人って――」

「いやね、そんな迷える子羊みたいな顔しないで。質問の意味くらいわかっているくせに！ベッドではいいかどうかと訊いているんでしょう？　あのときも、ふだんと同じように優しい声なの？　それとも、南軍お得意の雄叫びをあげるわけ？」

一同が歓声をあげる。顔を真っ赤にしながらも、ルーシーも笑わずにいられなかった。期待の面持ちで答えを待つみんなを横目に、ルーシーは頰の赤みを静めようと、冷たい水の入ったクリスタルグラスを口元に運んだ。愛の営みについて、みんなと同等の知識も経験もないことが、ここでばれてはならない。

「ひとつ、おもしろい話を聞かせてあげる」嘘をつく自分にかすかな罪悪感を覚えつつ、彼女は告げた。「夫には、〝ヤンキーの女性についてはいままでいろいろ聞かされたが、あれはすべて出まかせだったんだな〟と言われたことがあるわ」

一同はまたもやどっと笑い、ルーシーに喝采を浴びせた。

「南部では、北部の女性は氷のように冷たいと言われているそうよ」町議会議員を夫に持つかわいらしいアリス・グレッグソンがつまらなそうに言った。

「あちらの女性に比べれば、たしかにそうでしょうね」ベッタ・ハンプトンがうなずく。機知に富むベッタは、四二歳と会の最年長者であると同時に、最も経験豊富な女性でもある。訳知り顔のほほえみや遠慮のない物言いが人生への幻滅を物語っているようで、ルーシーはよく狼狽させられる。

「風土のせいなのよ。といっても、天気のことじゃないわ。社会的な風土のこと。こっちの男連中は実際的で、冷淡なところがあるじゃない？　連中にとって大切なものはただひとつよ。北部の男たちを振り向かせる方法を教えてあげましょうか……耳元で札束を振ってあげればいいのよ。でも南部の男たちは……まるで別の生き物ね。わたしも一度だけ、南部男と恋をしたことがあるわ。だからはっきり断言できるの。女が何人の男と寝ようと、南部の男と寝ないかぎり、真の意味で目覚めることはできないんだって」

「どうして？　ねえ、どうしてなの？」オリンダがたずねる。

ベッタはいたずらっぽくほほえんだ。

「南部の男は、すごい秘技を持っているからよ。ルーシーに訊いてみたら？」

どれだけ懇願されても、ふざけ半分にせっつかれても、ルーシーは答えなかった。いや、答えられなかった。秘技とはなんのことだろう。まるで想像もつかない。そもそもヒースと愛を交わしたことなどない――夫のことをほとんどなにも知らないのだ。無言で顔を上げると、からかうようなベッタの灰色の瞳と目が合い、自分がぺてん師になった気がした。

「じゃあ、わたしが教えてあげるわ」ベッタは澄ました顔で言った。「南部の男は最初から最後まで全部――全部よ、たっぷり時間をかけてするの。そうよね、ルーシー？」

その晩、ルーシーが帰宅すると意外にもヒースのほうが先に帰っていた。だいぶ早い時間だったので、ふたりで夕食をとることまでできた。結婚以来ほとんど初めてのことで、ルーシーはこんなときをずっと待ち望んでいたのだった。でも、夫と向かいあって座るひとときは徐々に耐えがたいものになっていった。ぎこちない会話がつづき、互いにかける言葉もろくに見つからない。夫婦の食事は本来、ぬくもりと親密さに満ちているはずだろうに、ルーシーは居心地の悪さと冷え冷えとした空気を感じるばかりだ。目の前のヒースはもはや、彼女をからかい、笑わせ、憤慨させ、そうしてときには、思わず頬が赤らむような笑みを向けてくれたあのヒースではない。日を追うごとに彼との距離は広がっていく。険しい青碧の瞳には、彼女に対する切望のかけらも浮かんでいない。夫はもう自分を求めてはいない。夫の無関心は、怒りよりもはるかに恐ろしかった。

妻に関心を失ったのは、きっとよそに女性がいるからにちがいない。もしかすると、ボストンに愛人がいるのではないか――定かではないが、考えるだけで胸が苦しくなった。なぜこんなことになってしまったのかはわからないが、もう手遅れな気がした。

「ボストンではどうだった？」ルーシーは小声でたずね、アスパラガスの小さなかけらをフォークで刺し、口元に運んだ。

「投資先の候補に、ちょっと問題が起こった。明日はまたボストンだ」

「大変ね」と言いつつ、疑念が次から次へとわいてくる。ボストンやローウェルに出かけるのは、ほんとうにいつも仕事のためなのだろうか。それとも愛人に会うためなのだろうか。

ヒースの刺すような青碧のまなざしが向けられる。

「きみのほうは？　コンコードの婦人方との会合は実り多かったかい？　今夜はなににつおいて話しあった？　孤児についてかな。それとも退役軍人、いや、美術学生向けの基金――」

「とある慈善興行についてよ」夫の口調に皮肉を感じとり、ルーシーは重々しく答えた。妻が最近親しくつきあっている婦人方を、夫はよく思っていない。当の夫から、何度もそう言われている。「楽団のための慈善興行なの」

「ほほう。きみがそこまで芸術を愛しているとは知らなかった」

「失礼ね」ぴしゃりと言い、ルーシーはナイフとフォークを置いた。怒りが彼女を大胆にさせていた。「どうしていつも、わたしのクラブや会合やお友だちをばかにするの？　好きなことをなんでもやればいいと言ったのはあなたよ。批判する権利なんてあなたにはないでしょう？　そもそも妻のすることに関心なんてない、ただわたしを怒らせたいだけじゃない」

「関心はあるとも。完全な自由を手にしたきみが、そこまで想像力に欠けた選択をした理由に、大いに興味があるね。あの手の連中がきみを仲間に引き入れようとするのは、わたしとしても予測してしかるべきだったかもしれない。でも、連中を寄せつけない程度の分別はもうできているだろうと信じてもいた」

「みんな、わたしの友だちなのよ」

「そうかい？　古い友人たちはどうしたんだい？　コンコードの善き人びとは？　招待を受けても、手紙をもらっても、返事さえしていないようだが。それにあの金髪の――」

「彼女の名前はサリーよ。サリーの招待も、ほかのみんなの招待も受けられない理由は、あなただってよくわかっているはずだわ。あの一週間――結婚前の一週間になにがあったか、話して聞かせたじゃない。みんなして意地悪ばかり。手のひらを返したように無視された。忘れるつもりも、許すつもりもないわ。どんなに謝ったって――」

「口はわざわいのもとだよ、ハニー。ことわざにもある。人を呪わば穴ふたつってね」

「どうしてあの人たちの味方をするの？」ルーシーは詰問し、痛いほどの胸の高鳴りから必死に耳をふさごうとした。「ハニー」と呼びかけたときの口調はたしかにさりげないものだったけれど、そう呼ばれること自体、とても久しぶりだった。いったいどうすれば、夫の本心がわかるのだろう。目の前の夫はいたって冷静で、彼女が怒っても動じず、なにを言ってもけんかにすらならない。

「誰の味方でもないさ」ヒースはおだやかに応じた。「だが、謝罪しようとしている人間に背を向けるのは臆病者だ。彼らと向きあうには、許す勇気がいる。きみにも、そのくらいの勇気はあったはずじゃないのかい？」

「あの人たちの友情も謝罪も、もうどうでもいいの。ベッタ・ハンプトンに言われたわ。あの人たちのことは忘れて、新しい——」

「ベッタ・ハンプトンだって？　あの年増……」ヒースは言いかけ、すぐに口をつぐんだ。冷たい夫が青碧の瞳に怒りを宿し、ふいに歯を食いしばるのをルーシーは見逃さなかった。冷たい不安を感じつつも、彼女は期待におののいた。この数週間というもの、ヒースはひたすら冷淡で、落ち着きはらい、人に冷笑を向けるばかりだった。それがようやく、まともな反応を引きだすことができたのだ。

「ほかに、ベッタはなんて？」ヒースは問いかけ、立ち上がって両手をテーブルにつくと身を乗りだしてきた。「お得意の、夫に余計な面倒をかける方法でも教えてくれたか？　町で一番不実な女、それが彼女の評判だ。わたしもこの目で見たことがあるよ。帽子のつばから偽物の巻き毛をのぞかせ、情夫をふたり引き連れて大通りを闊歩する——」

「あのふたりは、ベッタの従僕よ」ルーシーは友だちをかばった。「だんなさまは銀行家で、彼女は万一のために外出時は従僕を連れて——」

「だったらなぜ彼女は人前で、ハンサムでたくましい従僕たちに目配せばかりしている？　彼女には近寄らないほうがいい、ルーシー。ああいう手合いは、きみのような女性を食い物にする。このままではきみは、彼女の棲む泥沼に引きずりこまれるぞ」

ルーシーは勢いよく立ち上がった。「自分は友だちひとりいないくせに」と憤怒の表情で言う。「唯一のお友だちは、ボストンの誰かさんだけね。誰かさんに、あなたはすっかり心奪われて――」

「なんの話をしている？」

「だからわたしにも、友だちを作らせたくないんだわ。おあいにくさま。あなたになんと言われようと、わたしはベッタやほかのみんなと会うわ！」

「好きにするがいいさ」という優しい声が、かえってルーシーをおののかせる。夫はくるりと背を向け、大またに部屋を出ていった。その背中に、ルーシーは行き場のない怒りをぶつけた。

「それから、あなたになにをされようと、わたしはここを出ていきませんから！　いやなら暴れて叫ぶわたしを家から引きずりだせばいいわ。そうしたらあなたを捨てて、わたしはこの家に戻ってくるんだから！」

寝室に向かうヒースの硬く重たい足音が聞こえた。数秒後には、ルーシーはすっかりくたびれて気力を失い、テーブルに並ぶ汚れた皿をにらみつつ、自問していた。かつては幸福に満ちあふれていた自分の人生は、どうしてここまで、みじめなものになってしまったのだろうと。自分のせいなのだろうか――ダニエルを失い、その代わりに憎むべき赤の他人と暮らす羽目になるような、ひどい過ちを自分は犯したのだろうか。

きっとわたしのほうが捨てられるわね……ルーシーはぼんやりと考えた。お互いに、こんな状態でいつまでも一緒にいられるわけがない。夫のほうが先にもううんざりだと判断し、南部に、本来いるべき場所に帰る気になるかもしれない。そう思い至ると皮肉にも、胸の内は安堵ではなく空虚に満たされた。

ルーシーには、もうなにもかもがわからなかった。

『国家と崩壊』と題されたヒースの著書をルーシーは買い求め、まるでそれが禁書であるかのようにこそこそと家に持ち帰った。美しい装丁のなされた分厚い本は、開くときに小さくぱりぱりという音をたてた。夫となった男性の人となりを知ろうとするかのように、寝室でひとり、ルーシーはページをめくっていった。ヴァージニア州の連隊に焦点をあて、気取りや飾り気のない文章で戦争を描いた作品だった。日記のようにくだけた描写があったかと思えば、簡潔かつ精緻に事実を述べる部分もあった。

ページを繰るごとに、夫の人柄の端々が少しずつ行間に立ち現れはじめると、ルーシーは本に夢中になっていった。ときにはこっけいな描写や、心揺さぶられる場面、凄惨な逸話にも出合った。けれども、なんの前置きも結論もなくただそこに書かれたエピソードに遭遇すると、あまりにもあいまいかつ内省的なその書きぶりに、ルーシーは驚き、当惑した。読めば読むほど、ますます夫のことがわからなくなっていくようだった。そうして、これまで交流してきた男性――ダニエルやデヴィッド・フレーザー、学校の同級生、ダンスパーティーで出会った内気で礼儀正しい紳士たち――がみな、ひどく単純な生き物に思えてきた。彼らはみな、きれいな女性とたわむれ、仲間同士で戦争について語りあい、男らしさを誇示するのが好きだった。おだてられやすい一面があった。たいていは女性の涙が得意でなく、誰もがみな、女性の機嫌を損ねてしまったあとの冷たい沈黙を苦手とした。

だがヒースは、彼らの誰とも似ていない。笑うのは、ルーシーの機嫌が悪くなったとき、あるいは彼に憤慨したときだけ。彼女が沈黙してもこれっぽっちも気にしない。すっかりくつろいでいるように見えるときでも、痛烈な皮肉を内に秘めている。でも、この本のどこかに彼を知る鍵、彼に投げる言葉を見つけるための、なにかがあるはずだ。ルーシーはなんとしても、夫にぎゃふんと言わせてやりたかった。夫を議論で打ち負かすためなら、腕の一本をくれてやってもいいくらいだった。けれども夫の心のなかをのぞこうとするのは、石壁の向こうを見透かそうとするのに等しかった。

でもきっとこの本のなかに、答えを見つけるヒントが隠されているはずだ。そう念じながらひたすらページを凝視していたとき、ルーシーは自分に物事を明確にとらえるための客観性が欠けていることに気づいた。読み進めるうちにわかったのはただひとつ、ヒースが徐々に良心を失い、心の内を見せなくなっていったことだけだ。彼は同志の英雄的振る舞いについても、栄誉を手に入れんがための愚かな行為であるかのように書いていた。そうして、本のなかほどのある章が戦場の描写の途中でとぎれていたかと思ったら、驚いたことにつづく章の出だしは、「ガヴァナーズ・アイランドでこれを書いている……」となっていた。

「捕虜収容所……」ルーシーはささやいた。意外な事実に、冷たい衝撃を覚えていた。そのような場所にいた事実を、ヒースの口から聞いたことは一度もない。北部人のあいだでも南部人のあいだでも、捕虜収容所はこの世で最も忌まわしく、不潔で、危険な場所として知られていた。数百人の男たちが、雨風の吹きつける場所に押しこめられ、わずかばかりの残飯で生き延びることを余儀なくされたという。収容所内には感染病が容赦なく蔓延したが、治療薬が届けられることはなかった。つづく数ページでは、いくつかの単語が目に飛びこんできた……捕虜交換の噂が、果てしない希望と鬱とをもたらす……腸チフスで死ぬ者たち……麻疹が大発生した……夏服しかない……ここはひどく寒い……飲み水すらない……。

ルーシーは震える手で本を閉じた。なぜかひどくうろたえていた。戦争中にヒースがどんな目に遭ったかなど、知りたくなかった。いったいどれくらいの期間、収容所に入れられ、どうやってそこから解放されたのかも。

〝**きみは男という生き物について、男の高潔さについてなにもわかっちゃいない……**〟

夫は収容所での日々を思いかえすことがあるのだろうか。それとも、記憶の奥深くに隠しているのだろうか。どうやって生き延びたのだろう。なぜこれまで一言も言わなかったのだろう。

ルーシーは知りたくなかった。夫に同情したくなかった。夫を胸に抱きしめて、遠い昔に彼が味わった苦しみを癒やしてあげたい――執拗にわき起こるその衝動に、自分で気づきたくなかった。だから、すべては過ぎたことなのだ、と自分に言い聞かせた。ヒースだっていまさら、癒やしも哀れみも欲しくあるまい。そもそも彼は、妻からの歩み寄りすら求めていない。

夜になり、ミセス・フラナリーが夕食のしたくにやってくると、ルーシーは居間に向かった。居間ではヒースが、長い脚を広げてソファでくつろいでいた。周りにはきれいに重ねられた古新聞の山がいくつもできている。読みかけの新聞を下ろし、ヒースは部屋に入ってくる妻を眺めた。鮮やかな青い瞳は、妻の一挙手一投足を凝視しながら、なんの感情も浮かべていない。

「なにを読んでいるの？」ルーシーは形ばかりたずね、新聞の山のひとつに目をやると、腰をかがめててっぺんの一部を手にした。南軍が降伏した地、ヴィックスバーグの地元紙『シチズン』だった。

「ずいぶん古い新聞……あら、変ね、なんだか普通の新聞とは……」

「壁紙の裏に印刷してあるんだよ」ヒースが応じ、口の端に笑みらしきものを浮かべた。

「どうして？」

「終戦間際に紙の供給量が足りなくなったうえ、製紙工場が焼かれた。それで新聞社は包装紙や壁紙など、印刷機に入る紙ならなんでも使うようになった。インクがなくなったときは靴墨で代用したよ」

ルーシーはほほえんだ。南部の新聞社の不屈の精神と意志の力に感服していた。「北部の人間には、そこまでの粘り強さはないわ」さらに新聞の山を見ていく。『チャールストン・マーキュリー』まで。どうしてこれを？」

「見出しを読めばわかる」

「連邦解体……なるほど、サウスカロライナの連邦離脱宣言ね――」

「そのとおり。一二月二〇日、一時一五分。誰もが、いよいよ戦争突入だと知った瞬間だ」

「こっちの新聞は、どうしてとっておいたの？」

「それは……ああ、そいつか……」ヒースは手を伸ばしてルーシーの手から新聞を奪うと、ソファに置いてしまった。遠い記憶をたどっているのか、表情が和らいでいる。ルーシーは首をかしげて夫を見つめ、口元にかすかに広がるほろ苦い笑みになぜか魅了されていた。

「こいつのために、父が死んだ」

「どういうこと？」ルーシーは仰天してたずねた。

「〝本紙はこれまで〟」ヒースが読み上げる。「〝かつての連邦主義者的愛国心を忘れていた。しかし今後は新たな経営陣のもと、アメリカ合衆国の原理を支持し――〟」

「よくわからないわ」

「こいつはリッチモンドの地元紙でね。父の親友が出していた。父は忠誠心に厚く、南部連合の新聞に書かれたことを固く信じていた。そこに書かれた言葉に心からの敬意をはらい、南部の新聞がなくならないかぎり、自分たちはけっして負けないと確信していた。だから、この新聞が連邦軍の手に落ちかけている、ヤンキーの新聞に成り下がりかけていると知ると、新聞社に駆けつけ、編集者たちともに戦った。このときの乱闘で父は死に、新聞は連邦軍のものとなった。こいつは乱闘の翌日に連邦軍が出した版だ――抵抗はむだに終わった。父の戦いも、まるで無意味だったわけだ」

「お悔やみ申し上げ――」

「必要ない。もっとひどい死にざまを強いられた者だっている。ゆっくりと、時間をかけて死んでいった者も。戦争がどんな結末を迎えたか、父が知らずにすんだのは幸いだった」

夫婦は長いこと見つめあっていた。ルーシーの胸の内を思いがけず、優しく温かな感情が駆け抜けていく。午後中探していたものをやっと見つけた――彼女はそう思った。昨日よりもずっと深く夫のことが理解できる。これですべてのつじつまがあう。

「お父様が新聞を信じてらしたから……あなたは従軍記者になったのね？」おずおずとたずねてみた。「だからあの本を書き……だから新聞や出版業に、そこまで深い関心を寄せているのね？」

ヒースはいきなり彼女から視線を引き剝がすと、小さく肩をすくめた。

「そんなものに関心を抱いた覚えはない」

「お父様が亡くなったのを知ったのは、後だったの、それとも前だったの……」

「後か前かとは、なんのことだ？」

「ガヴァナーズ・アイランドの」答えたルーシーは、細められた青碧の瞳に射すくめられた。

「つまり、あの本を読んだわけか」ヒースはつぶやき、片手で金髪をかきあげた。「感想は？」

「感想は……」ルーシーは口ごもった。自分がどう感じたのか、よくわからなかったからだ。

「そうね、少し……怖くなったというか……」

「あとは？」ヒースが促す。彼女の顔に表れる感情の変化に、興味を引かれているようだ。いったいなにがおもしろいのだろう。なぜ人の表情などに、そこまで夢中になれるのだろう。

「あとは……捕虜収容所での暮らしに同情を……」

「妻なら当然だ。ほかには？」

「あ、あまり好きな本ではないと思ったわ。あんなに……暗い内容だとは思っていなかったから。あの本には……優しさとか、希望とかがまったくないでしょう？」

「ああ。当時は希望なんてこれっぽっちも持ちあわせていなかったからね。優しさも」妻が額にしわを寄せるのを見つけて、笑みをもらす。「もちろん、この数年間でそのふたつの感情を少しは自分のなかに育むことができた。だからそう心配することはない。夕食はもうできたかな？　さっきからずっと腹ぺこなんだ」


　今週のサーズデイ・サークルは、いつもの会合の代わりに、町の人たちを招待して音楽の夕べを主催した。ハンプトン家の広々とした居間に大勢の男女が集まり、ドイツの作曲家の作品を若い楽師たちが奏でている。ベッタ、アリス、オリンダをはじめとするサーズデイ・

サークルの会員は、ゴシップ好きと辛辣な人物評で有名だ。音楽の夕べのあいだ、ルーシーはベッタとオリンダのすぐそばの席に座っていた。ふたりのそばにいれば、旧友たちもおいそれと近づいてこない。

いつもは快活でおしゃべりなサリー・ハドソンですら、手厳しい婦人方に小ばかにされるのを恐れて、こちらに来ようとしない。ルーシーはときおり部屋の向こうにいるサリーの様子をうかがいつつ、旧友のあいまいな笑みに出合うたびに覚える罪悪感を無視していた。かつてふたりは親友だった。あのころはお互いになんでも話した。男の子や両親の話題に声をあげて笑い、ドレスのデザインやキャンディのレシピについて語りあい、ひとりが失恋するたびにふたりで泣いた。けれどもいまは、赤の他人のように感じる。わたしは変わってしまった。あなたとはもう友だちには戻れない……ルーシーは悲しみとともに思った。たとえサリーと仲なおりできたとしても、話せることなどなにもない。ルーシーの自尊心が、誰だろうと他人に打ち明けることを許さないからだ——ヒースとの結婚は偽物で、夫婦らしい関係など事実上ないも同然なのだと。それにサリーの悩みだって聞きたいと思わない。彼女のつまらない悩みなど聞かされたら、引き比べてますます自分がみじめになる。

ルーシーはぼんやりと、濃紺のイヴニングドレスにあしらわれたボックスプリーツの襞飾りに手をやり、そこにちりばめられた漆黒のジェットをなぞった。ドレスは、かつて着たことがないような大胆なデザインの品で、胸元はいまにも乳房がこぼれ落ちんばかりに深く刳れている。人目を引くためにあえて選んだ一枚で、実際、多くの男性陣の視線を感じることができたが、ひとりだけけっしてこちらを見ない男性がいた。ダニエルだった。彼はサリーを見ていた。控えめなピンクと白の襞飾りが、旧友の金髪をより美しく際立たせていた。そうしてダニエルは、記憶のなかの彼よりずっと若々しく、端整で、ハンサムだった。糊をきかせたシャツ、櫛できれいに梳かした髪。すっと背を伸ばして椅子に座り、サリーを見つめるさまは、まるで……。

そう、彼はかつてあんなふうにルーシーを見つめていたはずだ。

彼女がふいに息をのんだのに気づいたのだろう、ベッタ・ハンプトンがこちらに身を乗りだし、視線の先を追った。

「青二才のダニエル・コリアーと金髪の小娘ばかり交互に見たりして、いったいどうかしたの？」とベッタがささやきかける。

「あのふたり、なんだか怪しいなと思って」ルーシーは硬い声で応じ、楽師たちのほうに視線を戻した。

「ふうん」つまらなそうに肩をすくめたベッタが反対どなりに座る夫のほうに身を寄せ、なにごとか話しだす。

話しかけるべき夫さえとなりにいないルーシーはそのあとずっと、音楽など一音も耳に入らず、ぼんやりと座ってひたすら考えをめぐらしていた。やがて演奏が終わり、一同が拍手喝采を送ったあとは、ワインが振る舞われ、サーズデイ・サークルに対する乾杯の声があちらこちらであがった。素晴らしい夕べでしたとの感謝の言葉を招待客たちからかけられるたび、ルーシーは会の仲間に合わせてうなずいたり、ほほえんだりしていた。ようやくそれが落ち着いたころだった。サリーの父親のミスター・ハドソンがワイングラスを片手に、上気した顔に笑みを浮かべる一同の前に進みでた。これからなにが起こるのか——ルーシーはふいに気づいて、信じられない思いでサリーを見つめた。かつての親友は頰を赤く染め、しおらしくうつむいている。

「みなさん」ミスター・ハドソンは空いたほうの腕を大きく広げた。「このような発表には、よりふさわしいときというものが当然あります……もっと静かな、もっと慎ましい集まりで、コンコードの市民らしいやり方で発表するのが本来でしょう。お高いボストン市民に彼らなりの流儀があるように、われわれにも、われわれの流儀がある」一同がくすくす笑い、数人のコンコード市民があけっぴろげな笑い声をあげる。ミスター・ハドソンはグラスを置くと娘に手を差しだした。サリーが前に進みでて、父親に並ぶ。

「とはいうものの、わが家の喜び、とりわけ娘のサリーにとっての喜びは、やはり今夜ここでみなさんと分かちあうべきものでしょう。ここに謹んで発表いたしましょう。わが娘と、コンコード一の名家に生まれた青年——その知性と責任感でわたしに何度となく感銘を与えてくれた青年——ダニエル・コリアーがめでたく婚約いたしました。ダニエルとサリーの未来に乾杯」

「ダニエルとサリーの未来に！」一同が唱和し、グラスを高く掲げる。

ダニエルとサリー。

わたしは信じないから……苦く酸っぱいワインを口に含みながら、ルーシーは思った。いますぐ夢から目覚めなくちゃ。目覚めたらわたしはルーシー・コールドウェルに戻っていて、ダニエルはまだわたしのもので、ヒース・レインなんて人は町にいなくて……エマソンさんの家もまだちゃんとあって……わたしは家の小さなベッドのなかにいて、父さんが部屋を歩く音が聞こえて……人びとの視線、好奇心に満ちたまなざしを感じて、ルーシーは冷たい現実に立ちかえった。そうだ、自分は二度とルーシー・コールドウェルに戻ることはできないのだ。もうルーシー・レインになってしまったのだから。あらためてワイングラスを口元に運ぼうとしたとき、サリーの優しげな、雌ジカを思わせるまなざしに出合った。するとようやく、一筋の冷静さが脳裏に戻ってきた。あなたのせいじゃないわ、サリー。わたしは自らの過ちで彼を失ったの。あなたを責めるつもりなんて少しもないの……そう胸のなかでつぶやきながら、ルーシーはかすかに震える手に力をこめ、グラスの脚をしっかりとつかんだ。サリーに向けてグラスを掲げ、ほほえんでみせる。旧友は喜びの涙で目を光らせ、ルーシーにほほえみかえした。

そのときふいにうなじに粟立つものを覚え、ルーシーは部屋の脇にさっと視線を走らせた。戸口にヒースが立っていた。迎えに来てもらう約束だったのだが、予定より早く着いてしまったのだろう。夫は無造作に脚を交差させ、側柱に寄りかかっている。誰かにワインをもらったらしく、長い指でぞんざいにグラスを持っている。口元には、皮肉のにじむ薄い笑み。そうして夫は、妻に向かってグラスを掲げてみせた。

単なるあいさつだったのかもしれない。あるいは、誰よりも深い皮肉をこめた身ぶりだったのか。ルーシーにはどちらなのか判然としなかった。当惑気味に夫を見つめ、名前を呼びかけてやめる。夫の視線が彼女の細い首筋から腰の曲線へと移動し、大胆にもそこにしばしとどまってから、顔に戻っていく。熱を帯びたまなざしに、ルーシーはあたかも人前で夫に触れられたかのように頬を紅潮させた。夫はといえば、繊細なグラスからワインを飲むあいだも妻を見つめて離さない。その視線が強く意識され、ルーシーの鼓動は高鳴り、肌にはおののきが走った。

「驚いた」ベッタが好奇に満ちた声でつぶやくのが聞こえ、ルーシーはヒースから視線を引き剝がすと、手袋と小さな青いハンドバッグをぎゅっとつかんだ。

「驚いたって、なにが？」小声でたずねつつ、椅子のあいだに落ちたプログラムにおろおろと手を伸ばし拾おうとする。

「あなたのご主人よ。結婚なんて絶対にしなさそうに見えるわ。それに、あんなふうにあなたを見つめるなんて」

「でも、実際に結婚したわ」ルーシーは応じた。「この結婚指輪がその証拠。わたしを見つめるのだって、別におかしくないわ。妻なんだもの」

「夫という生き物は、妻をあんな目では見つめないものよ」

「うちの夫はちがうの」反射的に答えたルーシーは、ちょっとまごついた表情を浮かべるハンサムな夫に警戒の視線を投げた。

「それならますます……驚きだわ」

年のわりには若々しいがいかにも世慣れた感じのベッタの顔から目をそらし、ルーシーはベッタやほかの友人たちにいとまを告げた。白いエプロンをした太めのメイドからヒースが妻の黒いケープを受け取り、肩にそっと掛ける。ルーシーは手袋をした手を夫の腕にのせ、連れ立っておもての馬車へと向かった。

「無事に終わったようだね」走りだした馬車のなかでヒースが言った。軽やかな馬の足音が、ふたりの会話の伴奏だ。

「ええ。今夜は大成功だったわ」

「音楽の夕べのことを言ったんじゃない」

一瞬なんのことかわからずためらってから、ルーシーはたずねた。

「ダニエルとサリーのこと？」

「きみがサリーにグラスを掲げてみせるのを見たよ。意外な感じがしたが……よく考えれば、きみはときどき、ああいう芯の強さを見せる人だった」

「わたしはただ、みんなの乾杯に合わせただけ――」

「元婚約者と元親友の婚約に乾杯だって？　本音は悔しくてならなかったんだろう？」妻に答える気がないのを見てとると、ヒースは優しく笑った。「すまない。きみの大人の対応を、ちゃかすつもりはなかった。ただ、ちょっと不思議に思ってね……ふたりの婚約に驚いたかい？」

「それは……あのふたりが一緒になるなんて、想像したためしもないもの」上の空で答えつつ、ルーシーは遠い目で昔を振りかえった。「三人で会うことはよくあったけれど、ダニエルはサリーを気に留めている様子もなかった」

「だろうね。なにしろとなりにきみがいたんだから。きみは、男を夢中にさせる人だ」

「でも、どうしてこんなすぐに……意気投合したのかしら。わたしたちの結婚から、まだたったの三カ月よ」

「ダニエルの相手としては、なかなかいいんじゃないかい？　あまり魅力的な女性とは言えないが、それなりに愛嬌はある――彼にはうってつけだよ」

「わたしではなく、サリーを選んで正解だとでも言いたいの？」

「きみはそう思わないんだ？」

「わたしだって、彼のいい奥さんになれたわ」

「かもしれないね」

ルーシーは夫のきれいにひげを剃った横顔をにらんだ。

「それに彼も、わたしのいい夫になったはずだわ。少なくとも、妻をほったらかしにしてほかの……」

すんでのところで口をつぐみ、喉元に手をやって、夫を責める言葉を抑えこむ。籠のなかの鳥が逃げようと飛びまわるように、胸の鼓動が暴れていた。なぜか急に、夫への不満やいらだち、恐れを投げつけたくなってしまった。

「ほかの、なんだい？」ヒースが促し、いぶかしげに横目で見る。「最後まで言ってみたまえ」

「ほかの女性のところに行ったりしなかったはずだ、と言いたかっただけよ」ルーシーはぶっきらぼうに告げた。言いたいことを言えた安堵感に、鼓動がますます速くなる。「あなたはいつも出かけてばかりで、帰りが真夜中になったりもするし……そういうことなんだろうな、と思って」

「ばかばかしい……ボストンで仕事というのは嘘で、ほかの女性と遊び歩いているとでも思っているのかい？」

「ちがうの？」ルーシーは小声で問いかえした。小さな希望が胸の奥にわいてくる。夫は一瞬、ひどく驚いた顔、いや、傷ついた表情すら浮かべた。

けれども彼は無言で、ルーシーはじりじりと答えを待つしかなかった。答えがどちらだろうとかまわないが、早くなにか言ってくれないと、思わず叫びだしてしまいそうだ。

「わたしがよそで好きなように楽しんでいたら、気になるかい？」

「つまり、図星なのね」言いながらルーシーは、怒りが脈動となって全身を駆けめぐるのを感じた。「やっぱりほかの女性と――」

「肯定も否定もしていないだろう？　気になるかい、と訊いたんだよ」

「なぜわたしが気にするの？　するわけがないじゃない」ぴしゃりと言い放ち、それで夫を傷つけたつもりだったが、相手の口元には涼しげな笑みが浮かんでいた。「いまのあなたはまるで別人ね」ルーシーはたまらず口走った。「以前はもっと思いやり深かったし、優しいところも——」

「優しく接しようとすると、拒むじゃないか」

「あなたの本心がわからない」いらだたしげに首を振る。「どうしてあなたは変わってしまったの……なぜなの。結婚したばかりのころは、信じていたわ……でもいまは……」

「なにを信じていたんだい？」ヒースが促す。先ほどまで妻をあざけっていたはずなのに、なぜかいまは、真剣に彼女を見つめている。でもルーシーは答えられなかった。喉の奥に言葉が詰まって、無言で夫の顔を見ることしかできなかった。ヒースがかぶりを振り、馬車を繰る手に意識を戻す。ふたりのあいだを流れる緊張が、いっそう高まった。

「いずれ、うまくやっていけるようになると信じていたわ」ルーシーは自分がぎこちない口調で語るのを聞いていた。「あなたがほかの女性と会うようになるなんて、想像もしなかった。いやだもの。そんなの絶対にいやだもの」うつむいて、恥ずかしさに凍りつく。本心を打ち明けてしまった自分が信じられなかった。どうせ夫はまた嘲笑を浴びせるのだろう。嫉妬しているのだと、ばれてしまったのだから。ふと見ればヒースは手綱を持つ手に力をこめている。馬車が唐突に路肩に止められ、馬がいなないた。

「ヒースったら、いったいどうしたの？」

夫は片手をルーシーの細いうなじにまわし、反対の腕で乱暴に彼女を引き寄せて、痛いほどに抱きしめてきた。唇を重ね、こじ開けるようにして、切望をこめて荒っぽくキスをする。

ルーシーは驚きに身を震わせた。彼女が抗いも逃れようともしないのを感じとると、ヒースは乱暴に唇を押しつけるのをやめ、ゆっくりとくちづけを堪能しはじめた。ルーシーは息もできなかった。誘うような舌の動きから逃れることも。夫のキスは熱く、甘く、彼女のぬくもりを味わっているかのように丹念だった。いっそう強く抱き寄せられると、ルーシーは夫の肩にしなだれかかって、くちづけにこたえた。夫はうなじから顎へと手を移動させ、頬を愛撫しながら、執拗にキスをくりかえしている。ルーシーは彼の上着の襟をつかみ、なすがままに任せた。激情が全身に浸み入り、あふれそうになって、体中がうずいた。唇を離したとき、夫の腕は震えていた。

「愛人に楽しませてもらっている男が、こんなキスをすると思うかい?」ヒースがかすれた声で問いただし、吐息がルーシーの濡れた唇をかすめた。ルーシーは気だるく目をしばたたき、両腕を夫の首にまわした。「もうずっと女性とベッドなどともにしていない」ヒースはかすれ声でささやきつづけている。「きみと結婚する前からずっと。ほかに欲しいと思う女性などいなかった。これからだってそうだ。きみを求めて切望感に苦しみ、きみにその報いを受けさせてやると毎晩誓った。二度とあんな思いはしたくない」

ふたたび身をかがめ、ヒースは彼女の唇を探しあてると、小さなあえぎ声をのみこんだ。互いのたてる音も、漂わせる匂いも、触れあったときの感触も、ふいに区別を失ってしまったようにルーシーは感じた。ほのかなワインの香りが、自分と彼の口のどちらから立ちのぼるのかさえわからない。激しい鼓動が自分のものだろうと彼のものだろうと、どちらでもかまわない。夜空にきらめく漆黒のかけらと、小さな点のごとき星がふたりをつつみ、時がおののきとともに止まる。言葉も思いもあっという間にどこかに消え失せ、夫の唇とたくましい体がくれる喜びだけが残される。

「ほかの女性などいない」ヒースがくちづけたまま言い、ルーシーは身を震わせた。「いるわけがないだろう？　妻に夢中なのに。ほかの誰でもない、ただきみだけがわたしに与えられる……どれだけ待つことになろうと、絶対にそれを手に入れてみせる。もちろん手に入れるのは、夫としての権利ばかりじゃない……だがまずは、そこから始めるつもりだ」

「ヒース……」ルーシーは混乱し、わずかに抗った。抱きしめてくる腕が痛かった。

「言われたとおり、きみに時間を与えた。だがそもそもこっちは大した忍耐力もないし、そのわずかばかりの忍耐力でさえ、きみのせいで擦り切れた。これまではきみのやり方に従い、来てくれるのを待っていた……その結果がこれだ。ふたりの距離は、あってはならないほど広がってしまった」

でも……ルーシーは思った。わたしだって、あなたが来るのを待っていたのだと。彼女は無言で夫を見上げた。

「だからこれからは、わたしのやり方で行く」ヒースは言葉を継ぎ、両手でルーシーの小さな顔をつつみこんだ。「誤解があるといけないから、はっきり言っておこう……今夜からわたしたちは、あらゆる意味で夫と妻になる。話しあうべきこともたくさんあるが……そっちは明日にしよう」

親指で彼女の濃い眉をそっとなぞり、その指をこめかみで止める。それからヒースは抑えきれなくなったかのように、ふたたび唇を重ねた。キスのくれる心地よい熱が、ルーシーのつま先まで広がる。あたかも飲みすぎたワインでふいに酔いがまわったかのように、頭がくらくらする。少し息がつきたくて、彼女は弱々しく夫の手首を引いた。すると唇が離れていった。ヒースが見下ろしてきて、彼女の頰に射す月明かりを指先で追う。つづけて彼は唐突に鼻先にキスをし、妻から身を離した。ルーシーは座席に身をあずけ、隅に丸くなりながら、当惑の面持ちで夫を見つめるばかりだった。

家の前の短い私道に到着すると、ヒースは馬車を降り、つづけて降りるルーシーに手を貸した。夫の両手が、腰の左右にぴったりと添えられた。足が地面に着くとすぐ、ルーシーは腰をひねってドレスの後ろの襞やギャザーを直した。前に向きなおったときもまだ夫の手は腰にあって、夫と目が合うなり、心臓が激しく高鳴った。暗闇のなかで、彼の瞳は濃紺に輝き、骨格の整った顔は陰をなしている。夫は彼女を引き寄せ、つま先立ちにして強く抱き寄せた。まるで大きさのちがうふたつの体が、なぜかとても心地よく密着した。ルーシーは目を閉じ、夫の唇のぬくもりを唇で感じた。軽やかにくりかえされるキスが、熱い川となって体のなかを流れていく。その感覚がさらに強まり、甘やかに彼女を水間へと引っ張る。くちづけがやむと、ルーシーは足元をふらつかせ、夫にもたれかかった。ヒースが見下ろし、彼女のこめかみにかかる髪をかきあげる。

「きみはなかに入って、寝じたくを。わたしは馬を小屋に。すぐに戻る」

ルーシーはぎくしゃくとうなずいた。夫の手が離れたところで振りかえり、後ろを見ることもなく家に入った。そうして扉を閉めるなり、口元に手をやった。腫れて、やわらかさを増している。額にしわを寄せて階段を上りつつ、彼女はあらゆる方向からさまざまな感情に引っ張られる自分を感じていた。動揺し不安を覚える一方で、待つばかりの日々はもうすぐ終わる、恐れたり心配したりする必要はもうなくなるという安堵感もある。さらには、激しい期待感もあった。ついに、とうとうその日が来た、これでいいのだと思った。

　軽いキルトとシーツがめくられるのを拒んでいるような錯覚に襲われつつ、ルーシーは断固としてそれらをめくった。それからほとんど消えそうなほどランプの火を小さくし、ほのかな、誘うような明かりで寝室を照らした。じきにヒースがやってくる。今夜は、あの悲惨な初夜とはまったくちがう夜にしたい。彼女は履物を蹴り脱ぎながら、引きちぎらんばかりにドレスのボタンをはずし、同時にヘアピンを抜いていった。ずらりと並ぶボタンは、はずすそばから増えていくようだった。

　後ろに小さな襞が大量にあしらわれたシルクのペチコートを乱暴に引き下ろし、床に落ちるがままに任せると、そこにシルクの波ができた。ペチコートの次は、軽いワイヤフープと白い木綿のバッスルでできた、窮屈なクリノリンをはずした。できこそないの巨大なパンケーキのごとく床に広がるクリノリンを目にするなり、全部脱いだらすぐに視界から蹴りだしてやろうと心を決めた。さらに髪を引っ張ると、ヘアピンがあちらこちらに飛び散った。そういえばヘアブラシはどこにいったのだろう……考えながらルーシーは左右順番に片足立ちになり、ガーターとストッキングも脱いだ。

コルセットと長ドロワーズという格好で鏡に駆け寄り、栗色の長い髪を櫛で丹念に梳いて、両の肩にふわりと広げる。時計の針が速さを増していくように感じて、「あああ、もうっ」とルーシーはぼやいた。もうすぐヒースが来てしまう。まだコルセットをはめたままだし、はずすにはたっぷり時間がかかるというのに。糊をきかせた分厚い布に蒸気をあて、真鍮のワイヤと鯨骨でできたステーに貼りつけたコルセットは、前身ごろを紐できつく締め上げるデザインのものだ。いつもはできるかぎりきつく紐を締めたあと、リボン結びにしている。けれども今朝は急いでいたので固結びにしてしまった。固く締まった結び目をつめで引っ張ってみたが、緩む気配すらない。いらだちのあまり泣きそうになっていると、階段を上るヒースの足音が聞こえてきた。なぜ、なにもかもがうまくいかないのだろう。

「まだ、したくができていないの！」ルーシーは大声で告げた。いつもより高い、ひきつった声だった。

「大丈夫。こっちも洗面がまだだ」

ルーシーはコルセットに両手をあて、深呼吸をして気持ちを落ち着かせた。それからあらためて力いっぱい紐を引っ張ったが、けっきょくあきらめ、つめ切りを探すことにした。引き出しを開け、半狂乱になってなかを探ると、がちゃがちゃと大きな音が響いた。引き出しにはありとあらゆるものが入っていたけれど、肝心のつめ切りだけがない。

「なにか探しものかい？」

くるりと振りかえったルーシーは、動揺と緊張を隠しもせず、不安といらだちに瞳を見開いていた。目の前に立つヒースは濃紺のローブを羽織り、冷静そのものといった雰囲気で、あわてふためく彼女をおもしろがっているようだ。

「いまは冗談は言わないで」ルーシーは張りつめた声で先に制した。

「言うつもりもない」

夫に背を向け、引き出しのなかをあらためて、じれったげに探る。あらわな肩にいきなり夫の手が置かれたので、ぎくりとした。

「どうしたんだい?」ヒースは静かにたずねた。

ルーシーはつめ切りを探すのをあきらめ、震えるため息をもらした。たかがコルセットの結び目くらいでこんなにあわてるのはおかしい。

「あの……ちょっと困ったことになって……コルセットがね、なんだか……結び目がほどけなくて、紐を切るものはないかなと思って――」

「それだけ? じゃあこっちを向いて。固く結べるのはいいことだけど、場所を選ばないといけないね」ヒースの指が紐にかかり、結び目をつまむ。

「無理よ。一緒につめ切りを探したほうが早いわ」ルーシーが唇を嚙むと、彼はほほえんだ。

「すぐほどけるよ。それに今夜はたっぷり時間がある」ヒースは身をかがめて、紐をほどく作業に集中している。石けんと肌の香りが混じりあって、ルーシーの鼻孔をくすぐる。夫をすぐ近くに感じて、下腹部に小さなしびれを覚える。「それにしても、どうしてこんな着古したコルセットを？　新しいドレスと一緒に、てっきり下着も新調したとばかり――」

「古いので十分だもの――」

「わたしはそうは思わないね。地味な白い下着はきみに似合わない。それに、鮮やかな色のサテンやシルクの下着をまとったきみが見てみたい。そうだ、わたしが注文してこよう」

「鮮やかなサテンの下着ですって？」まともな家に育った女性なら、白や灰色や肌色の下着を着るのが当然だ。「まさか……そんなものを買ってわたしに着せるつもり？」

「何十枚だって買ってあげる……フリルとピンクのリボンが付いた黒の長ドロワーズも」ヒースがにっと笑いかける。

不安でたまらないのに、ルーシーは笑みをかえさずにはいられなかった。そのときちょうど結び目がほどけ、ヒースは紐を緩めていった。彼女は目を閉じ、ほっと深い息をついた。胸郭が広がり、肺が空気で満たされると、おなじみの軽いめまいに襲われた。

「楽になったかい？」ヒースがささやきかける。

ルーシーはうなずき、コルセットを脱がせる彼と見つめあった。やわらかなローブが、あらわになった乳房の先端をそっとかすめる。夫にゆっくりと時間をかけて下着を脱がされ、あたかも雑に扱えば粉々にくだけてしまう高価な置物のように大切に扱われるのは、なんだかとても心地よかった。

夫の指先が、見えない産毛をなぞるように背骨をすっと撫で、ルーシーの全身をえもいわれぬおののきが走る。張りつめた息をのみながら、彼女は長ドロワーズの後ろに手をやった。

ボタンがはずれなくてまごついていると、夫の両手が伸びてきて彼女の手に重ねられた。夫は彼女の手をしばし握りしめたあと、脇にどかし、巧みな指の動きでボタンをはずした。ドロワーズが床に落ちる。

それからヒースはルーシーを軽々と抱き上げ、ベッドへと運んでいった。両の腕を彼の首にまわし、張りつめた腱の走るたくましい体に身を寄せ、ルーシーはその感覚を堪能した。かつては夫に恐れを抱いたのに、すっかり無防備になったいまはなんだかとても晴れやかな気持ちがする。彼女を始終まごつかせ、口論になっても逃げようともせず、なにを言ってもけっして動じない――そんなヒースに抱きしめられるだけで、胸が高鳴った。

彼女をベッドに下ろすと、ヒースはローブを脱いだ。陽の光をとらえたかのような褐色の肌。彼は身をかがめながら、ルーシーのつま先から顔へと視線を移動させた。切望感に満ちた青碧の瞳には、黒い炎が燃えていた。

「きれいだよ、ルーシー」ヒースはささやいた。

その言葉なら以前にも彼の口から聞いた。でもいろいろなことがわかったいま、初めて耳にしたような気がする。くちづけを受けるとき、ルーシーは思わず目をそらし、まぶたを閉じた。夫の手がうなじにまわされ、慈しむように頭を抱く。荒々しいキスに、ルーシーはちゃんとこたえた。夫の反対の手が体をまさぐり、とりわけ大切な部分を探りあてようとしている。彼の情熱をまのあたりにして、ルーシーのなかにあったはずのためらいや羞恥心は粉々にくだけ、灰と化した。もっと深々とくちづけようと、ヒースの頭を引き寄せる腕が自分のものとは思えない。押し殺したあえぎ声も、自分のものとは思えない。夫の素肌に触れるのがこんなにも心地よいものだとは、夢にも思わなかったし、想像もしなかった。彼の体のあらゆる場所に触れてみたいと願った。ルーシーは両の手で夫の背をなぞり、力強い肩へと這わせていった。わずかに隆起したやけどの跡を手のひらで撫で、引き締まった腰へと移動する。大胆にも指先を臀部にさまよわせてみると、ヒースはくちづけたままうめいた。

「長かった。ずっときみを求めて……」ヒースは顔を下ろしていき、甘い香りのする胸の谷間に唇を押しあてた。頭のなかが真っ白になっていく感じがした。切望感と欲望が、理性に取って代わろうとしている。ヒースは両の手のひらでルーシーのやわらかさを味わい、唇で彼女の肌を堪能した。彼に抗い、彼を拒み、彼の世界に混乱をもたらし、数えきれないほどの障害で彼を阻んだルーシーが、いまはこうして腕のなかにいて、夫にすべてを捧げようとしている。ヒースのなかで、抑えこんできた欲望が急速に高まっていく。彼にはもはやそれを止めることも、まともに考えることもできない。人生がこの一瞬にかかっている気がする。いますぐこの場で彼女を奪ってしまわないと、渇望感に死んでしまいそうだ。

ルーシーはあえいだ。探るような唇が乳首を見つけ、感じやすいつぼみを口に含む。濡れた舌がそこを舐め、硬くなったところで歯を立て、そっと引っ張る。身をよじりながら、彼女は心地よさがしびれとなって、脚のあいだに伝っていくのを感じていた。両手で脚を開かれたときも、抗わなかった。切望感に満たされながら、身を震わせた。ヒースは彼女の全身にくまなくキスをしている。両の手で太ももをなぞりながら、下へ下へと下りていく。太ももの内側にあった唇が上に移動するのに気づいて、ルーシーはふいに、彼がなにをしようとしているのか悟った。

「ヒース、ちょっと待って――」

「しーっ」脚の付け根のなめらかな肌を噛んでから、ヒースは三角形に広がるやわらかな巻き毛に鼻を押しあてた。「キスをさせて……きみはわたしの妻なんだから」

熱を帯びた部分を唇が探りあて、小さな秘密のくぼみを舌が舐める。ルーシーは膝を立て、たまらずつま先を丸めた。大きな両の手が臀部をつかみ、唇がいっそう丹念に愛撫を与えはじめる。

すすり泣きをもらしつつ、ルーシーは歯を食いしばって顔を横に向けた。躍るように軽やかに愛撫を与える唇の動き、夫がいま自分にしている行為のことしか考えられなくなる。興奮が高まると、手でつかまれた臀部に思わず力が入った。すると舌がなかに入ってきて、ルーシーは反射的に腰を突き上げた。快感がいっそう高まり、歓喜が爆発する。

荒い息をつきながら、ルーシーはぐったりと、ぬくもりの海を漂っていた。重たいまぶたを上げれば、すぐそこにヒースの顔があった。たくましく重たい体が覆いかぶさってきても、疲れて力が入らず、抗うこともできなかった。

「気持ちを楽にして」耳元で低くささやく声は、なだめるようだ。「乱暴にしないから。ただきみを愛したいだけ……」

太もものあいだになにかが押し入る感覚に気づき、ルーシーは無意識のうちに脚を開いて受け入れたが、彼のものが力強く忍び入ると大きく息をのんだ。痛みと、彼が自分のなかにいるのだという実感が全身を満たしている。優しいささやきに促されてさらに脚を広げると、彼はいっそう深く、熱くたぎる大きなものを沈ませた。なじみのない感覚と痛みに彼女はしりごみした。すると彼の両手が震える体を撫で、とぎれがちな優しい声がなだめてくれた。

「素晴らしいよ、ルシンダ……思っていたとおりだ……きっとこんなふうだろうと。両手で抱きしめてくれ……」

規則正しいリズムを刻みつつ、ヒースはさらに強くルーシーを抱きしめて、高みへと導いた。抑えるものはもうなにもなく、彼は思うがままに挿入をくりかえしている。そうして容赦なくルーシーのたしなみを剝ぎ取り、両手と唇とで愛撫を与えて、歓喜を引きだそうとしている。

視線を上げて、褐色の肌をしたヒースを見つめながら、ルーシーは誰かとこんなふうに深い結びつきを感じられることに驚きを覚えていた。今夜からきっと、なにもかもが変わってしまうのだろう。当惑した彼女は、汗で光る夫の肩に顔をあずけ、身内を駆け抜ける熱を感じた。彼のものがいっそう深く沈められる。夫は身じろぎひとつしなくなり、そこにとどまったまま、彼女の首筋に顔をうずめた。見れば夫の両手はこぶしに握られ、彼女が頭をのせた枕に押しあてられていた。

ルーシーは無意識にヒースにくちづけ、自ら唇を開いて、むさぼるようにキスをした。それからの数時間、ふたりは四肢をからませあい、互いの肌に触れ、ときには激しく、ときには気だるく愛を交わした。ルーシーは彼の欲望に自らの欲望でこたえ、情熱には情熱でこたえた。昨日のことも明日のことも、一瞬たりとも考えなかった。ランプがいつ消えたのかも気づかなかった。

わかったのは、夜が深まるにつれて自分が闇の一部となり、夢の一部となっていったことだけ。その夢のなかで、無垢はとうに過去のものとなり、彼女は官能の魔法にかけられている。けれどもその魔法は朝とともにとける。ヒースは指先で触れるたび、彼女の一部を自分のものにしていく。真夜中を過ぎてから、ルーシーは恐れを感じはじめた……彼に奪われたのは、無垢だけではなかったのだと。

7

明快な答えの得られないいくつもの疑念に当惑し、ルーシーは一日、こまごまとした雑務をこなしつつ、自分の置かれた状況についてあれこれと考えをめぐらせた。目覚めたとき、ヒースはすでに出かけていてがっかりしたが、ひとりで考えられるとわかると、ほっとする気持ちもあった。ゆうべから、すべてが変わってしまったように思える。ヒースは彼女の抱いていたさまざまな幻想を消し去ってしまった。愛の営みに喜びを感じなかったと言えば嘘になる——でも、自分がずっと求めていたのはダニエルだけだったはずだ。それとも、ダニエルに対する気持ちは幼いころからの習い性にすぎなかったのだろうか。彼と「理解しあっている」つもりでいたが、ほかの誰かに心を開くよりも安全で簡単だったからにすぎないのだろうか。いいえ、わたしは心から彼を大切に思っていたわ……これまで想像もしなかった疑念に出くわして困惑し、ルーシーは自分に言い聞かせた。いまもまだ大切に思っている、と。でもこの気持ちはほんとうに愛だったのだろうか。それとも単に、愛だと思いこんでいただけ？

いまやルーシーは、予想だにしなかったことだが夫を大切に思いはじめている。誰よりも意地悪で、突飛で、複雑な夫を。ヒースは自制心のかたまりのようなことを言っているが、実際はいつだって自分の好きなようにやっている。欲しいものを手に入れるためなら、紳士らしい思慮などためらいもなく捨ててしまう。彼にはふたつの側面がある。紳士らしく振舞っていたと思ったら、いとも簡単にならず者に早変わりする。どちらの彼に対しても、ルーシーは正しい接し方をまだ会得できずにいる。

ヒースが帰ってきたのは、夕食の時間をとっくに過ぎたころだった。帰宅した夫から上着を受け取ったルーシーは、なめらかな黒い生地をしばし握りしめてから、服を掛けた。夫は奇妙な表情を浮かべていた。疲れた様子なのに、どこか勝ち誇ったような雰囲気、抑えきれない興奮を漂わせている。きっと昼間のうちになにかあったのだろう……ルーシーにはすぐわかった。同時に、そのなにかを聞きたくない気もした。

「話があるんだ、ルーシー」

「いい話、それとも悪い話？」

「聞く人の考え方によるね」

「なんだか期待できなさそう」

ヒースはかすかに笑い、ソファを身ぶりで差し示した。

「座ったほうがいい。長い話になりそうだから」

夫のまなざし、妙におだやかな口調――なにかとても重大な話なのだとわかる。

「いったいなんの話なの？」

「ボストンでの打ち合わせについてだ。もっと早く話すべきだったんだが、タイミングをうかがっているうちに、きみとの距離が広がってしまった……ふたりの関係がああいう状況では、むしろ話さずにいるほうがいいかと――」

「気持ちはわかるわ」ルーシーは応じ、勢いよくソファに腰を下ろした。やはり予感は当たったのかもしれない。夫はボストンにいる女性に会いに行っていたのだ。ルーシーは考えるだけでぞっとした。

ヒースがとなりに座り、ルーシーが使ったグラスを取り上げる。空のグラスをぼんやりと手のなかで回しつつ、夫は語りだした。

「最初のうちは、自分でもどうなるかわからなかったんだ。だからしばらく様子を見ようと思った。でもいまならなんとかなると判断してね。すぐに片をつけてしまおうと思うんだ」

ルーシーはゆっくりとうなずいた。愛人のことを打ち明けようというのだろうか。ゆうべの今日で、そんな話をするほど残酷な人なのだろうか。たとえ真実だとしても、愛人の存在を明かす必要など、どこにもないはずなのに……。

「『エグザミナー』紙は読んだことがあるかい?」ヒースがたずねた。

まるで思いがけない質問だったので、ルーシーはぽかんと夫を見つめてしまった。

「それは……ええと、ないと思うけど……」

「ボストンで発行されているあらゆる新聞を調べたんだよ。『ヘラルド』は発行部数が一番多くて、九万部ほどだ。『ジャーナル』はその半分くらい。あとの残りはいずれも、一万七千部未満。そのうち『エグザミナー』がボストン新聞業界の第三位争いで勝利をおさめつつある――二位に大差をつけられてはいるけれどね」

新聞。夫は新聞の話がしたいだけなのか。でも、そんなものがなぜ夫婦に関係あるのだろう。「それは、とても興味深いわね」ルーシーが儀礼的に言うと、ヒースは妻のそっけない態度に気づいてくすりと笑った。

「その『エグザミナー』がいま、『ヘラルド』と『ジャーナル』につぶされかけている。二紙が手を組んで『エグザミナー』から広告主や購読者を奪い、あらゆる手段を講じて――」

「ねえ、ヒース」いらだったルーシーはさえぎった。「そういうこまかいことは、いまはいいわ。けっきょく、なにが言いたいの？」

「つまりね」夫の瞳に浮かぶ向こう見ずなきらめきが、鮮やかさを増した。「『エグザミナー』は身売りすることになったんだ。発行元に交渉を持ちかけ、帳簿を調べさせてもらった結果、十分に競争力を備えた企業に育て上げることが可能だと判断した。今日から、わたしたち夫婦が『エグザミナー』の新オーナーなんだよ」

打ち明け話のすごさにようやく気づいて、ルーシーは夫をまじまじと見つめた。

「全部？　新聞社がわたしたちのものなの？　ボストンの新聞社が……」

「実際には、全部じゃない。半分強というところだね。残りはデイモン・レドモンドが所有権を持つことになった。レドモンドはボストン出身で――」

「レドモンド？　ローウェル家、サルトンストール家、レドモンド家の、あの？」

「そうだよ。あの家の生まれだ。ジョン・レドモンド三世の三男坊だね。デイモンとは海外にいるとき、戦争が勃発する直前に出会ってね」

「だけど……ふたりのどちらかでも、新聞社を成功させられるほどの経験がちゃんとあるの？」驚きのあまり、ルーシーはずけずけと訊いてしまった。

ヒースは苦笑いを浮かべた。

「今回の事案では、経験はかえって邪魔になるのではないかと考えていてね。経験豊富な男ほど、過去のやり方や伝統に拘泥してしまうものだ。それこそ今回は避けたいと思うんだよ。新聞業界は変化のときを迎えている。一〇年前の手法では、長生きはできない。『ニューヨーク・トリビューン』のように時勢に乗った新聞社もいるが、そうでないところは廃業を余儀なくされている。その状況を利用するには、いまが一番いいタイミングだ。まったく新しいタイプのジャーナリストを育てて、新しいタイプの新聞に――」

「賭け事みたいに聞こえるわ。失敗したらどうするの？　財産をすべて失ったら？」

「そのときは、お義父さんと一緒に店の二階に住むさ」

「そういう冗談はよして！」

「心配はいらない。きみを飢え死にさせやしないよ」

「じゃあ……その、レドモンドさんという人は？　一緒に会社を経営する相手として、ほんとうに信頼できる人なの？」

「その点は心配いらない。野心家で、知性があって、非常に行動的だ。むしろ、われわれは共同経営者なんだと念を押したほうがよさそうな気もするね。自分の流儀で突き進もうとするところがあるから」

「利益が出るようになるまでには、時間がかかるんでしょうね」

「いろいろな条件しだいだね。興味があるなら、明日か明後日にでも今後の経営見通しを数字で見せてあげよう」

「いいえ、それはけっこうよ」数字なんかにひとつも興味はない。それでも、仕事のことを妻と積極的に話そうとするヒースの態度には驚きを覚えていた。普通の男性は、妻だけではなく女性全般と、仕事の話などしないものだ。女性が男性に、女同士の会話や日々のあれこれを話さないのと同じことだ。

「ただ、生活していけるだけの利益が出るのかどうかが知りたいだけ」

「大丈夫。少なくとも、きみに帽子やリボンをたっぷり買ってあげられるくらいの利益は出る」

「だけど、そんな大きな新聞社を経営するのなら……仕事が増えるのでしょうね」ルーシーは眉根を寄せた。

「深夜までかかることも少なくないだろうね」ヒースは認めた。

「ボストンとの行き来もますます増えるのでしょう？　ほんとうにやっていけるの？」

長い沈黙の末、夫は手にしたグラスから視線を上げた。青碧の瞳がルーシーをまっすぐに見つめる。

「無理だと思う」彼は静かに告げた。「コンコードに住みながら、新聞社を経営するのは不可能だ」

その意味するところを理解して、ルーシーは殴られたような衝撃を覚えた。コンコードに住みながら経営ができないのなら、引っ越すということだ。

「新聞社を経営したいのなら」ルーシーはまくしたてた。「コンコードの会社を買収してもいいし、自分で一から始めたっていいじゃない。ボストンの会社を買う必要なんて――」

「地方紙では、わたしのやりたいことができないんだ。〝ブルックス家のニワトリが木曜日に卵を何個産みました〟なんて記事は載せたくない。〝ビリー・マーティンソンの膝に腫れものができました〟なんて記事も――」

「でも、でも……」

「でも、なんだい？」ヒースが促し、身を乗りだして両膝に肘をのせる。

「あなたの出身地や、いま住んでいる場所のことを考えるとね、あなたはボストンをよく知らないわけでしょう？　まだあまりなじみもないでしょうし、だからボストン市民の考え方をきちんと理解できるとは……」

ルーシーが口ごもると、ヒースはグラスを置いて妻の片手をとった。握りしめる温かな手がルーシーにうずきをもたらす。あたかもそうすれば本音を引きだせるとでもいうかのように、ヒースは指先で彼女の手のひらを押し、「つづけて」と促した。「きみの考えをあれこれ推理したくない。はっきり言ってごらん？」

「あなたのほうが、わたしよりずっとよくわかっているはずよ。ボストン市民は、南部人にいっさい好感なんて持っていないって。むしろ、戦争の償いをさせたがっているって。それなのに……北東部でもとりわけ大きな新聞社を経営するというの？　きっとどこからも支援は得られないわ。いくつもの障害があなたを待っていると思うの。それを乗り越えるのがどんなに難しいか、いいえ、不可能に近いか、言葉では言い表せないくらいだわ。きっと誰も、あなたの言うことに耳を傾けてくれない。ボストンには数えきれないほどの知識人がいて、みんながレコンストラクションについてちがう意見を持ち、侃々諤々《かんかんがくがく》と論じあっている。コンコードで開かれる政治討論会や会合に何度も出席したもの、わたしの言っていることはまちがっていないと、断言できるわ」

「わかっているよ。たしかにきみの言うとおり、簡単ではないと思う。でも闘わなくちゃいけないんだ。それも、ボストンで。南部人のためにも、北部人のためにも、ほかでもないボストンでやり遂げたい。ボストンは、物事を決める場所だ。それなのにいまのボストンは迷路に迷いこんだ状態になっている。同じ場所をぐるぐる回り、複雑すぎる問題を解決することができず、誰ひとりとして真実と、厳しい現実と向きあおうとしていない。戦争は終わったのに、なにも解決していないじゃないか。各州の権利も、解放された奴隷たちの問題も、経済も、政治理念も――」

「だけど、あなたがいくら訴えようと、誰も聞いてくれないのよ」ルーシーは言い募った。夫の決意のほどを知るたびに、ますます不安になっていくばかりだ。「きっと耳を貸してもくれない――」

「聞いてもらえるとも」自嘲気味に笑いつつ、ヒースは請けあった。「耳も貸してもらえる。なぜって、デイモン・レドモンドがわが社の顔になるんだからね。彼を編集長に据え、彼自身と彼の社説を通じて、わたし自身の主張を訴えるんだよ。彼ならボストン一の名家から支援を受けられる。彼を大いに利用する方法を探すつもりだ。わたしの主張を他人に押しつけるつもりはないし、そうする必要もない。彼らのなかにさりげなく思想を植えつけるんだよ。しかも、彼らが受け入れやすい方法でね。わたしはこれから、誰も見たことがない新聞を創る。魅惑的かつ、挑発的な新聞だ……そのためにジャーナリズムのあり方そのものを変えなければならないのなら、喜んで変える」

彼の言うことの大部分が、ルーシーにはまるで理解できなかった。挑発的な新聞なんて聞いたこともない。第一、夫はどうやって、どんなかたちでデイモン・レドモンドを利用するというのだろう。彼女にわかるのは、夫の瞳に浮かぶ炎と、口調ににじむ熱狂だけ。彼の気持ちはすっかりかたまっており、奇跡でも起こさないかぎり、変えられそうにない。

「いますぐあわてて手をつけるんじゃなくて、一年か二年待つことはできない？」ルーシーは懇願した。「早すぎるわ。せめてボストンのことをもう少し知ってから――」

「下調べは十分にした。不透明な部分もすぐに解明できる。待てないんだよ。こんなチャンスは二度とない。『エグザミナー』はいい新聞だ。発行部数はけっして多くないが安定して読まれているし、評判も高い。ただ、新しい方向性が必要なだけなんだ。大々的な刷新によって――」

「なぜなの？」怒りに駆られたルーシーは、ヒースの手から自分の手を引き抜いた。「どうしてあなたはいつも、なにもかもを変えようとするの？　なぜほかの人と同じように、物事をそのままにしておけないの？」

「物事のほうが、人間をそのままにしておいてくれないからさ。人生は、自ら切り開くか、それとも流れに任せて生きるか。わたしは、流れに任せたくないんだ」

「いまのままで、わたしは幸せなのに！　なにも変わってほしくなんかないのに！」

彼女の声ににじむパニックの色に、ヒースも気づいたらしい。

「ルシンダ、きみは幸せじゃない。幸せだなんて、言わなくていい。きみのことはよくわかっている。誰よりもずっと深くわかっているよ」

「適当なことを言わないで――」

「幸せなわけがないだろう？　きみには、ここで埋もれてしまう人生はふさわしくない。お義父さんも町の人たちもみんな、きみを型にはめようとしてきた。そのほうが幸せなんだと納得させようとしてきた。でもきみは、ささやかな方法でそういう生き方に何度となく抗ってきたはずだ……渡るべきじゃない川を渡ったり、ダニエルに口論を吹っかけたりしてね。わたしが気づいていないとでも思っているのかい？　わたしとのことだって、そんな彼らに抵抗し、彼らのやり方に抗うのがそもそもの理由だったんだろう？」

「全然わかっていないくせに」ルーシーは立ち上がり、夫に背を向けた。

「小さな家に閉じこもって刺繍をしたり、婦人会のことで気を揉んだり、一生見ることも挑戦することもできないなにかをただ夢見たり——そんな人生はきみにふさわしくないんだよ。周りの人はみんな、この町で生まれた娘らしく生きることをきみに望んできたはずだ。でもわたしは、それ以上の生き方をきみに求めてほしい」

「生まれ育った町から、愛してくれる人たちから、わたしを引き離したいだけなんでしょう？」

「なにも北極に引っ越そうと言ってるわけじゃないだろう？ ボストンはここからいくらも離れていない」

「いいえ、ボストンは世界の裏側だわ。見知らぬ人ばかりの大都会。知ってる人なんてひとりもいない——」

「あいにく、きみに選択肢はないんだ。二日後にはボストンに移る」

「二日後ですって！」ルーシーは衝撃に打たれておうむがえしに言った。

「会社の所有権を移転する書類に今日、サインをしてきた。新体制での『エグザミナー』を月曜日に発行する。明日にはビーコン・ヒルの家を見に行き、ちょうどよさそうなら、すぐにそこに引っ越す。だめなら当面はホテルに部屋を借りて、住みやすそうな家をふたりで探せば——」

「あなたはボストンに移るといいわ」反抗的に夫をにらみ、ルーシーは落ち着いた声できっぱりと言い放った。「向こうに住んで、週末はこちらに帰ればいいでしょう。あるいは、帰らなくてもいいけれど。あなたの決断がどうあれ、わたしはここに残りますから」

ヒースは彼女の決意のほどを量るかのように見つめ、瞳を怒りにぎらつかせた。

「勝手にすればいい」

「前にも言ったでしょう。あなたになにをされようと、わたしはここを出ていきません」

「ひとつだけ訊くが、なぜそこまでこの土地にこだわるんだい？　知らない町がそんなに怖いのかい？　それとも、サリーとダニエルにつきまとって、ふたりの人生を邪魔するつもりかな？」

「ダニエルとはいっさい関係ないわ。ボストンには行きません。無理やり連れていこうとするなら、あなたを捨てるわ」早口に言ってしまってから、ルーシーはまちがいを犯したことに気づいた。ヒースに公然と歯向かいながら、彼の表情が険しくなっていくのを見ていた。彼女の最後の一言で、夫の堪忍袋の緒は切れたらしい。

「手足をふん縛って荷馬車に積んででも、絶対に連れていく」

「そうしたら、回れ右でここに戻ってくるわ。向こうで一緒にいるのも、一緒に住むのもいやよ」

ヒースはふたりのあいだの距離を詰め、ルーシーの手首をつかんだ。その手を彼女の顔の前へ持ち上げて、金色の指輪を見せつける。

「こいつが見えるな？　きみがしたくないことも、わたしはいくらでも無理強いできるんだよ。こいつは、わたしへの誓いのあかしだ。けっして破れない誓いのね」

「いいえ、破ることは可能よ」ルーシーは怒りに顔を真っ赤にした。

「いいや、不可能だ」ヒースは手首を握る手に力をこめた。「きみはわたしに忠誠を誓った。一緒にボストンに行くんだ」

「わたしはここを、コンコードを絶対に離れない」かっとなって言うと、手首をつかむ力が緩み、ルーシーは夫の手からおのが手を引き抜いた。ともに荒い息をつきつつ、ふたりはにらみあった。

「きみはわたしの妻だ。ともに生きるという誓いを、守ってもらう」

「あなたの気まぐれのために、なにもかもあきらめると誓った覚えはないわ」かたわらに山積みになった新聞を見やる。ヒースが守ってきた思い出と、歴史のかけら――そのすべてがルーシーは憎かった。「たかが新聞のために。人びとが紅茶やコーヒーをすすりながら、たった四セントを払って読むもののために、人生を台無しにしろだなんて――」

「いったいどんな人生だ？　小さな町に埋もれ、世間から隠れるようにして生きるのが人生か？」

憤怒に駆られ、ルーシーは新聞の山をつかむと暖炉に放り投げた。涙は流さずに胸のなかだけで泣いていると、読み古してぼろぼろになった紙の端が、鮮やかなオレンジ色に光りだした。そうしてふいに、小さな炎となって燃え上がり、夫を見つめる彼女の横顔を照らした。夫は炎ではなく、彼女を見ていた。その目が苦々しげに細められ、こめかみのうっすらとした傷跡が、褐色の肌に浮かび上がった。

「ずっと昔にこうするべきだったのよ」ルーシーは怒りと不安を同時に感じていた。「人の欠点ばかりあげつらって――ご自分はどうなの？　一生背負わねばならない責任なんてものはない、あなたは以前そう言った。そのくせ、過去を八年も引きずりつづけてきた。何度もくりかえし新聞を読み、ほんとうは戦争の記憶で苦しんでいるくせに、なんでもないふりをしてきた。わたしの周りの人はみんな、もう戦争のことなんて忘れたわ。でもあなたはいまだに過去を嘆き、その過去にのみこまれかけている。いまだに戦いつづけている！　南部人がボストンの新聞社を経営するですって？　気がふれているとしか言いようがないわ……しかも、とうに失われた大義名分のためにだなんて。そんな人と一緒に生きていきたくない。あなたと一緒に生きていきたくないの。だから、ひとりでボストンに行き、計画を進めるといいわ。わたしはここに残ります」

スカートをつまんで、ルーシーは階段を駆け上った。寝室にひとりでこもるつもりだったのに、たどり着いたときにはすでに追いつかれていた。ヒースは彼女の腰に腕をまわし、乱暴に自分のほうを向かせると、耳元で荒々しくささやいた。

「あと二日間でこの家のなかを片づけ、ボストンに持っていきたいものを荷造りするんだ。外出中のきみの面倒は、すでにお義父さんに頼んでおいた。荷造りをしなければ、いま着ている服をこれから半年は着つづけることになるぞ。約束の時間に約束の場所に現れなかったら、どこへでも連れに戻るからそのつもりでいろ。人に助けなど求めないほうが、身のためだ」

「助けなど求めるものですか」ルーシーはかすれ声で応じた。夫は苦しいくらいにきつく抱きしめてくる。その立腹ぶりをまのあたりにして、彼女はなにかひどいことをされるのではないかと怯えた。腰にまわされた腕に押しつぶされそうだ。あとほんの少し力を入れたら、きっと骨が折れる。そう思うと恐ろしくて、恐怖は階下で燃える新聞よりも熱く、大きく燃え上がった。

猫撫で声が耳に刺さる。

「一緒に暮らせばそれで済むと思っちゃいけない――幸せそうに振る舞うんだ。ほんとうに結婚したかった相手がほかにいたなどと、世間にばれないようにね。それと、夜は必ず、両腕を広げ、笑みを浮かべてわたしをベッドで待つのが――」

「そんなまねをするとでも思って？」

「もちろん。それが当然だ。心からの振る舞いだろうと、芝居だろうとどちらでもいい。とにかくきみには、わたしと関係者すべてのために、ミセス・レインを立派に演じてもらう」

「いっそ殺してよ」

「そう感傷的になるんじゃない。そんなタイプでもないくせに」

「あなたなんて大嫌い。あなたなんかに、指一本触れさせるんじゃなかった」なにかひどいこと、夫を傷つけられる言葉を投げつけてやりたい。「ゆうべが最初で最後よ。そばにいるだけで、虫唾が走るの」

ヒースは凍りついた。「言いすぎだぞ、ルーシー」

ない。

「本心だもの！」

「いいや」ヒースは静かに否定した。「嘘だ。なにが本心か、たしかめてみようか」

ベッドへと引きずられながら、ルーシーは抗った。けれども夫の腕は鋼鉄のようにほどけない。

「父に言ったら、きっとあなたをただでは――」

「これからすることを、お義父さんに言えるわけがないだろう？」ヒースは応じ、彼女をうつ伏せにベッドに下ろした。痛いくらいに強く両の腕をつかんでくる。ルーシーは這って逃げようとしたが、いとも簡単に腰にまたがられてしまった。たくましい太ももが腰を両側から挟んで、身動きもとれない。ドレスの背中のボタンを夫がはずすのに気づくと、彼女は恐怖と怒りに叫んだ。

「あなたにそんな権利は――」

「あるね」ヒースがコルセットの紐をぐいと引っ張り、留め金からはずれる。きつく締め上げられていたコルセットが左右に開き、ルーシーが息をついていると、背後でなにかが裂ける音がした。夫はまるで紙でも裂くかのように、彼女の下着を引き裂いていた。容赦なく肌があらわにされていくのを止めようと、ルーシーはくぐもった声で抗議した。けれどもどう抗ってもむだだった。

「きみはわたしの妻だ。これからは、別れたがっているそぶりを見せることも許さない」

「やめて！」こわばった背中に温かな手が置かれると、ルーシーは身を硬くした。その手が下りていき、なめらかな臀部をつかむ。指先に大切な部分を探りあてられ、手のひらで優しく撫でられると、彼女は唇を嚙み、身内にわき起こる官能を抑えこもうとした。けれども愛撫をつづけられると、無意識にあえぎ声をもらしてしまった。まぶたをぎゅっと閉じて、汗ばんだ額をシーツに押しつける。

「わたしをいくら憎もうが」ヒースが言い、脚のあいだに手を挿し入れる。「これのためなら、なんだってするはずだ。それがきみの本心だよ、ルーシー。ちがうかい？」

ルーシーは大きく息を吸い、反論しようとした。けれども喉から出てきたのは、低いあえぎ声だけだった。下着の残りをヒースが押しのけるのがわかる。やわらかな秘所を撫でる指の動きは、信じられないほど巧みだった。彼が身をかがめ、いっそう執拗に愛撫を与える。指をそっと挿し入れつつ、唇をうなじに押しあて、柔肌に軽く歯を立てる。ルーシーはなすすべもなく横たわり、容赦なく欲望をかきたてられながら、身じろぎすらできずにいた。

全身を震わせていると、夫の手と唇が離れるのがわかった。身を起こして、上着とシャツを脱いでいるらしい。夫は服を床に放ると、ルーシーを仰向けにさせた。ズボン一枚になったたくましい褐色の裸身は、一瞬にして彼女の記憶に焼きつけられた。すぐさま手を上げ、ルーシーは夫の頰をはたこうとした。ところがその手は、頰にあたる前に夫につかまれてしまった。ヒースが手で彼女の両腕を頭上に押さえつけ、ドレスをめくり上げて、ズボンの前を開く。バッスルの詰め物のせいで、ルーシーの腰は数センチ、ベッドから浮いた状態だ。彼女は激しく脚をばたつかせた。だが、からかうような青い目で見下ろされると、抗っても意味がないのだとあきらめた。歯を食いしばって、体の力を抜く。

「こんな人だとは思わなかった……いやがる女性を無理やり奪おうとする人だなんて」心からの嫌悪をこめてルーシーは夫を責めた。

「欲しいくせに」ヒースは彼女に答える暇も与えず、一息に自分のものを沈ませた。

小さな叫びとともに背を弓なりにし、ルーシーは歓喜の波がわき起こり、全身に広がっていくのを感じた。さらに深く突かれながら、喜びを覚えている自分に驚いていた。彼のものが引き抜かれると、切望感に身を震わせた。ヒースが身をかがめ、垂れ下がったドレスの胸元に鼻を押しあてて、痛いほど硬くなったつぼみを探しだす。彼はそこに軽く歯を立てた。やっとの思いでルーシーが抗うように夫の名を呼ぶと、彼は反対の乳房に移動し、舌先でつぼみを転がした。彼につかまれた手首から、力が抜けていくのをルーシーは実感した。

「きみはわたしの妻だ」ヒースが言い、膝を使って彼女の脚をいっそう大きく開かせる。

「これからは、妻が夫に与えて当然のものをすべて、きみからもらうことにする。いいね、ルーシー?」

悔しいけれど、彼の勝ちだ。ルーシーは彼が欲しかった。彼がこれをやめないでくれるなら、なんでも約束する。

「わたしはあなたの妻だわ」素直な気持ちでささやき、ヒースがふたたび奥まで入ってくると、安堵感にむせび泣きそうになった。けれども喜びが大波となって押し寄せてくるのを感じた瞬間、彼はまたいなくなってしまった。

「ボストンにも一緒に行かなくちゃいけない」ヒースが言い募っても、ルーシーは無言で、彼を求めて背を弓なりにするばかりだ。

「お願い」彼女は懇願した。

「一緒に行くんだ」

「行くわ」ルーシーはあえいだ。「あなたと一緒に行く」

「それから、二度と嘘はつくな」

「つかないわ」

「だったら、ゆうべのほんとうの気持ちは?」ヒースがゆっくりと腰を回し、ルーシーは温かく重たいものが触れるのを感じた。「ほんとうの気持ちは?」

「あなたが欲しかった」ルーシーはささやいた。

「いまみたいに?」

「そうよ」

するとヒースはルーシーの手首を離して身を起こし、無表情に彼女を見つめた。当惑したルーシーは夫を見つめかえし、ここでやめるつもりなのだと気づいた。これは、口論の最中に彼女が言ったこと、したことへの仕返しなのだ。夫は、想像しうるかぎり最も親密なひときに、彼女を拒むつもりなのだ。

「ヒース……そんな――」

「話は決まった。きみは少し眠りなさい」ヒースが冷たく言う。「これからしばらく、大忙しになるんだからね」

夫が立ち上がる。ほんとうに、ここでやめるつもりらしい。熱に浮かされたように頬を上気させ、濡れた瞳で、ルーシーは彼を見た。彼女のなかで、壁が壊れていった。

「こんなことしないで……ひとりにしないで。お願い」

冷ややかに見下ろされ、ルーシーは屈辱感に目をつぶった。横向きになって丸くなり、枕に顔を押しつけた。

ヒースはうなだれ、自制心を呼び覚まそうとした。妻に思い知らせるつもりだったのに、どこかでまちがってしまったらしい。口のなかで悪態をつき、ヒースはすばやくズボンを脱いだ。ベッドに上がり、妻を仰向けにして脱ぎかけのドレスを取り去ると、震える体に両の手を這わせた。

「すまなかった」ヒースはささやき、両腕を彼女の体にまわして、謝罪の気持ちをこめて抱きしめた。「すまなかった」手を下ろして太もものほうに移動させると、そこはすでに誘うように開かれ、彼を求めていた。ヒースはゆっくりと彼女のなかに入っていった。ルーシーが抑えきれなくなったかのようにすすり泣く。ヒースは深くなめらかに突き、自分に与えられるすべての喜びを妻に与えた。

「やめないで」と懇願されると、その熱を帯びた口調にヒースの胸は張り裂けそうになった。「やめないよ」優しくささやき、両の手を臀部の下に挿し入れた。「やめられるものか」激しく腰を突き上げ、リズムを速め、ルーシーを満たすことだけに気持ちを集中させる。瞳をじっとのぞきこむと、あたかも心を隠そうとするかのように、妻はまぶたを下ろした。

慎重に、忍耐強く、ヒースはまだ未成熟な妻を新たな世界へと導いていった。いまこの場で与えられるのは、いずれふたりで分かちあえるあらゆる喜びのごく一部、あるいは兆しでしかないだろう。言葉では伝えられないすべてを、ヒースは彼女に教えてやるつもりだ。彼女はヒースのもの、ヒースだけのものだから。ずっとさまよってきた彼だったが、ようやく彼女を見つけることができたのだ。自分の居場所は彼女の腕のなか、彼女のなかしかない。だからルーシーを求め、その代わりに自分自身を彼女に与えるつもりだ。

両の腕をヒースの首にまわし、ルーシーは金色に燃え上がる夫の髪を指にからめて、夫のあらゆる動きにこたえた。ときには優しく、ときには激しく、あるいはおだやかに、あるいは荒々しく、ヒースの愛撫は嵐のようだった。やがてゆっくりとふくれ上がる歓喜につつまれて、彼女は夫の肩に頬を押しあてた。ヒースが素肌にくちづけたまま甘い言葉をささやき、その言葉が、彼の荒い息とともに消えていく。ヒースはルーシーの臀部をつかみ、あたかも彼女の恍惚を感じとろうとするかのように、腰をいっそう強く押しあてた。喜びが渦を巻くなか、ルーシーは夫をそっと抱きしめ、あえぎ声をもらした。その声に駆り立てられるかのように、ヒースは最後に深々と彼女に突き立て、長いため息をついた。震える両の手は、枕に広がる栗色の髪をつかんでいた。

それから長いこと、ふたりは重なりあったままただじっと横たわっていた。ルーシーは無言で、たくましい腕に抱かれながら、心地よい脚の重みを感じていた。目は閉じていたけれど、見つめられているのがわかった。いとも簡単に屈してしまった自分が恥ずかしい。なぜ彼が相手だとこうなってしまうのだろう。どうして彼はルーシーをこんなに深く理解できるのだろう。誓いを破ることを、ヒースはけっしてルーシーに許すまい。もちろん彼女が二度とそれを破ろうとしないことは、すでにふたりともわかっている。

ルーシーの眉間のしわが深くなっていくのに気づき、ヒースは親指でそこをなぞった。さらに唇を押しあてると、しわはようやく消えた。片手を乳房に這わせたとき、彼女は少し抗うそぶりを見せ、身を引き離そうとした。

「疲れているの」妻はむっつりと言った。「ミセス・レイン役の女優は、疲れていても疲れていないふりをしなくちゃいけない?」

妻の頑固さにうんざりしつつ、ヒースはくちづけでその言葉をのみこんだ。キスをつづけると、やがて彼女は唇を開き、両腕を首にまわしてきた。ヒースは顔を上げ、ため息をついた。

「ここを離れるのが、容易じゃないのはわかっているよ。でも、わたしを信じてほしい。自尊心なんてものは捨てて、わたしにチャンスを与えてほしい」

「でもあなたは、わたしに選択肢をくれなかった。自分ひとりで決めたことを、まるでふたりの――」

「選択肢なんてものはないんだよ。すべてがあっという間に決まってしまった。引きかえそうと思ったとしても、もう無理だった」

ルーシーはなにも言わずにいた。選択肢……夫のそばにいるか、あるいは永遠に別れるか。いや、選択肢はない。あきらめるしかないのだ。彼と別れるのは不可能だし、心の奥底では、自分にその気がないのもわかっている。ふたりで分かちあったあと、ふたりで乗り越えたあとでは、不可能だ。それでもやはり、夫の身勝手は容易には受け入れがたい。彼女の無言を反抗ととったのだろう、ヒースは口を引き結ぶと彼女を抱き寄せ、抗う気持ちを抑えこもうとした。

「ヒース！」ルーシーは叫んで身を離そうとした。「疲れたと言ったでしょう――」

「もう忘れたのかい」唇の端にくちづけながら彼はささやいた。「さっき言ったばかりだろう……ミセス・レイン」

むろん覚えている。横柄な口ぶりであらためて自分の役割を思い出させられ、さすがにルーシーはかっとなった。けれどもふいにあることを思いつき、満足げな笑みを思わずもらした。むしろこの状況を利用してやればいいのだ。ボストンに引っ越し、向こうでうまくやるつもりなら、もう一言もヒースに歯向かわないほうがいい。そうすればヒースは、彼女もしぶしぶミセス・レイン役を引き受ける気になったようだと安心するだろう。でも、ほんとうはそうじゃない。ルーシーはその役を完璧に演じ、夫をまごつかせてやるつもりだ。夫が望むのは、優しく、おとなしく、従順なミセス・レインだろう。だったら彼女は、どこまでも優しく寛容で、聖人のごとき妻になってみせる。いずれヒースは自分ではなにもできない男になる。そうすればルーシーは彼を意のままに操れるようになる。そのとき初めて、彼女は夫に自尊心を捨てさせることができるのだ。その瞬間を想像すると、屈辱感は少し和らいだ。大いに満足してルーシーは計画を練りつづけ、やがてヒースの両手と唇の愛撫に、すべてを忘れた。


遠くで扉をたたく音がし、誰かがしつこく彼女の名を呼んでいる。

「ルーシー……ルーシー？　ルーシー！」

「ヒース？」寝ぼけまなこで夫を呼び、マットレスの上に手を伸ばして、夫の腕を捜す。

「出てくれない？　誰だか知らないけど、そんなにどんどんたたかないでと――」ルーシーは言葉を切った。手を伸ばしても、指先にはなにも触れなかった。ヒースはいなかった。

「ルーシー！」おもてからまた声がする。そこでようやく、父の声だと気づいた。心の底から悪態をつきつつ温かなベッドを這いでて、よろめきながら窓辺に歩み寄る。訪問者はたしかに父だった。気持ちよく晴れた秋の日の、鮮やかな朝日を浴びて白髪が光っている。冷たい風が、地面に黄色い葉をまき散らす。小さく身震いをして、ルーシーは洋服だんすに向かい、分厚い化粧着を羽織ってはだしのまま一階に下りた。玄関扉を開けて父を招き入れたとたん、あぜんとした目で見られた。顔中に、非難の色がはっきりと広がっている。父は娘を頭のてっぺんからつま先まで眺めたのち、ゆっくりと舌打ちをした。

鏡を見なくても、自分がどんなふうに父の目に映ったかくらいわかる。眠れぬ夜のせいでくまができ、長い髪はもつれ放題で、唇はふっくらと腫れているだろう。まさに一晩中、愛を交わしたと言わんばかりの風情のはずだ。実際、体のあちこちが痛み、うずいている。体は疲れているのに、とてもくつろいだ気分で、不思議と満たされている。口元に小さな笑みが浮かぶのを彼女は感じた。秘密の笑みの理由は、誰にも言えない。自分でも理由はわからない。

「父さん、そんな顔しないで……起きたばかりなの。コーヒーもまだ――」

「一一時なのに、まだ起きていなかったのか？　こんなに寝坊するなんて、体の具合が悪いときくらいしか――」

「ゆうべは夜更かししたから」ルーシーは言うと、父に背を向けてキッチンに行った。まぶたをこすり、あくびをする。けっきょく、合計して二、三時間しか眠れなかった。ヒースは信じられないくらい貪欲だった。「コーヒーを淹れるから座ってて」キッチンまでついてくる父に肩越しに伝える。「コーヒーカップのほうがいい？」

「ああ」父はテーブルの前に腰を下ろし、ひげをいじりながら娘を見ている。「家事はふたりのメイドにしてもらっていると聞いたが」という声音に、非難の色がまちがいなく聞きとれた。「キッチンにはまだ立てるようで安心した」

父に背を向けたまま、ルーシーはもつれあった髪を両手で懸命に撫でつけた。

「ふたりともお昼過ぎまで来ないの。父さんが雇ったメイドさんはどう？　ちゃんと仕事をしてくれてる？」

「掃除はうまい。だが、料理はおまえほどではないな」

「ありがとう」ルーシーはぶっきらぼうな父の褒め言葉にほほえんだ。こんろにコーヒーポットを置いたとき、腕の内側に小さな赤い跡があるのを見つけた。きっと無精ひげでできたのだ。喉元に手をやると、そこにも同じような跡がついているのがわかった。とたんに、ゆうべのことが思いかえされる。ヒースの頭が体の上を這い、全身にキスをして……。下腹部がうずき、彼女は頬をほのかに染めた。今朝だって、こんなに早く出かける用事さえなければ、ヒースは彼女を両の腕で抱きしめ、気だるくほほえんでくれただろうに。それからゆうべのことを耳元でささやき、彼女の反応をちゃかして……。

「コンコードを離れることになるとは、じつに残念だ」父が唐突に口を開いた。「ゆうべ、ヒースがうちに寄って教えてくれた。だが……新たな人生を始めるほうが、おまえにもきっといいんだろう」

「そうね。いずれみんなが、すっかり忘れてくれるとは思えないもの――コンコードの人たちは記憶力がいいから」振りかえって父に笑顔を向ける。「五〇年後の自分を想像できるわ。町の大通りを歩いていると、通りかかった誰かがささやくの。〝あら、ルーシー・レインだわ。一八六八年に彼女がしでかしたこと、覚えている?〟なんてね。まあそのころには、わたしもすっかりおばあさんで、自分の悪評を楽しめるくらいにはなっているでしょうけど」

「笑い話じゃないぞ」

「ヒースに言われたたわ。自分を笑うことも覚えろって」

「おまえのことは、思慮深くまじめな娘になるようにと育てた――」

「大人になるにつれて、よき妻は夫を喜ばせるよう努力すべきだと思うようになったの」食器棚に歩み寄り、コーヒーカップとソーサーを二組取りだした。そうしながら、コンコードを離れることに最初に覚えたような嫌悪感をもう抱いていない自分に気づいた。ヒースの言うとおりかもしれない。よく考えてみれば、生涯ひとつの町に住みつづけたいと本気で思っていたのかどうかも定かではない。

「ルーシー」父は険しい表情になった。「きちんとした娘に育つよう、わしは最善を尽くしたつもりだ。まさか、あの男と結婚したからといって、これまで信じてきた価値観をすべて捨ててしまうとは思わなかった……あの男にどんな扱いを受けようが、本来いるべき場所からどんなに遠くへ連れていかれようが、かつての価値観は――」

「ヒースはとてもよくしてくれるわ」ルーシーは口早にさえぎった。愉快な気分はもう消えている。夫をかばう言葉は、考える暇もなく口から出てきた。「ほんとうよ。たしかにここを離れるのはちょっと不安だけど、わたしは彼の妻なんだし、それに……まあそういうこと。彼がどこへ行こうと、ずっとついていくわ」言いながらルーシーは気づいた。自分は感情に任せて口走っているだけではない、本気でそう思っているのだと。

父はため息をつき、かぶりを振って娘を見つめた。

「おまえが行ってしまうなんて、信じられん。ずっと、おまえは生涯コンコードにいるものとばかり」父は咎める口調でつづけた。「ずっと思っていたんだ、おまえはダニエルと――」

「わたしだって思っていたわ」ルーシーはさえぎった。コーヒーをそそぐ手が震える。父に咎められるたび、動揺してしまう自分がいる。父はきっと、ダニエルに対する娘の裏切りを、自分に対する裏切りのように感じているのだろう。自分が教えた価値観を、娘にすべて否定されたと思っているはずだ。父娘のあいだのしこりは、これからも消えないのだろうか。きっとそうだろう。自らの努力で築いた名声や評判が娘によって傷つけられたという事実を、父はけっして忘れない。

「でも、こうするのがたぶん一番いいんだわ」ルーシーは静かに言った。

「一番いいだと？　コリアー家の嫁になってコンコードに住みつづけるよりも、ずっとましだとでもいうのか？　あんな、あんな男と……」

「蒸しかえしてもしかたがないでしょう？　どうしていまさら、ヒースのことを悪く言うの？　わたしを家から追いだしたとき、父さんはヒースの生まれや育ちなんてまるで気にしていなかった――」

「口ごたえは許さん」娘の勢いに驚きつつ、父はさえぎった。「結婚していようがいまいが、親に口ごたえは許さんぞ」

「ごめんなさい」ルーシーはひるむことなく父の目を見かえした。「でも、夫の悪口は聞きたくないの」

「悪口など言っておらん」

「ダニエルに劣るとほのめかしたわ……でもそれって、父さんのかんちがいよ。サリーをうらやましいなんてこれっぽっちも思わない。ダニエルが夫で、アビゲイルが義姉だなんて。

きっとうんざりするもの。ダニエルは絶対にわたしを理解してくれないし、あれもだめ、これもだめって――」

「もういい」父はつぶやき、暗い顔でコーヒーに視線を落とした。「もう過ぎたことだ」ほんとうは、娘にとことん説教をするつもりだったのだろう。でも、やめることにしたらしい。「言いたいことはもっとあるが、言ってもなんにもならん」

「そうよ、父さん」ルーシーは断言した。「過ぎたことは過ぎたこと。あとは自分で選んだ道を進むしかないの」

フラナリー母娘にも手伝ってもらい、ルーシーは家の片づけを二日間でやり終えた。衣類や食器、ビーコン・ヒルの住まいを家らしくするのに必要なその他のあらゆるものを、無事に梱包し終えた。家具類はほとんど残し、家と一緒に売りはらうことになっている。ヒースの要請に応じて、父は雇ったばかりの売り子に店番を任せ、重たいものの梱包と、ルーシーをボストンまで送る役目を引き受けてくれた。

ヒースがいない二晩、ルーシーはベッドの夫が寝る側で彼の枕に顔をうずめ、男らしい匂いをかぎながら眠った。夫の不在を心からさびしく思う自分が意外だった。さびしさをまぎらわすために、山積みの仕事に意識を集中させた。小さな家の大掃除は、思ったよりもずっと大変だった。生まれ育った町を出るのはこれが初めてだ。いろいろなことがあったけれど、この土地にまだ強い愛着を覚えている。待ち受ける新しい家と人生については、空恐ろしくなるくらい、なにひとつわかっていない。たしかなのはただひとつ、ヒースのそばにいたいということだけ。夫がいなければコンコードもこの家も空っぽで、ルーシーは暇ができると、彼はなにをしているかしらと考えるのだった。

父は娘をボストンまで送るために、貸し馬車屋で有蓋の馬車を借りてくれた。荷物の類は荷馬車に積みこんだ。荷馬車を引くのは、駄賃に一ドルをもらったホズマー家の息子のひとりである。コンコードを出るとき、ルーシーは後ろを振りかえらなかった。膝に置いたレースのトリミングが美しいハンカチを凝視して、ときおりそれで目元をぬぐい、こぼれ落ちようとする涙を押さえた。子どものころの思い出まで捨ててしまうような錯覚に、ルーシーは陥っていた。馬車の車輪が回り回って、見慣れたすべてのものから自分を連れ去るのだと思うと、悲しくてならなかった。

ボストンが近づいてくると、ルーシーは意味もなくドレスをいじりだした。馬車を降りるときに、リボンひとつでも曲がっていたらいやだった。ヒースはいつも、妻の身に着けているものを褒めてくれる。二日ぶりに会うのだから、とくにきれいでいたかった。ドレスのオーバースカートは銀灰色のウールで、共色のフリンジがあしらわれ、濃い銀灰色のアンダースカートがのぞく。ぴったりと腕に沿う長袖は肩がパフスリーブになっており、額につばがかかる程度にさりげなくかぶった小粋な帽子は、深めのクラウンにベルベットのリボンが巻かれて、麦わらのつばはドレスに合わせてきらめく銀灰色に彩色されている。

ボストン・コモン公園を通りすぎる馬車の車窓からは、ビーコン・ヒルが一望できた。一七世紀、町への侵入者を見張るために建てられた望楼にちなんで、その名がつけられたという。ルイスバーグ・スクエアをはじめとした一部の区域は、いわゆる「旧家」「名門」の専用居住区だ。ときに「お高いボストン市民」とも呼ばれる彼らは、ボストンのなかの異世界に暮らす。ロッジ、カボット、ピーボディといった名家はいずれも、王族のようなものだ。どの一族も、偉大なる先祖が築いた富と名声を誇る。フォーブズやガードナーといった家は海運業や鉄道会社への、ウィンスロップやローウェル、レドモンドといった家は織物や金融業への投資によって、それぞれに財産を増やしてきた。

しかし旧家の主張に反し、ボストンには彼ら同様に大きな影響力を持つ、もうひとつの階級がある。富はあるが、旧家ほどの俗物根性は持たない人びとだ。起業家、実業家といった、彼らにしかできない速さで町の開発を常に推し進めてきた人びとである。彼らはボストンを開発の見本の地とし、ニューヨークとボストンを鉄道で行き来しては、海賊の冷静沈着さをもって巧みに取引をまとめ上げる。言ってみれば彼らは成金で、盛大なパーティーを開き、劇場に通い、商店や百貨店で買い物を楽しみ、町一番のレストランを貸し切って、浪費を惜しまない。旧家とちがい、彼らは注目を浴びるのも大好きだ。自ら成し遂げたことに対しては、さりげない誇りも抱いている。心優しく、繁栄を是とし、ときに鼻持ちならない彼らは、金で買えないものはこの世にほとんどないと知っている。さらに彼らはフォーブズ家やレドモンド家といった旧家の子息と婚姻関係を結ぶことで、莫大な財産にくわえて、特権階級の名前も獲得してきた。

ルイスバーグ・スクエアとマウント・ヴァーノン・プレイスに挟まれて並ぶ家々の装飾的な正面《ファサード》を眺めながら、ルーシーは自分が起業家と結婚したのだと実感した。おかしな組み合わせだとわれながら思った。ヴァージニア出身の自由な思想を持った退役軍人と、マサチューセッツ出身で生まれ故郷の町からろくに出たこともない保守的な女性。だがもっと奇妙なのは、ヒースがデイモン・レドモンドと共同経営者として手を結んだ事実だ。ほんとうにヒースは、生粋のボストンっ子であるデイモンとやっていけるのだろうか。デイモンに多少なりとも傲慢さが、旧家の一員ならではのエリート意識があったら、『エグザミナー』のオフィスはこれから猛嵐に襲われるにちがいない。共同経営者には、もっと別の人材を探したほうがよかったような気もする。

やがて馬車は、腰折れ屋根《マンサード》と庭を囲む精緻な錬鉄のフェンスが特徴的な邸宅の前で止まった。思ったよりもずっと大きい家だった。コンコードの家の二倍以上もある。父の手を借りて馬車を降りながら、ルーシーは無言でわが家を眺めた。自分がそこに住むのが信じられない。ヒースの話から、このような家は想像もできなかった。

父ですら、感銘を受けたことを隠さなかった。

「こいつはすごい」舗装された通りを足で蹴りながらつぶやく。家の前の通りでは、敷きつめられた彩色レンガが精巧な模様を描きだしていた。「こういうのは、〝成金歩道〟と呼ばれるらしいぞ」思案げに娘を見やった父の脳裏にはいま、数字のゼロがいくつも並んでいるにちがいない。

「どうやらヒースには、ひとつふたつ秘密があるようだな。投資家と聞いたが、いったいなにに投資をしているんだ？　まさか――」

「鉄道関係よ」ルーシーは応じ、ほつれ毛を耳にかけ、ハンカチで鼻の汗を拭いた。「それと父さんのその目つき……結婚前にわたしが彼の財産について知っていたと疑っているようだけど、答えはノーよ」

「そんなことは思っとらんよ」父はむっとした。

「それならいいけど」ルーシーは生意気にかえした。「娘は金に目がくらんだ、ダニエルより少々裕福なヒースをうまいことたぶらかした、なんて思われたら困るから」

「少々じゃない、ずっとだ」

「まあ、それはそうね……」

「ミスター・コールドウェル？」背後からホズマー家の少年の声がした。馬車の後ろに荷馬車を止めたところだった。「荷物を下ろしてもいいですか？」

「ヒースはどこだ？」父は娘にたずねたが、答えを待たず、「出迎えもなしか」

「忙しいんでしょう。なかに入って捜してくるわ」ルーシーは早口に言うと玄関へつづく階段を上った。背後では父と少年が、どの荷物を先に下ろそうかと相談している。

室内は、そのままの状態でも十分に素晴らしかった。ただ、あちらこちらに置かれた輸入ものとおぼしきクルミ材の優雅な家具は、上掛けを新調したほうがいいだろう。硬材の床は磨いてくれと叫んでいるかのようだが、傷やへこみはひとつも見あたらない。高い天井にはシャンデリアがきらめいている。大きな窓は洪水のごとき陽射しを取りこんでいる。ルーシーは、フリンジ付きのカーテンがそこに掛かった様子を思い描いてみた。つややかな大理石の暖炉の炉棚やなにもない壁には、写真や絵を飾ったほうがいいだろう。どこもかしこも、埃をはたき、磨き上げる必要があるが、きっと美しい家になる。きっと自分は、この家が好きになる。

一階の部屋べやをいくつか通りすぎたところで、数人の男たちが黙々と働く姿を見つけた。壁から金襴を剝がしたり、欠けたタイルを交換したり、寸法を測ったり、はしごを上ったり、金槌を振ったりしている。だがヒースはいなかった。考えあぐねて戸口にたたずんでいると、職人のひとりがこちらに気づいてくれた。

「なんでしょう?」職人はたずね、彼女が近づくと帽子をとった。

「ミセス・レインよ」ルーシーはほほえんで名乗った。「夫を捜しているの。どこにいるか、知らない?」

「ご主人なら向こうに」職人は二階へとつづく階段をうやうやしく指し示した。

二階に着くと、部屋のひとつでなにか重たいものを引きずる音がした。音のするほうへ行き、室内に一歩入ったところで、夫を見つけたルーシーはほほえんだ。ヒースは太った職人とふたりがかりで、巨大な整理棚を部屋の隅から移動させているところだった。ふたりともルーシーには気づいていない。ヒースの肩と背中の筋肉が、純白のシャツの下で盛り上がる。淡黄褐色のズボンが引き締まった腰と太ももに貼りつく。いまでもときおり、夫のハンサムぶりに気づくたびにルーシーの心臓は高鳴る。そうして夫を見つめながら、彼女は誇らしいような気持ち――うぬぼれと言ってもいい――に駆られた。たしかにヒースには少々気難しい一面がある。でも、なにものにも代えがたい魅力もたくさん備えている。夫のことだから過去にいろいろな女性とつきあってきたはずだし、これからもたくさんの女性に言い寄られるだろうが、妻を名乗れるのは自分ひとりだけなのだ。

重労働に大きく息を吐きながら、男たちは整理棚を部屋の真ん中に置き、うんざりした表情を浮かべた。

「こいつが隅に追いやられていた理由がわかったよ」ヒースがぼやき、手首まで下がった袖をめくり上げる。

「重すぎるからですか？」職人が訊いた。

「不格好だからだよ」

「あと二、三人は助っ人を呼ばないと、一階に下ろして玄関広間を抜け、おもてに運びだすのは無理ですよ」

「窓から放り投げたほうが早いな」ヒースが応じ、職人が肩を揺すって笑う。

「歩道には投げないでね」ルーシーがほほえんで口を挟むと、ヒースがくるりと振りかえった。青碧の瞳がつかの間、彼女の全身を眺めまわす。思いがけず沈黙が流れたかと思った次の瞬間には、懐かしいような空気が室内を満たしていた。

「もう着いたのかい」

「予定より少し早かったみたい」

ヒースは妻から視線を引き剝がし、かたわらの職人に向きなおった。

「こちらはミスター・フラニガン……それと、妻のミセス・レインだ」

気さくにうなずいてみせてから、フラニガンはぎこちなく咳ばらいをし、「ああ、ええと、おれは下の様子を見てこようかな」とつぶやいて部屋を出ていった。

職人がいなくなると、ルーシーはおずおずとヒースに歩み寄った。夫が自分を凝視している理由がわからない。

「ずいぶん大勢の職人さんが――」彼女は口を開いた。

「ああ、明日で作業は終わるよ。修繕や改装が必要なところがあってね」

「ちょっと見ただけだけど、とてもすてきな家ね」

「家具はまだ揃っていないんだ。ベッドと、テーブルがいくつかと、椅子が数脚に、あとはこの……」飢えたようなまなざしを妻からはずし、ヒースは苦笑交じりに整理棚を見やった。

「この……」

「がらくただけ？」

「それじゃ生ぬるいな」

「化け物？」言い換えながら、さらに夫に歩み寄る。

「そのほうがいい」

自分から先にキスをするのは、ふしだらだろうか。いや、そんなことはないだろう。ルーシーは衝動的に両手を夫の胸にあて、つま先立ちになると、きれいにひげを剃った頬に唇を寄せた。

「この二日間はどうだった？ すごく忙しかったのかしら？」とルーシーがたずねる。ヒースはごく自然に、両の腕を妻の腰にまわした。ルーシーが自分から愛情を表現するのは、これが初めてのことだ。見上げる彼女の顔を見つめていると、せっかくの気分を台無しにするものがあった。自分自身の口にした言葉が思い出される。

〝**わたしと関係者すべてのために、ミセス・レインを立派に演じてもらう……**〟

自分の言葉を、こんなに悔やんだことはない。きっとルーシーも、あの言葉を明確に覚えているのだろう。けれども優しいハシバミ色の瞳をのぞきこめば、そこに浮かぶのは心からの愛情ばかりだった。できればそれを信じたい。だが、妻はいったいどういうつもりなのか。むろん訊くまでもない……当のヒースが彼女に望んだのだ。

〝**ミセス・レイン役を演じてもらう……**〟

眉根を寄せつつ、ヒースは身をかがめて妻の唇をむさぼり、舌で口の奥深くまでまさぐってようやく、妻の反応が心からのものだと確信した。ワインのように酔わせる甘やかな魔法がふたりをつつむ。自分の腕のなかでルーシーがくつろぐのを感じて、ヒースは緊張をほどいた。唇を離したとき、妻の頬は上気し、瞳は潤んでいた。

「父が……下にいるの。お皿や荷物や……荷馬車も――」

「五分くらいなら待ってくれる」

「でも――」

「どこにも行きやしないから大丈夫だよ」ヒースはあらためて身をかがめ、妻の帽子のつばの下へ顔を入れると、ふたたびくちづけた。妻の腰に両の手を添え、その手を背中にまわすと、彼女はぴったりと体を押しつけてきた。情熱に情熱でこたえられ、ヒースはついにはうめき声とともに身を引き離す羽目になった。

「こうしているだけで、ほっとする」ヒースはつぶやき、両手でルーシーの顔をつつみこんで、軽いキスで何度も唇を奪った。「くそっ。ふたりきりになれるまで、だいぶ時間がかかる。お義父さんと職人たちを追いはらったあとは、夕食が――」

「夕食なんていらない」

「大胆だね、ミセス・レイン……」ヒースが驚いたふりをして言い、いたずらっぽく笑うと、ルーシーは頬を赤らめた。「わたしもぜひそうしたいんだが、じつはメイドが見つかるまでは外食になるとデイモンに話したら、だったら今夜はパーカー・ハウスで一緒にということになってね」

深々とため息をつき、ルーシーは心から残念に思った。ふたりきりの長い夜を想像してみる。それまでまだ何時間もあるのだ。心の底からふたりだけのひとときを楽しみにしている自分に、彼女は気づいた。新しい人生がどこへ向かおうとしているのか、なんだか不安になってくる。

「行こうか」ヒースが言い、人差し指で優しく彼女の顎の下を撫でる。瞳にはからかうような笑みが宿っている。「あとで埋めあわせはきっとするよ――約束する」

「紳士の約束？」

「もちろん」

「もっとたしかな約束がいいわ」軽口で応じ、誘うように見つめると、ヒースは嬉しそうにほほえんだ。

「あとでね」夫はつぶやき、しぶしぶ妻を離した。


デイモン・レドモンドは、おおむねルーシーが思っていたとおりの人だった。パーカー・ハウスの落ち着いた上等な席に案内されるなり、彼女はデイモンの観察を始めた。パーカー・ハウスは富裕層や権力者の集いの場所で、何時に行ってもお好み《アラカルト》の品を供してくれる数少ないレストランだ。この店を訪れる客は、一般的な食事時間でなくても好きなときに食べる特権を有しているのである。

紹介時、デイモンはルーシーの手をとると、慣れた感じでその手を口元に運んでキスをし、その場にふさわしいあいさつの言葉を礼儀正しく口にした。たとえ彼がずだ袋をまとっていても、レドモンド家に代々大切に受け継がれてきた行儀作法や傲慢なまでの自信は、明白に見てとることができただろう。完璧な仕立ての服、丁寧に磨き上げられた靴、細身のネクタイ――デイモンには、ヒースとはまたちがう魅力がある。

デイモンは背も高く――あと五センチもあればヒースに並ぶだろう――漆黒の髪といかめ

しい面立ちが打ち解けない雰囲気を醸しているものの、容姿は非常に整っている。笑顔もたいそう魅力的だが、食事のあいだ一度としてその笑みが鋭い瞳に浮かんだためしはなかった。またユーモアセンスはあるものの、どうも計算高い感じがある。あたかも、常に物事を天秤にかけ、判断を下し、値踏みしているかのような……ルーシーはデイモンのそうした一面を、夕食をともにする相手にはふさわしくないものと判断した。とはいえ、新聞社の編集長としては悪くない資質だ。

ボストンについて軽く語りあい、料理を頼み終えると、デイモンはルーシーに向きなおった。

「コンコードを離れてボストンに住まいを構えるのは、かなり大変だったのではありませんか、ミセス・レイン？」

「いいえ、ちっとも。むしろ、とっても簡単でした」からかうような笑みをヒースに向けつつ、ルーシーは言い添えた。「あとは、わが家が軌道に乗るまでに、おふたりが『エグザミナー』を軌道に乗せてくれることを祈るばかりですわ」

「あいにく、こちらはそれなりの時間がかかります」デイモンはさらりとかわし、ワインを一口飲んで、退屈そうに店内を見わたした。

要するに彼は、ルーシーの前で仕事の話を、あるいは新聞に関する話題を出すつもりはいっさいないのだろう。そこまで考えたところで、彼女はここに来る道中、夫に言われたことを思い出した。デイモンは女性を頭の空っぽな生き物だと思っている、そう夫は教えてくれたのだった。ルーシーはヒースを見やった。夫はそれとわからないほど小さく肩をすくめ、「だから言っただろう」と言いたげな表情を浮かべた。

「従業員はだいぶ解雇したの？」ルーシーは夫に質問を投げた。こうなったらとことん、『エグザミナー』の話題にこだわるつもりだ。

ヒースはゆっくりとほほえんでから、妻の意図に気づいたのだろう、正直に答えた。

「編集者の大部分はね。記者も、何人かは解雇せざるを得なかった。これから、多少のリスクを恐れない人材を探さないといけない」

「どこで探すんですか？」

デイモンは彼女の質問に当惑したのか、「あちこちで」とあいまいに答えるだけだ。

ヒースは愉快になってきた。

「デイモン、わが妻に隠しごとは無用だ」と伝え、興味津々といった面持ちのルーシーに視線を移す。「記者を雇うときは、印刷所にあたってみることが多いんだ。でも今回は、別の方面にあたったほうが、われわれの望むとおりの人材に出会えるんじゃないかと考えている」声を潜めて、妻にウインクをしてみせる。「運がよければ、『ジャーナル』や『ヘラルド』から何人か引き抜けるんじゃないかと思ってね」

「本気なの？　業界の倫理に反さない？」

「もちろん大いに反する。だが、新人を教育するよりは安上がりだし、面倒も少ない。そもそも記者の教育方法なんてものはなくてね……経験を積むしかないんだ。だから、最初から経験豊富な人材を獲得できれば、それだけ有利というわけさ」

「でも、すでにほかの新聞社で働いている人をどうやって引き抜くの？　いまより高いお給料を提示するの？」

「それもあるし、望ましい職場環境も魅力になるはずだ。あとは、いままでにないやりがいだね」

「たとえばどんな？」

デイモンがさりげなく割って入った。

「いろいろありますよ、ミセス・レイン。あなたには、ご興味もないでしょう」

「それが意外にも」ルーシーがデイモンの黒い瞳をまっすぐに見つめる。「夫の仕事に関するありとあらゆることに興味が――」

「興味か」ヒースはさえぎった。「彼ら自身に興味を抱かせるのが、最も重要だな」

「たしかに」デイモンがつぶやき、むっつりと黙りこむ。

「記者の話はどうなったの……？」ルーシーはヒースに問いかけた。夫は妻の物怖じしない態度を見て、満足げに笑っている。

「われわれはね、読者の受けを狙った文章は書きたくないんだ。大げさな、凝った文章はいらない……一般読者が容易に理解できるような記事を載せていきたい。記者というものは概して、〝疑ってかかる〟ということを知らない。見聞きしたことをメモにとるだけで、質問もしなければ、掘り下げて考えることも、分析してみることもしない。でも読者の多くは、記事に書かれた内容をどう解釈すればいいかわからない。新聞の役割のひとつが、読者の理解を助けることだと思うんだよ」

「だけど、自分たちの解釈が正しいとどうやってわかるの？」

「そこは常に議論が分かれるところだね。新聞社は、どんなときも客観性と公平性を保つべきだとされている――でも実際には、そうした新聞社はまれだ。『エグザミナー』は、その意味で業界の新たな規範となる。その結果として、われわれはこれから数週間で大成功をおさめるかもしれないし、倒産するかもしれないわけさ」

ルーシーは声をあげて笑った。

「ずいぶん楽観的なのね。ボストンにやってきたその日の晩に、倒産の可能性を示唆されるとは思ってもみなかったわ」彼女はデイモンを見つめた。「あなたは夫の方針に同意してらっしゃるの、ミスター・レドモンド？」

デイモンは短くうなずいた。

「より一般大衆向けの新聞を作ることで、利益があがるなら」

「いずれにしても、一般大衆は大いに喜ぶんじゃないかしら」ルーシーは甘い声で応じ、テーブルの下で夫が警告するように蹴ってくると、あわてて口をつぐんだ。

8

「ほんとうに横柄な人ね！」ルーシーは腹立たしげに言い、ベッドに潜りこむと腕組みをした。「〝わたしの許可を得てからしゃべりたまえ〟と命令されなかったのが、むしろ不思議なくらいだわ。ほんとうにあんな人と一緒に仕事ができるの？　従業員だって、あんな人の下で働かされたらものの一週間でみんな辞めてしまう――」

「従業員については、彼とのやりとり自体がそんなに多くないから大丈夫」ヒースはランプの明かりを小さくし、シャツのボタンをはずしていった。「わたしなら、うまくやっていけるよ。彼にも長所はあるし――」

「たとえば？」

「切れ者だし、緊急時にも冷静さを失わない。彼の社説は絶対にうちの新聞に必要だ――明晰で、分析力に富み、示唆に富んでいる。それに、彼の友人知人はいずれ役に立つはずだからね」

「それにしても、なぜ彼のような人が新聞社の経営に？　レドモンド家の人間なら、お金目当てではないのでしょうし」

「その点はちょっと微妙でね」ヒースはシャツを放り投げ、ベッドの端に腰を下ろしてブーツを脱いだ。重みでシーツが引っ張られて、ルーシーの下腹部に貼りつく。そのなんとも言えない心地よさと、ほの暗い寝室のぬくもりと、夫がくれる安心感に、彼女は小さく身を震わせた。

「じつを言えば、デイモンもその家族も、当人の言葉を借りれば〝経済的に破綻している〟らしい。『エグザミナー』が利益を生める会社に成長してくれなかったら、レドモンド家はボストンでいまの地位を維持するための十分な財源を確保できなくなる。この話はまだあまり世間に知られていないらしいから――」

「もちろん、誰にも言わないわ」ルーシーは難しい顔をしてナイトドレスの袖をいじった。「あんなに傲慢な人じゃなければ、少しは同情できるのに。つまり、ご家族が彼ひとりに頼っているということなんでしょう？　苦労しているのね」いたずらっぽく夫を見やり、ルーシーは舌を鳴らした。「しかも、今後の成否はすべて、過激派の南部人と、その常軌を逸した事業計画にかかっている――」

「言ったな！」

気づけばルーシーはうつ伏せに押さえつけられ、身をよじって笑い転げていた。ヒースがシーツの下に腕を入れて、仕返しに燃えている。

「やめて！　お願い！　くすぐったい！」ルーシーは甲高く笑いながら抗議した。「ヒース……いますぐやめないと……」

「やめないと、なんだい？」夫はとなりに横たわると、にっと笑って見下ろしてきた。なんてすてきな笑顔なんだろう。温かな青碧の瞳を見つけるなり、ルーシーは息をのみ、喉の奥で笑った。

「くすぐりかえすわ」

「くすぐられても感じないよ」

「そんなの嘘よ！」試しに指先で、わきの下のあたりを軽くくすぐってみた。たしかに、彼は身じろぎもしない。

「ほらね。戦争の傷跡で、皮膚がすっかり硬くなってしまったからだと思うんだが」

ルーシーは心配になった。「そうなの？」

ヒースは優しく笑い、「いや、冗談。戦争の前から、くすぐられても平気だった」

「そういう冗談はよして」戦争が彼の肌に残したいくつもの傷跡を、ルーシーは視線で追った。もう癒やしてあげることもできない、昔の傷。負傷し、血を流す夫を想像しただけで、彼女は吐き気を覚え、胸が痛んだ。おずおずと夫の全身を眺めわたし、傷跡をひとつずつ見ていくと、思っていたほど数は多くないのがわかった。首筋から鎖骨へ伸びる細長い傷。それよりも小さい傷がいくつか、筋肉に覆われた胸のあたりに散らばっている。脇腹からズボンの下へと伸びる細い線のような傷。ゆっくりと手を伸ばしたルーシーは夫の肩に触れ、銃で撃たれた薄い傷跡を撫でた。つづけて指先を、鎖骨の傷へと這わせた。日に焼けた褐色の胸に置いた自分の手が、ひどく小さく白く見える。

「どうしてこんなにけがを？」ルーシーは心の疑問を口にした。

ヒースはじっと撫でられながら、半ば目を閉じている。ルーシーは脇腹から伸びる、わずかに隆起した傷跡を指先でなぞった。

「戦場に出た男は、みんなこういう目に遭うんだよ、ハニー。あそこでは誰もが……」彼女がズボンのボタンをはずしているのに気づいたのだろう、ヒースは言葉を切った。ふたたび口を開いたときには、声がわずかに震えていた。「あそこでは誰もが、互いの体を穴だらけにしようと必死だからね。ルシンダ、いったいなにを……こら、そんなことをしたら――」

「多少のけがは、当然だと思うわ」ルーシーはささやき、身をかがめてヒースの喉元にキスをした。舌先でそこを舐めつつ、片手をズボンの奥へと忍ばせる。すると彼が大きく息をのむのが唇に、彼のものが急速に大きくなるのが手のひらに感じられた。

「だけどあなたの場合は、まるで敵の格好の的だったみたい」

「敵は……最初に視界に入った相手を狙うんだよ。わたしは、的にするには他人より大きかったから――」

「ずっと大きかったから、ね」ルーシーがうなずくと、ヒースはくぐもった笑い声をあげ、彼女の手首をつかんでいたずらな指をどけた。

「いたずらっ子め。今夜はずいぶん元気じゃないか」

「あなたと、古傷をなぐさめているだけ――」

「ありがたいが、もうすっかり治っているからけっこうだよ。当時の看護人がきみじゃなくてよかった——そんなながさめ方をされたら、たまらない。終戦間際には、きれいな女性を思うだけで視界を星が飛び交ったものだよ」

「なるほど……ヴァージニアの美女たちが恋しくてならなかったわけね」ルーシーの笑みは、ふとあることに思い至るとかき消えた。「ひょっとして……特定の女性がいたの？」

ヒースはしばしためらってから、「特別な女《ひと》はいなかった」

好奇心がいっそう高まる。

「ねえヒース、結婚前におつきあいしていた女性についてなんだけど……その人たちの誰かと——」

「覚えていない」

「なにを？」

「誰のこともいっさい覚えていない」

「話したくないということね。でも、ぜひ知りたいのよ、その人たちが——」

「ハニー、昔の女のことをあれこれ詮索するのはかんべんしてくれ。紳士たるもの、妻とそういう話をするわけにはいかない」

「だけど、あなたはもう紳士じゃないんでしょう？　前にそう言っていたわ」

「とにかく、この話はおしまいだ」

「ヒース……」ルーシーは猫撫で声でせがんだ。

「ダニエルとのことを訊かれたら、同じ気持ちになるはずだよ。きみだってきっと、もう覚えていないと――」

「覚えすぎているくらいだわ！」

ヒースはしかめっ面を装い、片肘をついて身を起こすと、彼女を見下ろした。

「へえ。たとえばどんなことを？　月明かりの下、大通りを並んで歩き、キスをしたこととか？　いや、それだけのわけはないな」

「それは……」上目づかいに夫を見つめながら答える。「じつを言うと、あなたみたいなキスをしてくれた人はほかにいないの」

機嫌を直した様子で、ヒースはナイトドレスのリボンをもてあそびはじめた。

「それは、きみの周りに冷淡なヤンキーしかいなかったからなんじゃないかい？」

「すぐそうやって一般論を言う。わたしだってヤンキーだけど、冷淡じゃないわ。それとも、冷たい女だとでも？」

「きみはだんだん生意気になっていくね、ルーシー・レイン」

「おとなしくさせたい？」

「まさか」

それからの数週間、新しい人生はルーシーの大いなる期待にもこたえてくれた。夫婦はそれぞれに乗り越えるべきことがあったし、待ち受ける課題にもそれは熱心に取り組んだ。昼間の時間は短く、忙しかった。夜の時間は情熱で満たされた。ある意味、完璧な日々だった。

それでもやはり、ふたりのあいだには壁が立ちはだかっていた。その壁は、互いに話題にしないせいで余計に高くなっていく。不可解な壁は常にそこにあり、ルーシーはときおり、まったく思いがけないときにそれにぶちあたった。たとえば戦争前のヒースのことを知ろうとすると、夫は手を替え品を替えて質問を避けた。話をそらすために妻をからかったり、ベッドに誘ったり、口論を吹っかけることさえあった。きわめて個人的な、詮索めいた質問をしたときもそうだった。無意味な答えを口にしたり、まったく答えなかったりした。しょせんヒースは妻に心をさらけだすつもりはないのだ、秘密や苦悩を分かちあう気はないのだとわかると、悲しかった。たしかに彼はルーシーとの時間を満喫しているし、彼女に心地よさや安心感をくれる。でも、彼女を愛するつもりはないのだろう。

理由はわからなかった。夫を理解するすべを教えてくれる人もいなかった。

自分を少しでも守るために、彼女もまた壁を作った。ヒースが心の奥底を見せてくれないのなら、自分の心に彼を立ち入らせるわけにはいかない。夫には優しく、かいがいしく接しつづけたし、ともに笑いあい、語りあい、ベッドでは素直にこたえた。けれども胸に秘めた思いや希望は、けっして打ち明けなかった。必要以上に、夫を近づけてはならなかった。

ふたりのあいだに、愛は存在しなかった。これからもきっと存在しえないだろう。愛は壁の向こうで待っていたが、向こうに行くことは許されていない。壁は恐れられ、畏怖されている。だから、ふたりでいてもときに空虚だった。どんなに笑っても隙間が埋まらないことがあった。どんなに歓喜を与えあい、睦みあっても、空疎だった。

家の内装や、使用人の採用と教育を、ヒースはルーシーに一任した。ジョーダン、マーシュ&カンパニーやC・F・ハビー・カンパニーといった大型百貨店で、妻が付けで買い物ができるようにした。各百貨店で目もくらむほどの買い物をして以来、彼女はどの店でも知られるようになり、店内に足を踏み入れたとたんにドアマンや店員から歓声で迎えられるしまつだった。

「まあ、ミセス・レイン、おはようございます！」

「いらっしゃいませ、ミセス・レイン」

「またいらしていただき、ありがとうございます、ミセス・レイン」

ボストンの小売店の知名度を考えれば、これほど短期間でここまでの立場を得るのは、なるほどすごいことだった。ルーシーは、百貨店の支配人や販売員が見せるおべっかを、ヒースにおもしろおかしく語って聞かせた。

内心では何度となく、自分で決めなければならないことの多さに悩んだ。無計画に散財するのはよくないと教えられてきたし、いまほどの責任を負ったことは過去にない。ソファを決めたり、磁器の模様を選んだりするのと、家全体の内装を考えるのとでは大ちがいだ。しかもその家がたいそう大きいとくる。そのうえ、自分自身はもちろん、夫も気に入るような内装に仕上げなければならないのだ。高い家具や絨毯を注文するときには、恐怖すら覚えた。家に合ったデザインや色を選べていないのではないかと、常に不安だった。それだけではない。家にやってくる保守的なボストンっ子にも評価してもらえるような、落ち着いた雰囲気を作らなければならないのに、ヒースはいかにもニューイングランドふうの陰気な家には住みたくないと言うのだ。夫はモダンなデザインを好んだ。そこでルーシーは折衷案を見いだそうとしたが、これがまた難しかった。それでけっきょく、どこにもない内装を作り上げることになった。幸いボストンでは、けちをつけてくる知りあいもいない。ルーシーは自らの好みと直感に頼るようになっていった。

いかにも今ふうの凝ったスタイルは、彼女は好きではない。そこで、基本は無地で部分的にさりげない模様を採り入れることにした。たとえば窓には、単色のベルベットのカーテンを掛けた。暖かくなったら、ぱりっとしたモスリンの軽いカーテンに取り換える計画だ。各部屋への戸口には、ウールの仕切りカーテンとやわらかなタッセルをあしらった。寒い日はこのカーテンを閉めれば、すきま風を防ぐことができる。

居間は青と薔薇色の濃淡でまとめ、窓辺はレースのカーテンと、海の上の城《シャトー・スール・メール》と名づけられた異国ふうの金襴で飾った。地色がクリーム色で、咲き誇る薔薇と緑の葉、繊細な蘭の花が描かれた金襴だ。応接間にはロイヤルブルー、深紅、エメラルドグリーンとぐっと華やかな色を使い、光沢のあるクルミ材の家具が映えるようにした。

最も時間がかかったのが寝室だ。ルーシーはまず、象牙色と灰青色、淡桃色を基調に、支柱の高い古めかしいベッドには窓辺のつづれ織りに合う紗織りを掛けた。クッションや膝掛けや垂れ布を手作りするために、刺繡が美しいシルク地とニードルポイントレースを調達した。時間はかかるが、手作りの品を部屋中に飾れば、寝室はさらに居心地のいい場所になるはずだ。母の形見の品は、炉棚に大切に飾った。そうして家のなかを見てまわりながら、ルーシーは大きな満足感を覚えた。ここがわが家なのだという気持ちが、早くもわいてきた。くつろげる内装と、それがもたらす落ち着いた雰囲気につつまれていると、明るい未来が待っていると信じられた。

『エグザミナー』の事務所で仕事を開始してすぐに、ヒースは自ら選んだ道が想像よりもずっと険しく、曲がりくねっていることを実感させられた。ボストンっ子の多くは、新規なアイデアや手法に懐疑の目を向ける。これからは、革新と極端は紙一重だという事実にもっと注意をはらわなければなるまい。「進歩的」なアイデアがときに「過激」とみなされることもあるのだと、ヒースは徐々に気づかされていった。そうして少しずつ、デイモンの判断に頼ることを学んでいった。

ニューイングランド人の気質がよくわかっているデイモンは、創造性を重んじつつも、限度というものをわきまえている。ボストンの現状を踏まえたうえで書かれる彼の社説は、いずれもじつにみごとだった。的確で、率直で、しかも気が利いている。編集者としての技術も申し分なく、欠点はほとんど見あたらない。ただ、従業員からの受けはいまひとつだった。他人の能力を引きだすにはある種の才能がいるが、デイモンにはそれが欠けていた。彼はあまりにも堅苦しく、仕事の遅い部下を見守る忍耐力に乏しく、頑固だった。ヒース自身はそうした特質を「ニューイングランド人ならではの自尊心」と呼んで前向きに受け入れていたが、どう呼び方を変えたところで、部下がデイモンを慕うきっかけにはならなかった。

一方のヒースは、「愛想は呼吸や飲食や睡眠と同じくらい大切なもの」という社会で育った。だから人をおだてたり、なだめすかしたりするのは得意中の得意だ。よって、ぺてん師の手練手管で従業員にしかるべき仕事をさせるのは、彼の役割となった。ヒースはとりわけ優秀な記者と何時間も議論を重ね、彼らの文章や思想について語りあい、おのれが望むとおりの結論へと導いた。また、記者にとっては賞賛が大きな喜びであることもわかっていたので、全員に公平に接し、やたらと褒めない方針を貫いた。

説得力あふれる正確な報道は、必ず『エグザミナー』を成功へと導く。強固な基盤ができたあかつきには、それを足掛かりに躍進を目指す。ヒースはいずれ日曜版も発行するつもりだった。また、広告は一面ではなく、中面に移動して紙面刷新を図っていく。見出しももっと大きくして、いまの二倍か三倍に拡大する。『ヘラルド』や『ジャーナル』よりも目を引くデザインにして、三紙が並んだときに、『エグザミナー』が真っ先に読者の目に留まるようにする。こうした努力が真の結果を結ぶまでには数カ月かかるだろうが、少なくとも、現時点でも発行部数は維持できている。いや、少しずつ上昇傾向にある。ヒースの影響もあり、記者たちもゆっくりと着実に、協力しあうことを学びつつあった。当初はまるでサラブレッドの雄馬のように孤立し、ひとり気を吐いていたデイモンでさえ、最近は丸くなってきたようだ。

「どうぞ」執務室の扉をたたく音に、ヒースは返事をした。あの事務的なたたき方はデイモンだ。事務所では、ヒースだけが個室を使い、デイモンは編集者らと同じ部屋にいる。部屋は壁という壁に地図が貼られ、隅には書架が並んでおり、編集者たちは小さな緑色の机を使っている。部下たちの近くにデイモンの席を設けたのは、彼らの距離をちぢめるためだったが、デイモンが部下の仕事ぶりを見られるという利点もあった。半時間ごとに脚を伸ばしたくなるデイモンは、経理室や編集室、植字室をぶらりと歩きまわっては、進行中の業務に油断なく目を光らせる。

「ニュースは？」ヒースは読みかけの記事から顔も上げずにデイモンに問いかけた。

「憲法修正第一四条の批准に、また反対意見が出たようだ。サンフランシスコで地震があったらしく、続報を待っている……相当大きいらしい。それと、編集室のバケツにまた穴が空いた」

「デイモン、大局観に優れた編集長と思われたかったら、地震とバケツの穴を同列に語るのはやめたまえ」

デイモンが珍しくほほえむ。

「どちらが自分にとって目下の大問題かは、ちゃんとわかっているよ」

「きみも冷たい男だな」

「朝の三時まで新聞を印刷するような日々じゃなければ、もう少し優しい人間になれるかもしれない」

「その点については、きみの帰りを家で待つ妻ができれば、わたしも悪いと思うようになるだろうね」

「では、結婚するに値する女性を見つけたらすぐに知らせよう」

「ああ、どこかにきっとそんな女性がいるはずさ」ヒースは淡々と応じた。「そうそう、女性の魅力に目を向ける前に血筋について検討するのをやめれば、ずっと早く見つかると思うよ」

「血筋については、しっかり検討するよう育てられたものでね。悪い血は必ず受け継がれるものだ」

「たしかに……だが、相手の女性の曽祖父が誰かなんて関係ないだろう？　毎晩ベッドをともにするのは、曽祖父じゃないんだから」

「それはそうだ」デイモンは気のない返事をした。

ヒースは唐突に話題を変えた。「それで、話はなんだ？」

「移動手段について。特別な取材時に記者たちが使えるのは現状、おもてにいつも待たせてある貸し馬車一台だけだ。たいていはランサムが警察発表の取材に使っていて、ほかの連中は使いたくても使えない。記者たちにはいつも、外に出て取材をしろ、ここで人づての情報を待たずに事件現場に行けと口を酸っぱくして言っているが、現場まで歩いていける距離でない場合――」

「わかった。もう一台、貸し馬車を手配しよう」

「もう一点」デイモンがおだやかにつづける。「複数の団体から、ある要望を受けていてね。いずれの団体も名前は明かさないでほしいと言うんだが、新聞社通り《ニュースペーパー・ロウ》の全企業にあって、わが社にだけないあるものを導入してほしいそうだ」

「あるもの？」

「ドアマンだよ」

「ドアマン？」信じられんとばかりにヒースはおうむがえしに言った。

「そう、来訪者の名刺を受け取るドアマンだ」

「ばかばかしい！」

「そのほうが会社らしく――」

「その団体とやらに伝えてくれたまえ」ヒースは優しい声音を作った。「きみたちがトイレの紙よりも上等な紙を作れるようになったら、わが社もドアマンを置くことにするよ、とね」


そのころ、ルーシーはルーシーでさまざまな問題の解決にあたっていた。彼女は玄関広間に立ち、家具が運びこまれ、壁紙が広げられるさまを眺めながら、前後左右から絶え間なく投げられる質問に答えていた。

「ミセス・レイン、このテーブルはどちらに？」

「ミセス・レイン、この壁紙は二階の最初の部屋でしたっけ、一階の二番目の部屋でしたっけ?」

「ミセス・レイン、すみません、ソファは部屋の壁際と中央のどちらに置きましょう?」

「ミセス・レイン……食堂の柱は青とクリーム色のどちらに塗りましょうか?」

「うるさーい!」ルーシーはふいに大声をあげ、彼らを追いはらうかのように両手を振りまわした。深呼吸をし、顔から顔へと視線を移し、口早に指示を出す。

「テーブルは応接間のベルベット貼りの椅子のあいだ。壁紙は——二階の最初の部屋。ソファは壁際に。柱はクリーム色よ」

一同が散ると、さらにふたりの配達員が荷物を抱えて玄関広間に現れた。

「ミセス・レイン……」

「ミセス・レイン……」

夕方までにあともう一回でもその名で呼ばれたら、ルーシーは叫びだしてしまいそうだった。


「ミスター・レイン、お呼びでしょうか?」

「ああ」ヒースは答え、ペンを置くと、組んだ腕をデスクにのせた。「かけたまえ、バートレット」

「ありがとうございます」

「インタビュー記事に関する先日の話しあいは覚えているか？」

「はい」

「インタビューは業界ではまだ比較的新しい試みだから、どこもうまくやれているとは言えない。例外は『シカゴ・サン』と『ニューヨーク・トリビューン』くらいだ。だがインタビューは今後、『エグザミナー』で非常に重要な記事になる。人間は、人間に関する記事が好きだからな」

「はい、その話ならよく覚えて――」

「きみは仕事熱心だし、記事の出来も……非常にいい。だからこそわたしは、シュルトレフ市長のインタビューをきみに任せた」

若い記者は、ヒースの青い瞳に鋭く見つめられると、椅子の上で落ち着かなげに尻を動かした。ヒースは経営者として部下に接するとき、射貫くようなまなざしと、おだやかな南部訛りを駆使するようにしている。とりわけ豪胆な記者でも、彼が経営者らしさを発揮すれば、すっかり意気消沈してしまうのだ。

「それについては、わたしからご説明を――」

「わたしが言ったことを、どうやらきみは覚えていないらしい」

「どのお話でしょうか？」

「読者は、古い情報は読みたがらない」ヒースはそこでいったん言葉を切り、デスクを手のひらでばんとたたいた。バートレットが椅子の上で飛び上がる。相手にわからせるためなら、ヒースは芝居がかったしぐさも平気で使うのだ。

「市長がハーヴァード大学出身なことくらい、誰でも知っている。市内の通りのいくつかが彼の業績であることくらい、誰でも知っている。州内のほぼあらゆる歴史協会に属していることも。こうした既知の事実を、記事に含める理由はあるか？　きみの書いたインタビュー記事を読んで、わたしは確信したよ。きみは市長に最も重要な質問を投げなかった。なぜ市長は歴史研究にばかりかまけて、まともな消防隊を設立しないのか！　どうして公園の設立に動かないのか？　モリル関税法に対する見解は？　貧困層対策は？　レコンストラクション法に対するボストン市民の姿勢をどう思うか？　きみは、こうした質問をいっさいしなかった！」

「それはその、ちょうどインタビューのときに、ほかにも人がいたものですから」

「それとこれが」ヒースは忍耐強くたずねる。「どう関係がある？」

「紳士たるもの、人前で紳士を困らせるわけにはまいりません」

「バートレット」ヒースはうめいた。「いいかげんにしたまえ。それがきみの仕事なんだよ。わからんのか？　……わからんのだろうな」ため息をつき、数秒考えてから、まごつく部下にふたたび目を向ける。「いいだろう。いまの話できみもさすがにわかったはずだ。市長に面会し、あらためて訊きたいことが二、三あると――」

「ですが――」

「断られたら、そういうのは悪評につながりますよとはっきり言ってやれ。それからインタビューでは、消防隊か関税か、とにかく議論の的になりそうな質問を投げろ。市長が回答に困る質問をたったひとつでもできたら、給料を一割上げてやろう。わかったな?」

「かしこまりました!」

「よし、行きたまえ。一割上げてやるんだから、とっておきの質問を頼むぞ」


家の内装がほぼ終わり、使用人も御者から料理人、メイドふたり、執事まで揃ったところで、ようやくルーシーは自由な時間を得ることができた。ちょうど、百貨店通いの際に出会ったある女性から招待されていたので、さっそくそれに出かけた。ニューイングランド婦人会が主催する、金曜日の講演会兼ランチパーティーである。非常に楽しい集まりで、おかげでたくさんの友だちもできた。その集まりをきっかけに、ルーシーはほかの社交行事や討論会などにも顔を出すようになった。それらは、コンコードのクラブの会合とは似ても似つかなかった。ファッションや小さな町のスキャンダルや恋愛沙汰は、ボストンのサロンではいっさい話題に上らない。代わりに文学や政治について語りあい、著名人や教育者の講演を聞き、善悪について、あるいは社会のこれからについて(礼儀を失しない範囲で)議論した。ルーシーは夢中になって耳を傾けた。ハーヴァード大学の教授ふたりによる討論会や、外国の政治家による講演に没頭した。数十分におよぶ話を聞きながら、参加者はスポンジケーキをつまみ、貝殻のように薄いカップから紅茶を飲むのがここでの習わしだ。

さまざまな思想や知識をまたたく間に吸収したルーシーは、『エグザミナー』をはじめとする各紙が取り上げている多種多彩な問題に深い理解力を示し、ヒースを驚かせることもたびたびあった。

夫はときおりデイモンを夕食に招く。たいていは、仕事が夜遅くまでかかってしまった日だ。初めて夫がデイモンを連れて帰ってきた際、ルーシーはふたりきりになってから夫に抗議した。いきなり連れてこられるのは困るし、デイモン・レドモンドが苦手だったからだ。するとヒースは、デイモンには世話をしてくれる妻がいないこと、実家の家族ともめったに食事ができない状態であること、ゆえにひとりで食べるか、あるいはいっさい食べずに済ませていることなどを説明して聞かせた。そう言われると、ルーシーも少しだけデイモンがかわいそうになった。あの人がいないほうがいいのに、と思った自分に罪悪感も覚えた。以来、彼がやってきたときは精いっぱいのもてなしを心がけている。

デイモンを交えた夕食はいつも、パーカー・ハウスでの最初の機会に比べるとずっと気持ちのいいものだった。夫に対するルーシーの遠慮のない態度や、『エグザミナー』への深い関心を知るようになると、デイモンは夫婦の会話にもくわわるようになった。ちゃめっけを発揮してルーシーを笑わせることさえあった。彼女がいてもずっとくつろいだ様子を見せるようになり、警戒心も薄れたようで、笑顔も増えた。そうしたひとときを過ごすうち、ルーシーはふとあることに気づいた。昼間の講演会で聞いたことや、所属するクラブでの出来事を夫に話しているときに、ふとデイモンを見やると、黒い瞳が自分だけにまなざしをそそいでいる。不安になるほど強い視線に、ルーシーはとまどった。特筆すべき血統と家柄を誇りながら、デイモンには帰る家も、帰宅を待つ家族もない。結婚前のヒースのように、デイモンは孤独だった。そうした彼の隠された一面に気づいたルーシーが無意識に示すさりげない思いやりが、デイモンの気持ちを解きほぐしたのかもしれない。

そのデイモンのおかげで、ルーシーとヒースはボストンの新道路局長就任を祝う晩餐会に出席する機会を得た。デイモン自身は大したことではないといって、ルーシーの感謝の言葉も軽くかわしていたが、現実問題としてボストンで名声を得るには、一般的に一年はかかる。つまり新参者は、このような特別な場にはまず顔を出せないのだ。デイモンはある晩、上着の内ポケットに貴重な招待状を二枚忍ばせてレイン家の夕食に現れ、テーブルにつくなりそれをルーシーに渡した。

「まあ、ミスター・レドモンド！」ルーシーは思わず歓声をあげ、デイモンににっこりとほほえんでみせてから、驚きの思いで招待状を見つめた。「なんてご親切に……こんなにありがたいものは……でも、人に譲ったりしていいの？　いったいどうやって――」

「こちらこそ大助かりなんですよ」デイモンは例のごとく、さりげなく肩をすくめた。「その種の集まりには飽きるほど出ていますから、どれが自分にとってとりわけつまらないか、行く前からわかるんです。そこでおふたりに、退屈を共有していただこうと思いまして」

苦笑交じりにヒースを見やり、ルーシーは招待状を夫に渡した。

「贈り物って、不純な動機があると当人が認めている場合も、やっぱり受け取るべきなのかしら？」

彼女が問いかけると、ヒースは瞳をきらめかせて、

「きみはどうだか知らないけどね、ハニー。わたしは、贈り物のあら探しはしない主義なんだ」

そして晩餐会の当日。着替えの時間を十分に取ることができるよう、ルーシーは毎週金曜日に欠かさず出ていた講演会をやすんだ。そうしてメイドの手を借り、レモン水で髪を丁寧に洗った。絹を思わせる髪を最近の流行に合わせて整えるには、数えきれないほどのヘアピンが必要だった。メイドと一緒にときおりいらだちの声をあげつつ、前髪を巻いて頭頂部にまとめ、長い巻き髪を背中に垂らした。ドレスは紋織りの黒のサテン地に、金銀の葉模様を刺繍した一着を選んだ。裾を引くスカートはギャザーの縁取りがほどこされており、歩くたびにさらさらと音をたてる。胸元が深く刳れた身ごろは、完璧な曲線を描く透きとおった肩があらわになるデザインだ。コルセットで思いきり細く締め上げたウエストには、刺繍の美しい幅広のサッシュがあしらわれている。ウエストから脚にかけてのぴったりとしたラインは、まろやかな曲線を際立たせている。

鏡のなかの自分を見つめたルーシーは、人差し指をちょっと舐めて太い眉を整え、唇を軽く嚙んで赤みを添えた。

「わたしがやってあげよう」というヒースの声が戸口から聞こえ、彼女は振りかえってほほえんだ。黒と白の盛装に身をつつんだ彼は息をのむほどハンサムで、そのシンプルな色が、青碧の瞳とくすんだ金色の髪を引き立たせている。

「やってあげるって、なにを？」

答える代わりにヒースは妻に歩み寄ると、あらわな肩に両手を置き、身をかがめて唇を重ねた。激しいくちづけに、自然とルーシーの唇が開く。夫の舌が口内をまさぐり、とりわけ感じやすいところを探りあてると、そこにしばしとどまった。ルーシーはもがくように彼から離れ、震える笑い声をもらしながら息を荒らげた。

「ヒース！　あ、あなたの助けが必要なときは、ちゃんと言うから」あわてて鏡に向きなおり、いとも簡単に心かき乱される自分を内心で叱りつける。頬は真っ赤だし、唇はやわらかみを増して薔薇色に染まっている。

「顔に赤みが欲しかったんだろう？」

「そうだけど！　夫とベッドから転がり出てきたばかりのように見えたら、困るでしょう」

ヒースは肩を揺らして笑い、妻の背後に立つと腰の左右に手を置いた。

「時間があるようなら――」

「その先は言わなくていいわ」ルーシーはさえぎり、怒ったふりをして夫の両手をたたき、化粧台のパフに手を伸ばした。

「あと五分で終わるから、向こうに行ってて」

いかにも従順そうに、ヒースはかたわらのおもちゃのように小さな金色の椅子に腰を下ろした。なにをするでもなく、妻のすることをじっと見ている。

「用意はもうすっかりできたの？」巻き髪を梳かす手をやすめ、ルーシーは問いかけた。

「自堕落な猫みたいに座っちゃって」夫がなにも言わないので、鼻の頭におしろいをはたき、横目で彼を見やった。「今日はとびきりハンサムね」と最前より優しい声で褒める。ヒースはかすかにほほえみ、立ち上がると、妻にじろじろ見られるのに耐えかねたかのように窓辺に歩み寄った。

非の打ちどころのない、完璧な装いね……ルーシーは内心で賛辞の言葉をつぶやき、最後にもう一目だけ夫を見てから、鏡に視線を戻した。人間とは思えないくらいハンサムだわ、とさらに思ったとき、こめかみの傷跡のことがふと思い出された。なるほどヒースは天使のごとき完璧な容貌を誇るが、やはり完璧とは言いがたい。こめかみの傷跡は、自分には知りようのない方法でヒースが過去に傷つけられたことのあかしだ。かつて彼は自らを守るために固く高い壁を作り、もはや必要なくなったいまでもまだ、それを手放さずにいる。だからルーシーはときおり、最も親密なひとときですら、彼が自分とのあいだに距離を置いているのを感じてしまう。夫が自分を信じ、すべてをさらけだしてくれたなら。笑顔や肉体的な喜びのためではなく、もっと根源的な理由で妻を求めているのだと、彼が示してくれたなら。

ふたりの結婚を「完璧」と思う人も世間にはいるだろう。ふたりが持つもの、情熱によって高められた親密さを、うらやむ人は大勢いる。それにふたりの関係は自由で、それぞれに成長することを認めあっているし、ある程度の誠実さは互いに抱いている。だから、いま以上を求める自分のほうがまちがっているのだと思う。それなのになぜ、不満ばかりが募ってしまうのだろう。

ヒースを大切に思っているからだ。自分でも認めるのが怖いほどに、深く、強く、思っているからだ。

肩まである長さの、首の横で軽やかに揺れるオニキスのイヤリングを着けてから、ルーシーは小さくため息をついた。

「用意ができたわ」

「ルシンダ」と呼びかけて振りかえったヒースは、いやに真剣な表情を浮かべてゆっくりとルーシーに歩み寄った。口調にためらいを感じて、彼女は脈が速くなるのを覚えた。「出かける前に、済ませておきたいことがあるんだ。数週間前に思いついて……本来なら、結婚してすぐにでも済ませておくべきだったんだが」

「なんの話？」ルーシーは硬い笑みを浮かべた。

「うっかりしていて、すまなかった……」目が合うと、夫は言葉をとぎらせた。

「いったいなんなの？」ルーシーはささやいた。

しじまが流れた。一瞬の沈黙が、いくつも連なって流れていった。

ヒースの親指がルーシーのやわらかな顎の線をなぞる。指の背が、首筋へと下りていく。こんなふうに優しく愛撫しながら、いったい彼はなんの話をしようというのだろう……ルーシーは不安になった。夫の手がさらに下に移動し、彼女の小さな手をとる。妻をじっと見つめたまま、彼はその手のひらにキスをした。きれいに剃ったひげが、指先をくすぐった。あなたにそんなに優しくしないで……ルーシーはいまにも叫んでしまいそうだった。

なに優しくされると、どうすればいいのかわからなくなる。

そのとき、なにか冷たくなめらかなものが指にはめられ、関節にわずかに引っかかってから、付け根にしっかりとおさまった。ルーシーは夫の手のなかにある自分の手を見下ろし、きらめく大きなダイヤモンドをそこに見つけた。ペアシェイプのダイヤモンドが、幾千もの光を放っている。婚約指輪だ。お互いに言葉にはしてこなかった思いを象徴する、大切な指輪。

「こんな……」ルーシーは口を開いたけれど、吐息のようなかすれ声しか出てこなかった。

「こんなことを、してくれなくたっていいのに――」

「もっと早く贈るべきだった――」

「でも、考えもしなかったわ――」

「わかってる。婚約期間は短かったし、時間もなくて――」

「ヒース……なんとお礼を――」

「気に入ったかい？」

「ええ、もちろん――」

「もっとちがうのがよければ、これから――」

「いいえ。とてもきれいだわ。ただ……」ルーシーの瞳はダイヤモンドよりもいっそう明るく輝いた。なぜいまになって指輪を贈ろうと思いついたのか、理由はたずねなかった。こうであってほしいと願う理由とちがっていたら、いやだったからだ。

「あ、ありがとう」一粒の涙が頬にこぼれ落ち、ヒースが唇で受け止める。

「泣くとは思わなかった」夫はささやいた。

「じゃあ、どうなると思っていた？」ルーシーは問いかけ、泣き笑いをもらしつつ、夫の上着のポケットからハンカチを取りだした。けれども目元をぬぐおうとする暇もなく、唇が重ねられていた。切望感に満ちたキスにルーシーはまごついたが、炎のごときくちづけに、当惑はたちまちかき消された。燃え上がる欲望が胸の奥深いところからわき起こってくる。ヒースはさらに身をかがめ、たくましい体に彼女をいっそう強く抱き寄せた。ルーシーは、なにかとても温かく優しいものが身内に広がっていくのを感じた。それは幾層にも重なりあって、彼女の心をどこまでも開いていく。

やがてヒースは唇を離し、徐々に顔を上げていった。金色の髪が夫の額にかかっているのを見つけて、ルーシーは手を伸ばし、震える指先でかきあげた。「ヒース」とささやきかける。夫の瞳の青に目がくらみそうだった。

この時間が永遠であればいい。ルーシーはなにも言わずに夫を見つめ、その瞳に問いかけの色が浮かぶのを見つけた。今回ばかりはさすがの彼も、妻の沈黙の理由がわからないらしい。ルーシーにはそれがありがたかった。

「そろそろ行かないと」ヒースが静かに促し、彼女はゆっくりとうなずいた。

晩餐会は、デイモンが予想していたようなつまらないものではなかった。招待客は町でもとりわけ名のとおった実業家や商人、銀行家、政治家ばかりだ。あいにく食事中の会話は女性もいるために話題がかぎられ、政治や社会情勢に関するこみいった議論は食後、男性だけで行われるらしい。それでも、招待客との語らいは大いにルーシーの興味をそそった。彼女は左右の紳士淑女と交互に話をした。ヒースはテーブルのずっと離れた席におり、ほぼ向かいに座るデイモンは、とりわけ洗練された雰囲気の金髪女性と話している。例のごとく、人前ではひどく打ち解けない様子だ。そこでルーシーは彼に冗談を言って、その超然とした仮面を剝がし、いつものように率直な会話を楽しんだ。

食事が終わり、ダンスの時間になると、デイモンはルーシーに二曲目のワルツの相手を申し込んできた。ヒースには、食事中に奥方にからかわれた償いをしてもらう、と断って。

「あなたがこんなにダンスが上手だなんて」踊りながらルーシーはデイモンに賞賛の言葉を贈り、彼を見ていたずらっぽく笑った。むろんヒースに勝る踊りの名手などいないが、デイモンのステップもほぼ完璧だ。「レドモンド家の男性はみんなそうなの？」

それまでしかつめらしい顔をしていたデイモンが、ルーシーのきらめくハシバミ色の瞳を見つけて、観念したように笑みを浮かべた。彼ももっと笑えばいいのに……ルーシーはつくづく思った。そのほうが、ただの魅力的な男性から、息をのむほどハンサムな紳士に変われるのに、と。

「わが家ではみんな、同じ先生からダンスを習うんですよ。過去三代にわたりわが家の子どもは、シニョール・パパンティに習っています。イタリア人で、トレモント通りにダンスアカデミーを設立し――」

「噂は耳にしたわ」

「でしょうね。とても有名な人ですから」

「わたしの聞いた噂では、ものすごく厳しい先生だとか――」

「まさしく。舞踏室に入ったらまず、腰まで頭を下げてシニョールにおじぎをしなければならないんです。しかもシニョールはわたしたちの頭の上にバイオリンの弓をこんなふうに掲げて……頭の下げ方が足りないと、その弓で肩をぶつ」

苦々しげな表情を浮かべるデイモンを見て、ルーシーは思わず声をあげて笑った。

「かわいそうなミスター・レドモンド。しょっちゅうぶたれたの？」

「毎回」

「お父様に言いつけたらよかったのに――」

「父も厳格な人でしたから」デイモンは淡々と言い、にっと笑った。「文句を言うなと叱りつけ、わたしをぶったでしょうね」

彼に対する思いやりの念が胸にあふれて、ルーシーはほほえみかえすことができなかった。すると彼の黒い瞳につかの間、なんだかよくわからない感情がよぎった。ワルツのテンポが上がり、速いターンに合わせて、背中に置かれた手に力がこめられる。

「食事中、話していた女性はどなた？」ルーシーはたずねた。

「アリシア・レドモンド」

「レドモンド？」

「縁戚なんです。兄弟で結婚していないのはわたしひとりなので、アリシアとの組み合わせは悪くないんじゃないかと家族全員が言うんですよ。あなたは、どう思われますか？」

「最悪だわ」即答すると、きっぱりとした口調にデイモンは笑みを浮かべた。

「理由は？」

「聞かないほうがいいと思うわ。どうせあなたは、他人の意見に耳を貸さないでしょうし」

「それは誤解だ。周りの人間が意見を言ってくれないだけの話です。だから、しっかり耳を貸すタイプだと証明する機会もない」

「それなら……」ルーシーはわずかに声を潜めてつづけた。「あなたには、もっとちがうタイプの女性が似合うと思うわ。さっきの女性は、あまり愛嬌のある感じじゃなかった。もっと快活な人がいいんじゃないかしら。あの女性は、あなたを笑顔にしてくれなそう」

「そうかもしれない」デイモンは思案げにうなずいた。「でもわたしは、快活さは妻に求めるべき資質だと教わってこなかった。それに、自分に課せられた義務を果たすうえで笑顔はとくに重要では――」

「それはちがうわ！」ルーシーは強く言った。「あなたの結婚相手はもっと……自然で、ほがらかで、あなたを笑わせてくれて、あなたを怖がら……」

デイモンはほほえんだ。

「なんと言おうとしたんですか？　わたしを怖がらない女性、と？」

ルーシーは真っ赤になった。「そうじゃないの――」

「でも、いったい誰がわたしを怖がるというんです？」デイモンは少しからかう口調になった。

「だって、あなたが……人を見るときの目は……」

「相手を怖がらせますか？」

「怖い、というのとはちょっとちがうんだけど……」ルーシーは言いかけ、相手の瞳から笑みが消えているのに気づいた。

「教えてください」デイモンは促した。彼女の助けを求めるかのような、彼女だけが知る秘密を聞きだそうとするかのような口調だった。懇願の声が耳を離れず、ルーシーは彼を無言で凝視する。「お願いだ」彼はいやにゆっくりと言い添えた。あたかも、その言葉を使い慣れていないかのようだった。

「あなたの目は――」ルーシーはささやくように言った。「人に自分の欠点を気づかせるの。いまの自分では、あなたの関心を引くこともできないだろうと思わせるの。もちろんあなたは、そういう反応を意図してはいないのでしょうけど」

「当然だ」デイモンがかぶりを振り、漆黒の髪がきらめいた。

「だから、あなたを怖がらない女性が現れるのを待ったほうがいいと思う。そういう女性でないと……あなたはお相手のことを心から理解できないわ。夫と妻として、ね」

なぜデイモンとこのように親密な、個人的な話になってしまったのだろう。ルーシーは頬が赤くなるのを覚えた。こんな口、どこかに置いてきてしまえばよかった。

「ありがとう」デイモンが静かにつぶやいた。「率直な意見をもらえて、感謝しています」

ワルツは沈黙のうちにつづいた。そうして曲の終わり間近になったところで、ルーシーはようやく顔を上げて彼と目を合わせた。

「ミスター・レドモンド……もうひとつ、いいかしら」

「どうぞ」

「友人や知人の前では、ルーシーと呼んでほしいの。ヒースも気にしないと思うわ」

ほんのつかの間、デイモンの瞳に悲しみ、あるいは傷ついたような表情が浮かんだ……あるいはそれは、孤独感だったのだろうか。だがそれは、一瞬にして消えた。

「わたしなどに友だちとして接してくれて、ほんとうにありがとう」デイモンはおだやかに応じた。「わたしのこともファーストネームで呼んでくれるなら、そうさせてもらいましょう——と言いたいところだが、やはりやめておいたほうがよさそうですね」

「だめなら、別にいいのよ」ルーシーはほほえんだ。彼女はまだ知らなかった——デイモン・レドモンドの友情を得るのがどれほど難しいことなのかを。これまでにいったい何人がそれに失敗してきたのかを。いったん彼が友情を誓ったら、それは生涯破られることがない。デイモンのような人間にとって、友情は愛よりもなお大切な絆だ。ルーシーはこのとき、自分がデイモンの友情を是が非でも必要とする日が来るとは、思ってもみなかった。

ワルツのあと、デイモンはあからさまにルーシーを避けた。けれども彼女はそのことにまるで気づかなかった。ヒースのもとに戻ると、あとは周囲など目に入らなかったからだ。妻をいざなうヒースの動きはベルベットのようになめらかで、ルーシーは足が床に着いていない錯覚にさえ陥った。夫と踊っていると、音楽もターンもすべて魔法へと変わってしまい、なにもかもが輝いて見える。つないだ手が手袋で隔てられていても、夫のぬくもりを心で感じとることができた。南国の海を思わせる温かな青碧の瞳は、まなざしでゆっくりと彼女を愛撫し、白い歯はほほえむたびにきらめいた。うっとりとなりながらも、ルーシーは夫をからかい、上目づかいで見つめ、耳元でささやくときには、やわらかな胸をたくましい胸元にそっと押しつけた。

周囲の目には、単に仲睦まじく語らう夫婦にしか見えなかっただろう。けれども話の内容を知ったら、耳を赤くしたはずだ。ルーシーは南部訛りをまねしてヒースの耳元で甘くささやき、いたずらやたあいのない冗談で夫を笑わせ、ドレスの下は黒絹のドロワーズだと、さりげなくほのめかした。

「黒絹のドロワーズなんて持っていなかっただろう?」ヒースは言いつつ、妻のちゃめっけに瞳を躍らせている。

「もちろん持っているわ。特注品なの。あなたが地味な白いのはいやだと言っていたから。コルセットも揃いの品を――」

「どうやらほんとうらしいね」

「あとで見ればわかるわ」猫撫で声で言うと、ヒースは声をあげて笑った。

「それにしても、今夜はどうしたんだい？」

「別に。ちょっと心に決めたことがあるだけ」

「ふうん。どんなこと？」

「内緒。あなたには教えられないの」

「なるほど。つまり、わたしも関係しているということだね？　じゃなかったら内緒にする必要はない」

「あらゆる意味で、関係があるわ」ルーシーはまばゆいほほえみでこたえた。

9

聖歌をくちずさみながら、ルーシーは腕に抱えたヒイラギを階段の手すりにのせた。上の踊り場で待機するメイドに「ベス」と呼びかける。「その大きな赤いリボンをひとつ、そっちに結んで……そうそう、あとは同じように下までリボンを……」

「落ちないでくださいね」ベスが注意を促す。ルーシーはヒイラギを飾るのに夢中で、階段の端に危なっかしく立っている。

「落ちるわけがないでしょう」ルーシーは請けあった。「うん、リボンがとてもいい感じだわ」

「後ろに下がっちゃだめです」

「大丈夫よ。手すりにつかまっているから」

「あたしがヒイラギを広げますから、奥様はリボンを結んでください」

「心配しないで、ベス」

ふたりの会話は、玄関扉を勢いよく閉める音でさえぎられた。音に驚き、ふたり揃って玄関を見下ろす。膝丈の上着にかかる雪をはらったヒースが、乱暴に手首をひねって茶色の毛織の帽子を隅に放った。見上げた彼は階段のふたりを認めたが、そっけなくうなずいただけで、ただいまとも言わない。

「どうやら」ルーシーは夫に声をかけた。「クリスマス気分じゃないみたいね」

口のなかで悪態をついてから、ヒースは階段を上り、無言で妻の脇を通りすぎた。メイドのかたわらでつと足を止める。ベスは身をちぢこまらせ、灰色の丸い目であるじを見やった。

「オールドフォレスターのボトルとグラスを持ってこい」ヒースは乱暴に命じた。「いますぐだ」

メイドは口元を震わせ、階段を駆け下りた。

「ヒース、いったいどうしたというの？」夫の無愛想な態度に当惑といらだちを覚え、ルーシーは問いただした。「なにがあったにしても、わたしを無視したり、ベスを怖がらせたり……ヒースったら、どこに行くの？」寝室まで夫を追いかける。なにがあったのか、見当もつかない。「会社で面倒なことでも？」

ヒースはつまらなそうに笑い声をあげた。「そうとも言えるな」

「帰りもずいぶん早い――」

「話したくないし、質問に答えたくもない。なんだあのメイドは？　もっとてきぱきした人材はいなかったのか？」

「デイモンとけんかでもした？」ルーシーは我慢強く質問を重ねた。夫も本心では話したいはずなのだ。そうでなければ、帰宅するなりあのような態度をとる必要はない。扉をばたんと閉めるのはいつだって、「話があるぞ」を意味した。

「デイモン」夫は心底いやそうに言った。「そうさ、あの野郎と口論になった」

「そういう言葉づかいはよくないわ」ルーシーはたしなめた。

「わたしのやりたいことを、ちゃんと理解してくれていると思っていた。だが今日になって、あいつとはやっていけないとわかったよ。同じ視座に立ち、同じ目標のためにもう何カ月も一緒に働いてきて、いきなり赤の他人のように——扉を開けてやれ、メイドが酒を持ってきた」

「お酒の前に話を聞かせてくれない?」という問いかけに、ヒースは青碧の瞳でにらむばかりだ。ルーシーはため息をついて戸口に向かった。「ありがとう、ベス」

「奥様……」メイドが小声で呼びかけ、興奮したクロヒョウのように室内を行ったり来たりするあるじを見る。「あの、大丈夫ですか? なんでしたら——」

「心配無用よ」ルーシーは答え、安心させるように笑みを顔に貼りつけて、メイドから銀のトレーを受け取った。「わたしはだんな様とお話があるから、あなたは飾りつけをお願いね」

不安げにうなずくベスが立ち去ると、ルーシーは足で扉を閉め、化粧台にトレーを置いた。

「彼女、うちに来てまだ一週間なのよ、ヒース。だからまだあなたの短気に慣れていなくて、怖がっているわ。もう少し自制心を——」

「あるじの短気に慣れるか、いやならよそに行くかだ」ヒースは冷笑を浮かべ、自らウイスキーをグラスにそそぐと、ぐいっとあおった。

「デイモンのなにそこまで腹を立てているの？」

「やつには、社会を変えようなんて気はこれっぽっちもないんだ。頭の体操にすぎないんだよ。社会で問題が起こるたび、賛成意見と反対意見を集めて、意見が多いほうにつく。善悪も考えず――足し算で答えを出すだけだ。そんなやり方、認められないね！」

「あなたの言い分はもっともだと思うわ。だけど、彼のように道義心のある人、高潔な人がどうして――」

「ああ、ああ、高潔なお人だよ！」ヒースはグラスの残りを飲み干し、無造作に瓶を傾けてお代わりをついだ。こんなに短時間のうちにお代わりをする夫など、見たことがない。

「具体的には、なにを言い争ったの？」

ヒースのなかで、怒りと闘争心がふいに引いていくのがわかる。彼は首を振って、辛い酒をあおった。グラスをつかむ手に力が入っている。ルーシーは無言でベッドの端に腰を下ろし、二杯目も飲み干す夫をじっと見ていた。苦しんでいるのがわかった。でも、夫が自ら壁を壊してくれないかぎり、なにもしてあげられない。抱きしめてくれと言って……ルーシーは心のなかで叫んだ。あなたを抱きしめる腕は、すぐここにある。一言言ってくれれば、わたしの心はあなたのものになるの。

窓辺に立ったヒースは、自分の殻に閉じこもって押し黙っている。深呼吸をして、またかぶりを振り、やれやれとばかりに肩をすくめた。

「今日……」と口を開きかけたものの、つづく言葉が出てくることを拒んでいるようだ。ヒースは酒瓶に歩み寄った。ルーシーは夫よりも先に化粧台に行き、彼の伸ばした手をつかんだ。

「そのくらいにして」と告げ、ヒースを見上げた。妻の瞳に浮かぶものに気づき、夫が瓶から手を離す。その手をゆっくりと下ろし、彼はふたたび窓辺に行ったが、ルーシーはその顔に浮かぶ苦悩の色を見逃さなかった。一刻も早く夫を癒やしてあげなければ……事態の重さを察して彼女は身を震わせた。

「いったいなにがあったの？」

「悪いニュースが」

「レコンストラクションについて？」ここまで夫に強い衝撃を与える問題は、ほかに思いつかない。

「ほかになにがある？」

「ヒース、思わせぶりはやめて。ちゃんと話して」

「ようやく多少なりとも進歩が見られたんだ。今日まで、合衆国政府は南部に対する支配力を徐々に弱めてきた。まずはジョージアから……」

「ええ」ルーシーはすぐさま沈黙を破った。「わたしも少しなら知っているわ。ジョージアをはじめとする数州が、合衆国議会に復帰したそうね」

「軍政も解かれた……ついにね。だから、残る南部州もジョージアにつづくと思った。とう とう、真の意味で戦争が終わるんだと。通りから兵士がいなくなり、恣意的な支配がなくなり、軍事委員会が開かれることがなくなり、南部人に南部の土地が返される日が来ると。市民としての権利を……あたりまえの権利を取り戻せるのだと」ヒースはため息をつき、窓枠に額をもたせた。

「ジョージアはもう連邦政府の支配下にないのだし、そのすべてがこれから実現するのでしょう？」

「いいや」ヒースはぶっきらぼうに否定した。「ジョージア州議会は今日、黒人議員の半数以上を追放した。合衆国政府はこれを、反逆行為とみなしている」

「そんな……なんてこと」信じられない思いで、ルーシーは夫を見つめた。「政府はこれからきっと、ジョージアに厳しい制裁を――」

「すでに始まっている。ジョージアは合衆国議会から脱退させられ、ふたたび軍政下に置かれた。これで南部州全体の再建がどれだけ遅れることになるか、きみにわかるか？」

「黒人議員を追放したりすればどうなるか、州議会だってわかっていたはずよ」

「こんなに急ぐ必要などなかったのに！　ゆっくりと時間をかけて、権利を取り戻していけばよかったのに……自尊心ゆえの行動だったのはわかる。もう何年も、ジョージアは声も持たず、合衆国政府のなすがままだった。だから今回のこともしかたがなかったとは言わない。だが、せめて自分たちの将来を左右する決定に、多少なりとも発言権を与えられていれば。ジョージアだって、マサチューセッツやニューヨークと同じ、この国の一部なんだ。ジョージア市民にだって、同様の権利が与えられてしかるべきなんだ。だが、彼らがそれを手に入れる日はもう来ない。政府軍が撤退するたび、今回と同じことがくりかえされ、ジョージアは政府の支配下に置かれる。永遠にそれがくりかえされるだけだ」

「ヒース――」

「それを見ているのがいやだから、南部を離れた」ヒースは妻の言葉を無視してつづけた。「人びとの落胆を……どこへ行っても感じとれた。落胆は空気のようにそこにあって、逃れることなんてできない。南部人は打ちのめされていた……だがわずかな希望もあって……いつかきっといい日が来ると思っていた。いつか南部人の暮らしを立てなおせると……南部に支援の手をというリンカーンの言葉が、いつか現実になるだろうと……」

「リンカーンさえ生きていれば――」

「だが彼は死に、ジョンソンが、あの無能な愚か者が大統領の座におさまり、今度はグラントが、株価操作しか頭にないあの男が後釜に座った。戦争が終わったとき、数千人の北部人が南部を襲い、略奪のかぎりを尽くした。何年間も、何度もくりかえし。南部はアメリカ合衆国で唯一、戦争に負け、敵に占領された土地だ。わたしは、自分にできる方法でその事実と闘う機会を先延ばしにしたくない。方法の良し悪しは、いまは関係ない。とにかく闘わずには――」

「気持ちはわかるわ」ルーシーは静かにうなずいた。「南部の人たちのために、あなたが立ち上がろうとする気持ちはわかる。南部と北部が理解しあえるよう、双方の助けになりたいと思う気持ちも。だけど、南部の声を届ける役目をデイモンに期待するのは無理よ」

「やつにそんなことは頼んでいない。節度ある社説を書いてほしかっただけだ。過激にやれなんて――」

「それなのにデイモンは、社説を書くのを断った？」

「いいや、立派な社説をものしてくれたさ。きわめて合衆国政府寄りの社説をね。自分でも、政府寄りだと認めたよ」

「説得してみたの？」

「説得を試みるより、この頭をレンガの壁にぶつけるほうがよほど楽だ。やつは頑として自説を譲らなかったよ」

「それで、けんかになったわけね」ルーシーは沈んだ声で言った。

ヒースが化粧台に歩み寄り、ウイスキーをつぐ。横目でこちらを見るまなざしは、止めないのかと挑むかのようだ。ルーシーはあえて無言をとおした。

「だから、社説はわたしが書くと言った。そうしたらやつは、社を辞めると」

「ヒース」ルーシーは吐き気すら覚えた。夫の計画も希望も、すべてがこんなにあっという間についえそうになっている。

「いまのような社説を載せつづけるわけにはいかないんだ」ヒースはかすれ声で訴え、三杯目を一気にあおった。「つづければ、信じてきたなにもかもを裏切ることになる。見て見ぬふりはできないんだよ。新聞とは、こういうときこそ読者に訴えるべきだろう？」

膝の上で握りしめた両手に視線を落とし、ルーシーは頭のなかも胸の内も混沌と化すのを感じた。自分になにができるだろう。夫にどんな言葉をかければいいのだろう。耳をつんざく鋭い音に驚いて顔を上げると、ヒースが暖炉にグラスを投げつけたところだった。グラスがいくつもの光る破片となって薪に降りそそぎ、火の粉が上がる。夫の憤怒に半ば恐れを感じ、ルーシーはちぢみあがって、膝に視線を戻した。

「わたしになにがしてあげられる?」彼女は低い声で問いかけた。「自分では、見当もつかないわ」ヒースが歩み寄る気配がし、冷たい影につつまれたかと思うと、磨き上げられたブーツのつま先が視界に入った。

「わたしにも、わからない」ヒースはしわがれ声で応じた。アルコールのせいで、南部訛りが強くなっていた。「わかっているのは、なにもかもがうんざりだってことだけだ。一歩でも前進しようと闘いつづけることに、疲れてしまったよ。どうあがいても、現状を変えることはできない。決断することにも疲れてしまった。南部を離れたのも……負けつづける自分に耐えられなかったからだ……ルシンダ、じつは……きみに隠していたことがある」

ため息とともに膝をつき、ヒースは妻の膝に顔をうずめた。甘い香りがするシルクのスカートを両手が握りしめる。ルーシーは呆然とした。とぎれとぎれに押し殺した声が聞こえてくると、驚愕の思いで夫の金髪を見つめた。大胆で、尊大で、短気なヒース・レインが、妻の膝に顔をうずめてドレスを握りしめ、むせび泣くとは。

どんな言葉をかければいいのかと、悩む気持ちがふいに消えていった。言葉は、押しとどめようと思う暇もなく口からこぼれていった。ルーシーは夫に覆いかぶさるようにして、髪を撫でながら優しく、静かに語りかけた。

「疲れて当然よ……ずっと働きずくめだったんだもの……だから疲れて当然。隠しごとだって……ちっとも気にしていない」

「南部を離れたのは、終わりが見えなかったからだ……仲間たちは次から次へと失意の人になっていった……それをまのあたりにするのに耐えられなかった」

「あたりまえよ……耐えるなんて無理だわ」ルーシーは夫をなだめた。異論も反論もいっさい差し挟まなかった。議論はあとまわしでいい。夫はいま、疲れて打ちひしがれている。なにも考えずにしばらくこうしていたいだけなのだ。ルーシーは、ダニエルに拒絶されたあの晩、ヒースのもとを訪れたときの気持ちを思いかえしていた。あのときヒースは彼女に手を差し伸べ、自らの力を分け与えてくれた。自分にも、ヒースに分け与えられるだけの力はあるのだろうか。

「わたしにはどうしても……」

「しーっ……なにも心配はいらないわ」

「きみにはわからないんだ——」

「いいえ、わかるわ。ちゃんとわかってる」うなずきながら、冷たい指を夫のうなじに置く。

「いいや、きみにはわからない……わたしは戻ったんだ。そうしてこの目で見た……みんなそこにいて……レイン……レインもいた。クレイは大けがを負っていて——背中にひどいけがを。彼らはわたしを必要としていたんだ。手を貸すべきだった。みんなのそばにいるべきだった……彼女に触れるんじゃなかった。なぜあんなことに」

「ヒース？」ルーシーは身をかがめて問いかけた。息が金髪をそよがせた。「レインって誰？ いったい誰の話をしているの？」

ヒースはなにも言わずにかぶりを振ると、妻の小さな手をとり、傷跡の残るこめかみを甲に押しあてた。

眉間に深いしわを寄せ、ルーシーは考えた。レインという女性とのあいだになにがあったのだろう。その女性をヒースは愛している？ それとも憎んでいる？ 夫が過去に誰かを深く愛し、自分にはくれないものさえもその人に与えていただなんて、考えたくもない。だがレインこそ、その誰かなのだろう。嫉妬の感情がどんなにつらいものか、いまになってようやくルーシーもわかった。

「レインはけっして認めなかった……わたしを必要としている自分を……」ヒースが袖口で目元をぬぐい、その姿にルーシーは胸を衝かれた。夫はふたたび、心地よい膝の上に顔をうずめた。黙って彼の話を聞きつつ、ルーシーの胸の内では、すべて打ち明けてほしいという思いと、もうなにも知りたくないという思いがせめぎあっていた。「一度として」

ためらいがちに、ルーシーは手の甲で夫のこめかみを撫でた。

「きみが欲しかった」ヒースはおだやかな、疲れた声でつぶやいた。「初めて見たときから。まだ言っていなかったかい？」

「ええ、初耳だわ」

「雨の日だった。通りを渡るきみを見かけたんだ。ほかの通行人よりも渡るのがいやに遅いなと思ったら……きみは小さな水たまりを……いちいちよけて歩いていた。この女性が欲しいと、あのとき思った」

「ヒース――」

「川で溺れかけたきみは、夢のなかでわたしをダニエルと呼びつづけていた……だがあれはわたしだったんだ。わたしがきみを抱きしめて――」

「知っているわ」

「でもきみは……」ため息をついて、ヒースは言葉を切った。すっかり脱力した様子で、膝が重たくなってくる。このまま彼が眠ってしまったら、ひとりでベッドに運ぶのは不可能だ。そうしたら誰かを呼ばなくてはいけない……そう思い至ると、ルーシーはにわかに行動を開始した。

「ヒース、起きて。ひとまずブーツを脱がせてあげるわ」

「いい……そんなことしなくて――」

「いいえ、するわ。だって自分では脱げないでしょう？」

小声で悪態をつき、ヒースは温かくやわらかな膝からしぶしぶ離れるとベッドに上がり、片足を突きだした。ルーシーはブーツをしっかりとつかみ、脱がせようとした。よかれと思ってやっているのだろう、ヒースがつま先を上下に動かすせいで、余計に脱がせにくい。二、三分もかかってようやく片方のブーツが脱げ、彼女は反対の足に取りかかった。

「今日はなんにも食べていないんじゃない？」ルーシーは心配そうに問いかけ、夫が両手を広げてベッドに横たわるさまを見つめた。

「ああ」

「空腹のところにウイスキーをたっぷり飲むと、こういう具合になるわけね」夫のかたわらに移動し、ネクタイを緩める。「ウイスキーを水のように飲む人なんて初めて見たわ。それくらいにしておいてと言ったのに」軽くたしなめつつ、服を脱がせていく。「ほら、袖から腕を抜いて――」

「できないよ」

「ヒースったら、ちょっと腕に力を入れるだけ――」

「できない。ボタンが付いたままだ」

「あなたがしょっちゅうお酒を飲む人じゃなくてよかったわ。毎日こんなことをさせられたら――」

「脱がすのが下手だな」ヒースはさえぎり、ズボンからシャツの裾を引きだそうともがくルーシーの髪を、愛おしげにもてあそんでいる。

「下手で悪かったわね。それにしても、なんて重いの」全力で取りかかってようやく、ルーシーは夫の服を脱がせ終えた。つかの間息をついてから、筋肉に覆われて美しい曲線を描く上半身をうっとりと眺め、枕に手を伸ばす。「さあ、次は毛布の下に――」

「ルシンダ」夫が力なく呼ぶ声がした。「以前、言ったのを覚えているかい……妻を演じろと……あれはただきみに……無理強いをするつもりは――」

「わかっているわ」ルーシーはささやいた。夫があのことを気にかけているのが、少し意外だった。彼は本気で思い悩んでいるのだろうか。彼女が義務感からこたえているのではないかと、不安なのだろうか。ほんとうに不思議な人……あふれる優しい思いを感じながら、ルーシーは内心でつぶやいた。妻のすべてをわかっているときと、まるでわかっていないときがあるのね。

夫に見つめられて、ルーシーはそのまなざしに囚われてしまった。けぶるような青碧の瞳が、暑い夏の空を思わせる。体の奥のほうがかすかにうずくのを、彼女は感じた。ヒースが横向きになって、驚くほどやすやすと彼女を組み敷く。

「眠らなくちゃだめよ」あらわなたくましい胸板を、ルーシーは両手で押さえた。

「いやだ」

いきなり唇が押しつけられて、言葉をかえす暇もなかった。熱いくちづけはウイスキーの香りがした。手のひらに、ヒースの激しい鼓動が伝わってくる。拒絶の言葉は一筋の煙のようにたちまち消えて、わずかばかりの自制心は飛び散った。荒々しくむさぼる夫の唇が、彼女の唇を奪う。大きな両の手が彼女の頭をつつみこみ、体がぴったりと密着する。ヒースの愛撫はひどく荒っぽかった。痛いほど強く彼女を抱きしめ、命をものみこもうとするかのごとく激しくキスをした。傷つきながらも生き延びた人のように、ヒースはおのれの知る唯一の真実にしがみついていた。

そのとき初めて、ルーシーは彼を愛している自分を受け入れた。愛が全身からわき出でて、乳房を満たし、喉にあふれ、さらには頭のなかを駆けめぐり、抑えようのない思いに目がくらむ。ヒースの肩に手をすべらせると、その指先からも愛がこぼれ出る気がした。きっとヒースはいま、彼女の唇から愛を、彼女の身内に渦巻く愛を、感じとっているはずだ。彼への愛に気づくまで、こんなに時間がかかったのが不思議でならない。これまでの人生は、この一瞬のための前奏曲だったのかもしれない。

「きみが必要だ」ヒースがうめき、唇が何度も何度も重ねられる。むさぼるような激しいくちづけに、ルーシーは息もできなくなった。空気を取りこもうとして肺が暴れたが、コルセットが鉄の枷《かせ》のようになって息ができない。きつく抱きしめられた彼女はなすすべもなく唇と体を夫にゆだね、そうすることで、わたしはあなたのものだと、あなたを拒むつもりなどないと伝えようとした。けれどもヒースの欲望はどこまでも獰猛で激しく、静まることを知らなかった。ルーシーは胸元の小さなボタンをはずそうと、震える指でそこをまさぐった。するとふいに夫の手が下りてきて、一息に身ごろを左右に引き裂いてしまった。今回は、コルセットの紐もいとも簡単にほどけてくれた。

ルーシーは身をよじってドレスときついコルセットを脱いだ。あらわな乳房に日に焼けた褐色の胸板が押しあてられると、心地よさに身震いをした。大きな両の手が飢えたように、なまめかしく肌をまさぐる。小さなつぼみはたちまち硬くなった。不規則な息を首筋に感じ、ルーシーは夫に顔を向けると、こけた頬に唇を寄せ、ぎこちなくくちづけを求めた。唇が重ねられるとくぐもったあえぎ声をもらした。夫と妻として、ふたりはこれまでに何度となく親密なときを過ごしてきた。そのたびにヒースはいつだって優しく、情熱的に彼女を抱きしめてくれた。こんなふうに、奔放に激しく求めてくるのは初めてだった。

ルーシーの下半身はまだ、幾層にもなった生地につつまれたままだ。ヒースはじれったげに引き裂き、あるいは引っ張って分厚いスカートを脱がせた。透きとおるような肌が、夕暮れの薄明かりのなかできらめきを放つ。ルーシーは全身を彼に密着させ、熱く膨張したものに下腹部を押しあてた。

「あなたが欲しいわ」夫の肩に唇を寄せてささやきかける。「あなたが求めるすべてをあげる……なにもかもを……」

ヒースの手が腰のほうへと下りていき、太もものあいだのやわらかく脈動する場所を探りあて、指先がなかへと挿し入れられ、そこをゆっくりと撫でた。ルーシーはすすり泣き、震える脚を開いて、夫の首筋に顔をうずめながら無意識に懇願した。汗ばんだ手のひらでたくましい背中を抱き、秘密のくぼみを指先でまさぐられたときには、隆起した筋肉にたまらず手首を押しつけた。過去の交わりでは、ヒースの愛撫には彼女を気づかい、自分を抑えている感じが必ずあった。あたかも、妻を傷つけることを恐れているかのようだった。けれどもいま、遠慮や自制心はいっさい消え失せている。ヒースは腰を下ろすと荒々しく彼女のなかに入った。結ばれた瞬間、ルーシーは歓喜に貫かれたかに感じた。あえぎながら腰を突き上げ、いっそう深く結ばれようとしてさらに体を開いた。いつ終わるともしれない甘やかな波に身をゆだね、ふたりは四肢をからませあいながら、くちづけと、探るような愛撫とで互いをつないだ。ヒースは両手をルーシーの膝の裏にまわし、脚を持ち上げたかと思うと、おのれの腰にからませた。そうして、あたかも愛の言葉をささやくかのように妻の名を呼びながら、彼女の頰を伝う涙を唇ですくいとっていった。心の奥にある秘密は、まだ互いに打ち明けられない。でも愛は……。

愛という言葉はまだ口にしていないけれど、否定されたわけでもない。ふたりはいまひとつになって、一個一個の動きが新たな発見をもたらし、一秒一秒が永久の心を約束している。ずっとこのままでいさせて……ルーシーは言葉には出さずに懇願した。永遠に、このままで。

まどろみのなかに押し入ってきたやわらかな声が、無視しようとするのに執拗にくりかえされている。

「もう七時よ、ヒース……ねえ、起きて。もう起きる時間でしょう、ほら、目を開けて。朝食もじきにできるわ」

なんてこった。ベッドを出て、吐き気を抑えつつ朝食を腹におさめ、面倒な一日の仕事に向きあい、つまらない意見や議論に耳を傾けねばならないのだと思うと、うとましさに胸の内でなにかがひるむのがわかった。ルーシーの優しい唇が頰に触れる。ヒースはうつ伏せになって、不機嫌にうめいた。枕を頭にあてようとすると、すかさずその枕を妻に奪われた。妻がなにやら声をかけてきて、なんと言ったのかはわからなかったが、声音には思いやりが感じられた。

ルーシーがかたわらに座り、背骨をなぞるようにして背を撫でる。それから背中の真ん中にキスをし、肩を揉みはじめた。

「もう起きなくちゃ」辛抱強く言い、凝った筋肉を規則正しいリズムを刻んでほぐしていく。「起きずに一日休暇をとってしまったら、どれほど事態が悪化するかわかっているのでしょう？　今朝はいつもより早く会社に行かなくちゃ。やるべきことが、とりわけたくさんあるはず――」

「わたしにベッドから出てほしいのなら」ヒースはうめいた。『エグザミナー』のことを思うだけで、わずか二秒で目が覚めた。「やることがいっぱいあるなどと言うんじゃなくて、もっと別の戦術を使うんだな」右の肩甲骨のとくに凝った部分を探りあてられ、彼はため息をもらした。「気持ちがいい……もっと下……そう、そこだ……」

「熱いお風呂を用意したわ。しばらくのんびり浸かれば、ぐっと気分もよくなるでしょう。それと淹れたてのコーヒーも持ってきたから。そこのサイドテーブルに――」

「ううん……」

「お風呂に入りながら飲んだらどう？　持っていってあげるから」

ヒースはしぶしぶうなずき、頭蓋を駆け抜ける痛みに顔をしかめつつ、うなりながら身を起こした。妻が無言で、シルクのローブを差しだす。暗紅色と青の縞模様のローブを引っかけて立ち上がると、妻がベルトを腰で結んでくれた。結び終えたところで、ヒースは妻を抱き寄せ、曲線を描く首筋に顔をうずめながら考えた……やわらかな肩に頭をあずけ、立ったまま眠ってしまえたらどんなにいいだろうと。

「今日はどこにも行かない」くぐもった声でヒースは告げた。

「どうして？」

彼は目を開け、窓のほうを横目でうかがった。クリーム色のベルベットのカーテンはすでに開けられ、朝の陽が射している。

「太陽がまぶしすぎるから」

ルーシーはくすくす笑い、夫を離して、浴室へと向かわせた。すでに着替えを済ませ、髪も整えてあるので、今朝はヒースの世話を焼く以外になにもすることがない。『エグザミナー』については心配だが、ヒースもデイモンも自尊心を傷つけられることなく問題を解決するすべがきっとあるはずだし、今朝の彼女は踊りだしたくなるくらい幸せだ。ヒースにありあまる愛をそそがずにはいられない気分。その愛で彼の壁を壊し、愛で彼をつつんでしまいたい。けれども「愛」という言葉を口にすれば、彼にもそれを強いることになる。ヒースはまだその準備ができていない。だからルーシーは可能なかぎり気持ちを抑え、ヒースが胸に秘めた思いを自ら打ち明けてくれるまで、辛抱強く待つつもりだ。いずれにせよ、ゆうべの彼の言動から、大切に思われているのはもうわかっている。ヒースは、きみが必要だと言ってくれた。そう聞かされたときは、天にも昇る気持ちだった！

幸福感にあふれた表情をできるかぎり消して、いつもどおりの笑みだけをたたえ、ルーシーは湯気のたつブラックコーヒーをカップにそそぐと、ソーサーにこぼれないよう注意して浴室へと運んだ。浴室に着いてみれば、ヒースはほうろうの浴槽に頭をもたせ、また寝入ってしまったかのように目を閉じていた。彼女はトイレのふたに静かに腰を下ろした。ヒースが目を開け、コーヒーに手を伸ばす。

　無言でコーヒーを渡し、夫の額にかかる湿った髪をかきあげたくなる衝動を必死に抑えこむ。ヒースは試すようにコーヒーを一口飲み、さらにもう一口飲んでからカップを戻した。

「悪くないな」不承不承といった感じでつぶやいて、石けんをつかみ、泡を作りはじめる。

「もう少しすれば、おなかも空いてきて――」

「それはなさそうだ」

　ほほえんで夫を見つめながら、ルーシーは思いやりがあふれてくるのを感じていた。ヒースは顔をそむけて、石けんに意識を集中させている。

「ゆうべは……余計なことまで話していないといいんだが」彼がさりげなく口を開いた。

「あまりよく覚えていないんだ」

　レインという女性のことが執拗に思いかえされたけれど、ルーシーはその名を頭のなかから押しやった。いまは考えたくなかった。レインが誰だろうとどうでもいい。彼女はヒースの過去の一部で、自分はいま、彼の妻なのだから。ルーシーはいまもこれからもヒースとともに生きる。この幸福な暮らしを、誰にも、なにものにも邪魔されたくない。

「大丈夫よ」ルーシーもさりげない口調で答えた。「大した話はしなかったわ」

「それならいい」見るからに安堵した様子で、ヒースは体を洗いはじめた。しなやかな体が白い泡につつまれ、泡が流されるさまを、ルーシーはそっと見守った。しばらくしてから彼はその手をやすめ、コーヒーを口に含むと、苦笑をもらした。

「覚えているかい？　南部人がボストンの新聞社を経営するなんて気がふれているとしか言いようがない、きみはそう言ったね。ひょっとするときみが正しかったのかも――」

「わたしがまちがっていたわ」

「ほう？」

「まったくの誤解だったわ」

ヒースは疑わしげに彼女を見つめた。

「そんなふうに思っているとは、気づかなかったな。いつからそう思うように？」

「『エグザミナー』を読むようになってから。あなたの……アイデアに賛成よ。いまの『エグザミナー』はすごくいい新聞だし、読者もじきについてくるわ。広告主が増えれば、利益だって上がるはずよ」

夫の目じりに笑いじわが寄る。

「そこまで支持してくれるとは嬉しいね。だが残念ながら、『エグザミナー』は来る第二次南北戦争によって廃刊になる」

「廃刊になるくらいなら、妥協することを考えたらいいじゃない。デイモンとはこれまで、今回ほどの意見の不一致はなかったようなんだし――」

「それが、あったんだよ。なにしろわれわれは政治的にも、社会的にも、倫理的にも考え方が正反対だ」

「そんな大げさな――」

「デイモンをよく知らないからそんなふうに言えるんだよ」ヒースは陰気にさえぎった。「知っていたら、社説をめぐってわれわれがまた衝突するとわかるはずさ。問題はジョージアで昨日起こった出来事じゃないんだよ。われわれの信念のちがいが問題なんだ。ふたりが信念をともにするなんて日はけっして――」

「話しあって、共通点を探してみたらどう？　あなたも彼も二度目の戦争など望んでいないのでしょう？　彼はそのことを忘れているのかもしれないわ。あなたほど説得の上手な人はいないもの。話せばきっと、デイモンももっと中立的な立場をとってくれるはずだわ」

「説得して、そしてどうする？」ヒースは風呂の栓を抜き、タオルに手を伸ばした。湯がごぼごぼと音をたてて抜けていく。彼は乱暴に髪を拭き、浴槽を出ると、腰にタオルを巻いた。「彼がいままでどおりの社説を書くと言ったら？　わたしが代わりに書けば、彼は会社を去る」

「去りたいなら、去ればいいわ」

「彼なしで会社は成り立たない」

「それはみんな困るわね。でも、わたしが心配しているのはあなただけなの。どんな手段を講じてでも、自尊心と誇りは守らなくてはだめ。おのれの信念に背いた、仲間を裏切ったという後悔が残れば、あなたはきっと自分を一生許せなくなる。『エグザミナー』はあなたの新聞でしょう？　経営者であるかぎりは、自分の好きなようにやるべきだわ」

指先で顎の脇を撫でられ、ルーシーは背筋におののきが走るのを覚えた。

「だが会社がつぶれれば、家を売らなければならなくなる」

「かまわないわ」

「家具もだ」

「致し方ないでしょう？」

「それに――」

「この家にあるものすべて、質入れするなり、売るなりすればいいわ……でも、わたしのダイヤモンドについて一言でも言ったら、死ぬまで後悔することになるから気をつけてね。この指輪はわたしのものよ。絶対にこの指からはずさせないから」

妻の熱弁に、ヒースはふっと笑った。

「ハニー、きみの指輪についてはなにも言うつもりはないよ」身をかがめてキスをし、濡れた手の跡がドレスの腰や身ごろにつく。けれどもルーシーは優しいくちづけに夢中で、抗う気にもならなかった。

「コーヒーの味がするわ」唇が離れると、彼女はささやいた。

「もっと欲しい」

「コーヒーが？　それともキス？」

「いつもならキスだが……」ヒースは妻の口の脇に軽くくちづけた。「いまはコーヒーだ。朝食はもう済ませたのかい？」

「ううん、一緒にと思って待っていたの」

「だったら、着替えてしまうから下に行っておいで。すぐに行くから」

「早く来てね」ルーシーは言い置いて、戸口でいったん立ち止まり、半ばあらわになった夫の全身を上から下まで眺めまわした。たちまちヒースは血がたぎるのを覚えた。さらに彼女は挑発するように口の端を上げて、「そうしないと……マフィンがさめちゃうから」と言い添えた。

妻がいなくなると、ヒースはぼんやりと思った。いったいいつの間に、ルーシーはあんなふうにさりげなく挑発することを覚えたのだろう。それに、一晩中睦みあったばかりだというのに、また彼女が欲しくなっているのが不思議でならない。

階段を下りきったところで、ルーシーはあわただしく玄関扉をたたく音に気づいた。執事がすぐに玄関広間に現れる。いつになくあわてた様子なのは、おそらく朝食の途中だったからだろう。

「わたしが出るからいいわ、ソワーズ」

「ですが、奥様――」

「たぶん、ある人が来たんだと思うから。あなたはキッチンで食事のつづきをどうぞ」

執事はいそいそとキッチンに消え、ルーシーは玄関へと向かった。またもや乱暴に扉がたたかれるのを聞きながら、扉を開いた。思ったとおり、訪問者はデイモン・レドモンドだった。例のごとく寸分の隙もなく身だしなみを整えてはいるものの、目は血走り、顔には疲れたようなしわが浮いている。そうしなければ立っていられないとでも言わんばかりに、デイモンは戸枠に寄りかかっていた。

「おはよう《グッド・モーニング》」ルーシーは笑顔で迎えた。

「いい朝《グッド・モーニング》とは思わない人もいるかもしれませんよ、ミセス・レイン」

「それはかわいそうに」ルーシーは応じ、ほほえんで客を招き入れた。「これから朝食だから一緒にいかが？」

「ありがとう、でも――」

「せめてコーヒーだけでもどうぞ」さらに促すと、デイモンは疲れた笑みを浮かべた。

「あなたの申し出を断れる人なんて、この世にいなそうだな」彼はそれきり黙りこみ、上着をルーシーに預けると、彼女について朝食の間へと向かった。

社説について、デイモンもヒース同様に悩んでいるにちがいない。顔を見れば、ゆうべはせいぜい一、二時間しか眠れなかったのだろうとわかる。ルーシーはベスに上着を渡し、もうひとり分の食器を用意するよう指示してから、デイモンが紳士らしく引いてくれた椅子に腰を下ろした。

「ヒースもすぐに下りてくるわ」向かいに座るデイモンに声をかける。「入浴と着替えが済んだら……」ルーシーは言葉をとぎらせた。デイモンの黒い瞳が、ドレスの身ごろのあたりに向けられていたからだ。なにかしらと思って胸元を見下ろせば、ヒースの濡れた手の跡がひとつ、ちょうど乳房の下あたりにくっきりと残っていた。頰が真っ赤になるのが自分でもわかる。

「ひとりでは入浴できない状態だったものだから」ルーシーはぎこちなく言い訳をした。

「そのようですね」応じる口調はいつもと変わらず礼儀正しいが、黒い瞳はいたずらっぽく光っている。

「今朝はとてもご機嫌なの……昨日、いろいろとあったわりには」ルーシーははっきりしたことは言わずにおいた。デイモンが譲歩するつもりなのか、それとも会社を放りだすつもりなのか、判断しかねたからだ。

デイモンはすぐにきまじめな顔に戻った。

「会社でご主人と会う前に、ここで話しあいをと――」

「ええ、そのほうがいいでしょうね」

「うまく折りあいをつける方法があるはずですから」

「夫はとても理性的な人だもの。お互いの立場を考えて、適切な妥協点を見つけたいと考えているはずよ」

「お言葉をかえすようですが、ミセス・レイン」こわばった声が応じる。「昨日は、とてもそうは見えませんでした」

「夫が周りから……進歩的な人間と見られているのは知っているわ」

「それはかなり控えめな表現――」

「進歩的すぎるかもしれない。だけど信念をもって仕事にあたっているし、南部の人たちに対して強い責任感も抱いているの。それはあなたも、わかってくれるでしょう？」

「今日はあなたと議論するためにうかがったわけでは――」

「つまりね」ルーシーはおだやかにつづけた。「自分の立場を理解してくれている……あなたからそう感じとれたなら、夫もあなたの言い分に耳を傾けやすくなると思うの。それと、すでにご存じだろうとは思うけど、正面から言い負かそうとすれば、夫はますます頑なになるわ」

「ご助言に感謝しますよ」デイモンはつぶやいた。「しっかり覚えておきます」

そこへベスが追加の食器とカトラリーを手に現れたので、ふたりは如才なく話題を変えた。メイドはどこかぎこちない手つきでデイモンの前に食器類を並べながら、彼の整った顔をちらちらと盗み見ている。もっとてきぱきできないのかとルーシーはメイドに注意しかけ、ふとデイモンに目を向けた。彼はメイドの仕事ぶりには気づいていなかった。ひたすらにルーシーを見つめていて、そのまなざしに彼女はまごつき、どぎまぎした。焼きたてのマフィンが入った籠を彼に差しだし、大きめのを取るよう促す。彼がふたつマフィンをとってくれたので、嬉しくなってほほえんだ。

「食欲のある人がいてくれて、助かるわ」

「人生の危機と破産の危険性に直面しているからといって、飢え死にしたいとは思いませんからね」デイモンは湯気のたつマフィンを半分に割り、バターを塗った。

「現実的なのね」

「もちろん。レドモンド家の人間に、それ以外の資質を期待してはいけません。無愛想なカボット家、頑迷なフォーブズ家、しみったれなローレンス家、冷淡なローウェル家。そして現実的なレドモンド家と言いますから」

ばかばかしい。ルーシーはデイモンに笑みを向けつつ、内心でつぶやいた。ボストン名家の伝統など、どれも無意味だ。名家に生まれた人は、まさにそのために自分らしい人生を送ることができない。デイモンにしても、生まれたときから死ぬその日までの道のりが逐一決められていた。教育から友人、職業、未来の妻、果ては言動までなにもかもが。彼が兄たちのように金融業界に進まず、新聞社の共同経営者となる道を選んだとき、周りの人びとはさぞかし驚いただろう。できることなら、彼にはレドモンド家の型にはまらず生きてほしい――ルーシーはそう願わずにはいられなかった。彼女には、家族が作り上げた「きまじめな青年」というデイモン像のなかに、まったく別のデイモンが見える。

「わたしも、現実的にものを考えられるよう育てられたのよ」ルーシーは打ち明けつつ、コーヒーにたっぷりとクリームを入れ、ゆっくりとかきまわした。「なにもかもが秩序立っていて、すべてが予測可能な人生だったわ。判断を下すのも簡単。問題なんてすぐに解決できる」当時を思い出してかぶりを振り、くすくすと笑う。「ところがヒースに出会ってからは、なにもかもが一変してしまった。単純なことなんてひとつもなくなったわ。彼といると、とりわけ合理的な判断が不合理に見えてきてしまう。そんな人と一緒にいたら、現実的にものを考えるなんて無理だもの」

「彼には、人とちがうやり方で物事に向きあう一面がありますからね」デイモンが苦笑交じりにうなずいた。「きわめて複雑なやり方で向きあう一面が。今回のような衝突も、自分では避けるすべをわかっているつもりでした。でもどうやら、彼のことをあまりよく理解できていなかったらしい」

料理をのせたトレーをベスが持ってきたので、ルーシーは返答をせずに済んだ。彼女は思案げにコーヒーカップを口元に運んだ。いやに熱いコーヒーで、ほんの数滴舐めることしかできなかった。ヒースとやっていくうえで、デイモンと自分が同じように苦労しているのがなんだかおかしかった。現実的な人間にとって、ヒースのような人はときに理解の範疇を超えてしまう。ルーシーもかつては、夫を理解しようと努めるべきだと信じていた。けれどもヒースは、どんな型にもはまらない人だった。ヒースという名のパズルは、あまりにも多くのピースでできている。そうしてあるとき、ありのままの彼をそのまま、あいまいな部分はあいまいなままで受け入れるほうが楽だと気づいた。自分のような人間が常にそばにいなければ、ヒースはヒースらしく生きられない……その真実にたどり着けたことで満足すれば、それでいいのだと悟った。

そこまで考えたところで、ヒースが部屋に現れた。思いがけない訪問者に目を留め、戸口で足を止める。ルーシーは夫からデイモンへと視線を移し、無意識に息を詰めた。

「やはり来たか」ヒースは冷ややかに言った。「ヤンキーは、敵の領域にも平気でずかずかと足を踏み入れるそうだからな」

デイモンは真っ白なナプキンの端をつかみ、白旗のように揺らした。

「和平交渉の余地があるかどうか、うかがいにまいりましたよ、将軍」

ヒースがかすかにほほえみ、ルーシーのとなりの椅子を引いて腰を下ろす。

「余地はなくもない。まずはマフィンを寄越したまえ」

「かしこまりました」

ルーシーはほっと息をつき、男たちが交渉し、妥協点を論じあう様子を、笑みをたたえて見守った。どちらも、自尊心のために大志を捨てるほど頑固ではなかった。本気で廃刊しようと考えているわけでもなさそうだった。ふたりにとって『エグザミナー』は、単なる金儲けの手段ではない。紙にインクで言葉や文章を印刷しただけのものでもない。『エグザミナー』はふたりに、理想を貫く唯一のチャンスを与えてくれた。そのチャンスを、ふたりはまだあきらめてはいなかった。


数時間の説得の末、ルーシーはクリスマスイヴの晩を、コンコードのホズマー家で過ごすことをヒースに納得させた。同夜は、レドモンド家で毎年開催される盛大なパーティーにも招かれていた。小さな町のクリスマスと大都会のそれとでは、雲泥の差がある。なるほどコンコードのクリスマスは華やかさに欠けるだろう。けれどもそこには、伝統を重んじた特別な雰囲気がある。家々は松かさとヒイラギで飾られ、部屋べやはシナモンを挿したポマンダーの香りで満たされる。戸口を飾るのは大きなリボンと、ヤドリギを挿し細長いリボンをあしらった小さなじゃがいもだ。伝統にのっとって、戸口の下で出会った者同士はキスをしなければならない。

コンコードの祝日は、計画を練りに練ったパーティーを楽しむのがしきたりだ。パーティーでは幼なじみたちが集って飲み、食べ、語りあう。テーブルには、糖衣をかけてサクランボをのせたレーズンたっぷりのアイリッシュブレッドが山のように積まれ、クランベリーパンチのボウルやベリーパイ、果皮の砂糖漬け、ナツメグ入りのエッグノッグなどが並ぶ。

数カ月ぶりでかつての友人知人に会うことになるので、ルーシーは慎重に服を選んだ。ドレスは緑のベルベット地の一着。袖口が葉のようにカットされたデザインで、金糸の刺繍が美しいサッシュがアクセントになっている。クリノリンは一般的なものの半分もスカートが広がらないタイプで、代わりにスカートの後ろにたっぷりあしらわれた生地が裾を引いている。最新流行のスタイルを、ヒースは大いに気に入ってくれたようだった。従来のクリノリンはずっと幅があるため、座ればソファを独り占めし、立てば男性とのあいだに一歩分の距離を作ってしまう。

ヒースにエスコートされて、こぢんまりとしたホズマー家の正面玄関に立ったルーシーは、思いがけず温かな歓迎を受けて驚いた。ミセス・ホズマーはルーシーのドレスを褒め、レインご夫妻にエッグノッグをお持ちしなさいと息子のひとりに命じた。ミスター・ホズマーがヒースを連れ、ほかの客たちに紹介してまわる。

「ルーシー」と夫人が呼びかけた。鋭い瞳が、いつになく優しげだ。「ボストンに引っ越してしまってから、噂ひとつ聞かなかったわ。あちらでの暮らしはいかが？」

「夫もわたしも忙しくて。でも、とても快適です」ルーシーは応じつつ、家のあるじがヒースを隣室へといざなうのを横目でたしかめた。

「それはそうでしょうとも。ご主人のお仕事を考えれば当然だわ……新聞社の経営者だなんて。正直言って、町の誰もそういう才能のある方だとは……ねえ？」

「ええ」ルーシーはかすかにほほえんだ。「新聞社を買うなんて話、わたしも聞いていませんでしたから」

「まあ、そうだったの」夫人はうなずいたが、いぶかしむような口ぶりから、いまの話を信じていないのは一目瞭然だった。「いずれにしてもご主人は、素性はどうあれボストンでは相当な人物になられたようね」

「それはどうでしょう」適当にかわしつつ、ルーシーはエッグノッグのカップを受け取った。「でも、そう言っていただけると嬉しいですわ」

「だけどあなたも、それならそうと最初からほんとうのことを言ってくれていたらよかったのに」

意外な言葉に驚きつつも、「別に嘘を言ったつもりもありませんわ」とルーシーは夫人をやんわりとたしなめた。するとさすがの夫人も、顔を赤らめた。

「そういえば、そうだったわね」夫人は言うと、ルーシーの肩越しに戸口を見やった。新しい客が現れたらしい。「あら、いらっしゃい」夫人が陽気な声をあげる。「コンコード一のすてきな恋人たちのお出ましだわ！　サリーも早くこちらに……」ミセス・ホズマーはふいに困ったように顔を赤らめ、ルーシーからダニエル、サリーと視線を移した。

振りかえったルーシーは、冷静にふたりと向きあった。数カ月ぶりにダニエルと再会したというのに、予想していたような衝撃は覚えなかった。

「メリークリスマス」彼女は自分から声をかけ、口元に笑みをたたえた。「ほんとうに、コンコード一すてきな恋人同士だわ」

「ルーシー！」サリーが歓声をあげ、きらめく金色の巻き毛を揺らしながら旧友に歩み寄り、つかの間抱きしめる。「あなたこそ、なんて粋なの！　素晴らしいドレスね。それにその髪型――」

「声が大きいよ、サリー」ダニエルが上の空でたしなめる。茶色の瞳は、探るようにルーシーに向けられていた。

ルーシーはほほえまずにはいられなかった。ダニエルはちっとも変わっていない。

「ふたりとも、お元気そうね」とさらに声をかけつつ、金髪が愛らしいサリーから、無表情なダニエルへと視線を移した。相変わらずハンサムで身だしなみがいい。三日月形だった口ひげは、太く立派に伸びて、先端もぴんと尖っている。年齢を考えれば少々年寄りくさいスタイルだが、ダニエルにはとてもよく似合っている。引き締まった細身をつつむのは、上着もベストもズボンも同じ生地で仕立てた上下揃いだ。あのころと変わらぬ冷静さと自信に満ちた態度で、ダニエルは控えめにほほえんでみせた。その目は、ルーシーの変化を逐一とらえているようだ。

ルーシーはもう、ダニエルに対してささやかな友情しか感じていない。それでも、隙のない完璧な装いで再会できたことに安堵していた。

それから彼女はふと思いをめぐらせた。ダニエルは彼女の醜態を、体面を失いながら、捨てないでほしいと哀願したときのことを覚えているだろうかと。〝いまのきみを必要だとは思わない……〟ダニエルはあのときそう言った。あのとき彼女は、それがどういう意味かわからなかった。でも、いまならちゃんとわかる。

なんだかずっと昔のことに思える。ルーシーはダニエルと結婚しなくてよかったと心の底から思い、安堵感に膝が萎えそうになった。ダニエルは善人だし、紳士でもある。感情の起伏があまりなく、常に落ち着いていて、人あたりもとてもいい。でも彼の妻になっていたら、ヒースの魅力はいっさい知ることなく終わっていたのだ。ヒースの情熱も、荒っぽさも、激しさも、優しさも。男らしい愛情表現も、深い思いやりも。辛辣なあてこすりも、ちゃめっけも。欲望も、大志も、彼の秘密ですら。

見つめてくるダニエルの表情が、あたかも遠い過去の日々を思い出しているかのようにわずかに変化する。ダニエルと向かいあい、かつてこの人を愛していたのだと思うのは、なんだか変な感じがした。ふたりのあいだに生まれた隔たりを、超えられるのは思い出ばかりだ。

「結婚式はもうすぐなのかしら？」ルーシーはたずねた。

「ああ、近いうちにね。おそらく春には」ダニエルは静かに答えた。

「そうなの」ルーシーはそっとため息をもらし、ゆっくりとうなずいた。いつもそう。彼は〝近いうちに〟と言うばかりだった。その約束の言葉で、三年間もルーシーを縛りつけたのだ。サリーに向きなおると、元親友への哀れみがふとわいてきた。

「約束は守ってもらわなくちゃね」とさりげなく警告すると、サリーはほがらかに笑った。警告にはまるで気づいていないらしい。けれどもダニエルはその言葉の意味するところがわかったのだろう、わずかに顔を赤らめた。

「もちろん、守ってもらうわ」サリーが忍び笑いをもらす。ルーシーは笑みで応じ、ふたりに背を向けてその場を離れた。なんだかヒースのそばにいたい気分だった。

夫を捜しながら、黄色と淡い緑でまとめられたこぢんまりとした居間のほうへと歩みを進めていると、背後に人の気配を感じた。たくましい腕が腰にまわされ、誰もいない居間にあっという間に引きこまれる。からかうような優しい声が、耳のなかをくすぐった。

「愛は、離れて暮らすことでよみがえる。じつに感動的だったよ」

相手が誰だかわかり、ルーシーは体の力を抜いた。「驚かせないで」

ヒースが腕のなかで彼女を自分に向きなおらせる。夫の表情に、自嘲めいた笑いと、いらだちに似たものを彼女は見つけた。理由はすぐにわかった。

「サリーとダニエルと話しているのを、見たのね？」

「あれはダニエルだったのかい？　巨大な口ひげのせいでわからなかったよ」

「彼の口ひげをばかにするのはよして」

ヒースがふいに彼女を放す。

「ああ、すまない。きみはいつも、あの口ひげに夢中だったね」

「なにをいらいらしているの？」答えを待たずに、ルーシーは半ば開いた扉のほうに向かおうとした。「わたしたちがいなくなったことに、ほかのお客さんが気づくわ。変に勘ぐられたら――」

ヒースが上腕を軽く握り、ルーシーをくるりと自分のほうに向かせる。

「彼とふたりで、いったいなにを話した？」

予想外の問いかけにルーシーは目を丸くした。

「なにをそんなに怒っているの？」

「きみを見るときの彼の目つきに、気づかなかったとは言わせないよ」

「ええ、もちろん気づいたわ」ルーシーは抗った。腕を引き抜こうとしたが、きつく握られていてかなわなかった。

「そうしてきみは……うっとりと息をのみながら彼を見上げ――」

「適当なことを言わないで！」

「一幅の完璧な絵のようだったよ。ニューイングランドのクリスマスの一夜。幼いころの恋人同士が、懐かしい思い出を振りかえり――」

「勝手な想像はやめて」

「さぞかしすてきな夫婦になれただろうに。きみたちは、ほんとうにお似合いだ」

「わたしは、そうは思わないわ」ルーシーはすぐさま否定し、見下ろす夫の胸板を小さな手で押した。

「そうかい？」瞳に浮かぶ鮮やかな嫉妬の炎は、小さくなる気配もない。

「そうよ――ああいう男性は絶対に選ばないわ。第一に……背が低すぎるもの。以前はあんなに小さい人だと気づかなかったけれど。それに髪も……色が濃すぎるわ。もっと淡い色、もっとずっと淡い色のほうが好き」

ヒースの手の力がわずかに緩められ、ルーシーはさらにつづけた。

「それに無口すぎるし、なにもかもが予想の範囲内で……人を束縛するところもあるわ。彼と五分以上過ごす羽目になったら、退屈で死んでしまいそう。しかも議論が苦手で、悪態ひとつつけないし、酔っぱらったり、かっとなったりもしない人なのよ。黒絹のドロワーズだって、すてきだねと言ってくれないわ」

「だけど、誰からも認められる立派な家柄の青年だ」

「他人がどう思うかなんて関係ないもの」

ヒースは怒りを隠すそぶりも見せず、乱暴に妻を引き寄せた。指先が肩甲骨をぐっとつかんだが、痛いほどではない。青碧の瞳を金色がかった濃いまつげが隠す。彼は妻の口元を見つめていた。

「小さいころから、彼が好きだったんだろう」ヒースはぶっきらぼうに指摘した。

「わたしもお子様だったのね」

「彼は紳士だ」

「ええ。そこが最悪なところ」

扉が半ば開き、誰かにのぞかれる心配もあるというのに、ヒースはルーシーをつま先立つほどきつく抱き寄せてくちづけた。押しつけられた唇の心地よい圧迫感がゆっくりと増していって、彼女は押し殺したあえぎ声とともに口を開き、求められるがままに、温かな吐息をもらした。血管のなかで炎が躍り、甘やかな熱気が広がって肌を赤く染めていく。愛撫にこたえるたびに、明瞭な思考が、自らを守るために築き上げた壁がかき消えていく。ベルベットのぬくもりを帯びたヒースの唇が首筋に下り、浮き上がる血管を歯がくすぐった。大きな手がやわらかなドレスの下に忍び入り、乳房をつつみこむ。ルーシーは膝が萎えて立っているのもやっとだ。うずくつぼみが手のなかで目を覚まし、愛撫を受けて痛いほどに硬くなる。

「ヒース……あなただけよ。誰もいらない……もう誰も……」

「今夜この町に来たのは、きみがそうしたいと言ったからだ」というヒースの声は、優しく、それでいて厳しかった。「二度とここに来られなくても、わたしはかまわない」

「でも、ここはわたしの生まれ育った土地よ。たまには来なければならないこともある」首筋のとりわけ感じやすい部分に唇が押しあてられると、ルーシーはこらえきれずに頭を夫の肩にあずけた。「狭いけれど、そんなにひどい町では――」

「きみがいたからだ。あんなに長くここに居座ったのは、きみがいたからだ」

ルーシーは震える笑みを浮かべた。「ほんとうに？」

「きみが溺れかけ、うちで三日間ともに過ごしたあと、きみとダニエルの関係がどの程度のものなのかしばらく様子を見てみようと決心した」

「様子を見る、なんてものじゃなかったわ」

「きみをひとりにしておけないと思った」

「自制心に欠けているからって、三年もつづいた婚約を台無しにしていいと思う？」

羽根のように軽いキスをしてから、ヒースは彼女の唇の端にくちづけたままささやいた。

「後悔したことはないのかい？」

ルーシーは夫の手のなかで胸をそらし、いっそう強く身を寄せた。

「したことがないとわかっているから、訊くのでしょう？」

夫は頰を寄せたままほほえみ、身ごろからしぶしぶ手を引き抜いた。

「だとしても、答えを聞かせるんだ」

すかさずルーシーは身をひねって夫から逃れ、ふたたびつかまえようと伸びてきた手をかわすと声をあげて笑った。小さな丸テーブルの向こうのあまり安全とも言えない場所に避難し、テーブルの端に両手を軽くついて、からかうように夫を見つめる。

「命令するのが好きな人ね」

「ああ、命令に従わせるのも好きだ」ヒースは言うなり、テーブルの右側に移動すると見せかけて、ルーシーが左に逃げたところでそちらに手を伸ばした。それだけでいとも簡単につかまえられただろうに、身をよじる彼女をわざと逃がす。愉快げに口元に笑みをたたえ、部屋の反対端に逃げた妻を目で追う。

「従うかどうかは、わたしが決めるわ」ルーシーは告げ、近寄ってくる夫から逃れようとさらに隅へ移動した。

「さっきの質問に答えろ」ヒースが命じ、怖い顔をしてみせる。「ダニエルではなくわたしと結婚して、後悔したことは?」

壁に背中を押しつけ、ルーシーは笑いに瞳を輝かせつつも、答えずにいた。

「早く答えないと、お尻をたたくぞ」

ルーシーは生意気にほほえんだ。

「ペチコートやバッスルを脱がせるあなたの姿が、目に浮かぶようだわ」

「ハニー、いくつもの苦難を乗り越えてきたわたしだ。バッスルを脱がせるくらい、なんでもないね」

「自分の妻に向かって、よくそんなことが言えるわね」ルーシーはやりかえし、すばやい動きで夫の脇を抜けようとした。夫の手に腰をとらえられ、くるりと宙にまわされ、押し殺した笑い声をあげる。

ふたりきりのたわむれは、戸口から聞こえた声によって唐突に終わりを迎えた。

「ルーシー?」

ミセス・ホズマーがふたりに、あからさまな非難の目を向けていた。自宅でそのような場面は望ましくないに決まっている。三人の息子にとって悪い手本になるし、夫人自身の分別にも反する。

「ルーシー、お父様がお見えよ。あなたを捜しているわ。いますぐクリスマスのお祝いを言ってこないと、きっとがっかりなさるわ」

「それどころか、打ちのめされるよ」ヒースに耳元でささやかれ、ルーシーは笑いをこらえるのがやっとだ。

「ありがとう、ミセス・ホズマー」礼を言い、夫の腕をほどいて、視線でたしなめる。「すぐに父のところに行きますわ」

「ええ、すぐに」ヒースが請けあい、やわらかな笑みをたたえると、夫人は疑わしげな目を彼に向けてから部屋をあとにした。すぐさま夫が不機嫌な表情に変わる。

「さてと、お義父さんのかわいい娘が夫のせいでどんなに変わってしまったか、見せに行くとしようか」

「父はそんなふうには思わないわ。だめ娘を救ってくれたあなたに、いつだって感謝しているはずだもの」

「当のだめ娘は？　どう思っているのかな？」

「そうね……」ルーシーはいったん言葉を切り、夫の頭上を見やる。「夫はとても不注意な人だって。妻がヤドリギの下に立っているのに、気づきもしないって」

ヒースが優しく、気だるげに笑い、ルーシーは心地よいうずきを下腹部に感じた。彼は妻を見つめたまま手を伸ばすと、戸枠に飾られたヤドリギを取り、小さな緑の小枝をポケットにしまった。

「あとでね」とつぶやき、ヒースはルーシーにほほえんだ。

10

北部の過酷な気候に、ヒースはまだ慣れることができない。外に出るたびに悪態をついている。北部の冬の寒さは骨の髄まで浸みこみ、風はいとも簡単に、重ね着をした服の内側へと忍び入る。マサチューセッツで生まれ育ったルーシーはそんなの慣れっこで、文句ひとつ言うことがない。だがヒースにはとうてい耐えられなかった。一月に入って本格的な冬が到来すると、寒さは厳しさを増し、一度に数分以上外に出ていることは不可能になった。ヒースは家中の部屋を暖かくしておくよう、すべてのストーブに燃料を絶やさないよう言い張り、ルーシーはほとほとうんざりした。彼女は倹約の大切さを教えこまれている。とくに暖房については節約を心がけてきた。だが夫を納得させ、文句を言わせないようにするには、しかめっ面を見せずに石炭や薪を浪費しなければならないのだ。

とりわけ悪天候がつづいたある週、ボストンの細道を覆う灰色の雪山が部分的に解けたのちにふたたび気温が下がったせいで、道には数センチの厚みの氷が張った。控えめに言っても、道を行くのは困難かつ不愉快なものとなった。場所によっては歩くのはほぼ不可能となった。新聞社から帰宅したヒースも、体はすっかり凍え、髪は雨とみぞれでびっしょりと濡れていた。

「帽子はかぶって行かなかったの？」ルーシーは眉根を寄せつつ、夫が上着を脱ぐのを手伝った。

「朝、忘れたんだ」ヒースは陰気に応じ、がたがたと歯を鳴らした。「とんでもない失態だった」

「ほんとうね」ルーシーはうなずき、夫の襟元からスカーフを取ると、心配そうに見つめた。

「それにしても、ずいぶん濡れたわね」

「ワシントン通りの……氷がすごくて……馬車はつかまらないし。延々と歩く羽目になった。くそ寒かった……」

「手も顔も凍るようじゃない！」ルーシーは言い、小さな手のひらでこすって温めようとした。大した効き目があるはずもなく、夫が苦笑をもらす。

「手と顔だけじゃない」

心配のあまり、ルーシーは笑うどころではない。あわただしくヒースを二階に向かわせ、すぐに濡れた服を脱いで温かなローブに着替えるよう伝えた。着替えを済ませたヒースは、火の前で長いこと立ちつくし、寒さに震える猫のようにそのぬくもりを味わっていた。

その後ふたりは、寝室の暖炉の前に置かれた小さなテーブルで夕食をとった。炎の金色の明かりが、影を部屋の隅へと追いやる。ルーシーは昼間の講演会について、ヒースに話して聞かせた。ブランデーを飲みながら静かに聞き入る夫は、いつになく難しい顔をしていた。

長い指がブランデーグラスをつつみ、親指がグラスの縁をなぞっている。こうした夫婦の時間、ルーシーは夫の物憂げで優雅な動きをじっと見つめるのが好きだった。

「そうしたら、代表のゴーウェンさんがね……ヒース、ちゃんと聞いている？」

「ああ」夫は気だるく応じ、椅子の背に深くもたれると、ルーシーの椅子の端にはだしをのせた。蠟燭の明かりに照らされた妻の顔に視線だけを向けて物思いにふけっていたところを、会話に意識を集中させる。「ゴーウェンさんが、なんて？」

「アメリカの海運産業を保護し、海軍を増強するべきだっておっしゃったの」

「それはいい。戦後はうやむやにされていたからね」

「それから、木造船が主流だった一八五〇年代にはアメリカは造船業の中枢を担っていたけれど、いまは鉄があたりまえになり、イギリスに主導権を奪われたともおっしゃっていたわ。あと、海運業界への助成金を拡大して、造船用のあらゆる輸入部品に課税を行うべきだって」

「つづけて」ヒースは優しく促し、手に顎をのせて妻を見つめた。

「ゴーウェンさんの講演に興味があるなら……メモをとったから読んでみる？」彼女はさりげなさを装って肩をすくめた。「もちろん、わたしから話して聞かせてもいいんだけど。好きなほうで」

「メモ」好奇心に駆られて、ヒースはおうむがえしに言った。妻はなにをたくらんでいるのだろう。無頓着を装いきれていない彼女がおかしくて、ヒースは懸命に笑いを押し殺した。

「メモが見てみたい」

ルーシーはその答えを待っていたようだ。ためらうことなく立ち上がると、化粧台に歩み寄り、「ここにしまっておいたの」と言いつつ引き出しを開けて、薄い紙束を取りだした。

「ちょっとした走り書きだけど」

夫にメモを渡すなり、ルーシーは激しい後悔の念に囚われた。読まれる前に取り戻してしまいたくなった。いったいどうして、講演会の内容をメモにまとめてみようなどと思ったのだろう。今朝は名案に思えたのに、実際にそうした自分がふいに悔やまれた。ヒースはいつも記者のことや、彼らの偉業、あるいは失敗について妻に聞かせてくれる。きっとそのせいで、自分もなにか書いてみようなどと考えたのだろう。一生懸命書いたが、ヒースにきまり悪い思いをさせてしまったらどうしよう。なにか言おうとしたけれど、ますますばかみたいに見えそうで、口を開けなかった。彼女は両手を背中にまわして握りあわせ、動揺のあまり座ることもできずにいる。

最初のページを半分読んだところで、ヒースは鋭く妻を見上げた。

「こいつはとうてい、走り書きとは呼べないね、ルシンダ」

ルーシーは軽く肩をすくめ、読み進める彼から目をそらした。やがて読み終えたヒースは、慎重な手つきでメモをテーブルに置いた。その顔には、なんだかよくわからない不可思議な表情が広がっていた。

「完璧だ。改善すべき点はひとつもない。これをまとめるのに、どれくらいかかった?」

「ええと、ほんの一、二時間かしら」実際は午後中かかったのだが、あえて言う必要はあるまい。

「構成、長さ、文体……すべてが完璧にまとまって――」ヒースは言葉を切り、笑みらしきものを浮かべた。「うちの記者たちにこういうものを書かせるために、わたしとデイモンがどんなにうるさく注意しているか、きみは知らないだろう？」

賛辞の言葉が嬉しくて、ルーシーはばかみたいに笑いだしかけた自分を必死にいさめた。

「試しに書いてみただけよ」

「すぐにデイモンに見せよう」

「それって、『エグザミナー』の原稿用にという意味？」

「ああ、もちろん」

「そんなにいい出来栄えとは思えないのだけど」ルーシーはためらった。

「謙遜は無用だ」ヒースは淡々と応じた。「素晴らしい出来栄えだよ」

「ほんとうに？」ルーシーは満面の笑みになった。「あなたがそう言うのなら、デイモンにも見せてかまわないわ。だけど、誰が書いたかは伝えないで。適当なイニシャルを書いてくれればいいから。デイモンの気に入らなかったときに、誰にもばれないように」

「ああ、書き手は明かさずにおくよ」夫は請けあった。「でもたぶん、誰なんだろうと詮索すると思うけどね」

「わたしを傷つけないよう、気をつかってくれているの？　それとも、ほんとうにあの文章が気に入った？」

「気をつかったりしないさ」ヒースは紙に視線を落とし、一番上のページを指先でなぞった。彼はまだ、妻の明晰な書きぶりに感嘆していた。妻の才能がどれほどのものか思い至り、胸の内に誇りがふつふつとわいてくる。

「むしろ、きみの力量に驚いた自分が恥ずかしいね」

「恥ずかしい？」

「驚く必要なんてなかった。なにしろ相手はきみだ」ヒースは立ち上がると彼女に歩み寄り、人差し指を顎の下に添えて上を向かせた。結婚当初のわがまま娘からどれほど成長したか、彼女は自分でわかっているのだろうか。一年前にも、彼女にはなにかがあった。特別ななにかの兆しが見えていた。気づけばヒースはそんな彼女に惹かれていた。その名もなき兆しはついに、確実な才能へと成長した。妻がその才能を生かすすべを学んでくれたことが、ヒースは嬉しくてならない。

「きみはほんとうに素晴らしい」彼はゆっくりとほほえんだ。「頼みがあるんだ、ルーシー」

「なあに？」

「きみのことを……ただの恋人と思うことが二度とないよう、ほんとうのきみを見せてほしい」

「ただの恋人と思ったら、まずいの？」

彼はちゃめっけたっぷりにベッドのほうを見やった。

「きみのある種の才能に夢中になりすぎて、別の才能を見落としてしまうかもしれないからね」

「わたしもあなたを、恋人と思っちゃいけない？」

ヒースは口の端に笑みをたたえた。「いつでも思ってくれていい」とささやいて妻の化粧着を肩から脱がせ、胸元を親指で撫でる。するとルーシーは、かすかなあえぎ声をもらした。

「しゃべり疲れたかい？」とささやきかけ、妻の耳たぶをそっとかじる。「ではベッドに行こう、ルシンダ。今夜は新しいゲームを用意しておいたから」

夫のまどわすような笑みにうっとりとなりながら、ルーシーはいそいそと彼についていった。

『エグザミナー』にルーシーの記事が掲載されると、ヒースはすぐさま彼女に次の記事を書くよう促した。二本目は一本目よりもずっと難しかったが、ためらいがちに質問を投げれば、ヒースは喜んでいろいろと教えてくれた。やがてルーシーは、あまり遠慮せず夫に指導を求めるようになった。

ヒースは妻とともに椅子につき、彼女の記事の改善点を指摘していく。とりわけ気に入っている段落の削除を求められても、ルーシーは怒りを懸命にのみこんだ。そうするうちに、夫の編集能力の高さに気づかされていった。夫は、それまで面倒と思っていた推敲作業を楽しいものだとわからせてくれた。デイモンが夫の編集能力を高く買うのも、これなら当然だ。

たとえばヒースは、物事をわかりやすく文章で表現するのがうまかった。編集者にとってはかけがえのない才能だ。残念ながら世の大部分の書き手は、自分の言いたいことを文章で的確に表すことができない。だがヒースはちがう。彼は自分の考えを完璧に理解し、読者にもそれを伝えたがった。『エグザミナー』においても、それを目標とした。ときに大胆で、厚かましいほどに率直な新聞を目指した。記者陣にも、大胆さを求めた。そうして彼らに、「よその記者たち」が聞いたこともないような記事を書けと訴えた。当時の新聞はみな保守的だったが、彼は進歩的であろうとした。多くの新聞は、編集サイドの方針に則した報道を行っている。けれども『エグザミナー』は、記者のがんばりをなによりも重視した。記者は事件が起こるのを待つのではなく、町に出て、自ら事件を見つけ、あるいは事件を生み、記事にしなければならない。こうしたヒースの狙いを理解できる記者は一握りだったが、彼らはみな期待にこたえようと懸命だった。

ヒースと暮らすルーシーは、記者たちよりだいぶ有利な立場にあったと言える。同居しているからこそ、ルーシーは誰よりも深くヒースを、言葉や仕事に対する彼の考えを理解できた。

新聞記者は、時代の目撃者だとよく言われる。だがヒースが求めるのはそれだけではない。当人がはっきりとそう言ったわけではないが、ルーシーはそのことにも気づいた。ヒースは紙に印刷された文字によって、社会や人びと、その判断に影響を与えたいと考えていた。彼が信じる理想は、ほかの方法では実現できない。『エグザミナー』が第一の目標を、「ポストンで最も広い見聞と威光を誇る新聞」とするゆえんだ。目標は達成されるはずだと、ルーシーは信じていた。そのために自分も努力を惜しまなかった。彼女には言葉を操る才能があった。自信がつくにつれて、言葉を選ぶのも上手になっていった。それだけではない。彼女には、ボストンでとりわけ大きな影響力を誇る人びととのつながりもあった。ヒースやデイモンでさえ持てないつながり——町の大物たちではなく、彼らの妻たちとの結びつきだ。

情報源としての価値を、ルーシーは何度となく証明してみせた。イーストボストンのフェリー会社を町が買収する計画について、さる州議会議員のコメントを得たときもそうだった。ルーシーは買収計画に関する詳細を、とあるクラブの会合でお茶を飲みながら、当の議員の妻から教えてもらったのだった。そうした交流の場で彼女は、誰がなにを計画し、どこへ行こうとしているかを探りだし、手に入れた情報を慎重に夫の耳に入れた。それらの情報をもとに、『エグザミナー』の記者たちは意外な場所に現れては、最新の記事をものした。そうして彼らの記事は、他紙よりずっと新しいとの評判を獲得していった。とはいえルーシーは、とくに興味深いネタは自分の記事用にとっておき、着実に技術を磨いていった。

夫の仕事に協力できるのが、彼女は嬉しくてならなかった。ときには夫婦で、知的な会話だけに終始することもあった。男性は普通、女性の知的な面を見たがらない。けれどもヒースは、妻の知性を脅威と感じるどころか、意見交換を楽しんでいる。彼女のあらゆる側面を、ときどき見せる頑固な一面や短気さえも、前向きに受け入れている節がある。

ときには、しかつめらしく澄ましたルーシーをけしかけて、議論へと持ちこむこともあった。ヒースは妻との議論が、妻をからかい、魅了するのが大好きだった。そうして妻のあらゆる情熱を目覚めさせ、自分と同じように彼女自身もその情熱を貪欲に味わえるよう、なにくれとなく手を差し伸べた。こうなると、もはや独身時代の思い出は、いまの暮らしの薄ぼんやりした影にしか思えない。あのころのルーシーは、幸福のいったいなにをわかっていたのだろう。物事のなにをわかっていたのだろう。

二月二六日、憲法修正第一五条が提案され、各州がふたたび合衆国に復帰しはじめた。ワシントン通りのあらゆる新聞社が、このニュースを大々的に報じた。合衆国議会が各州の全公職者に忠誠を誓わせたという好ましからざる事実や、参政権および公職者の選出、公立学校の設立についていくつもの条件を付けたことなどを、各紙はこぞって取り上げた。黒人に対する暴力行為も頻発するようになり、街は混乱に陥った。新聞各社は多忙をきわめるようになった。

ヒースも残業が増え、毎晩くたくたになって帰宅するようになった。少し仕事を減らしてやすんでほしいとルーシーがいくら懇願しても、絶対に聞き入れなかった。疲れなど知らぬかのように部下たちにもいっそうの努力を求め、日曜版を新たに発行し、平日版も二ページ拡大した。その結果、購読者数は五〇〇〇人増え、『ジャーナル』に並んだ。ヒースとデイモンは『エグザミナー』の成長ぶりに大喜びだった。『エグザミナー』は生き残りを果たしただけではない。競争力まで身につけたのだ。ついには町でジョークがささやかれるほどになった。いわく、『ヘラルド』の経営者はいまごろ、〝尋問官《エグザミナー》〟の訪れに戦々恐々としているはずだ、と。

ヒースの成功がルーシーは嬉しかった。それと同時に、やすみなく活動する彼を心配もした。起きている時間は仕事のしっぱなしで、週末には妻を社交の場に連れていき、眠りはたやすく手に入る消耗品かなにかのように軽視する。デイモンでさえ最後に夕食にやってきたとき、ヒースのペースにはついていけないとぼやいたほどだ。

過酷なスケジュールがもたらす弊害は徐々に明らかになっていった。ヒースは以前にも増して短気になった。極寒の屋外で過ごす時間が多いせいで声がかすれ、南部人らしいやわらかな発音がとぎれたような発声に変わり、直る気配もない。夫の頬骨がいやに目立ち、体重も減ってきたのに気づくと、ルーシーもついに強く出るしかなくなった。

「ルーシー」ヒースはネクタイを締めながら大またで寝室に現れた。「準備はできたか？そろそろ出かけないと……」妻が化粧着のままベッドの端に座っているのを見てとるなり言葉を切る。

「今夜は行かない」ルーシーは頑として突っぱねた。

夫は口元をいらだたしげに引き締めた。

「ハニー、選択肢はないとさんざん説明しただろう？　今日はAP通信の晩餐会なんだよ。ぜひとも話をしなければならない相手が何人も――」

「デイモンも行くのでしょう？　話なら、彼にさせればいいじゃない」

「議論している時間は――」

「じゃあ、やめましょう」ルーシーは夫を見上げた。目じりに涙が浮かぶのを止めることができない。夫は相変わらずハンサムで、隙のない装いだ。でも過労がたたって、あふれるほどの活力がすっかり失われている。青い瞳の下には、うっすらとくまが浮いている。表情だって険しく疲れている。死ぬほど働かなければ、満足できないとでもいうのだろうか。ひょっとして妻になにか不満がある？　頭から離れない不安があるのに、どうしても打ち明けることができないとか？

「週末のたびに出かけるのはいやなの」彼女は弱々しく訴えた。「ゆっくり座って、ふたりで……ふたりでただ一緒にいるだけの時間すらないじゃない」

「永遠にこの状況がつづくわけじゃないだろう」ヒースは静かに諭そうとする。「いまは、やるべきことがたくさんありすぎるだけなんだよ――」

「でも、なにもかも自分でやる必要はないでしょう」ルーシーは涙をこぼした。「どうして部下を信頼して仕事を任せられないの……じ、自分じゃないとできないなんて思うのは、傲慢だわ」

「ルーシー……」妻の目からこぼれる涙を見ると、ヒースはため息をついてこめかみを揉んだ。「わかったよ。来週か再来週中には、部下たちに任せる方法を考えよう」

それでは満足できない。ルーシーはますます泣きたくなった。

「あなたはこんな状態でも、いつまでもがんばれるかもしれない。でも、わ、わたしは無理なの！」

小さく悪態をつき、ヒースは靴を脱いだ。つづけて上着とネクタイも脱ぎ、妻を抱き上げると、膝に抱いたままベッドに腰を下ろした。

たくましい胸板に寄り添い、ルーシーは濡れた顔を夫の首筋にうずめた。夫の体は温かく、力強く、手の下で鼓動が規則正しく打っている。

「しーっ……大丈夫だよ」ヒースは彼女の髪にくちづけ、きつく抱きしめてくれた。「今夜は出かけるのはよそう。ふたりでこうしていよう」

「い、以前はずっと、し、幸せだったのに――」

「わかってる。わかっているよ、ハニー。なんとかしよう。これからはもう悲しませたりしないから」

「あ、あなたは前みたいに笑わなくなったわ」

「笑うよ。明日からちゃんと笑う」

「新聞のためにエネルギーを使い果たして、わ、わたしのもとに帰ってきたときには、疲れきっているじゃない」

「すまない」ヒースはほほえみ、妻の髪に鼻を押しあてて、耳の裏のやわらかなくぼみにそっとキスをした。「ほんとうにすまない。そんなに泣くのはおよし、もう安心していいんだから……」

夫にささやきかけられ、抱きしめられながら髪を撫でてもらううち、涙も乾いていった。抱きあってベッドに横たわれば、つかの間の安堵感に全身がつつまれるようだった。ヒースがそばにいて、両の腕で抱いてくれれば、もうなにも言うことはない。

「一緒にいて」ルーシーは訴え、夫の重みが移動するのに気づくと、抱きしめる腕に力をこめた。「行かないで。もう少し……もう少しだけこうしていましょう。それから今夜は、ここで夕食を食べるの」

まだ夜になったばかりなので、きっと断られるだろうとルーシーは思った。ヒースは毎晩、ベッドに入る前にいくつもの新聞や原稿に目をとおす。けれども今夜の夫は驚くほど素直で、彼女がひとりで起き上がり、明かりを小さくしても抗議すらしなかった。そうしてベッドに戻ってみれば、夫は眠たげになにごとかつぶやいて彼女を抱き寄せ、胸に頭をのせた。夫の重みを堪能しつつ、ルーシーは指で金髪をかきあげ、暖炉の火をぼんやりと見つめた。ヒースの体から力が抜けていき、寝入ってしまったのだとわかる。とはいえそれは、いつもの平和で満ちたりたまどろみではなかった。身じろぎひとつしないのが、なんだか不吉に感じられた。消耗の果ての深い、貪欲な眠りが、あっという間に夫をとらえたかのようだ。寝室の扉がそっとたたかれても、夫はぴくりとも動かない。

「なあに？」ルーシーは小声で答え、戸口を見やった。「なにかあったの？」

ベスがおずおずと顔をのぞかせた。

「あの、御者はどういたしましょうか――」

「悪いけど、今夜は出かけないことになったと伝えてくれる？」ルーシーはまじめな顔で説明した。「ご苦労さま、馬車はもうしまっていいわと。それから今夜はもうやすむから邪魔をしないで」言いながらルーシーは、いつになくぶっきらぼうな口調の自分に気づいた。それでもメイドは、気分を害した様子も見せずにいてくれる。

「かしこまりました、奥様」

扉がふたたび閉じられ、寝室がほとんど闇に覆われる。明かりらしきものは、火床でほのかに赤く光る石炭だけだ。部屋はとても静かで、石炭がときおり爆ぜる音と、ヒースの深くゆっくりとした寝息が聞こえるばかり。ルーシーはそのまま真夜中過ぎまで起きていた。そうして夫を見つめていなければ、彼が目を覚ましてしまう気がした。きっといつの日か、あの晩はなにをあんなに緊張して、不安になっていたのだろうと笑い話にできるはずだ。理由のない恐怖に駆られて、外界から夫を守ろうとするかのように両の腕で抱きしめたりして、どうかしていたと。そう、きっといつの日か思い出して笑うことができる。でもいまはまだできない。いまは、まだ。

「熱があるのよ」ルーシーが強い口調で言い、着替えを済ませて出かけるしたくを整えるヒースのあとをついてまわる。

「あるかもしれない」彼は淡々と応じた。ひげを剃った顔をタオルで拭き、寝室に戻る。「冬だからね。誰だって多少の熱はときどき出るさ。仕事に行くのを止めようとしてもむだだよ」

妻がいらだたしげに言いかえす。

「こんなに頑固な人だとわかっていたら、ゆうべのうちにベッドに縛りつけておくんだったわ！」

ヒースはにやりと笑って伸びをした。数週間ぶりに活力がありあまっている感じだ。

「ゆうべは家でゆっくりできてよかったよ。少しやすみたかったんだ」

「まだやすみ足りないはずよ。ご自分では、何週間も体を酷使しつづけて失った活力を一晩で取り戻したつもりなんでしょうけど。そんなことは不可能なんだから」

夫のいかにものんきそうな表情に気づいて、ルーシーはいらだった。がみがみ言うしか能がない自分に腹が立つ。ほかにわかってもらえる方法はないだろうか。

「今夜も帰りが遅くて、約束を守れないようなら――」

「小言はかんべんしてくれ、ハニー」ヒースは妻の鼻にキスをし、寝室をあとにして階下に向かった。

魚売りのように大声をあげてしまわぬよう、ルーシーは両手をこぶしにして気持ちを抑えこんだ。「朝食はどうするの？」と、やっとの思いで落ち着いた声を出す。

玄関広間からかすれ声が聞こえてきた。「時間がないんだ。行ってくるよ」

幸先のいい一日の始まりだったのに、会社に着いて一時間後には、せっかくの機嫌もどこかへ消えていた。ヒースはデスクで原稿に目をとおしていた。ついさっき気づいたかすかな頭痛が、頭蓋を割らんばかりの激痛へと変化している。頭痛は全身の骨を伝い、つま先まで届いているかのようだ。それでもヒースは痛みを無視し、目の前の文章に集中しようとしたが、ついには文字が紙の上を行ったり来たりしはじめた。昼近くまで辛抱強く仕事をつづけていると、デイモンが扉をたたく聞き慣れた音がした。その音のひとつひとつが、頭蓋のなかの振動に共鳴する。

「どんどんたたくな」ヒースはしかめっ面でデイモンを迎えた。デイモンはといえば、わざとらしくびくついている。

「いや、すまない。今朝は誰にも邪魔されたくなさそうだなと思ったんだが、社説についてきみの意見を確認しておきたくてね」

「なにも問題はなかったように思うが……テーマはたしか……」ヒースは言葉を切り、目元をこすった。「なんだったかな……ハイラム・レベルズか？」

「いや、それは昨日の社説だ」デイモンが例のごとく好奇に満ちた黒く鋭い目を向けてくる。ヒースはその視線に出合うたび、不可解ないらだちを覚える。「今回はキューバの独立戦争について」デイモンがゆっくりとした口調でつづける。「キューバ人は好戦的だと大統領が揶揄しようとしたのを、フィッシュ国務長官が止めたという逸話を好意的に取り上げている。ここに、スペインの統治者どもを糾弾する文章をくわえたい。キューバ人への共感をあおることができると思う」

「うん、いいんじゃないか。それでいこう」

「了解」デイモンは部屋を去りかけて立ち止まり、ずっとおだやかな声になって言い添えた。

「ゆうべは奥方に外出を止められたのか？」

「そうだ」ヒースはしわがれ声で答えた。

「彼女も安心しただろう。最近のきみは、一息入れることさえ忘れていたようだからね。AP通信の晩餐会も、大した収穫はなかったから安心したまえ。わたしだって、これで意外と頼りになるんだ。きみさえ少し手綱を緩めてくれたら、その分はわたしが責任を持つよ」

ヒースは顔を上げた。相手の話がよく理解できなかった。高熱は青い瞳に尋常でない輝きをもたらしたらしい。デイモンがそれを見てとるなり、鋭く息を吸った。

「なんてことだ」常に冷静沈着なデイモンにとって、その控えめな一言は余人の叫び声にも匹敵する。「具合が悪いのか。誰かに言って、すぐに家まで貸し馬車で送らせよう」

「ばかめ。み……水を一杯もらえれば大丈夫」ヒースはそううめくなり腕で頭を抱え、デスクにつっぷした。

「こんなときにも人をばか呼ばわりか」デイモンはつぶやいた。「すごい男だ」こぢんまりとした執務室を離れ、ものの五秒で戻ってくる。ヒースはひんやりとしたデスクに頬をあて、活力を取り戻そうとしながら、デイモンが出ていってから一時間は経過したにちがいないと考えていた。

「貸し馬車を呼んだ」デイモンが告げる。「二、三人がかりでないときみを外まで運ぶのは難しいだろう、ちょっとそのまま待って――」

「ひとりで歩ける」ヒースはさえぎり、顔を上げて、不気味に光る青い瞳でデイモンを見つめた。

「ではわたしだけでも」

「いい……見られたくない」

部下たちのことを言っているのだと、デイモンはすぐに気づいた。無敵ではない自分を、彼らに見せたくないのだと。デイモンは反論したかった。ここでしばらく言い争えば、ヒースも抵抗する気をなくすだろうと思った。この状態で、ひとりで歩かせるなんてむちゃだ。けれどもデイモンは、南部人の誇りがどんなものかを理解しつつあった。雄々しくも愚かしい彼らの誇りを、称えたい気持ちすら抱いていた。それにいま彼の言い分をはねつけたら、永遠に恨まれそうな気がする。

「しかたがない。ひとりでやってみたまえ」デイモンはしぶしぶ応じた。「ただし、万一きみが倒れたときのために並んで歩くからな。それでほんとうにわたしに倒れかかったりしたら、こっちは大けがだ。そのときは、訴えてやる」

ヒースはヤンキーはこれだからとかなんとかつぶやき、流れるような動作で立ち上がった。めまいに襲われたのだろう、デスクを強くつかんだ。

「頑固な南部人め」デイモンはつぶやかずにいられなかった。「どうしてそこまで強情なんだ」

こぶしで猛烈に扉をたたく音に驚いたルーシーが玄関広間に駆けつけると、ちょうど執事のソワーズが扉を開けたところだった。

「ヒース！」彼女は叫び、戸枠にぐったりともたれかかる夫の姿を認めるなり吐き気とパニックに襲われた。褐色の肌がすっかり蒼白になっている。かたわらにはデイモンがいて、腕で夫を支えていた。

「心配ない」ヒースはしわがれ声でつぶやいた。

「なにかの病気です」デイモンが短く言い、身ぶりでソワーズに手を貸すよう指示して、ヒースを家のなかへと運びこむ。「わが家のかかりつけの医者を呼んでおきました。数分後には着くはずですから」

「ちょっと横になれば大丈夫――」

「南部人というやつは」デイモンがさえぎる。「白旗を上げるべきときがまるでわかっていない」例のごとく淡々とした口調だが、そこには男同士の友情のようなものが潜んでいた。

三人がかりでようやくヒースを寝室に運び、ベッドに寝かせると、ソワーズは医師を出迎えるために階下に戻った。いつものルーシーならば、人前で夫の服を一部でも脱がす羽目になったら、恥ずかしさに真っ赤になっただろう。けれどもいまは、黒檀のごときデイモンのまなざしなど気にも留めず、上着を剥ぎ取り、ためらうことなく靴を脱がせている。ヒースは激しく身震いをしている。不安に駆られながらも彼女は夫にささやきかけ、首まで毛布を引っ張って、肩のあたりを何度も何度もさすった。

「奥様？」

ベスの声だと気づくと、ルーシーは顔も上げずに「もっとキルトを」と命じた。

「レンガを熱してフランネルにつつんだのをご用意——」

「そうね、そうして。急いでちょうだい」ルーシーは唇を噛んだ。メイドが部屋をあとにし、駆け足で階段を下りていく音がする。ヒースは横を向いてルーシーの手に頬をあずけたと思うと、まぶたを閉じ、恐ろしいほどあっという間に眠りに落ちた。ルーシーは泣きたかった。夫の肌はまるで燃えているかのようだ。それなのに、寒さに震えている。ルーシーはハシバミ色の瞳に罪悪感と悲嘆を浮かべ、デイモンを見やった。

「働きすぎなのよ……ちゃんとやすませるべきだった」

「無理だったでしょうね」デイモンが静かに言った。「われわれも、やすむよう説得したんです。でも彼の背中には悪魔がまたがっている——もうずっと前から。あなたが説得しても、聞かなかったでしょう」

意外なせりふに、ルーシーは探るようにデイモンを見つめた。いまのはどういう意味だろう。ひょっとしてヒースは、妻にさえ打ち明けていない秘密をデイモンにはもらした？　それともデイモンが、ヒースの無謀な働きぶりの理由を勝手に推測しているだけ？　答えはわからずじまいだった。医師が到着し、デイモンに問いかける間もなかったからだ。

どんなに親切で信頼が置けそうでも、ルーシーは医師全般が苦手だ。医師が目の前にいるだけで、とてつもなく大変なことが起こっているのだと恐ろしくなってしまう。それに医師はみないやに無神経そうに見える。苦痛にゆがむ顔や、死者の顔を始終目にしているという事実が、普通の人とはちがうのだと思わせる。けれどもデイモンが呼んでくれたドクター・

エヴァンズは、多くの医師よりはずっとましだった。エヴァンズ医師は祖父のような雰囲気をたたえており、ルーシーの恐れを理解して、疲れからくる発熱でなにも心配はいりませんよと請けあってくれた。そうして強壮剤を処方し、ゆっくりやすませるよう指示を出したあとは、ありがたいことにすぐに帰ってくれた。ルーシーは自ら玄関まで医師を送った。

「彼の様子は？」背後からデイモンの声がし、ルーシーが振りかえると、居間で待つ彼がいた。

「恐れていたほど、ひどくはないようよ」彼女はゆっくりと答えた。「とにかくやすませるようにって。ほんとうによかった。あなたには心から感謝を――」

「大したことじゃありません」

淡々とした口調にも、ルーシーは騙されなかった。デイモンは感情を見せまいとしている。けれどもヒースを二階に運んだときの心配そうな表情や、自分への優しさに、気づかないルーシーではない。「心から感謝しているわ」彼女はくりかえし、さらになにか言い添えようとしたが、かえって相手にきまりの悪い思いをさせてしまうかもしれないと考えなおした。

「わたしは社に戻ります」

「戻る前に、なにか食べていかない？　あるいは飲み物だけでも」デイモンが昼食を食べそこねたことに思い至り、ルーシーは提案した。「紅茶は？」

「ありがとう。でも、仕事が山積みですから」

「それではまるで、うちの夫みたいだわ」

軽口にデイモンがほほえむ。

「仕事への彼の熱意は、きっと伝染するんですよ」

ルーシーは苦笑をもらした。

「では、気をつけてね。あなたまで倒れたら大変」

「ご安心を」と応じるデイモンの瞳に浮かぶ笑みは、彼女を見下ろすと、ほろ苦いものへと変わった。「わたしからご主人への伝言をお願いしてもいいですか？〝エグザミナー〟のことは心配いらない、きみのためにすべて万全に整えておくから〞と」

「あなたになら、夫も信頼してすべて任せられるわ」

「あなたは？」デイモンはそう問いかけるなり、自嘲めいた笑みに顔をこわばらせた。

なぜ彼はそのような質問を？　ルーシーは内心首をかしげつつ、彼も自信がないのだろうと結論づけ、「ええ、わたしも信頼しているわ」と優しく答えた。「ああ、そろそろヒースのところに戻らないと。玄関まではソワーズに送らせるわね」

好奇心と当惑を同時に覚えつつ、ルーシーはデイモンを振りかえりもせずに階段を上った。直感では、デイモン・レドモンドを警戒する必要はないと思う。けれどもあの妙な礼儀正しさは、用心深く胸に隠した秘密を見破られるのを、恐れているからのようにも見える。彼女からの感謝は求めていないようなのに、今日はまるで目立たぬ影のごとく、すべてを巧みに采配し、自分の出番はもうないとわかるまでずっといてくれた。

その晩、ルーシーはほとんど眠らず、ヒースが動くたびにどきりとし、夫を幾度か起こして強壮剤を飲ませ、夫が寒さに震えるのを見てはキルトをいっそうきつく体に巻きつけた。不安と睡眠不足で疲れた彼女は朝方、少しだけまどろんだ。そうして目覚めたとき、シーツが汗でじっとりと湿って、夫の髪が根本から濡れているのに気づいて戦慄した。湿気を吸って肌に貼りつくナイトドレスに、早朝の冷気が浸みこむ。

「ヒース？」呼びかけながらキルトを夫の体に引き寄せた。寝具を交換するまでのあいだ、せめて寒さを感じさせまいと必死だった。やがて彼は枕の上で頭を動かし、長いまつげを上げて、薄く目を開けた。

「やめてくれ」ヒースがつぶやき、キルトをどけようとする。「熱い……熱いんだ」

「わかっているわ」ルーシーは優しくなだめ、夫の額に手をのせた。燃える石炭のように熱かった。「動かないで……お願いだから、じっとしていて。わたしのために」ヒースがなにごとかつぶやき、目を閉じて、顔をそむける。

幸い、かつて結婚していたというベスは病人の世話もいやがらず、現実的かつ効率的に仕事にあたってくれた。そんなメイドの手を借りて、ルーシーは夫が少しでも楽に眠れるよう気を配り、シーツを乾いた清潔なものに交換した。

「お医者様は、ほんの一日か二日でよくなるとおっしゃっていたわ」洗いたてのリネンを腕に抱えて寝室に入りながら、ルーシーはメイドに伝えた。

「安心しました」ベスは応じたが、ベッドに横たわるあるじを見る目は疑わしげだ。ついさっきまで寝返りばかり打っていたヒースが、いまはまるで昏倒したかのように眠っている。

「ひょっとして、ご主人もこんな具合になって看病したことがあるの？」青ざめ、うろたえ、それでいて妙に冷静な口調で、ルーシーはたずねた。

「はい、奥様」

「熱は、二日目のほうがこんなふうにひどくなるものなのよね」

「そうともかぎりません」目が合ったとき、ルーシーはメイドの顔に浮かぶ真実を正しく読みとった。ヒースの熱は、ベスが目にしたものよりずっとひどいのだ。

「あ、あとでだんな様にスープを飲ませましょう。とびきり濃いスープを」ルーシーはのろのろと言った。医師の診断はまちがいで、ヒースは重篤な状態にある……心の声がそう叫ぶのは無視した。大丈夫、夫の熱は一日、二日しかつづかない。きっとすぐによくなるはずだ。

けれども翌日になっても熱は下がらなかった。それどころか病状が悪化したようで、ヒースはろれつさえまわらなかった。朦朧とした意識のなか、汗まみれになっていたかと思えば、数分後には寒さに震えていた。ルーシーは海綿で夫の体を拭き、シーツを交換し、強壮剤を飲ませる作業をくりかえしつづけた。あらためてドクター・エヴァンズを呼ぶと、医師は前回よりも時間をかけて診察した。ベッド脇を離れて静かな声でルーシーに話したとき、医師は深刻な表情を浮かべていた。

「このまま高熱がつづくようなら、氷で体を覆う療法に頼るしかないでしょうな。これほどの高熱は、非常に危険です」

医師の指示のもと、ルーシーたちは防水加工をほどこした布をベッドに敷き、ヒースの体を雪と氷で覆った。だが、どんな手段を講じても、熱が下がることはなかった。

暗くなった部屋でひとり、ヒースのかたわらに座りながら、ルーシーは混濁した意識をあてもなくさまよわせる見知らぬ人をじっと見ていた。その人の唇は、彼女の知らない名前をつぶやきつづけ、気がふれたように語りつづけていた。熱に苦しみ、激しく身を震わせるその男性は、ヒースではない。金髪が美しい、瞳に笑みをたたえた夫ではない。夫だと思えるのはほんのつかの間で、しかもその一瞬に出合えるのは、悲しくなるくらいごくわずかだった。語りかけても、彼は聞いていない。ときおり質問をしてくるが、答えを理解しているふうではない。ヒースは、妻と出会う以前の時間に戻ってしまったかのようだった。妻の名を一度も呼んでくれない彼が、ルーシーは悲しかった。

家にはいま、デイモンが看護人として寄越してくれたレドモンド家の使用人がひとりいる。けれどもルーシーはベッド脇をめったに離れようとしなかった。ヒースを知らない人とふたりきりにしたくなかった。食事をし、睡眠をとらなければならないのはわかっていたが、眠ることなどできるわけがなかった。夫は、刻一刻と彼女から離れていこうとしているのだ。

夢のなかでヒースは戦時中、ガヴァナーズ・アイランドの捕虜収容所にいたころにたびたび戻っているようだった。最初にそれが起こったとき、ルーシーは額にのせていたタオルを絞っているところだった。夫の顔を見下ろせば、彼はどんよりした目で妻を見つめていた。てっきり意識が戻ったのだと思い、ルーシーの心臓は高鳴った。

「水を」ヒースはささやいた。ルーシーは震える手で彼の頭を支え、カップを口元に運んだ。夫は水をごくごくと飲んでから、うっとうなり、あたかも毒を盛られたかのようにむせた。

「なぜ……こんな泥水を」彼はあえぎながら言った。「たとえ南と北のちがいがあろうと……われわれだって人間だ」

わけがわからずカップを口元からどかし、夫の声ににじむ憎悪に怯えてルーシーは身を引いた。

「毛布の一枚も与えず……きさまには見えないか……彼らが死んでいくのが。冷酷なヤンキーめ……われわれの食料を奪い……それを売り飛ばしてポケットをふくらませ……われわれには、あ、脂と筋ばかりを……」

どうやら彼は、ルーシーを収容所の看守とかんちがいしているらしい。

「紙《ペーパー》を……」彼はうめいた。「ペーパーをくれ」

「ペーパー？」ルーシーはたずねた。『エグザミナー』のことだろうか。

「もっとだ。食い物よりペーパーを寄越せ。そうだ……食い物と交換だ」

新聞ではなく、文字を書く紙のことらしい。戦時中の出来事を書き記しておきたいのだろう。わめき散らすヒースのかたわらで、ルーシーは思わず泣きだした。

「ヒース」と呼びかけると、涙が頬を伝った。「わたしよ……ルーシーよ。愛してるわ。わたしがわからない？　覚えていないの？」

泣き声が耳に届いたらしい。彼はしばし黙りこみ、困惑の面持ちで、落ち着きなく寝返りを打った。

「泣くな、泣かないでくれ」

「でも、涙が止まらない――」

「お願いだ、レイン。きみのためならなんでもするから。行くな、レイン……わかっているだろう、きみが必要なんだ。そんなことをしないでくれ……」

ルーシーは真っ青になった。みぞおちを殴られた気分だった。またレインだ。ヒースの声ににじむ痛みが、ルーシーの胸に深々と刺さる。乾いたタオルを震える手で探し、顔を拭いてから、目じりにあてて涙を吸わせた。

「母さん、ぼくももう一七歳だ……」彼は静かにつぶやいている。「もう一人前の男なんだよ。母さんの気持ちはわかるよ……でも、彼女を愛しているんだ」その声に、ふいに乾いた笑いが忍びこむ。「なにしろ美人だ。その点は反論できないだろう……」

背中に痛みを覚えつつ、ルーシーは身を乗りだして、ヒースの熱い額にタオルを広げた。

「レイン……」夫がタオルを払いのけ、ルーシーの手首をつかむ。「くそっ。ぼくを愛していないんだな……ああ、くそう……」

つかんでくる指の力に顔をしかめ、ルーシーは手首を引き抜くと、すぐさまさすって痛みを和らげようとした。ヒースの体が跳ねる。叫び声をあげた彼は、片手をゆっくりとこめかみにやった。

「きみを傷つけるために来たわけじゃない。けっして傷つけたりしない」

神様……ルーシーは祈った……これ以上は耐えられません……。

「奥様、ミスター・レドモンドがお見えですが」

水で顔を洗っていた手を止め、ルーシーはタオルをとった。ちょうど、看護人が付き添いを交代してくれたところだった。

「着替えなくちゃ」自分のなりを見て、ルーシーはつぶやいた。汗で肌がべたつき、体はへとへとで、首筋や顔にほつれ毛がへばりついているのも感じられる。

「ちょっとお話があって、うかがっただけだそうです」ベスが告げる。「新聞社のことで」

「だったら、着替えなんかしている暇はないわね。急いで櫛を持ってきてくれる？」

おぼつかない手で髪を整え、なんとか人前に出られる状態になったところで、彼女は階下の居間に向かった。部屋に入るとすぐにデイモンが立ち上がった。ぱりっとした黒いスーツを着こなし、隙もなく身だしなみを整えていた。彼を見た瞬間、ルーシーは不思議な安堵感につつまれた。彼はいかにも平和で健全そうで、この家をつつむ忌まわしい空気を、そこに立つだけで消し去ってくれる。ルーシーのひどいなりに気づいても驚くそぶりすら見せず、ひたすらおだやかな表情を浮かべている。

「お邪魔してすみません」

ルーシーはぎくしゃくとうなずいた。

「容体に変化は？」デイモンは静かに問いかけた。

「いいえ。なにも」

「ご自分のご家族を呼んだほうがいいのでは？　なんなら、わたしが呼びましょう」

「家族は父だけなの。来てもらったところで、なんにもできないわ。おろおろするだけだろうし、わたしも……いまは会いたくないの」言いながらルーシーは、もっと別の断り文句を考えるべきだっただろうかと悔やんだ。娘なら、父に会いたくないなどと言うべきではないし、そもそも本心をデイモンに打ち明けるのはまちがっている。彼女は父を思った。雑貨屋の経営にばかりかまけている父。白髪頭をうつむけて、始終、帳簿ばかりにらんでいる父。父は自分自身の感情とも、娘や他人の感情とも、真っ向から向きあうのをいやがった。娘が泣いても、おろおろするばかりだった。しつけには厳しくて、娘に助言を与えたり、ときには説教をしたり。ルーシーがいい子にしていれば、小銭を与え、店の広口瓶から好きなキャンディを選ばせてくれた。こういう場面でなにをすればいいのか、父にはとうていわかるまい。

　彼女はぎこちなく咳ばらいをした。

「会社のことで話があると、ベスから聞いたわ」

「ええ。州労働局に関する原稿を、ヒースが自宅で読むために持ち帰ったと思うんです。どこにあるか、ご存じでは？」

「夫の机にしまってあると思うわ。捜してくるから、少し待ってて」

「助かります」

書斎に向かい、夫の机を目にするなり、ルーシーはさびしい笑みをもらした。新聞がきれいに積み上げられ、切り口も美しい封筒が重ねられ、参考書籍がでたらめに置かれている。前回この机の前に夫が座っているのを見つけたとき、ルーシーは、夜中まで仕事はやめてと彼を叱りつけたのだった。するとヒースは説教の途中で彼女を膝に抱き寄せ、丹念にキスをして黙らせた……。彼に見つめられ、名前で呼ばれ、妻だとわかってもらえるなら、なんだってするのに。

引き出しを開けては閉め、問題の原稿を捜す。困惑と疲労を忘れさせてくれる、ささやかな仕事がありがたい。右側の上からふたつ目の引き出しを開けたとき、小さな封筒の束が目に入った。それは紐でくくられ、奥のほうに押しこまれていた。一番上の封筒を見れば、女性のものとおぼしき筆跡で、ヒースの宛名が記されていた。

夫の机を勝手に開けるのはこれが初めてだった。罪悪感を覚えつつ、ルーシーはその手紙を凝視した。手紙のことなど無視して、見なかったふりをするのが賢明だ。彼女は顔を赤らめ、次の瞬間には蒼白になり、部屋をこそこそと見まわしてから、それをつかんでドレスのポケットに忍ばせた。ざっと見て、誰からの手紙なのか確認だけするつもりだった。だってわたしは妻だもの……ルーシーは思った。誰の手紙なのか知る権利があるわ。わたしたちのあいだに秘密はあってはならないのだし。彼のほうはわたしのすべてを知っているんだもの！　そこまで理屈づけてもやはり良心が咎め、ルーシーはあわてて引き出しを閉じると、原稿捜しを再開した。見つけると居間に戻り、デイモンに渡した。ポケットをふくらませている手紙のことが、いやに気になってしかたがなかった。

「ありがとう」デイモンが礼を言い、いつもとはちがうまなざしを向けてくる。ひょっとして顔に罪悪感がにじんでいるのだろうか。夫の机でなにかを見つけたと、彼にばれてしまった？　いや、いつもとちがうまなざしだと思ったのは、たぶん自分のかんちがいだろう。単なる想像力のたまものだろう。

「なにか必要なものが、あるいは、わたしにできることがあれば」デイモンが口を開く。

「おっしゃってください」

「そうするわ」ルーシーは応じつつ、早く帰ってくれればいいのに、と内心で舌打ちをした。まったく恥知らずなことだ。けれども過ちを犯したいま、自分が見つけたものがなんだったのかだけはせめて知りたかった。

デイモンが帰り、ひとりきりになったルーシーは、居間の入口のカーテンを閉め、クッションのきいた椅子に腰を下ろした。背もたれに頭をあずけてため息をもらし、一瞬だけまぶたを閉じて乾いた目の痛みを和らげる。自分のしようとしていることが信じられない。夫が倒れて二階で眠るあいだに、彼の私信を居間で盗み読むとは。やっぱりだめ……こんなことをしてはだめよ。だけど、知らなくちゃいけない。ルーシーは手早く紐をほどき、封筒を順に見ていった。すべて同じ筆跡。同じ女性からだ。もしかして、レインだろうか。

ちがった。一通目の便箋を引きだし、最後に書かれた署名をたしかめたとたん、ルーシーは安堵感に肩を下げた。署名はエイミーとなっていた。ヒースの異母妹だ。どの行も上下に傾いているものの、子どもっぽい字で丁寧につづられている。書き手の幼さが感じられた。日付は一八六七年六月とある——一年以上前だ。ざっと目をとおした結果、プライス家のプランテーションと屋敷に関する現状報告や、エイミーなりの意見が書かれていることがわかった。ヒースの異母弟であるクレイの名が、最も頻繁に出てくる。レインという名前も何度か出てきたが、誰なのかはわからなかった。もどかしげにその手紙を封筒に戻し、ルーシーは次の手紙に移った。そうして次から次へと読んでいくうち、ある文章が視界に飛びこんできた。

お母様から今日、お兄様の名前は二度と口にしてはいけないと言われたわ。でもレインとわたしはいまも、内緒でお兄様のことを話しています。レインは、お兄様に会いたいと言っていました。わたしたちのあいだでは、あんなことがあったけれども、と。

クレイの背中の具合はよくありません。ひどく痛むようです。

お母様はいつも怒っています。イギリスを離れてお父様と結婚したのがまちがっていたと、愚痴をこぼしています。お父様ももういらっしゃらないのだから、イギリスに戻りたいのでしょう。かわいそうなクレイは、自分のせいでお母様がイギリスに戻れないことをわかっているみたいです。クレイはコリンズ先生から、暖かいところに住むよう言われていますから。

レインから、お兄様に最初に贈られたという花を見せてもらいました。聖書に挟んであったんですよ……。

レインとクレイがまたけんかをしました……。

レインはいい人だと思うときもありますが、とても気が短いので困ります。もうクレイのことはどうでもいいみたいです。お母様も、たまには正しいことを言うんだなと思いました。レインは、クレイにとっていい奥さんとは言えません。

最後の一文を読んだとき、ルーシーは息をのんだ。レインが、クレイの奥さん？　では彼女は、ヒースに愛されていると知りながらクレイと結婚をした？　でもどうして、ヒースではなくクレイを選んだのだろう。プランテーションのため？　お金のため？　いや、きっとヒースが婚外子だからだろう。そうだ。それがヒースを選ばなかった理由にちがいない。

お兄様の手紙のことを、クレイとレインに話しました。お兄様がヤンキーの女性と結婚したと知ると、クレイは声をあげて笑いました。お兄様にはお似合いだと言って。レインはしばらく呆然としていましたが、やがて怒りだしました。きっとまだお兄様が好きなのだと思いいます。どうしてヤンキーの女性なんかと結婚したのですか？　大金持ちなの？　南部には夫が必要な女性がいっぱいいます。彼女たちのひとりと結婚すればよかったのに。レインはクレイと一緒の寝室を使っていません。いまは、お兄様が来たときに泊まる部屋で寝ています。

クレイはもう長くないのではないかと思います……。

夢中になって読んでいると、ベスの声が静寂を破った。

「奥様？」

「なんの用？」ルーシーは問いかえし、きつい声を出してしまった自分をすぐさま恥じた。でも盗みの途中で見つかった泥棒になった気がして、罪悪感を隠すには、いらだちを装うしかなかった。

「だんな様が奥様の名前を呼んでらっしゃるんですが」

すかさず彼女は腰を上げた。手紙がかさかさと音をたてて膝から落ちる。あわてて床に視線をやると、「拾っておきます」ベスが申し出た。

「いえ、いいの。あとで片づけるわ。そのままにしておいてちょうだい」震える指を口にあて、ルーシーはためらい、階段のほうをうかがった。急に不安になってきた。なぜいまになってヒースは妻の名を呼んだのだろう。ひょっとして神が、最後にもう一度だけ、ヒースに名前を呼ばれる喜びを自分に与えてくれた？　ルーシーはかぶりを振って、妄想を追いはらった。

ベスの視線にせきたてられ、ルーシーは書斎をあとにした。歯を食いしばって一歩、また一歩と歩みを進め、階段を上っているときにふと、不安が消えていることに気づいた。うつろな心は妙に静かだった。心臓が鼓動を打つ途中で止まり、凍りついた振り子のごとく胸の真ん中に浮かんでいる。

病室に着くと、哀れみの表情を浮かべた看護人が戸口で迎えて、「またおかげんが悪くなったようです」と報告した。

「あとはわたしが。ふたりきりにしてもらえるかしら」

部屋に入り、ベッドに歩み寄ると、ヒースがわずかに体を動かし、うめいた。

「ルーシー……ルーシーを呼んでくれ……」

ひげの伸びた頰に、そっと手のひらをあてる。「ここにいるわ」

だがヒースは触れられたことに気づかないようで、妻の名をくりかえし呼ぶばかりだ。ルーシーは腰をかがめ、優しくなだめつづけて、ようやく静かにさせた。彼の頰に手をあてたまま身を乗りだしていると、首と背中の筋肉が悲鳴をあげはじめた。ルーシーはなにもかもに疲れていた。緊張を強いられ、希望はついえそうになっている。ひとりでいることにも疲れてしまった。夫に戻ってきてほしかった。二度と夫を取り戻せないのではないかと、絶え間ない恐怖と闘いつづけることに飽いていた。

彼女は徐々に頭を下げ、ついには反対の腕にあずけた。目をつぶり、何色もの光が点々とともる闇と向かいあった。そうして眠りに落ち、夢のなかを思い出とともに浮遊した……ルーシーの見え透いた策略を笑うヒース……彼女と愛を交わし……膝に顔をうずめて、酔って打ち明け話を……蠟燭の明かりの下でほほえみかけ……彼女が泣いたときには抱きしめてくれた。夫の腕が見えなくなっていく。ルーシーは彼のそばにいようとしてもがいた。でも彼は闇の深みへと落ちていき、捜してもどこにもいない。彼女はひとりぼっちで暗黒のなかを泳ぎ、影をかき分けて、夫に触れようとむなしくもがく。夫はいなかった。ルーシーは彼を失った。ついに一度も、愛していると伝えることはできなかった……。

激しくあえぎながら目を開ければ、心臓が猛烈に鼓動を打っていた。悪夢を見たらしい。目をしばたたき、腕にあずけていた頭をもたげ、ヒースに目を向ける。青ざめた肌の上で、まつげが黒い扇子のように見える。彼の頰にあてていた手に思わず力が入った。顎にあてた親指に、規則正しい脈が感じとれる。肌はひんやりとしている。

自分はまだ夢のなかにいるのだろうか。それとも、ほんとうに熱が下がった？ 全身を震わせながら、ルーシーはいま見ているものを信じられずにいる。あらためて頰に手をやれば、静かな脈動をたしかに感じることができた。やわらかな吐息に指先を撫でられた。奇跡のごとく、熱は下がっていた。喜びが体中を駆けめぐる。ルーシーは疲れも筋肉の痛みも忘れた。ヒースはふたたび彼女のものとなったのだ。

11

「ヒース、なにをしているの？」寝室に足を踏み入れたところで、ルーシーはつと立ち止まった。帰宅してすぐ夫の様子を見にきたところだった。夫がベッドを出て、数週間ぶりにきちんとした服を着た姿を目にし、彼女は仰天していた。袖口のボタンを留めながら振りかえった彼は、小ばかにするように笑っている。

「着替えをしているつもりなんだが、ちがうか？」

「まだベッドを出てはだめよ」

「二週間もベッドにいたんだ。強壮剤を何瓶も飲み、一日一四時間以上も眠り、まずい病人食を一さじ残らず食べた。数時間、ベッドを出る権利はあると思うね」

ふたりの目が合う。ヒースの瞳には固い決意の光が、ルーシーの瞳には不安と優しい懇願が宿っている。どんなに小言を言い、哀願し、説得を試みたところで、効果はないだろう。途方に暮れたように、ルーシーは両手を上げた。

「あなたはいつもそうやって限界を試そうとするのね。でも今回はさすがにまだ――」

「今回は、自分の意思で試すわけじゃない。病人役を演じている暇はもうない。社に問題が起こった」

「会社のことはミスター・レドモンドが――」

「昨日、きみがクラブの会合に出かけているあいだにデイモンが来た。ここしばらく、なにかと問題つづきだそうだ」自己嫌悪に口元をゆがめ、ヒースはつづけた。「自分の仕事をこなすだけではなく、わたしの仕事まで背負う羽目になったせいだろう。今日もうちに来ることになっている。わたしが復帰するまでのあいだ、どう仕事をまわすか話すためにね」

「彼が来たなんて、知らなかったわ」ルーシーはつぶやいた。のけ者にされた気分だった。

「とくに知る必要もないだろう」夫が静かに応じる。

彼女は短く息をのみ、「そうね」と言ってとぎれがちに笑い、夫の言葉がもたらした胸の痛みをごまかそうとした。「わたしには関係のないことだものね。口出しするつもりはないから安心して。なんだか妻に支配されているように、感じていたんでしょうから」

「そういう意味で言ったんじゃない」

だがふたりとも、内心ではそのとおりだとわかっていた。ルーシーはのろのろと化粧台に歩み寄り、椅子に腰を下ろして、髪を直すふりをした。眉間にしわが寄り、眉と眉がくっついてしまいそうだ。自由とプライバシーを奪われたいまのヒースが、いらだちを覚えているのはよくわかる。でも、この数週間はしかたがなかったのだ。心配でたまらず、あれこれうるさく言わずにはいられなかった。こんなに彼を愛していなければ……。ルーシーは彼を失いかけた。そのせいで、彼を長時間ひとりにしておくのを恐れるようになってしまった。一秒でも長く夫と過ごし、彼の考えをすべて理解し、彼を自分だけのものにしてしまいたいと願うようになった。このまま独占欲が高じれば、いずれ嫉妬深いやかまし女になってしまうかもしれない。彼に自由をあげなければ、きっと背を向けられてしまう。

以前ヒースに言われたことがある。きみは求めすぎる、人によってはきみの望みを重荷に感じるだろうと。彼女は激しく愛し、激しく求めるたちだ。自分でも、ヒースとの結びつきに満足できるようになるまで、まだまだ時間がかかるだろうと思う。深い考えもなしに、やたらとヒースを束縛し、ふたりの絆を強くする方法を始終探している自分に気づいてもいる。ほんとうは、もっと気楽に夫に接し、自由にしてあげるべきなのに。

振りかえってヒースを見やり、ルーシーはさりげないほほえみを作った。

「夕食は、ほかのお部屋に用意させましょうか?」

「ああ、そうしてくれ」ヒースは笑顔をかえしたが、瞳が笑っていなかった。

ヒースが部屋を出ていったあとも、ルーシーは彼が立っていた場所をじっと見つめていた。北東部における新聞業界の立役者、ヒース・レイン……自分が結婚をした相手とは、まるで別人のように思える。以前のちゃめっけはなくなり、代わりにひどく高圧的になった。かつての屈託のなさは、権力を持ち責任を負う者ならではのすごみにすっかり覆い隠されてしまった。陽射しを思わせる金髪も冬のあいだに色が濃くなって、いまでは灰茶色に変化し、二七歳という年齢よりも老けて見える。謎めいた感じもますます深まった。ヒースはすっかり、身勝手で、不可解な、近寄りがたい人になってしまった。

暗澹《あんたん》たる思いで、ルーシーはため息をついた。ヒースが内面も外面も変わってしまった事実と、ちゃんと向きあうのはこれが初めてだ。変わってしまった彼を、ルーシーは受け入れなければならない。どうして誰も教えてくれなかったのだろう——男という生き物は、求愛期間が過ぎて結婚生活が始まれば、別人になるのだと。

ベッドから出られないあいだ、かいがいしく世話を焼けばきっとヒースは喜ぶだろうとルーシーは勝手に思いこんでいた。だがまるっきりかんちがいだった。彼のことをまるでわかっていないことが、これでまた証明されたようなものだ。ヒースは、妻の世話やなぐさめの言葉をかろうじて我慢していただけなのだ。自分が安心したいがためにルーシーが夫に触れたり、頬にキスをしたりしたとき、たしかに彼は妻の愛情表現にまるで反応を示さなかった。青い顔で黙りこみ、おとなしく妻の言いなりになって、意外にも、ベッドに縛りつけられているあいだ小言ひとつこぼさなかった。今日の今日までは。

医師からはふたりきりで話した際、ヒースのそうした行動は一般的なものであり、倒れる前の健康を取り戻すには数週間かかるだろうと言われた。けれどもルーシーにははっきりと夫の変化が感じられる——不可思議な態度や、いつにない沈黙の理由は、倒れたことばかりではない。別の、もっと厄介な理由があるはずだ。熱にうなされるあいだになにかに気づき、それが彼をひどく悩ませているにちがいない。自分からはそれについて妻に話そうとはしない。それどころか、妻に指摘されるのではないかと警戒している節すらある。

レイン。どちらも相手に対してその名を口にしたことはないけれど、沈黙のなかにその名は漂っていて、かつてのような気の置けない会話を阻んでいる。意識が混濁していた期間のことをヒースが覚えているのかどうか、ルーシーにはよくわからない。レインの名を何度も口走った事実も、果たして記憶にあるのかどうか。その名を口にしたことさえ、覚えていない可能性もある。

ルーシーにとりついた疑念は、夫のあからさまな無関心によってますます深まった。ふたりはそれぞれの部屋で過ごすようになり、毎晩別のベッドで眠った。そろそろ寝室をともにしてもいい時期をだいぶ過ぎてからも、ヒースはそうしたいそぶりさえ見せなかった。主寝室にさりげなく戻ろう——彼女はなんとなくそう考えていたが、それすらもここ数日はかなわない状況となっている。別室で過ごす日々があまりにも長すぎた。いまさら夫のベッドに戻るのは体裁が悪い。そもそもいま、妻としての立場をわざわざはっきりさせる必要性はあるのだろうか。いや、それはない。でもそれならなぜ、拒絶されたときのことを恐れたりするのか。ルーシーは自分でもよくわからなかった。ヒースのほうから歩み寄ってくれるのを待つのは、臆病者のやり方だとは思う。でも、彼女の自信はすでに傷ついている。これ以上の傷は、負いたくなかった。

デイモンは近ごろ、仕事のことでヒースに相談するために家を訪れる機会が増えた。夫婦の関係がぎくしゃくしていることに気づいているのかいないのか、デイモンはとくになにも言わない。彼の最大の関心事は『エグザミナー』で、なによりもそれが大事なのだ。会社では、ヒースが方針を示し、従業員を鼓舞して、彼らを慎重かつ前向きに仕事にあたらせる。一方のデイモンは部下の仕事を厳しく監督し、彼らにもっといい原稿を求め、ときに皮肉を浴びせ、弱いところを見せる者には容赦しない。当人も認めているように、デイモンにはヒースのような忍耐力が欠けており、最高の記事をものにするために記者同士を競わせる狡猾さもない。

幸いヒースの復帰は、従業員全員から温かく歓迎されたという。聞き慣れた彼の足音が編集室に響くなり歓声がわき、質問が雨のごとく降りそそがれ、ヒースは両手を上げ、自信に満ちあふれた笑みを浮かべて、部下たちを払いのける羽目になったそうだ。

「話は執務室でしよう。ひとりずつだ。アルファベットのAからZに順番に頼む……きみらが、アルファベットを知っていればの話だが」

デイモンは、デスクの前をヒースが通りすぎるとき、片眉をつりあげてみせた。

「もっと華々しく復帰するかと思っていたよ」

立ち止まったヒースはデイモンを見下ろし、満面の笑みをたたえた。

「演説でもすべきだったか？」

「まさか。怠け者のきみがようやくベッドを出て、新聞業界に戻ってきてくれてじつに嬉しいよ。ここ数週間のきみときたら、ただ飯食いそのものだったわけだから」

「昨日の『エグザミナー』を読み、わたしがいないあいだのきみの采配ぶりを知ったら、戻ってこざるを得なくてね」

「昨日の紙面を、もっと改善できるとでも?」デイモンは問いただし、レドモンド一族お得意の見下した表情を作った。

「ああ、もちろん。シンシナティ・レッドストッキングスに関する記事を探して、すっかり目が痛くなってしまったよ」

「たかが野球チームのプロ化に、いったいどんなニュース性が——」

「プロ化後、チームはニューヨークからウエストコーストまで八カ月におよぶ遠征に出る。『ジャーナル』で読んだよ——敵はこれから毎週、野球コラムを開始するようだ」

「野球なんて流行らないだろう?」

「いや、流行る。野球はいわば国技だ。レッドストッキングスについては、バートレットに一面用の特集記事を書かせる」

「来週はローラースケートだな」デイモンはぼやいた。

「インテリのきみにはぴんと来ないだろうが、読者はスポーツ記事を求めているんだよ」

「またいつもの〝読者が求めるもの〟か。スポーツ記事なら、クリケットはどうだ? あれは紳士のスポーツだ」

ヒースが怒ったふりをする。

「ありきたりすぎる。きみはほんとうに、典型的なボストンっ子だな。よくそれで、わたし抜きでやってこられたものだ」

「正直言って、きみがいないあいだの静かで平和な日々はじつに快適だった」デイモンがやりかえし、男ふたりはしかめっ面で見つめあった。なにもかもが日常に戻ったことが、ありがたかった。編集室全体が、あふれる新たな活力にわきかえるようだ。ヒース・レインとデイモン・レドモンド——ふたりにとって仕事に勝るいきがいはない。だがいずれも、独力では読者に読まれない極端な新聞を作ってしまったにちがいなかった。デイモンがいなかったら、ヒースは斬新さに走ってしまったただろう。ヒースがいなかったら、デイモンは凡庸に陥ってしまっただろう。だがふたりが組むことで、ニュースペーパー・ロウのどの新聞社とも似ていない、大胆で、革新的で、明快さと勢いのある紙面を作り上げることに成功したのだ。

長い一日と、催し物の打ち合わせですっかり疲れたルーシーは、夕食のあいだ中いつになく無口だった。ヒースはといえば、『エグザミナー』のことで頭がいっぱいだった。というわけで、その晩の夕食は事務的に、短時間で終わった。そうして食後、ルーシーは読書をするために居間へ、ヒースは仕事をするために書斎へと移動した。

炉棚の上の真鍮にラッカー塗りの時計が一二時を告げると、ヒースはペンを置き、机の上の片づけに取りかかった。書斎を出て居間の前を通りかかったとき、ルーシーのワインカラーのドレスが目に入った。衝動的に、戸口から首を入れて様子を見る。深い眠りについた妻の姿を認めるなり、彼は口元に笑みを浮かべた。妻は小さなソファの上で丸くなっていた。読みかけの雑誌は床に落ち、両手は力なく膝にのせている。眠っていると、彼女は妙に若く、はかなげに見える。ヒースはソファに歩み寄り、そうして妻の顔をまじまじと見つめた瞬間、笑みを消した。

最後にルーシーを抱きしめてから、ずいぶん経つ。ふいにヒースは彼女が欲しくてたまらなくなった。いますぐこの場で、痛いくらいに抱きしめたい。この数週間、彼が夫婦のあいだに距離を置こうとした理由を、妻はわかっていないにちがいない。愚かな自尊心ゆえに、ヒースは妻に頼ることを拒んだ。病に倒れているあいだ、起きている時間のすべてを支配しようとする彼女の態度を、受け入れることができなかった。そうして彼女にいらだちをぶつけてしまうのがいやで、あえて彼女との距離を作ったのだった。ルーシーはさぞかし傷ついたことだろう。だがいらだちのあまり罵倒してしまうよりは、距離を置くほうがまだ優しい配慮だったはずだ。

妻を見下ろしながら、ヒースは青い瞳を後悔の念にくもらせた。シニヨンからこぼれたほつれ毛を、ぼんやりと指にからめる。この数週間は、ルーシーの芯の強さを証明してくれたと思う。自分と夫のそれぞれの責任というものを、彼女も理解したはずだ。毅然とした態度を新たに身につけた妻に、彼は大いに満足している。むろん世の男性の大部分は、女性にそうした性質は求めないだろうが。とはいえヒースもときどきわからなくなることがある――ルーシーにそこまでの責任を強いるのが、ほんとうに正しかったのだろうかと。生まれたときから彼女をつつんでいた安逸を、奪ってしまってほんとうによかったのだろうか。いまの人生のほうがずっと幸せだと、心の底から言えるのだろうか。

「ルーシー……きみに、つらい思いはさせていないよな?」

ぐっすり寝入っているルーシーに、問いかけが聞こえるわけもない。ヒースは苦笑をもらし、腰をかがめると、彼女の肩の下と膝の裏に腕をすべりこませた。脱力した妻の体は、とても温かかった。目を覚ましたルーシーがむにゃむにゃ言い、何度かまばたきをくりかえす。

「なんでもない……二階に運んであげるだけだよ」夫の言うことの半分も理解していないのだろう、ルーシーは彼の肩に頭をあずけ、首筋に顔をうずめて疲れたため息をひとつもらし、ふたたび眠りについた。

抱いたまま妻を二階に運び、寝室に足を踏み入れる。寝ぼけて文句を言う彼女を優しくなだめ、床に立たせて、ヒースはドレスを脱がせていった。ルーシーは頭を垂れ、こぶしでまぶたをこすりながら、あくびをしている。その子どもっぽいしぐさに胸を締めつけられ、彼は急速にわき起こる欲望を必死に抑えこんだ。

ふたりはこれから一生ともに生きるのだ。だからあともう一晩彼女を待つくらい、なんてことはない。コルセットの紐をほどき、いまいまし縛《いまし》めを床に放ったのち、ヒースは半裸になった妻を抱き上げて、ベッドに横にならせた。キルトの下に潜りこんですぐに動かなくなった彼女を見つめてほほえむ。

服を脱ぎながら、ヒースはルーシーを見つめつづけた。自分のベッドで妻が寝ているのはとても自然であたりまえの光景で、もっと早くここに連れてこなかった自分はばかだと思った。裸になった彼はベッドに入り、ルーシーを引き寄せた。片手をやわらかな腹にのせ、反対の手を彼女の枕の下に伸ばす。妻のぬくもりがキルトの下にこもっており、ヒースはえもいわれぬ心地よさにため息をもらした。男は、この心地よさを手に入れるためだけにでも結婚をするべきだ。毎晩同じ女性と眠り、その女《ひと》の匂いと体、呼吸のリズムに慣れ親しむのは、じつに楽しく中毒性がある。いわゆる習慣と呼ばれるものをこれまでひとつも持っていなかったヒースだが、最近はだいぶ増えた。そのすべてが、ルーシーにまつわるものだ。

たとえば、会社から帰ってきたときには玄関で妻に出迎えてもらうのが当然になった。妻の出迎えがないときは、あたかも重大任務がおろそかにされたかのように腹が立ち、落ち着かない。この家のさまざまな日課も大好きだ。毎週日曜日はデザートにアップルパイをほおばり、夕食時には必ず蠟燭をともし、彼の仕事の愚痴に辛抱強く耳を傾けてもらう。ヒースはよくルーシーのことを、「マナーの権化」と呼んでからかう。エチケットを重んじるのはニューイングランド人の特質で、彼女はそれを絶対になくさないだろう。いずれこの家で子どもを育てるようになったときには、ルーシーが子どもたちの言葉づかいを直し、背筋を伸ばした座り方を伝授するさまを楽しく見物できることだろう。そうして彼は妻に隠れ、娘たちにヘアリボンやちょっとした装身具を買うこづかいを与え、息子たちに南部人らしい悪態のつき方を教えるのだ。

いっそう強く妻を抱き寄せ、ヒースは甘い香りのするやわらかな髪に顔をうずめた。愛らしいルーシー。澄まし屋で、現実的で、情熱的な彼女はまだ、自分にどれほどの魅力があるか、夫にどれだけ必要とされているかわかっていない。ヒースは慈しむように妻の体を撫で、なじみのある感触に安堵した。

寝返りを打ち、大きく伸びをしたルーシーは、自分がいまどこにいるのか気づくなり安堵につつまれて身をよじった。ゆうべの記憶はぼんやりしているが、階下でうっかり眠ってしまい、ヒースに抱いて連れてきてもらったのは覚えている。せめて今朝も、彼女が目覚めるまで一緒にいてくれたらよかったのに！　でも、彼女はたしかにここにいる。本来眠るべきベッドで、夫の優しさをまざまざと思い出している。これできっと、夜の睦みあいも再開されるはずだ。頬を赤らめ、ルーシーはうつ伏せになって枕につっぷしほほえんだ。長きにわたった禁欲期間を埋めあわせるために、ふたりでどんなことをするか想像してみる。彼女はヒースと、なんでも、文字どおりなんでもしてみたい。問題は、どこから手をつけるかだ。破廉恥ね……そう自分を叱りつつ、彼女はなおもベッドに横たわり、枕に浸みこんだ男らしい匂いを味わい、いますぐ夜になればいいのにと願った。

午前中はのんびりと時間が過ぎていった。にもかかわらずルーシーは、なんだか妙な感覚に襲われていた。なにか日常とちがうことが起こりつつあるような感じ、恐怖にも似た、なにかを待ち受ける感覚がどうしてもぬぐえない。根拠などひとつもなかった。でもなぜか、いつもとちがう気がしてならない。その不安が現実となったのは、正午を少し過ぎたころだった。駆け足で居間にやってきたベスが、だんな様がたったいまお帰りですと告げたのだ。ルーシーは刺繍道具を置き、正面玄関へ急いだ。こんな時間に帰宅するということは、なにか緊急事態が発生したのだ。

「ルシンダ、たったいま会社に電報が届いて」前置きなしにヒースは言った。「詳しい説明をしている暇はないんだ……すぐに出かけなければ」

「出かける？　いったいどこに？」

「ヴァージニアだ」玄関広間にさっと視線を走らせ、ルーシーの腕をつかむと階段へと促した。「寝室で——荷造りを手伝ってくれ、ついでに説明するから」

「どうしたの？　いったいなにがあったの？」ルーシーは息を切らしながらたずね、夫の大またに遅れないよう急いで階段を上った。

「向こうで大変なことになっているらしい。義弟のクレイが……昨日のことなんだが、とう……亡くなった」

「まあ、ヒース……なんてこと。葬儀はいつなの？」

「今朝のうちに済ませたらしい」

「どうしてそんなに急いで？　ろくに準備を整える時間もなかったでしょうに」

「葬儀らしい葬儀はしなかったんだろう」夫は陰気に応じ、寝室に入ると彼女の腕を放した。「くそっ、茶色の旅行かばんはどこだ？」

ルーシーは戸口に走り、メイドを呼んだ。

「ベス、だんな様のイニシャルが入っている茶色の革かばんを捜してくれる？　階段の下に、トランクと一緒にしまってあるはずだから」夫に向きなおってつづける。「だめよ、シャツをそんなふうにたたんではだめ。しわだらけになるわ。わたしがやるから。悪態をつくのはやめて。ああ、もう、シャツは何枚持っていくの？ そんなに長く行っているわけではないのでしょう？」

「まだわからない」夫は暗い声で応じ、ネクタイを選んでいる。「電報は義妹のエイミーからだった。継母のヴィクトリアが、なにもかも放りだしてイギリスに戻ってしまったらしい」

「ご子息が亡くなった翌日に？　お嬢さんを置いて？　まともじゃないわ」

「ああ。そういう人なんだよ。まともだったためしなんて一度もない。あの女——いや、継母は、誰のことも気にかけちゃいなかった——じつの娘でさえ。唯一愛していたのはクレイだが、義弟が亡くなったいま、ヴァージニアにいる理由はもうないということなんだろう。実家はイギリスでね。継母のことは温かく迎えてくれるんじゃないか」ヒースは口元をゆがめて笑った。「ヴィクトリアの心配など無用だな。彼女はいつだってうまく切り抜けてきたから。気がかりなのはエイミーだ。ひとりぼっちで、これから崩壊したプランテーションを売りはらい、その他にもいろいろと決めることがある」

「ひとりぼっち？　レインはどうしたの？」

ヒースが凍りつき、寝室はまったき沈黙につつまれた。彼はルーシーを凝視した。射るように鋭いまなざしはあたかも、誠実そうなハシバミ色の瞳の奥を見透かそうとするかのようだ。そこへ両手で茶色の旅行かばんを引きずったベスが、あわただしく部屋に入ってきた。

「ベッドに置いてくれる？」ルーシーは優しく指示し、ひるむことなく夫を見かえした。彼女がどれだけ知っているのか、探ろうとしているのがわかる。

「レインについて、なにを知ってる？」メイドが下がると、ヒースはぶっきらぼうに問いただした。駆け引きをしている時間はないらしい。

「倒れて眠っているときに、一、二度、彼女の名前を口にしたわ」どうしてなの？　どうしてふたりのあいだにあったことを、わたしに隠そうとするの？　ふいに怒りに駆られて、ルーシーはいまにも叫びだしそうになった。なぜわたしに秘密を作るの？　ふたたび口を開いたとき、好奇心を抑えたおだやかな声が自分のものとは信じられなかった。

「義理の妹さんではないの？　それとも、なにかわたしには言えない重大な秘密でもあるのかしら？」

「ああ、義理の妹だ」ヒースは無愛想に応じ、ネクタイに意識を戻した。

「わたしの質問には答えてくれないの？　その人、エイミーさんと一緒に住んではいないの？」

「たぶん一緒だ。すまない、このズボンをたたんでくれるか？　現時点では一緒でも、レインはいずれ、親族と住むことになるだろう。だから、われわれはエイミーの今後についてだけ心配すればいい」

「別に、エイミーさん以外の誰かのことを心配したつもりはないけど」ルーシーは淡々とかえした。ズボンに視線を落とし、丁寧にたたみながら、ヒースがまたもや探るようなまなざしを向けているのを感じていた。「これからどうするの？　プランテーションを売りはらったあとは……？」

「エイミーはまだ若い。母親とは正反対の性格だ。ヴィクトリアは親らしいことはなにもしなかった。ローリーに住むプライス家の誰かに、エイミーを引き取ってもらえるよう頼んでもいいんだが……父はプライス家から勘当されたも同然だ。このご時世だし、父の娘を歓迎してはくれまい。あるいは、彼女をどこかの寄宿学校に――」

「ヴァージニアの？」たずねながらルーシーは、エイミーへのかすかな同情心を覚えた。ヒースは知らないが、ルーシーはエイミーからの手紙をすべて読み、子どもっぽい字できちょうめんに書かれた文章から、少女の人となりを知った。あの幼さでひとりぼっちになるのは、さぞかし不安にちがいない。

「だけど、休暇のときは？　南部にエイミーさんの親族はいるの？　それとも、まるっきりのひとりぼっちなの？」

「そのふたつに、どんなちがいがある？」ヒースが無表情に質問で答える。ルーシーはため息をつき、ズボンをもう一本たたみながら、眉根を寄せた。

「まるでちがいがないかのように言うけど、ほんとうはわかっているのでしょう？　ボストンで寄宿学校を探すほうが、ずっと現実的だって。そうすればあなたは、彼女の様子を見ることができる。血のつながった妹なんでしょう？　学校がやすみのあいだ彼女がここに来ても、わたしはちっとも反対しないわ」

もちろんそうなれば、苦労と悩みがさらに増える。ルーシーだって、ヒースとの時間を人に邪魔されたくはない。でも、夫の暮らしのほんの一部でもエイミーにあげたくないと、拒むことなどできるわけがない。兄妹のあいだに自分がたちはだかる権利など、もちろんありはしない。気持ちよく譲歩しなかったら、ヒースは義妹への妻の頑なな態度を恨むようになる。

「ボストンに呼べばいいわ」ルーシーは静かに提案した。夫の瞳が明るくなるのを見て、やはりそれを望んでいたのだと悟った。

「恩に着るよ」

肩をすくめて、ルーシーは夫から目をそらした。妻の譲歩を当然のものと受け入れてくれるのがありがたかった。いまは、心からの感謝は欲しくない。これほどまでにいらだち、動揺しているいまは。

「一週間もかからないと思う」

「なんなら一緒に行ってもいいけど」断られるとわかっていたので、彼女はあいまいに提案した。言葉はぎこちなく喉に詰まった。なぜ自分は優しく、寛大で、理解ある妻になれないのだろう。どうして夫になぐさめの言葉をかけず、腹立ちをぶつけてしまうのだろう。

「本当ならどちらか一方でも留守にするのはよくない。きみは残って、家の切り盛りを頼むよ」

「会社は？」

「正直、心配だ」ヒースは不満げにうめいた。「ほったらかしにしたくない。だが、今回もデイモンに頼るしかない」

「パジャマもいるわね」ルーシーは抑揚のない声でつぶやき、革かばんの中身を確認した。「眠るときはなにも着ないのが楽なんでしょうけれど、旅行中はさすがに――」

「パジャマなんて持っていたかな」

「あるわ。一枚だけ、どこかにあるはず。ハンカチを捜しているときに見かけたから」いったん言葉を切り、さりげなく言い添える。「ときどき、家のなかで意外なものを見つけて驚くことがあるのよ」

沈黙が流れた。ルーシーはきわめて慎重な手つきで革かばんの中身を詰めなおしつつ、いぶかしげな視線を感じていた。いきなり顔を上げてほんのわずかに眉をつりあげ、目顔で問いかける。こんなふうに夫婦で腹を探りあうのは初めてだった。ヒースはいまにも、自ら質問を投げることで下手な探りあいを終わらせようとしかけたが、けっきょく、洋服だんすの引き出しに手を伸ばすと、靴下を何足かベッドに放った。

「留守中になにか必要なものがあれば、通りの先にマーカムという家があるだろう？　あそこのデヴィッドに二、三の貸しがあるから、頼んでみるといい」

「デイモンじゃなくて？」

「デイモンは当面、会社のことで忙しい」

「でもあなたが倒れたときに、必要なときはいつでもと彼から――」

「うるさい」ヒースは鋭くさえぎった。「口ごたえするな。デイモンをわずらわせるんじゃやない。この話はもう終わりだ」

高圧的な物言いに、ルーシーはむっとした。残りの荷造りをするあいだも、最後に夫が留守中のあれこれを指示するときも、見送りをするそのときまで、怒りはおさまらなかった。ところが、玄関広間で馬車の用意を待ち、ぎこちなく咳ばらいをする使用人たちが広間を離れると、一瞬にして怒りは消え去った。夫の上着の襟を見つめながら、ルーシーはみじめな気持ちで、ふたりのあいだに漂う沈黙を実感していた。しじまを破るべきなのはわかっている。無言のまま彼を送りだしてはいけない。

「ヴァージニアは、久しぶりなんでしょう？」こわばった声でたずねた。

「三年ぶりだ」

「そのまま向こうに住みたくなるんじゃない？」淡々と言ったつもりだったが、口調に心からの不安がにじんでしまった。

「向こうでは、ニューイングランドのアップルパイが食べられない」

ルーシーはあいまいにほほえんだ。「理由になってないわ」

「ほんとうの理由は」ヒースがかすれ声で言う。「きみと結婚したときに決めたことだから、それが自分の求めるものだと確信したからだ」

「わたしも、同じ気持ちよ」

ふたりは同時に、ゆうべに思いをはせた。今夜もともに過ごせていたなら、どんなひとときを分かちあえただろう。

「もっと別のときだったらよかったのに」ヒースが陰気に指摘する。

「ひとりで留守番なんて、いままでなかったわね」ルーシーは夫を見ることができない。

「二週間なんて長いあいだ」

「選択肢があるのなら、ひとりにしたくはないさ」

「早く帰ってきてね」

「ああ、わかっている」ヒースは両手をルーシーの肩に置き、身をかがめてキスをした。愛情をこめた軽いくちづけをするつもりだったのだろう。けれども彼女が唇を震わせると、夫は喉の奥で小さくうめき、飢えたように妻を両のかいなで抱きしめた。ふいに燃え上がった情熱の炎に驚き、ルーシーは身を引き離そうとした。けれども夫はきつく抱いたまま、口をこじ開けようとしてくる。心を裏切るかのように、ルーシーのなかを甘やかな歓喜が駆け抜ける。彼女はたくましい背中を両手で撫で、その手を夫の肩に置き、乳房を胸板に押しあてた。ヒースの唇が荒々しく重ねられる。温かなベルベットを思わせるくちづけは、永遠につづきそうだった。ルーシーは苦しげにあえぎ、とぎれがちに息を吸った。肺が空気ではなく炎で満たされている錯覚に陥る。夫に抱かれている全身がいやに軽く、熱く、もっと抱きしめてほしくて彼女は身を震わせた。そうして腕がほどかれてもなお、ふたりの体は見えないなにかによって結ばれているかのようだった。ヒースが一歩後ずさったときには、そちらに引っ張られる感覚にすら襲われた。

ヒースはいらだたしげになにごとかつぶやくと、すばやく身を離し、いつになく静かに扉を閉めた。おののきながら、ルーシーは窓辺に歩み寄り、通りを走る馬車に乗った夫をいつまでも見送った。

ヒースは二週間近く帰ってこなかった。その間ルーシーはデイモンとも会わなかったが、簡単なカードは受け取った。困ったことがあれば知らせてほしいと書かれた、思いやりにあふれたカードだった。留守中のデイモンとの交流を、ヒースが断固として禁じた理由がルーシーにはさっぱりわからなかった。ひょっとして嫉妬しているのだろうか。デイモンとのあいだには友情以外のなにもないとわかっているだろうに。それにしても、交流を禁じたときの無愛想な夫の態度には、首をかしげざるを得ない。

エイミーを連れて帰宅するヒースのために、彼女はせっせとしたくを整えた。家中を磨き上げ、寝室はいくつか余計に用意して、少女が好きな部屋を選べるようにもした。だがどんなに忙しくしていても、物思いに沈んだり、ときおりふさぎの虫に囚われたりする自分を止めることはできなかった。胸には常に孤独の痛みがあった。昼も夜ものろのろと過ぎるばかりで、この数カ月間を振りかえったり、あのときはこうするべきだったと考えたりする時間がたっぷりある。そうして最終的に、自分自身について、さらにはヒースとの結婚について、ある決断を下した。これからは、夫にもっと誠実に接する。愛していると言葉で伝える。夫の口からその言葉を聞くのを待つ必要はない。彼のほうはこれからの五〇年間、愛を言葉で伝える必要性など感じないかもしれないのだから。

ヒースに愛されていないわけがない。初めてのことを、ふたりでいくつも分かちあってきた。肉体的にも精神的にも、ふたりはとても深く結びついている。だから愛されて当然だ。ヴァージニアに発つ日だって、ひとりにしたくはないと言ってくれた。そうしたあれこれを考えあわせれば、自分へのヒースの思いはとても深いものだとわかる。これからは、もっと自由に彼への思いを伝えたい。夫がヴァージニアから帰ってきたら、いままでとはちがうやり方で接するつもりだ。

土曜日の午後にボストンに到着するとの連絡をヒースから受け、ルーシーはその日の午前中いっぱいをかけて念入りに身じたくを整えた。緊張と興奮のあまり、両手の震えが止まらず、着替えも髪のセットもベスの手を借りなければならなかった。ベルベットのドレスは、オーロラという名の濃いピンクの美しい濃淡で、波打つような袖と、体にぴったりとフィットする身ごろが特徴だ。栗色の髪はきらめく三つ編みに丁寧に編み、巧みにねじってうなじにピンで留めた。額とこめかみのほつれ毛はコロン水で撫でつけた。頰はドレスと同じ色になるまで何度もつねり、したくが済んだあとも鏡の前を何度も行ったり来たりした。すっかり浮足立って、読書や刺繡で時間をつぶすことなどできなかった。そうしているうちにようやく、やっと二〇代になったばかりのメイドが寝室の扉をたたき、ルーシーは跳び上がって振りかえると勢いよく扉を開いた。

「着いたの？」

「はい、奥様。馬車がたったいま」

「では一階に行きましょう。忘れないでね、上着はまずミス・プライスのをあずかって、次にだんな様よ」

階段を下りながら、ルーシーは鼓動がとどろいているのを感じていた。執事のソワーズが、彼女が階段を下りきるのを待って玄関扉を開く。最初に視界に入ったのは、小さくはためくスカートとケープだった。けれども玄関にヒースが入ってくると、彼女の視線は夫に釘づけになった。

「ただいま」ヒースは妻を認めると歩みを止め、口元にゆっくりと笑みをたたえた。

南部で過ごす時間は、夫に奇跡をもたらしてくれたようだ。夫は、コンコードで出会ったばかりのころの無頼めいた粋な男性に戻っていた。足どりに力がみなぎり、瞳にも笑みが輝いている。陽射しは肌を赤褐色に変え、髪に淡い金色のきらめきを与えてくれた。夫がどんなにハンサムか、ルーシーは忘れていた。魔法のごとき変化をもたらすとは、いったい南部にはどんな秘密が隠されているのだろう。人びとだろうか。それとも太陽？ あるいは気候？

「おかえりなさい」ルーシーはやっとの思いで答えた。

「元気だったかい？」南部訛りが前より強くなり、声になめらかさと深みが増している。ルーシーは夫の声が好きだった。会いたかったよ……夫の瞳がそう語りかけているようだ。声にならない言葉が、ルーシーの脈を速く、不規則にする。

「ええ、元気だったわ」彼女はほほえみかけ、そのときつと、すぐそばで動くものを視界にとらえた。そちらに目を向け、いらっしゃいと声をかけようとする。背が高くほっそりとした、金髪の美しい少女が控えめに立っていた。エイミーだ。ヒースよりずっと優しげな面立ちだが、瞳と口の形がよく似ている。少女は恥ずかしそうに、どこか不安げにルーシーを見ていた。

そして、そこにはもうひとりの女性がいた。それが誰か、ルーシーはすぐに気づいた。

どうして？ どうしてこの人が。

恐れと胸の痛みと怒りは――あとで襲ってくるのだろう。いまルーシーは、驚きのあまりなにも感じることができない。自分の顔が青ざめ、表情を失い、こわばって、感情が麻痺していくのがわかる。だが怒りに駆られ、恐れにのみこまれるより、そのほうがずっといい。レインに表情を読みとられるのはごめんだ。

「事前に知らせなくて、すまなかった」ヒースは巧みにさりげなさを装っている。「なにしろ出発間際になって決まったから。ルーシー、紹介するよ。妹のエイミーと、義理の妹のミセス・ラレイン・プライスだ」

「エイミー……ミセス・プライスも……はじめまして。クレイさんのこと、お悔やみ申し上げるわ」ルーシーが機械的に応じると、レインがこちらに歩み寄ってきた。なめらかな足どりは、あたかもスカートの裾で床の上をすべっているかのようだ。痩身でとてつもない美貌の優美なレインを前にしたら、世のあらゆる女性は自分を無様に、あか抜けない女に思うことだろう。瞳はけぶるような銀色で、長くカールしたまつげが、染みひとつないきらめく肌に影を落としている。淡茶色の長い巻き毛が、肩をかすめている。身長はさほどないのに、たいそうすらりとしているせいで、実際よりも背が高く見えた。

「あなたがヒースの奥様……」レインは冷たく白い手でルーシーの手をとり、軽く握りしめた。「こんなにきれいな方だなんて、聞いていなかったわ。わたしのことは、どうぞレインと呼んで」

相手の手が震えているのに気づいて、ルーシーは驚いた。緊張のためか、動揺のためか、それともその両方なのか。とはいえ手の震え以外に、本心をうかがわせるものはない。表情は落ち着いており、笑顔もじつに晴れやかだ。エイミーがヒース宛の手紙で書いてきた女性と、同一人物とは信じられない。

「エイミー」レインが呼びかけ、ルーシーの手を放すと、背後に無言で立ちつくす少女に向きなおった。「新しいお義姉様の前で、なにをびくびくしているの。こっちに来て、今回のお気づかいにお礼を言ったら？」

素直にルーシーに歩み寄ったエイミーは、うつむいたまま両手を握りあわせている。知らない人が、あるいはルーシーが怖いのだろうか。お兄様が奥さんとして迎えたヤンキーに愛想よく接しなくちゃ……少女が胸のなかでそうつぶやくのがわかる。

一瞬にしてルーシーは、レインのこともヒースのことも、ふたりへの嫉妬心もすべて忘れた。エイミーへの深い思いやりがふつふつとわいてきた。少女は兄を失い、母に捨てられ、そのうえ北部に、他人の土地に連れてこられた。孤独なのね……ルーシーは思った。怖いのね。わたしがいまのあなたなら、知らない人にお愛想を言ったり、作り笑いを見せたりできやしない。

「さぞかし疲れているでしょう」ルーシーが淡々と言うと、エイミーは用心深く顔を上げた。ヒースと同じ青碧の瞳だった。夫ほど深みのある青ではないし、まつげも濃くないが、とても印象的な瞳だ。

「はい。旅行が苦手なので」

「わたしも苦手」ルーシーは応じた。少女はルーシーのしゃれたドレスを凝視している。見ればエイミーとレインのドレスは、清潔そうではあるが、まるで裏返したかのように生地がくたびれている。

「お兄様から、小柄な人だって聞いてたわ」エイミーが言った。「だからいつも、かかとの高い室内履きをはいているんだって」

「エイミー！」レインが義妹をたしなめる。

「ええ、そうなの」ルーシーはほほえんだ。「いつもかかとの高い履物をはいているわ」

「ほんとうに小さいのね」エイミーがヒースに言い、ヒースがにっと笑う。

「だから言っただろう」

「ごめんなさい」レインがルーシーに謝った。瞳には狼狽に似た色がにじんでいた。「まるっきり子どもで」

「わたしより背が高いんだもの、子どもじゃないわ」ルーシーが応じると、エイミーがおずおずとほほえむのがわかった。

それからの数分間になにがあったのか、ひどく混乱していたルーシーはほとんど覚えていない。それでも冷静さと礼儀正しさは失わなかったし、客がそれぞれの部屋に落ち着くまでのあいだは笑みも一、二度浮かべたかもしれない。ヒースは入浴と着替えのために寝室に行っており、ルーシーは夫のもとに行く前に、考えをまとめようとがんばった。そうしてエイミーの部屋の前を通りかかったとき、開いた扉の向こうに、ベッドの端に座って壁紙をぼんやりと見つめる少女の姿を見つけた。

「エイミー？」少女が身じろぎひとつしないので心配になり、ルーシーは声をかけた。「なにか持ってくる？　熱い紅茶か――」

「いいえ、ありがとう」エイミーは警戒のまなざしを向けてきた。「すてきな部屋ね」

淡い黄色を基調にした部屋で、パステルカラーの花を飾ってある。

「気に入ってくれて嬉しいわ」ルーシーはゆっくりと部屋に足を踏み入れ、窓辺に歩み寄った。一緒にいたほうがいいのだろうか、それとも、邪魔に思われるだろうか。「暖房が強すぎなければいいのだけど……ヒースが、家中を暑いくらいに暖めておくのが好きなものだから。涼しい風が欲しかったら、この窓を――」

「このままで大丈夫」エイミーはわずかに身を震わせた。「マサチューセッツは、寒いのね」

「春になれば、だいぶ過ごしやすくなるわ」

「お兄様から、こっちで寄宿学校を探そうと言われたわ」

「あなた自身は……あまり気が進まない？」

エイミーはまばたきひとつせず、青碧の目を向けてきた。

「いいえ、別に。読書は好きだし。勉強も」

それなら安心だ。

「マサチューセッツにある女子用の寄宿学校は、アメリカでもとくに優れていると評判なのよ」ルーシーは優しく教えた。「ウェルズリーには女子用の高等学校もあるわ。もっと勉強がしたければ、男子と同じように大学にだって行けるかもしれない」

男子と同じように、という言葉がエイミーの関心を引いたらしい。

「男女同権論者なの？」少女は興味津々にたずねた。

「ある意味ではね」ルーシーは認めた。「とにかく、女性もいろいろなことを学べるような環境はぜひとも整えるべきだと思うわ。男性より劣った生き物みたいに女性を扱う風潮にも反対よ」

「ママとレインは、男性は自分より頭のいい女性とは結婚しないものだって言ってたわ」

「なるほど、あなたのお兄様はそういう人だったのね」ルーシーはひとりごちた。

「なにか言った？」

「ううん、なんでもないの。気しないで、エイミー。ヒースに話すことを、ちょっと考えていただけ」

「レインのこと？」

まっすぐに見つめてくる青碧の瞳は洞察力に富んでいた。そういえばヒースも、こんな目でときどき自分を見ることがある。

「いろいろなことよ。二週間ぶりに話すんだもの。近況報告をしあわないとね」

「レインまでついてくるとは、お兄様は思ってもみなかったの」少女は、ルーシーのあいまいな返答に騙されなかった。「わたしもよ。出発する日の朝になってレインが急に、グーチランド郡の親戚に居候を断られたと言いだしたの。ヘンリコ郡にも受け入れてくれる親戚はいないって」

そうしてレインは、望みどおりここへ来たわけね……ルーシーは怒りに襲われた。そうやって、男はすぐに女にほだされる。数粒の涙を流し、途方に暮れて甘えてみせる女に。レインにはさぞかしたやすいことだっただろう。おかげでルーシーは、よりによってわが家にその女を住まわせる羽目になった。茶番としか言いようがない。

「少し昼寝でもしたら？」ルーシーは静かに提案した。少女の目の下に、薄いくまが浮いている。「夕食の前にお風呂に入れるよう、起こしてあげるわ」

エイミーはきまじめにうなずき、部屋をあとにして扉を閉めるルーシーの一挙手一投足を凝視していた。

寝室では、ヒースがルーシーを待っていた。清潔な服に着替え、洗いたての髪が濡れて光っていた。焼けた肌の色が、白いシャツのせいで余計に際立って見える。夫婦は笑みも浮かべずに見つめあった。目には見えないなにかが、互いのあいだを行き来するようだった。ヒースは緊張していた。ルーシーは怒っていた。どちらも、相手に譲らないと心を決めていた。それらの感情の下には、ありあまるほどのいらだちが隠されている。ふたりはもう何週間も愛を交わしていない。いくつもあったはずの会話の道筋は、すべて閉ざされてしまっている。切望感と怒りとがあいまって、ふたりのあいだに境界線を描いている。

「書斎で話しましょう」ルーシーはこわばった声で提案した。「そのほうが、誰かに聞かれる心配がないから」

「大声でわめくつもりか」ヒースが冷ややかに応じる。

「そうならないよう祈っているけど、あなたがちゃんと人の話を聞かないようなら、大声をあげるかもしれない。それと、今度のことを軽く見て、わたしの言い分を笑うなら、すぐにここを出ていくわ。あの人がいなくなるまで、戻らないから」

ヒースの顔から、いっさいの表情が失われる。

「では、言葉には気をつけよう、ミセス・レイン……きみもそうしてくれるならね。つづきは書斎で」

夕暮れが近づいて、書斎はピンクの夕映えと、ランプの明かりで満たされている。ヒースは自らウイスキーをつぎ、ルーシーが伸ばした手に気づくと口元をゆがめ、水で薄めた酒を差しだした。アルコールのぬくもりが気持ちを落ち着けてくれるのが、ルーシーにはありがたかった。一口、もう一口と飲むうちに、寒さでグラスに歯があたる音はしなくなった。目を閉じて、ウイスキーが喉から胃まで焼き焦がしていく感覚を味わう。それから彼女は、言葉にならないいくつもの感情を瞳に浮かべて夫を見やった。

「どうしてあの人を連れてきたの？」

「向こうを出るときに時間があったら、連れて帰ると事前にちゃんと知らせたさ。だがあいにく――」

「エイミーから、彼女が親族とうまくいっていないようだと聞いたわ。大変ね。だけどわたしも、彼女の親族と同じ気持ちよ――わが家で一緒に暮らすのはいや」

ヒースは首をのけぞらせ、いかにも男らしいやり方でウイスキーの残りを飲み干した。飲み終えると鋭い目で妻を見つめた。

「ずっとここにいるわけじゃない。ヴィクトリアはイギリスに発ったとき、エイミーとレインを連れていこうとしたそうだ。ヴィクトリアの実家は向こうで、ふたりのことも受け入れてくれると言っていたらしい。ところがふたりは、申し出を拒んだ。エイミーは、わたしが迎えに来てくれるはずだと信じていたんだろう。レインについては……おそらく外国暮らしがいやで断っただけで、きちんと考えたうえでの判断ではない」

ルーシーはいまにも夫の首を絞めてしまいそうだった。たっぷり考えたうえでの判断に決まっているでしょう。あの人はすべて計算ずく――あなたに再会できるとわかっていたから、イギリス行きを断ったの。あなたを取り戻すつもりなのが、なぜわからないの？

「だがいまは」ヒースがつづける。「イギリス行きを真剣に考えているようだ。数日間はここに泊まるが、エイミーの寄宿学校が決まりしだい、ヴィクトリアのところに行くことになる」

「だったらなぜあの人は、あのまま南部にとどまって今後のことを考えなかったの」

「南部に彼女の住む場所はない。それにエイミーも、レインが一緒で安心したはずだ。エイミーにとってはわたしもきみも他人。レインは唯一の家族で――」

「いいかげんにして」ルーシーはさえぎり、夫にくるりと背を向けて窓辺に移動した。「レインを連れてきたのは、エイミーのためなんかではないのでしょう？　連れてくるにしても、ホテルに数日間泊まってもらえば済んだ話じゃない」

「ああ、そいつはじつに紳士らしい判断だ。夫を亡くしたばかりの若い女性を、ひとりぼっちでホテルに――」

「紳士らしく振る舞おうとして連れてきたわけでもないくせに、なにを言うの？」

「だったら、なぜわたしが彼女を連れてきたと思うんだい？」と問いかける声はいやに優しかった。

凍るように冷たい窓ガラスに額をあて、ルーシーは喉の奥に詰まったものを飲みくだした。

「高熱で寝こんでいたとき……」と語りだしたとたん、書斎に恐ろしいほどの静寂が降りた。

「あなたは、想像のなかで過去に帰っているようだった。戦争の直前と、戦争のさなかに。戦いのことや、ご両親や友だちのことをときおり口にして……それ以外のときはほとんど彼女のことを。レインのことを口走っていた」ルーシーはひきつった笑い声をあげた。「名前を聞くだけでぞっとするの。うんざりするほど耳にしたからよ。あなたは彼女に、クレイと結婚しないでくれと懇願していた。きみはきれいだとささやき……きみを愛していると言った」ゆっくりと夫を振りかえる。ヒースは彫像のように、用心深く無表情を装っている。「どうしていままで、あの人の存在をわたしに隠していたの？」おだやかな、弱々しい声でたずねる。

「必要ないと思ったからだ」

「なにがあったの？　なぜ彼女はクレイと結婚したの？」

「クレイがプライス家の人間だから。嫡出子だからだ。戦前、プライス家は大きな影響力を誇っていた。わたしはただの庶子だ。わたしはレインと互いに好意を抱くようになったが、彼女を義弟に紹介する過ちを犯した。ふたりは間もなく婚約したよ」

なんてことだろう。では、ヒースはそんなレインを許し、また深く愛するようになった？きっとそうだ……ルーシーは内心でもだえ苦しんだ。そんな目に遭わされて、どうしてまだ彼女を愛せるのだろう。

「クレイを選んだあの人を、責めてはいないようね」ぴしゃりと言い放つ。

「当時は責めたさ」ヒースは小さな笑みを口元に浮かべた。「ああ、彼女を責め、呪い、復讐の方法を何百と考えたさ。だがときとともに、気持ちに変化が表れた。いまでは、彼女がクレイを選んだ理由がわかる。当時のわたしは、女性の無力さも、男に頼らなければ生きていけないこともわかっていなかった。あれは、レインが下せる唯一の決断だった。ほかの道を選ぶ自由など彼女にはなかった。財産とプライスの名を持つクレイが、わたしには与えられない幸せを彼女に与えられるのは、一目瞭然だった」

「なぜ彼女のために言い訳をするの？　クレイを選ぶ必然性なんてなかったはずよ。プライスの名前や財産や血筋に、いったいどんな——」

「まさかきみが、レインを責めるとは思わなかったね。まったく同じ理由からダニエルと結婚しようとしていたきみが」

「適当なことを言わないで！」ルーシーは仰天して息をのんだ。「いったいどこが同じなの。わたしはダニエルを愛していたわ」

「そうなのかい？」ヒースはゆっくりとかぶりを振り、疲れたように笑った。「まあいい。とにかくわたしは、収容所にいるときにようやくすべてを理解した。ガヴァナーズ・アイランドでの暮らしで、さまざまなことを学んだよ。無力という言葉の意味とかね。わが身になにが起ころうと、自分ではどうにもできなかった。与えられたものを受け入れ、あらゆる状況を最大限に活用したが、けっきょくは無力だった。人生初の体験だった。レインもそうだったんだろう。きみもね」

「わたしはもう、無力ではないわ」

「ああ、そのとおりだ。きみは変わった。だがレインは昔のままだ。彼女はいまも無力だ」

「どうしてあなたが、彼女を守ってあげなくちゃいけないの？　これから一生、あの人の面倒を見てあげるつもり？」

「まさか。じきに面倒を見てくれる相手を見つけるだろうさ。レインはそういうのが得意だからね。だからきみには、数日でいいから彼女に我慢してほしい。ずっとこのままというわけじゃない」

「あなたは、いつもどおり仕事に行くのでしょう？」そっけなくうなずく夫を見て、ルーシーは冷笑を浮かべずにはいられなかった。「やっぱりね。ねえ、エイミーとレインにどう接しろと言うの？　レインになにを話せばいいの？　彼女と向きあって、普通の会話なんてできるわけがないでしょう？　あなたが丸二日間、うわごとで彼女のことばかり話していた記憶がこんなに鮮明なのに」

「これだけは言っておくよ」ヒースは胸が痛くなるほど優しくつぶやいた。「レインとのあいだにはなにもない。もう何年もなにもない。この数年間、彼女は地獄を見てきた。きみがお義父さんの店でキャンディの瓶の横に座り、客と楽しくおしゃべりをしているころ、彼女は恐怖に耐えていた。ヤンキーに家を焼かれるのではないかと、純潔を奪われるのではないかと、殺されるのではないかと、飢え死にするのではないかと。夫に先立たれ、友人や隣人がレコンストラクションをめぐって殺しあいのけんかをするのを、まのあたりにしてきた。きみがコーヒーとデザートを楽しみながらいつも意見交換している、あのレコンストラクションをめぐってだ。自分を哀れむ暇があったら、いま言ったことを思い出すといい」

「運のいい人だわ」ルーシーはやりかえし、冷ややかに夫を見つめた。「妻のわたしよりも、大切にしてもらえるんだから」

ヒースが悪罵を吐き、髪をかきむしる。いきなり背を向けた彼は、ウイスキーをお代わりした。

「そうね、彼女との話題を見つけるのは難しくないかもしれない。彼女とは、共通点がいっぱいあるもの。そうでしょう、ヒース？」見つめつづけると、ヒースはグラスを置いてまっすぐに視線を投げてきた。

「どういう意味だ？」

「レインとわたしは、あなたを共有しているわ」悪意に満ちた甘い声が、自分のものとは思えない。「でも、具体的にどこまで共有しているのかしら。あの人、あなたをどこまで理解しているの？　わたしと同じくらい？　あなたたち、愛を交わしたの？」

他人を見るような目で、ヒースはルーシーをにらんだ。

「よくもそんなことが訊けるな」

「愛を交わしたの？」

「どっちだっていいだろう！」

「どうなの？」ルーシーはささやいた。

「していない」夫は荒い息をつき、見たこともない憤怒の表情を浮かべた。「一度も。あのころも、いまもだ」

「にらまないで。なにもかも、あの人をここに連れてきたあなたがいけないのよ。自分でまいた種なのに、質問をしたくらいでわたしを責めないで」

「信じられん」ヒースは低い声でつぶやいた。「きみはもっとたくましくなるべきだと、かつて考えた自分が信じられないよ」

「なにもできない……弱い女のほうがいい？」

さすがに言いすぎだと、ルーシーは自分でもわかっていた。ヒースは背を向けて両のこぶしを握りしめている。激しい怒りに顔を上げることもできずにいる。なんだか夫が少し怖くなり、ルーシーはかたわらを通りすぎると戸口で足を止め、こわばった背中を見つめた。

「ヒース、ずっといまのままはいやなの。彼女の存在に、数日ならば我慢するわ。でもそれ以上はいや。どちらがここに長く居座りつづけられるか、わたしと彼女の競争みたいなことになれば、きっと彼女が勝つ。わたしは、こんな暮らしには耐えられないから」

「きみは変わったよ」

そう、あなたを心から愛する女に変わった……ルーシーは思った。あなたを失うことを、恐れる女に。

「わたしは、あなたに誠実であろうとしているだけ」

「そうだろうとも。だったら、すべてはつまらない嫉妬ゆえだと認めたらどうなんだ。これっぽっちのことで不安になり、夫を信じられなくなるというのなら、けっきょくわたしはきみをちっとも理解できていなかったんだろう。幸福な結婚生活を送れる程度には、理解しているつもりだったが」

「あなたがあの人を連れてくるまでは、幸福だったわ。妻にここまで求めるのは、夫なら当然だとでも？　自分はフェアだと思っている？」

「いいや」ヒースはぶっきらぼうに答えた。「思っていない」

素直に認める夫に、ルーシーはまごついた。

「だったら……なぜわたしに、この状況に耐えることを強いるの？」

ヒースは長いことなにも言わなかった。口を開いたとき、その声音は静かで淡々としており、彼女は自分がわがままな子どもになった錯覚に陥った。

「自分の言動の理由を、なにからなにまできみに説明することは不可能だ。だからきみにも、説明は求めない。夫婦のあいだではすべてがフェアであるべきだなんて、誰が言った？　結婚生活というのは、そういうもんじゃない。わたしたちは契約を交わしたわけじゃない。たしかなものはただひとつ、きみの手に指輪をつけたときの誓いだけだ」

12

不快な状況の下、ルーシーは気の利くホステス役をわれながらよく演じつづけた。家事にももてなしにも、誰からも不手際を指摘されぬよう努め、四人のあいだに不協和音はいっさいないかのように表面上は振る舞った。会話に際しては細心の注意をはらい――慎重になりすぎて、道化芝居のように思えることもあった。この一週間を、ルーシーは思い出すたびに不快感に襲われることだろう。でもそれは、多くを得た一週間でもあった。彼女は新しいことをたくさん学んだ。そのひとつが、南部と北部の女性のちがいだった。

エイミーとレインには生まれつきの愛嬌と愛想があり、ルーシーはふたりのそうした資質を半ば蔑み、半ば羨望の目で見ていた。またふたりは、話し相手からお世辞やお追従を引きだすのがとても巧みだった。その技を、まだ一〇代のエイミーですら身につけている。さらに会話がどういう具合で始まろうと、いつの間にかふたりが話題の中心になるのが常だった。北部の女性は男性相手に目を真ん丸にして、「まあ、わたしったらほんとうにどじね」とか「わたしって、なんにも知らないの」などと卑下したりしないものだが、レインは平気でそういうせりふを口にする。その場面に遭遇するたびにルーシーはいらだったが、そんなふうに媚を売るレインが魅力的なのも事実だった。

男性の心はよくわかるなどと言うつもりはないが、やはり男性なら誰もがレインに惹かれるだろう。ヒースも女性のああした媚を好むのだろうか。想像するだけでルーシーは落胆した。社会や政治について語る女性が好きではないのなら、なぜヒースは自分にもっと別のことに頭を使うようすすめないのだろう。彼の言うすべてに笑顔でうなずく女性が好みなら、なぜ自分には議論をけしかけるのだろう。自分は彼に試され、ことごとく失敗しただけなのだろうか。

夫が理解できずにここまで悩むのは初めてだった。慣れ親しんできたはずの彼の態度やユーモアセンス、信念がすべて、南部から来たふたりの女性を前にすると少しちがって感じられる。ふたりと話すときのヒースは、ルーシーの知るヒースではない。いつもは無意味なおしゃべりにいらだちを見せるのに、なぜふたりが相手だと我慢できるのか。

ふたりが来て以来、政治や『エグザミナー』に関する夕食時の興味深い会話は途絶えた。レインもエイミーも、ニュースや議会の行方をまるで話題にしたがらない。あたかも世界がヴァージニアのちっぽけな町を中心にまわっているかのように、故郷のゴシップばかり話す。ヒースは気にしていないようだった。ふたりのおしゃべりに優しく耳を傾け、ふたりが知りあいのまねをすると声をあげて笑い、必要に応じてお世辞を口にした。そうした心のこもらない無意味な甘言に興味のないルーシーは、夫がそれを自分にまで向けずにいてくれることに感謝した。彼女にとってお追従は、侮辱の言葉にも等しい。くだらないおしゃべりのあいだ中、彼女はひたすら無言をとおし、レインの銀色の瞳の裏にはどんな感情が潜んでいるのだろうと考えをめぐらしつづけた。

いずれレインとは、向かいあって話さなければならないときが来るはずだ。土曜日と日曜日の二日間を使って、ルーシーは想像した。ヒースがいないとき、レインはどのように振舞うのだろう。かわいい南部女性を演じつづけるのだろうか、それとも、ここに来たほんとうの理由を明かすのだろうか。

そして月曜日。ヒースは朝早くから会社に向かい、エイミーは早々に朝食のテーブルを離れ、ルーシーはレインとふたり、朝食の間に残されてしまった。

コーヒーに砂糖を足し、慎重な手つきでかきまわしながら、ルーシーは値踏みする目でレインを見やった。あせたピンクのドレスをまとっていても、彼女は美しかった。驚くほど完璧に巻かれた髪には、ベルベットのリボンが巧みに編みこまれている。レインはかすかな笑みを浮かべて見かえしてきた。

ほかの人間がいないところで、ふたりで話すのはこれが初めてだ。

「ふたりだけになってしまったわね」ルーシーはつぶやき、スプーンを置いてコーヒーを口に運んだ。

「よかったわ。エイミーとわたしへのお心づかいに、ふたりきりのときにあらためてお礼が言いたいと思っていたの。ご夫婦の暮らしの、お邪魔になっていなければいいのだけど」

さりげないあてこすりに、ルーシーはほほえみで応じた。

「気にしないで。ちっとも邪魔ではないわ」

「心にもないことをおっしゃらないで」レインは軽やかな笑い声をあげた。「思いがけない客が邪魔でないわけがないもの。でもすぐにイギリスに発つから安心なさって。そうしたら、毎日の暮らしもご主人も、またあなただけのものになるわ」

妻としての立場をおとしめるかのような物言いに、ルーシーは背中をこわばらせた。

「おふたりのことは、心から歓迎しているわ。主人が妹さんたちと過ごしたいのなら、いつでもそうさせてあげたいもの」〝妹さんたち〟という部分をルーシーはさりげなく強調した。

レインがその意味に気づくよう数秒の間を置いてから、淡々とつづける。「イギリスに住むなんて、さぞかし楽しみでしょうね」

「そう思えたらいいのだけど。でも、故郷を離れた南部人なんて、みんなみじめなものよ。ヒースのこともわたしはよくわかっているから、こんなところでいったいなにをしているのかと理解に苦しむわ」澄んだ銀色の瞳は、ルーシーの顔に浮かぶ警戒の色を見逃さない。「プランテーションに戻ってきたときのヒースを見せてあげたいくらい……あたりを見わたし、深々と息を吸って、陽射しを顔で受けるのは最高の気分だって言ったのよ。かわいそうに、あんな青白い顔のヒースなんて初めて見たわ。すっかりやつれてしまって。でもヴァージニアで二週間過ごすだけで、ほとんどもとの彼に戻った。母がいつも言っていたわ――南部人は、南部以外の土地では生きていかれないんだって。だから彼が北部に住むことにした理由もさっぱりわからない。だって、北部の人に彼のような男性は理解できないでしょう？

ああ、あなたが彼を喜ばせる方法をわかっていない、と言いたいわけではないのよ。彼、あなたに夢中だもの。北部での彼の暮らしを快適にしてくれる人は、あなたしかいないわね」

「ええ、いまのところとても快適」ルーシーは必死の思いで、ぎこちない口調にならぬようがんばった。「ヒースは、彼なりの居場所を築こうと努力しているわ。『エグザミナー』の業績も目をみはるようだし」

「ああ……例の新聞。まずはお父様の夢をかなえてあげたわけね。でもいつかは、自分自身の夢を追ってほしいものだわ」

「いまの仕事に、心から満足しているようだけど?」

「ごめんなさい……」レインはすまなそうに目を伏せた。「満足していない、と言いたかったんじゃないの。もちろん満足していると思うわ。ええ、もちろん」

彼女の口調は、なぜかルーシーをいらだたせた。泣きべそをかいている子ども相手のような口調だった。そのいらだちが顔に出てしまったのだろう、レインはにっこりとほほえんだ。いかにも満足げな笑みだった。

投げるべき言葉をルーシーは懸命に探した。ヒースの妻はいまもこれからも自分なのだと、レインにわからせるための言葉を。わたしは彼の妻なの。あなたはその事実を変えたいようだけど、事実は変えられないのよ。それに、彼のことをよくわかっていたと言い張るのなら、彼をあきらめてクレイと結婚するのではなかったわね……。頭のなかで考えていると、自信が戻ってきた。

「ヒースの幸せをあなたが願うのは当然だと思うわ。義理の妹なんだもの――」

「知りあって何年にもなるわ」

「でも、いまの彼が置かれている環境についてはなにもわかっていないのでしょう？　いまの暮らしは、彼自身が望んだものよ。ヒースはほかの誰でもない、ヒース自身の夢を追っているの。新しい夢をね。昔の夢はとうにあきらめたそうよ」

レインの笑みがひきつる。「変わらないものだってあるはずだわ」

彼女をついに追いつめた。まさか朝食のテーブルで、慎重に選び抜いた言葉を武器に人生最大の闘いに挑む羽目になるとは、ルーシーは思ってもみなかった。

「夫は、いろいろな意味で変わったと思うわ」

「いいえ、いまもやっぱり南部人のはずよ」レインが弱々しく主張する。

「厳密にはそう言えないわ。変わることができたからこそ、彼は北部で成功を手に入れられた。いまでは、ニューイングランド人らしい一面もちゃんと備えているわ」真剣な話の真っ最中だというのに、ルーシーは自分のせりふがおかしくて笑いそうになった。当のヒースがこの会話を耳にしたら、さぞかし不快な顔をすることだろう。

「そんなふうに思えるあなたは、幸せね」いまやレインはあからさまに震えている。「いいえ、あなたの言うとおりなのかもしれない。でも、彼がほんとうに求めているものをあなたは知らない。いまの彼がふたつの世界のあいだでさまよっているのだとしたら、真の居場所がどちらなのか、わたしにはわかるの。いつかきっと、彼はその場所に戻るわ」

「そのとき、わたしは彼のとなりにいる」ルーシーはまばたきひとつせずにレインを見つめた。「どこに行こうと、彼についていく」

「彼のほんとうの居場所に、あなたはふさわしくない。百年そこに住もうと、あなたは受け入れてもらえないわ」唐突に自制心を失ったレインの声には蔑みがこめられ、なぜか妙に子どもっぽく聞こえた。「どうしてあなたのような人が彼と結婚できたの？　南部の女性とは似ても似つかないあなたが。あなたみたいな女に、彼はこれまで一度だって興味を――」

「ええ、わたしとの結婚を決意するまではね」

レインは黙りこんだ。ルーシーの毅然とした顔をしばらく見ていたが、あたかも鎧戸を下ろしたかのように表情を失った。

「謝るわ、ルシンダ。大声を出すつもりはなかったの……気づいたらひどいことをあなたに。クレイが亡くなってから……なんだかとても不安で。自分が自分でなくなったみたい」

ルーシーは疲れたようにうなずき、椅子を後ろに押して立ち上がった。レインものろのろと腰を上げ、「いま話したことは全部忘れましょう。それと、誰にも言わないでもらえるとありがたいのだけど」

「その必要がないかぎりは、言わないわ」

唇を噛みしめるレインは弱り果てた表情を浮かべており、ひどく無防備に見えた。

「わたしの言ったこと、許してちょうだい。誰が見たって、あなたはヒースにとってこれ以上望めないくらいいい奥さんよ」

「許すも許さないもないでしょう」ルーシーは応じ、嫌悪感とともに思った。嘆き悲しむレインを前にしたら、思いやり深く接するしかないではないか。彼女に本音をぶつけることができたら、どんなに楽になれるだろうに。「大変な思いをしてきたんだもの。夫を亡くすのがどんなものか、わたしには想像することしかできない」意図的に言葉を切り、しばらくしてから言い添える。「いいえ、想像するだけで、いまの自分の境遇に感謝したくなる」

「わたしも嬉しいわ。あなたがヒースのことをそこまで大切にしてくれて。彼は特別な人だもの。わたし、ずっとそう思っていた」

「エイミーの話では、あなたのご主人も特別な人だったようだけど?」

「ええ。クレイは大した人だったわ」と応じるレインの顔には、なんの感情も浮かんでいない。「一時は、クレイとヒースはそれは仲がよかったのよ。でも戦争でふたりとも変わってしまった。互いにちがう方向に進んでしまったというのかしら。その変化に、周りの誰もが驚いたもののよ」

レインの瞳が奇妙な光を帯びたのにぞくりとしながら、ルーシーはうなずいて、彼女に背を向けた。部屋をあとにするとき、レインのやわらかな口元がゆがみ、笑みを浮かべるのをまのあたりにせずに済んだのは、幸いだったかもしれない。

その晩ルーシーは、いまの状況をよく振りかえってみた。これは、予想していた以上に耐えがたい事態だ。ヒースとふたりきりになりたいのに、そんな時間も機会もない。ヒースは客たちに独占されており、ふたりが来て以来、ルーシーが夫と交わしたのはわずか一〇語程度なのだ。

家の者がみなそれぞれの部屋に下がったころ、ルーシーは入浴を終え、化粧着に着替えて寝室に向かった。今夜こそは夫とゆっくり話すつもりだ。廊下を歩いているとき、ルーシーは前方の薄闇のなかを行くレインのほっそりとした影を見つけた。寝じたくを整えているのだろう、ヒースが引き出しを開け閉めするくぐもった音が廊下まで聞こえてくる。驚愕の面持ちで見ているルーシーには気づかず、レインは寝室の扉をそっと開けた。

ルーシーは怒りのかたまりとなった。いったいなんのまねだろう。レインはなにをしようというのだろう。もはや忍耐の限界だった。生まれてこの方、誰かを痛い目に遭わせてやりたいと思ったことは一度もない。でもいまこの瞬間ルーシーは、レインの揺れる巻き毛を両手で引っつかみ、一束一束引っ張ってやりたい衝動に駆られている。

「レイン」ルーシーは呼びかけた。静かだが鋭い声に気づいて、部屋に入りかけたレインが凍りつく。「なにか困ったことでも？」

「あの……」レインはつぶやき、頬を真っ赤に染め、当惑の表情で周囲を見まわした。「いやだわ。なんだか……迷ってしまったみたい。あんまりお部屋がたくさんあるものだから……途中で曲がる場所をまちがえたのね。ごめんなさい――」

そのとき、扉が勢いよく開かれた。ヒースはズボンにはだしといういでたちで、シャツはボタンがはずれており、胸板と引き締まった腹があらわになっている。レインを認めるなり驚いた目をしたのち、彼はルーシーに視線を移した。

「どうかしたのか？」

「レインが、自分の部屋が廊下の反対端なのを忘れたみたい」ルーシーはおだやかに答えた。「でも、扉が全部同じだからまぎらわしいわね。家自体も大きいし」レインを見やってつづける。「お部屋は向こうよ、レイン。階段を上ったら右に曲がればいいの、次回は忘れないで」

顔を赤らめながらレインは謝罪の言葉をつぶやき、スカートをさらさら言わせながら自室へと向かった。寝室の戸口に、ほのかな花の香りが残される。ルーシーは優雅な後ろ姿が見えなくなるのをたしかめてから、咎めるまなざしを夫に向けた。

ヒースが張りつめた声で「ここではよせ」とたしなめる。

ルーシーは夫の脇をすり抜けて寝室に入り、顎をぐっと上げて化粧台に歩み寄った。銀の重たいヘアブラシをつかみ、栗色の髪を乱暴に梳かす。豚毛が頭皮をひっかいて痛いほどだ。ヒースはといえば、ベッドに腰を下ろして無言で妻を眺めている。シルクのナイトドレスにつつまれた肢体に視線を這わせてから、妻の顔に目を戻す。

「方向音痴だからしかたないだろう、とでも言うのでしょう？」ルーシーは歯噛みをした。「なにも音をたててブラシを置き、髪をいくつかの束に分けて毎夜のとおりに編んでいく。「なにもかもが茶番ね。それでも耐えている自分がばかみたい」夫がなにごとかつぶやくのに気づいて、きっとにらむ。「なにか言った？」

冷ややかな青い瞳で彼女を見つめ、ヒースは冷たくこたえた。

「あと数日でふたりともいなくなる。エイミーの学校もだいたい決まったし、来週にはそのうちの一校で授業を開始――」

「エイミーに問題はないの。家を出ていってほしいのは、エイミーではないの」

「エイミーを学校に入れたら、翌日にはレインもイギリスに発つ」

「なぜいますぐ発たないの？」

「エイミーの今後を見届けてからでないと、安心して向こうに行くことは――」

「あの人だけではなく」ルーシーはかっとなってさえぎった。「妻の心の平穏にももっと気を配っていただけるとありがたいものね」

「きみの心の平穏が、そんなにもろく崩れるものだとは知らなかったね」

「わたしはただ、あなたとあの人がどういう関係なのか知りたいだけ。わたしの気持ちをわかっていて、なぜあの人をここにいさせようとするの？」

「語るべき関係などない！」ヒースが怒りを爆発させる。「どうしていつまでも、彼女とのことを疑いつづけるんだ。まるでそのほうが……」

「そのほうが、なんなの？」

「ルーシー」夫は必死にいらだちを抑えようとしている。「いったいどうしたんだ。なにをそんなに打ちひしがれて、夫婦の暮らしを台無しにしようとするんだ。きみのことはよくわかっているつもりだ。だがいまのきみは、きみらしくない。常識を備えた数少ない女性のひとりだと思っていたのに……つまらないことで騒ぎたてるとはね」

「つまらないことですって」ルーシーは苦々しげに応じた。「よくもそんなふうに言えるものね」

「だったら」ヒースはおだやかに促した。「わかるように話してくれ」

「今朝の彼女との会話を聞いていたら、あなただってよくわかったはずよ」

夫の視線が鋭くなる。「なんの話をした？」

「もちろん、あなたについて」ルーシーは短く笑った。「あなたの話しかしなかった。あなたの……本来の居場所はどこで、ともにいるべき相手が誰なのか」

「レインはなんと？」

彼女の言ったことこそ真実なのではないか……ルーシーはふいに恐怖に駆られた。もしそうなら、面と向かって夫に言うべきではない。レインが正しかったらどうすればいいのだろう。かつての夢を、手の届くところにある夢を捨てられないとヒースが言いだしたら？　やはり南部でなければ幸福にはなれないと判断したら？　故郷が彼にどんな影響を与えるのか、ルーシーはこの目で見てしまった。ボストンを発つときには青ざめ疲れていた夫は、まるで別人となってヴァージニアから帰ってきたのだ。だからやはり、あれは真実なのだろう。ヒースのほんとうの居場所は南部で、彼は南部の人びとと暮らすべきで、いまもなお、心は南部にあるのだ。

「彼女はなんと？」ヒースがそっけなくくりかえす。

もはや夫の問いかけにも、おのれの疑念にも向きあうことは不可能だ。いまは退却して、考える時間が欲しい。「本人に訊いて。なんだか疲れたわ。少しやすみたいの」化粧台の前から立ち上がり、戸口に向かう。夫と同じ部屋に、それ以上いたくなかった。

だが気づけばヒースが背後に立ち、乱暴に彼女を自分のほうに向かせて肩をつかんでいた。

「いいかげんにしろ」と咎めつつ肩を揺さぶる。「ちゃんと話すんだ」

「もういや。さわらないで。わたしは寝るわ」

「ああ、寝るがいい、ミセス・レイン。ただしわたしのベッドで。この部屋で」

「お断りだわ！」ルーシーは懸命にもがいて夫の手から逃れようとし、怒りに息を荒らげた。ヒースがふたたび彼女の肩を激しく揺さぶる。指が肉に食いこむようだ。

「少し落ち着いて、かんしゃくを抑えたらどうなんだ。いいかげんにしないと、ただではおかないぞ」

「ああ、そう！　腕ずくで解決しようというのね」ルーシーは息をあえがせた。喉の奥に酸っぱいものがこみあげてくる。「放してったら」視界が赤くけぶり、絶望に襲われて、自制心をすっかり失っている自分に気づく。激しく身を震わせながら夫をぶとうとしたが、彼の前では子どものようになすすべもなかった。屈辱感と憤怒が胸に重くのしかかって、息もできない。

「勝手にあの人をここへ連れてきて……それでもわたしに笑って過ごせとあなたは言う。あいにく、そんなまねはできないの。こんな暮らしに耐える義務なんてない。ここはわたしの家で、わたしはあなたの妻で、あの人にここにいてほしくないの！　言ってる意味、わかる？」ルーシーは叫ぶように訴えた。「あの人を追いだして。追いだしてちょうだい！」憤怒に駆られつつも、蒼白になって怒りをぶちまける妻にヒースが驚いているのがわかった。

彼はいったいなにを思っているのか……ルーシーは考えをめぐらし、呆然と夫を見つめ、ふいに疲れに襲われた。妻はどうかしている、妻に愛想をつかされた、ヒースはそう思っているにちがいなかった。でもルーシーは自分で自分を止められない。次はどうすればいい？なにを言えば？

暗く、当惑したまなざしをヒースはルーシーに向け、妻の顔に浮かぶのが恐れであることを読みとった。ヒースには理解のできない恐れだった。でも彼はためらうことなく、それを和らげるすべを探した。すばやく妻を抱きしめ、あたかも激しい風から守ろうとするかのごとく両の腕を体にまわす。身を離そうとしてもがくルーシーを彼はいっそう強く、心地よくたくましい胸板に抱き寄せた。

ルーシーは身震いをし、徐々に緊張を解いて、温かな夫の肌の香りを深々とかいだ。そうしてようやく、夫とのなんでもない触れあいを心底求めていた自分に気づいた。これほど深い安らぎをくれるのは、彼のほかにいやしない。

「ヒース――」

「しーっ。じっとしておいで」ヒースがささやき、ルーシーはひげの伸びかかった頬が優しくこめかみをくすぐるのを感じた。どこまでも力強い夫の体に身をあずけているうち、強烈な不安も和らいでいった。無言で夫に身を寄せながら、この肩の重荷を多少なりとも彼に託さなければならないのだと悟った。つかの間であっても、夫にすべてを任せればいいのだと思うとほっとできた。

彼女が話せる状態になったのを感じとったのだろう、ヒースは腕の力をわずかにゆるめた。「わたしがきみを必要としたとき、きみは芯の強さを見せてくれたね」という声は静かで落ち着いている。「いまは、きみ自身のために芯の強さを見せてほしい。なにを恐れているのか話してごらん。恐れる必要などないのだと、ちゃんと説明するから」

なにから話せばいいのかルーシーは悩み、やがて口を開いた。

「彼女たちを前にしたときのあなたが、まるで知らない人に思えるの。いまのあなたはなんだか……ふたりの庇護者みたい。ふたりがあなたを見る目、あなたに頼るさま……まるで、あなたがなにもかも理解して——」

「すまなかった」ヒースはつぶやき、妻の憤慨と当惑を見てとると苦笑した。レインやエイミーに対する自分の態度がルーシーの目に奇異に映る可能性を、きちんと予測してしかるべきだったのだ。南部人ならではのああしたお世辞やお愛想を、ルーシーは体験したことがない。当のヒースだって戦争前にヴァージニアにいたころは、男女の関係にもっと別のかたちがあるということを知らずにいたのだ。南部では、男はすべてを知りつくしたふりをし、女は男を信じているふりをする。南部の女は、内心では男のことをどう思っていようと、相手の虚栄心を傷つけようなどとは夢にも思わない。だから向こうでは、男女の関係はひたすら心地よく、快適で、楽なものだった。

自分の価値観は変化したのだと、どうルーシーにわからせればいいのか。気づけばヒースは、女性に誠実さを求めるようになっていた。そうしてレインを、愛していたはずの女性を失った。その後さまざまな経験を経て、たっぷりと考える時間を経て、自分に必要なのは、子ども扱いされることを望む女性ではないのだと理解した。女性からの崇拝もいらない。ただ、対等に向きあえればそれでよかった。

「きみには理解しにくいかもしれない」ヒースはゆっくりと説明を始めた。「だがヘンリコ郡では、男女はみなああいう接し方をするんだ。男には男の役割があり、女には女の役割がある。いわば習慣だ。南部の男と女の」

「ふたりとのやりとりを、あなたは心から楽しんでいるようだったわ」

ヒースはかすれた笑い声をもらした。

「きみにも今後は、ああいうおもねりを求めるとでも思ったかい？　まさか。正直言って、わたしもうんざりしはじめていたところだ」

「そんなふうには見えなかったわ」

彼は両手で、なだめるように妻の背中をさすった。

「嘘じゃない。この一年間、不遜な態度をとるたびに、きみに身の程を思い知らされてきたわたしだ。きみの助言がなければ、わたしはすぐに暴走してしまう。というわけで、ふたりがいなくなりしだい、きみにはいままで以上にしっかり手綱を引いてもらわないと」

「だけど……南部人は、南部以外の土地では生きていかれないと聞いたわ」

「わたしの居場所はここだよ」

「ともに暮らすべき人たちを、恋しくは思わない？」

南部の人たちを恋しんだりはしない。ヒースはおうむがえしにつぶやき、ふいに笑った。「いいや、組むべき相手はデイモンだけ。一緒に暮らすべき相手はきみだけ。そして仕事で手を組むべき相手はデイモンだけ。独立精神を持った素晴らしい友だちや仲間が、ここには大勢いる。これ以上、改善の余地もないと思うね」

「でも、ヴァージニアから戻ってきたときのあなたは、ここを発つときよりずっと幸福そうで、生き生きとしていて……」

「忘れたのかい？　ボストンを発ったとき、わたしの体はまだ本調子ではなかった。そんな状態でちょっと余計に陽射しを浴びれば、誰だって元気を取り戻すさ」

「陽射しだけではないはずよ。帰ってきたときのあなたは笑顔で……文字どおり輝いていて、だからきっと向こうで――」

「ばかだな。きみのもとに帰ってこられたんだから、幸福であたりまえだろう？　帰る日が待ち遠しくてならなかったよ。レインが一緒だと知ったきみに、さぞかし怒られるだろうとわかっていてもね」

「やっぱりあの人がここにいるのはいやよ」

「できるだけ早い段階で、出ていってもらうと約束するよ。その後は二度と会う必要もない。それまでのあいだは、彼女を恐れる理由なんてなにもないんだと、忘れないでほしい」

小さくうなずいたルーシーは、夫から身を引き離そうとした。

「待って」ヒースが止め、妻の肘のあたりをつかむ。「どこに行くつもりだい?」

「向こうの寝室に。黙って行かせて」

妻の強情ぶりにヒースはいらだった。「ここで寝ればいいだろう」

「いいえ……ここで寝れば、どうなるかわかるわ。いまはいやなの。今夜は」

「ルシンダ、最後の晩から何週間、いや何カ月経ったと思うんだ」

「わたしのせいではないわ! あなたが倒れて、治ってからだって――」

「落ち着きなさい。きみを責めてなどいない。たしかにここ一、二カ月のわたしたちはうまくいっていなかった。でも誰が悪いわけでもない。これからだって、こういうことはあるだろう。でも、いまは互いに距離を置くべきじゃない。この状況に、もう耐えられないんだよ」ヒースは優しくなだめるように説きつづけた。「以前のふたりがどんなだったか、忘れてしまったんだろう? 大丈夫、今夜はわたしにすべてをゆだねて。以前のふたりを思い出させてあげるから。そうしたら、なにもかもがずっと楽になるはずだ。約束するよ」

「無理なの」ルーシーはみじめたらしく応じた。「なんだか……心が空っぽで、なにも感じられないんだもの。いまのわたしでは、あなたになにもあげられない。久しぶりの時間を、こんな気持ちのまま過ごしたくないの。きっとよくないもの。正しい選択だとも思えないもの」

「ルーシー――」

「お願い。今夜はひとりでいさせて」

ヒースはしぶしぶ妻の腕を放した。「懇願すれば聞いてくれるのか？」

「懇願なんてしてほしくない。ひとりになりたいだけ」

彼は戸口までついてきて、戸枠を腕でつかみ、彼女の行く手をつかの間阻んだ。青碧の瞳を見上げ、ルーシーは腕組みをした。醜態をさらした自分が恥ずかしく、夫に行かせてもらえないのではないかと、かすかな不安も感じていた。

「ボストンに来たばかりのころを覚えているかい？」問いかけるヒースの視線は、彼女の偽りの冷静さを剥がし、胸の奥まで見透かすかのようだ。「あのころは、うまくいっていた。なにもかもが」

「そ、そうね。そうだったわ」ルーシーは口ごもった。青い瞳に浮かぶ激しい感情に囚われてしまった。

「どんなに対立することがあっても、きみはわたしの言動に復讐するために拒んだりはしなかった」

「あたりまえでしょう。復讐のためなんて、そんな――」

「これはある種の罰なんだろう？　だったら、甘んじて受けるよ」

打ちひしがれたルーシーの顔に答えを読みとったのだろう、ヒースは小さくうなずき、どこか納得した表情を浮かべた。戸枠から腕を離し、彼女のために扉を開けて押さえる。

「行きなさい。しばらく考えたいんだろう？」

夫から逃れたルーシーは、化粧着の前をきつくかきあわせ、となりの寝室へと向かった。

「ああ、ここにいたのね」ルーシーは声をかけつつ書斎に入り、熱心に本を選ぶエイミーを見てほほえんだ。少女がルーシーを認めるなり手を止め、左腕に危なっかしく抱えた本をぎこちなく支える。「レインは昼寝中のところを見つけたけど、あなたの姿が見えなかったものだから」

「本を借りようと思って――」エイミーが口を開く。

「よっぽど読書が好きなのね」

「ええ、小説と詩が」少女が答え、ルーシーは嬉しくなって笑った。

「どの本を選んだの……へえ、わたしのお気に入りもあるわ。ホイッティアの『雪ごもり』、サウスワースの『見えざる手』、ブロンテの『嵐が丘』――」

「愛読書なの」

「じゃあ、エヴァンスの『聖者エルモ』は？　まだ読んでいない？　捜してあげるわ――あれは絶対に読むべきだから。情熱的な、永遠の愛のお話で、貧しい少女が大金持ちになって成功するの……ああ、こっちの棚しか見ていないのね――」

「向こうの棚の本は、つまらなそうだから」

「そのとおり」ルーシーは鼻梁にしわを寄せた。「向こうはヒースの本棚よ。こっちがわたしの」

とりと眺める。

「新作もいっぱい持っているのね」エイミーが指摘し、ずらりと並ぶ装丁の美しい本をうっ
「小さいころは、本ばかり買わないでもっと実用的なものにお金を使いなさいと父に怒られたものだわ」ルーシーは懐かしげにほほえみ、夫の椅子に腰を下ろした。「ヒースはいくら本を買っても文句を言わないから安心」

「わたしもクレイに、読書なんかやめろと言われた。うちには本を買う余裕があんまりなくて。当時は……もっと別のことにお金がかかったから」

「医者代ね？」ルーシーは優しくたずねた。エイミーの手紙には、クレイの背中のけがや、始終寝こんでいることなどが書かれていた。

「手伝いも雇っていたし。そうしないと、仕事にならなかったから」少女が説明し、本をヒースの机に置いて、机の端に寄りかかる。「うちのプランテーションには、クレイとレインとお母様とわたししかいなかったの。誰も農業なんてわからなかった。だから近所の男の子を雇ったんだけど、怠けてばかり。それでも、うるさく言えば立派に仕事をしてくれたわ」

「大変だったわね」衝動的に手を伸ばし、ルーシーは少女の手を優しくたたいた。

「大変って、なにが？」

「いろいろと苦労したのでしょう？　好きな本も読めなかっただろうし――」

「当時は、そんなにつらいと思わなかったわ。振りかえってみて初めて、どんなにみじめな暮らしだったかわかるの。もちろん、お兄様があのままいてくれたらずっと楽だったんだろ

うけど……出ていってしまったから」

ヒースが北部に移ったときのことを言っているのだろう。ルーシーは夫をかばいたくなった。

「ヒースは、助けを必要としている人に背を向けたりはしないわ。誰かが彼にちゃんと頼んでさえいたら――」

「お兄様を責めているわけじゃないの。お兄様は手を貸そうとしてくれたもの。戦争が終わったあと、プランテーションに来てくれた。でもうちの人たちが、お兄様に出ていけって」

少女は意外そうな表情でルーシーを見つめた。「お兄様から、なにも聞いてないの？」

「あいにくね」ルーシーは正直に認めた。頭のなかでは、どうやって少女から詳しいことを聞きだそうかと考えていた。うまく促せば、少女はきっと素晴らしい情報源になる。「ヒースとクレイとレインの三人のあいだに、なにやら問題があったらしいことは知っているんだけど――」

「お母様ともうまくいっていなかったの。お兄様を嫌っていたから。理由は知っているでしょう？」

「理由って……ひょっとしてヒースが、別の女性の息子だから？」ルーシーはおずおずとたずねた。

「そうよ。クレイとわたしはプライス家の人間。お母様はいつも、プライス家のほんとうの子どもはおまえたちだけだと言ってた。それから――」少女はあたりを見まわし、声を潜めた。「お兄様はなにかのまちがいで生まれてきたんだって。当のお兄様にも、何度もそう言ってたのよ」

「そのときヒースは？」

「黙って笑ってた。お母様は、お兄様のあの笑みが大嫌いで……うん、お兄様がそばにいるだけでいやがった。お父様が最初にお兄様をうちに連れてきたときなんか、お母様をなだめるのに何日もかかったわ」

「あなたとクレイは、ヒースをどう思っていたの？」

「わたしは昔からお兄様が大好きよ。クレイはそうじゃなかったみたいだけど、兄弟でけんかをすることはなかったわ。レインが現れるまでは、の話だけど」

「レインはどういう人なの？」ルーシーはあふれる好奇心を押し隠した。「近所にでも住んでいたのかしら」

「近所ではないけど、実家はヘンリコ郡よ。スタントン家といって——レインは四人姉妹の上から二番目。でも一番きれいだったの。みんなそう言うわ。だから男の人にもてたけど、地元の人には興味がなかったみたい」

ルーシーは身を乗りだして少女の話に聞き入っている。彼女の熱心な態度に促されて、エイミーもやがて自分から積極的に話しだした。

「お兄様は一七歳のときに母親を亡くして、うちで暮らすようになったの。お母様は、同じ屋根の下で暮らすくらいなら死んだほうがましだと抗議したけど、お父様は聞く耳を持たなかった。お父様は、お兄様が大のお気に入りだったの。だからお母様も我慢するしかなかった。でもお母様は、大勢のお友だちが味方になって同情してくれたし、そもそもお兄様と顔を合わせることはめったになかった。お兄様がいつも、お友だちと一緒に遊んでいたからよ」

「悪いことをして、ということ?」

「たぶんそう」少女はしぶしぶ認めた。「あのころのお兄様は……すごくやんちゃだった。面倒ばかり起こして、今日はとてもおとなしいなと思ったら、翌日にはもとのやんちゃに戻ってる。誰からも好かれたけど、わが家の娘の相手に、なんて思う人はひとりもいなかったはずよ……理由はわかるでしょう? レインは、お兄様の生まれ育ちさえまともだったら、ヘンリコで一番もてただろうと言ったわ。乗馬も、悪態をつくのもうまいし、誰よりも射撃が上手で、しかも鞭のようにすらりとしているから。噂では、女の子は誰もがお兄様に恋をしていたみたい。レインも、ヘンリコではあんなにハンサムな人は見たことがないと言っていたもの。だけどみんな、お兄様と一緒のところをあまり見られないようにしていた。体面に傷がつくからだったみたい」

ルーシーは無言で、少女の話を聞いていた。ヒースはずっと部外者だったのだ。それはヴァージニアでも変わらなかった。北部で彼が自分の居場所を作ろうと必死だったのも、だからこそなのだ。南部に帰りたがらなかったのも、これなら不思議ではない。彼にはこれまで、どこにも居場所などなかった。

「どんなふうにしてヒースとレインは……」ルーシーは問いかけたが、みなまで言うことができなかった。〝ヒースとレイン〟という言葉が喉に引っかかってしまった。ふたりがかつて恋仲だったと思うだけで不愉快だったが、ふたりのあいだになにがあったのか、やはり知らなければならない。エイミーは、彼女がなにをたずねようとしたのか、ちゃんとわかったらしい。

「レインと出会ってすぐ、お兄様は彼女をほっておかなくなった。スタントン家の人たちは、お兄様がレインに求愛するのをよく思っていなかったようだけど、なにしろ四人も娘がいるし、お兄様はいずれ莫大な財産を継ぐことにもなっていたから。レインは姉妹のひとりにけしかけられて、お兄様と馬車で出かけた。そのときに具体的になにがあったのかレインは話そうとしないけど、ひとつだけ言ってたことがあるの。最初のうちは、知りあって間もない者同士らしく接していたお兄様が、帰るころにはレインに結婚を申し込んでいたそうよ。でもその後、レインはクレイと出会って——お兄様とクレイはよく似た兄弟だけど、クレイはれっきとしたプライス家の人間で、お兄様は……」

「庶子だった」ルーシーは淡々とあとを継いだ。「クレイのほうが、条件がよかったわけね」

「レインはクレイを愛していたわ」少女が義姉をかばう。「クレイもハンサムだし、優しいし——」

「でしょうね」ルーシーはあわてて、クレイを侮辱するような言葉を口にしたことを謝罪した。「ごめんなさい。あんなことを言うつもりじゃなかったの。話をつづけて……レインはクレイと出会って、そしてどうなったの？」

「結婚したわ。お兄様は結婚を邪魔しようとしたけど。クレイとけんかをして、なにか言ったみたい。具体的になにを言ったのかは知らないけど、いいことではなかったはずよ。ふたりの結婚後、お兄様は手のつけようもないほど荒れて――酔っぱらったり、悪さをしたり。最終的にはお父様がお兄様を外国に送りだした。紳士らしさを取り戻してほしい一念でね。そこへ戦争が始まって」

「戦後はどうなったの？　なぜプライス家の人は、ヒースをプランテーションに迎え入れなかったのかしら」

「クレイがやったことよ。クレイは背中に大けがをして、戦後はずっと寝たきりだった。お兄様が帰ってきたら、プランテーション経営者の座を追われ、レインも奪われると思いこんでいた。お母様もお兄様との同居は望んでいなくて……それから、レインは……わたし見たの。レインが玄関ポーチでお兄様と言い争っていて、お兄様にありとあらゆる罵声を浴びせるのを。お兄様は激怒して……」

「なんですって」ルーシーは驚きの声をあげた。エイミーが顔を真っ赤にしてつづける。

「金とプランテーションのためにクレイと結婚したきみはばかだと言って、レインを笑ったの。いずれ貨幣価値は下がり、プランテーションは崩壊するんだと言って。お兄様はずっとレインを笑いつづけた。そうしたらレインが、誰かがポーチの手すりに置き忘れた乗馬用の鞭をつかんで、お兄様をぶった。傷跡はそのときのものよ。こめかみと、目元の――」

「なんてこと」ルーシーはささやき、手で口元を覆った。ヒースに対する哀れみが胸にあふれて、レインに対する嫉妬心を洗い流す。それは心からの哀れみで、ポーチでの場面を想像したルーシーは痛みに思わず顔をしかめた。愛した人からそこまでの痛みを与えられるとは。しかも、ヒースほど自尊心の高い人が。それは生涯忘れられない痛みにちがいない。レインはヒースの顔に、自らの跡を刻みこんだ。せめてあの傷跡が、皮膚よりも深く刻まれていないことをルーシーは祈るばかりだ。それともあれは、夫の魂まで痛めつけ、いまなお癒えていないのだろうか。だが、答えを知る日は永遠に来ないのかもしれない。

「夕食後にあなたと話したあと、エイミーったらすごく幸せそうだったわ」ルーシーは言い、ヒースが書いた手紙を校正する手をやすめた。夫の筆跡はぞんざいだがとても力強い。ふたりはヒースの机の前にともに座っており、かすかな時計の針の音が、間もなく夜中になろうとしていることを思い出させる。夜なので暖炉の火は消えており、闇につつまれた邸内には冷気が漂いつつある。けれどもルーシーは、赤々と燃えるランプの光のそばで夫と仕事をしていればそれで快適なのだった。

「エイミーもきっとウィンスロップ・アカデミーを気に入るだろう。教育方針はもちろんのこと、あらゆる意味で評判がいい。エイミーのような娘も、あそこでならばうまくやっていける」

「〝エイミーのような娘〟というのは、南部から移り住んだ娘という意味？」

ヒースはにっと笑い、誘惑に負けたかのように手を伸ばして巻き毛を引っ張った。

「ああ、そういう意味だ」

「お母様のもとに行かずに、こちらに住みつづけることに不安はないのかしら」

「ないだろうな。これっぽっちも」

ルーシーは手紙を置き、こぶしでぼんやりと便箋をなぞった。

「あの子を学校に連れていくとき、忘れず伝えてね。帰ってきたくなったら、いつでも歓迎するわって」

「伝えるとも。ついでにひとつ取引をしないか……きみが明日、エイミーを買い物に連れだして必要なものを一緒に買い揃えてくれたら、翌日にはあの子を学校に連れていくよ。そうすれば週末までに客はいなくなって……わたしが言うのもなんだが、すべてが元通りになる」

ルーシーは木の机をこぶしで三度たたき、指をからみあわせた。

「それまでは」ヒースが腰を上げ、妻を立ち上がらせる。「夜はまだ始まったばかりのようだし――」

「あいにく」ルーシーは神経質に笑い、夫の手から自分の手を引き抜こうとした。「夜はもうだいぶふけているわ。わたしも眠くて、立っているのがやっと――」

「どうすれば目が覚めるか、知ってるよ」ヒースが身をかがめ、ルーシーは唐突に背を向けた。

「ヒース、いまはやめて」いまはできない。できるわけがない。同じ屋根の下にレインがいるあいだは。ふたりの時間が汚れてしまう。レインの気配がすべて消え、夫婦のどちらも、愛の営みの最中にレインのことを思い出したりしないと安心できるまでは、できない。

夫は身じろぎひとつしなくなった。先ほどまでの上機嫌が見る間に消え失せ、むっつりと怒っているような表情が顔に広がる。

「いつまでこんなことをつづけるつもりだい？」夫はおだやかに問うた。「わたしの気がふれるまでか？」

「そういう気分になれないの――」

「きみがそういう気分じゃないのはよくわかっている……だがわたしのほうは、すっかりそういう気分でね。つらいのは、お互いさまだろう」

独断的な夫の物言いにむっとして、ルーシーは腕組みをして彼をにらんだ。最近はいやに気が短くなってしまった。どうして自制心を保つのはこんなにも難しいのだろう。

「その気もないものを、したくないの」

「だったら、その気があるふりをしたらいい」夫は冷笑を浮かべた。「それとも、いつもそうしていたのかい？」

あまりにも残酷なせりふにルーシーは呆然とした。ヒースはすぐに言いすぎたと気づいたのだろう、後悔の色を顔中に広げた。けれども夫がさらになにか言う前に、彼女は冷たく応じていた。

「そんなに言うなら、いいわ、しましょう。この場でいいわね？　さあどうぞ。ただしさっさとお願いするわ」

ふたりはじっとにらみあい、どちらも引き下がろうとしない。

「二度と訊かない」ようやく口を開いたとき、ヒースの声は刺すようだった。「二度ときみをわずらわせない。その気になったら、心の準備ができたら、あるいは満月になったら、いったい全体なにを待っているのか知らないが、そのときが来たら知らせてくれ」書斎を去りかけて歩みを止め、言い添える。「知らせてもらってから、どうするか考える」

立ち去る夫をにらみながら、地団駄を踏みたい衝動をルーシーは懸命に抑えた。だがあんなことを言っておきながら彼女に歩み寄りを求めるのなら、いつまでも待たせておけばいいのだ。

ルーシーは窓外を眺めた。春はあと数週間もすれば訪れそうだ。北部では、春はいつだってしぶしぶやってきて、けっして長居はしない。よほど感覚を研ぎ澄ましていなければ、春が来たことにも気づかない。今年はもう雪も冷たい雨も降らないようだと思った次の日には、うだるほど暑い夏の盛りとなっている。人びとはケープコッドの浜辺に群がり、まだ冷たい水で泳ぎ、沈泥を掘って二枚貝を狩り、なにかに利用できないかと海藻を採取する。ルーシーはほほえんで、海辺にたたずむヒースの姿を想像した。海を背景にした夫の瞳は、うっとりするほど青くきらめくだろう。夏が来たら、彼女は夫を誘惑して仕事をやすませ、数日間ケープコッドに滞在するつもりでいる。新婚旅行も行かなかったふたりに、あそこは完璧な場所だ。頬を上気させて夏の計画をあれこれと立てながら、ルーシーは戸口に視線をやった。朝食の間の磨き上げた床を、レインが静かな足音とともに歩いてくる。

「出発前に、朝食をどうぞ」ルーシーは声をかけた。レインに愛想よく接するのは、今朝はそんなに難しくない。あと半時間もすれば、ルーシーの人生から永久に消えてくれるとわかっているからだ。

「じゃあ、コーヒーをいただこうかしら」レインはしとやかに腰を下ろした。「旅行のときは、おなかがいっぱいだとつらいから」

「長旅だものね」

レインはなにも言わない。長いまつげの向こうから、ルーシーを凝視するばかりだ。

「きっとヒースも」ルーシーは気さくな口調を装いつつ、銀のポットからコーヒーをついだ。

「今朝はあなたに別れも告げずに会社に行かざるを得なくて、残念がっていると思うわ。でも昨日はエイミーを学校に連れていったから、その分の仕事がたまっているらしくて」

「知ってたわ。ヒースが今朝は早く出かけなくちゃいけないって。だからゆうべのうちにお別れの言葉を交わしておいたの」

レインのその口ぶりが、長い時間をかけた優しい別れの場面をルーシーに想像させる。いらだったルーシーは、どうせ彼女はもうすぐいなくなるのよと自分に言い聞かせた。それにしても、時計の針が凍りついてしまったかのようだ。時間が過ぎるのはこんなにも遅かっただろうか。

「夫もわたしも、イギリスでの幸せを願って――」

「あなたたちもどうぞお幸せに」レインがさえぎる。ルーシーが伸ばした手からコーヒーカップを受け取るとき、冷ややかな銀色の瞳が謎めいた光を放った。「わたし、あなたのことが好きよ、ルシンダ。信じてもらえないだろうけど、ほんとうに好きなの。あなたって、好意を抱かずにいられないタイプだもの。あなたに会う前はね、ヒースを射止めたんだから、さぞかし美しい人なんだろうと思っていたわ。でもかんちがいだったみたい。ヒースがあなたと結婚したのは、あなたが明るくて、笑顔が優しいから……冷たい土地で、とてつもなく冷たい人たちに囲まれる暮らしのなかで、唯一見つけたぬくもりだからだわ。ちょうどいい時に、ちょうどいい場所にあなたがいただけの話。あなたには幸運だったのかもしれないけど、やっぱり、あなたには同情するわ。あなたは彼にふさわしくない。それは永遠に変えられないの」

「彼がわたしと結婚した理由はひとつだけよ。わたしが彼を幸せにできるから。それは永遠に変えられないの」

「時が来ればわかるわ。わたしが正しかったのか、それともまちがっていたのか――」

「まちがっていたんじゃない？」

「そうかもしれないわね」レインがコーヒーに口もつけずに立ち上がる。「いずれにせよ、幸運を祈るわ、ルシンダ。ほんとうにかわいそうな人。彼へのあなたの気持ちは、誰よりもよくわかるもの」

ルーシーは凍りついたように窓外の景色に視線を向けつづけた。静かに出ていくレインに、声もかけなかった。

レインが発った翌日には、ルーシーは早くも、これならば結婚生活はじきに元通りになるだろうと実感した。ヒースが倒れる前と同じように、日曜日には連れ立って教会に行き、長いこと無沙汰をしていた友人知人とも再会した。こと信仰に関してはヒースは恐ろしいほど規律に欠ける人なので、教会に連れていくのはひと苦労だったが、ルーシーはうまいこと言いくるめて彼を同行させることに成功した。アーリントン・ストリート教会からわらわらと出てきた信徒たちをつつむボストンの空気が、サンデーローストのかぐわしい香りを連れてくる。ボストンではどの家でも、日曜日の午後二時から三時のあいだに食べるサンデーローストを、礼拝のあいだに焼き上げておくのが習わしだ。

「ああ、やっと終わった」ヒースはぼやいた。今日の説教はとりわけ力がこもった長いもので、ヒースには何時間もつづいたように思えた。礼拝のあいだ中、すぐとなりにルーシーが座っていたせいで、その心地よさと痛みにずっと身もだえていた。妻の甘い香りに鼻孔をくすぐられ、やわらかな感触をひしひしと実感して、礼拝とはまるで関係のないことを考えつづけていた。おかげで教会をあとにするときは、来たときよりもますます自分が罪深い人間になった気がした。

夫の冒瀆的なせりふにぎょっとしたルーシーが、誰にも聞かれなかっただろうかとあたりを見まわす。ふたりは信徒らとともに、教会の白い柱のあいだを歩いているところだ。

「変なことを言わないで。誰かに聞かれたらどうするの！」

「子どもじゃあるまいし、説教されたり、叱責されたりするのは苦手――」

「ほかの人はともかく、あなたとわたしはたっぷり説教されたほうがいいと思うけど」ルーシーが鋭く言いかえす。「もう何カ月も礼拝をおやすみしていたんだし」

「しかたがないだろう――」

「つづきはけっこうよ」ルーシーがさえぎり、すれちがいざまにトレッドウェル家とニコルソン家の人びとにさっと笑顔を向ける。お互いに立ち止まり、あいさつの言葉を交わす。

「おはようございます。気持ちのいい日曜日ですね。ええ、素晴らしい説教でしたわ」

ふたたび馬車に向かいはじめると、ヒースはすぐさま作り笑いを消した。

「前回われわれがここに来たのがいつか、なぜどいつもこいつも指摘するかな」

「毎週きちんと礼拝に来れば、指摘されないようになるわ」

「それか、まったく来なくなれば、だな」

まるで反省のない口調で提案すると、ルーシーは笑っているとも憤慨しているともつかないうめき声をあげ、夫の腕を放した。

「あなたの名前って、ひょっとして不信心者《ヒーザン》の短縮形？」

ヒースが彼女を見下ろしてほほえむ。まさに天使のごとき面立ち。陽射しに焼けた金髪は淡く、青い瞳は鮮やかだ。

「そういう目で見ないで」ルーシーは咎め、ほんとうは笑いたいのに、しかめっ面をしてみせた。「あなたが子どもたちの悪いお手本になるんじゃないかと、いまから心配だわ」

「子どもたちのことをあまり気にかけていないように見えるのなら、すまない」と応じる夫の唇は、からかうような笑みをたたえている。「でも当面、子どもたちの心配は無用だと思うよ。子を授かる方法を試してみる計画すらないわけだからね」

「まさかそこまで不作法なことを、よりによって日曜日に言うとは思わなかったわ」重々しくたしなめると、夫は声をあげて笑った。

「わたしが救いを得られないんじゃないかと、心配してくれるのかい？」ヒースがまたもや、からかうような笑みを浮かべて彼女を見下ろす。

「誰かが心配してあげなくてはまずいでしょう？　あなた自身は心配しないだろうし。もう、笑うのはやめて。人がまじめに話しているのに！」

「日曜日のたびに敬虔な信者のふりをするきみには、まったくほれぼれするね」ヒースは口元に笑みをにじませた。「いいだろう。どうしてもきみが礼拝に来たいというのなら、毎週来よう。ただし、それでわたしがなにかを得られるなどとは思わないように」

夫の譲歩案に、ルーシーは少しほっとした。

「いいわ。奇跡は望まないから。いずれにしても、あなたに害があるわけじゃなし」

馬車のかたわらに着き、ヒースは妻に手を貸して乗りこませた。美しさを増した妻の体をとらえて、ヒースの瞳がきらめく。将来のことを語るつもりなどなかったのに、彼女の口から「子ども」の一語を聞いてしまった。あの一言を耳にしたとき、彼は一瞬、心臓が止まった。ルーシーと自分の息子や娘を想像しただけで、ヒースは喜びと期待感につつまれた。ちょっと残念なのは、ルーシーの愛情を独り占めできなくなることだ。できればルーシーを自分だけのものにしておきたい。それがつつみ隠さぬ本心だ。生涯ふたりきりで過ごすのも幸福だと思う。だがふたりに息子や娘ができたら――どんな家庭になるだろうと思うと、楽しみでならなかった。

「月曜日は」デイモンは暗い顔で、あたかも呪いの言葉のようにその単語を口にした。「カレンダーから削除するべきだ」社でもとりわけ若い記者のひとり、バートレットと一緒になって、活気のない編集室を見わたす。数人の記者が自分のデスクで、とくにやる気もなさそうに原稿をしたためている。残る記者は参考文献をめくり、あるいは外に取材に出かけようと、社の借り上げの馬車の帰りを待っている。

バートレットが心底退屈そうにため息をついた。

「こんなときは、悪いニュースでもありがたいんですけどね」

「この業界では、悪いニュースはいいニュースだ……そもそもこれまで、月曜日に明るいニュースなんてあったか？　ないだろう？　自然災害の発生を期待するのは罪か？　小型ハリケーンは？　マサチューセッツみたいな州なら、せめて政界スキャンダルくらい起こってもよさそうなもんなんだが」デイモンはバートレットに顔を向けた。「そういえば、インタビューはどうした？　ミセス・ローウェルは、慈善オークションに関するインタビューを受けてくれると――」

「いえ、断られました」

「だろうな」デイモンは予想が当たったことに満足を覚えつつ、むっつりとうなずいた。「ヒースには悪いが、わたしは無理だろうと思っていたんだ。ローウェル家は、どんなかたちであれ世間の注目を浴びるのが大嫌いだ。うちの母が言っていたよ。レディが新聞に載るのは人生に三度でいい。生まれたとき、結婚したとき、そして天に召されたときだ。そうなると、今回のことは当然だと思えてくるだろう？」

バートレットは返答に困っている様子だ。「まあ、そうですね」

「ミスター・レドモンド！」社会部長だがまだ若いジョセフ・デイヴィスが、デスクにぶつかって危うく転びそうになりながらこちらにやってきた。「ミスター・レドモンド――」

「どうした？　なにをそんなに興奮している？　まさかニュースじゃないだろうな」

「ドアマンから、ミスター・レインにお客様だとの連絡が」

「あいにくミスター・レインは不在だ。その紳士が名刺を置いていってくれれば――」

「紳士ではありません」デイヴィスは息を切らした。「ミセス・レインです」

デイモンの漆黒の瞳が、好奇心で光る。彼はなにも言わず、バートレットとデイヴィスをその場に残し、大またで編集室の戸口へと向かった。

金めっきのボタンが並ぶ上着をまとい、いかめしく肩をいからせたドアマンが横にどくと、そこにはルーシーがいた。ふたりだけで話せるよう、ドアマンが廊下から編集室につづく扉を閉めてくれる。エメラルドグリーンのドレスに身をつつみ、ベルベットの小さな帽子を粋にかぶったルーシーは、いかにも事務的な飾り気のない壁を背にするとあたかも異国の小鳥のように見えた。彼女の顔を見た瞬間、デイモンはなにかよくないことが起こったのを悟った。彼を認めたルーシーはほほえんだが、顔には緊張の色が走っている。

「ミスター・レドモンド、お仕事中に邪魔をしてごめんなさい」

ほっそりとした手をとり、デイモンは甲に軽くキスをした。

「これ以上嬉しい邪魔はありませんよ。こちらにいらっしゃるのは初めてでしたね。ひょっとして、これからはご自分で原稿を持っていらっしゃることになさったとか？」

「いいえ、そうでは、というか、あの……」ルーシーが彼を見上げて笑う。「書き手がわたしなのは、知らなかったはずよ。ヒースから訊いたの？」

「まさか。でもすぐにわかりました。原稿を読みながら、あなたの声が聞こえるようでしたから。あなたは、言葉を操る素晴らしい才能をお持ちだ。ああ、これ以上の賛辞を浴びせる前に、まずはご用件をうかがいましょう」

「夫と話がしたいの」

「あいにく、外出中です」

「どこに行っているの？」

「あちこちですよ、仕事を片づけ、ニュースはないかと血まなこになって探し……」デイモンは言葉を失った。ルーシーはうつむいて、小さなハンドバッグを強く握りしめている。

「なにかあったのですか?」彼は優しく問いかけた。

顔を上げたルーシーが、ぎこちなくほほえむ。

「いいえ、なにもないと思うわ。なんでもないのに、勝手にうろたえているだけね。ただのつまらない……噂だとわかっているの。でも今日、クラブの会合で耳にしたことがあって、それで夫にたしかめなければと。いつ帰るかしら。ばかげているとは思うんだけど、やっぱりすぐに彼を捜さなくちゃ。わたしには重大事なの――」

「噂とは?」デイモンは忍耐強く、ルーシーの要領を得ない説明をさえぎった。彼女はためらい、開いた口をふいにまた閉じた。「ミセス・レイン……わざわざ社までお越しになったということは、すぐにも対処すべきことなんでしょう? ひょっとするとわたしが、この場で解決してさしあげられるかもしれない」

「ばかばかしいと笑うに決まって――」

「あなたの悩みに、ばかばかしいものなどあるわけがない。どうか話してみてください」

「あんまり驚いたものだから――誰かにその噂を聞かされた瞬間、なんと言えばいいかわからなくて――きっとばかみたいに見えたと思うわ。自分でもなんと言ったのかわからないけど、とにかくなにかつぶやいて、会合の途中だというのにその場をあとにしてしまって――」

「〝誰か〟に、なにを聞かされたんです？」

「ヒースの義妹のミセス・ラレイン・プライスのことは知っているでしょう？　先週、しばらくうちに滞在していた——」

「ええ」デイモンは淡々と応じた。「話は聞いています」

「二日前にイギリスに発ったの。だからもうボストンにはいないはずなの。でもクラブの会員のミセス・カミングスが教えてくれたわ。昨日、レインを町で見かけた人が——」

「それは変ですね。ミセス・プライスのことは町の誰も知らないはずです。彼女だとわかるわけがないのでは？」

「それが、先週のある日にレインとヒースの妹とわたしの三人で買い物に出かけて、そのとき知りあいに会ったから、ふたりを紹介したの。C・F・ハビー・カンパニーでは、よく見知った顔に会うでしょう？　だから、昨日レインを見たと言っている人は、あのときの誰かだと……やっぱりばかばかしいと思うでしょう？　レインがボストンにいるわけがないのに。わたしだって信じていないの。ヒースが嘘をつくはずがないし、でも、でも……」

「でも、やはり当人にたしかめようと思ってここにいらした？」

「ええ、そう」

デイモンの態度……妙に用心深く、礼儀正しい態度に、ルーシーは彼がなにかを隠しているのを感じとった。

「わたしがいまのあなただったら」デイモンが人好きのする笑みを、作り物めいた笑みをたたえて言う。「家に帰ってヒースの帰宅を待ちますね。今日は彼を早めに帰宅させましょう。そうすればすべて解決――」

「この時間に彼が外出することは珍しいのね？」ルーシーはさえぎった。

「日によりますが――」

「どうなの？」問いただすと、デイモンは黒い瞳で彼女をじっと見つめたのち、しぶしぶ答えた。

「今日は、片づけるべきことがあって出かけています」

恐ろしい疑念の炎が、あたかも擦りたてのマッチの炎のごとくルーシーの胸に広がっていく。

「夫はどこにいるの？」

13

「わかりません」デイモンのここまで不機嫌な表情を、ルーシーは初めて見た。

「デイモン」とあえてファーストネームで呼びかける。自分の声がいつになく低く、力強く、緊張に満ちていた。「あなたは以前、友情の手を差し伸べてくれた。だからわたしは、その手に頼ってもいいのだと思った。助けてくれとか、助言が欲しいとか言っているのではないの……ただ、邪魔をしないでほしいだけ。夫の居場所を知っているのでしょう？　教えてくれないのなら、なんとかして捜すだけよ。町のあらゆる通りを歩いてでも――」

「無理です。そんな危険なまねをあなたに――」

「自力で捜すから。でも友だちなら、隠すのはおかしいと思わない？」

「友情と引き換えなんて、卑怯でしょう」

「わたしは夫を奪われないために闘っているの。ルールなんてかまっていられない。あなたも結婚したら、人間がどこまで捨て鉢になれるかわかるかもしれない……でもあなたのために、そんな日が来ないことを祈るわ。さあ、ヒースはどこなの？」

「ミセス・レイン……わたしには言えない」

「そう」ルーシーは抑揚のない声で応じ、決意に瞳を光らせた。「では、わたしは行くわ。せめて、どこからあたるのが得策かくらい教えてくれない？　ロング・ワーフあたりかしら。それともマーケットプレイス？　あるいは――」

「なんてことだ。ルーシー、行ってはいけない。あなたにもしものことがあったら、わたしは一生自分を許せない――」

「もしものことがあっても、あなたを責めたりしないから安心して。ヒースもたぶんあなたを責めたりはしない。じゃあ、これから町じゅうを走りまわらなくちゃいけないから、もう行くわね。さようなら」

「待ってください」デイモンは感嘆と怒りを同時に覚えつつ、ルーシーを見つめた。まさか彼女が、ここまで巧みに自分を操ろうとするとは、不当に圧力をかけようとするとは、思ってもみなかった。彼女がひとりで町に出かけ、それでけがでもしようものなら、デイモンが責任を感じるのは当然だ。彼女はそれをわかって言っているのだ。彼はどんなときも紳士として振る舞うようしつけられてきた。いかなる場合も途方に暮れることがないよう、完璧な教育を受けてきた。だが、このような場合に紳士はいったいどう振る舞えばいい？

「ヒースは、パーカー・ハウスにいます」彼はついに認めた。顔には自己嫌悪の表情を浮かべて。「そこで昼食を」

ゆっくりとうなずいて、ルーシーが苦い笑みをもらす。

「でしょうね。あそこはいつでもアラカルトを用意してくれる。予測してしかるべきだったわ」

背を向けた彼女の手首を、デイモンは軽くつかんだ。

「待ってください、ルー――いえ、ミセス――」

「パーカー・ハウスに行くわ。止めようとしてもむだよ」

「行ってもなんにもならない」

「この目で、夫が彼女と会っているのかどうかたしかめたいの」

「彼が説明してくれるまで待ってください。彼を追いつめてはいけない」

「あなたにはもう関係がないでしょう？」

手首を放し、デイモンは漆黒の髪をかきあげながら、どうすればいいのかと必死に考えをめぐらした。

「待って、お願いだからここで待っていてください。あとのことはうちの社会部長に任せてきます。数秒で戻りますから、一緒に行きましょう。動かないで。この場を絶対に離れないでください」

デイモンは廊下の扉を開け、編集室のデスクのあいだを縫うように走り、あわただしくいくつかの指示を出したあと、すぐさま廊下に戻った。廊下には、定位置に立つドアマンしかいない。

「彼女はどこだ？」デイモンはやや取り乱した声で詰問した。

「わかりません。ミスター・レドモンドが編集室に入られたら、すぐにお帰りに」

恐ろしい悪罵を吐きながら、デイモンは通りに出た。ちょうど借り上げの馬車が戻ったところで、デイモンは不運な記者を小さな馬車から引きずり下ろすと、御者に「パーカー・ハウスだ」と命じた。御者はただちに馬車を出した。

ヒースは眉をつりあげて、冷たい青碧の瞳でレインを見つめた。彼女は恥辱も懇願も浮かばない目でヒースを見かえした。完璧な卵形の顔が、レストランの深紅の景色を背にして青白く光って見える。ふたりのテーブルのかたわらではウェイターが無言で立ち働き、純白のなめらかなクロスに一滴の染みもつけることなく、グラスに水をついでいく。ウェイターがいなくなると、ヒースは静かに語りだした。

「これがわたしだけなら、きみがボストンに住んだって別にかまわない。同じ通りに住んだって、なんとも思わない。気にしやしない。冷たい人間と言われるかもしれないが……ちっとも気にならない」

「あなたの心にわたしへの気持ちがこれっぽっちもないなんて、信じないわ」

「正直に言えば、傷のひとつやふたつは残っている。だが、それだけだ」

「怒りもかしら?」レインがたずね、じっと見つめてくる。「そんなのありえないわね」

「ずっと怒りを抱いていた。だがやがて、理解するようになった。なぜきみがあんなまねをしたのか──どうしてクレイと結婚し、戦後はわたしを拒絶し──」

「心の底ではあなたを求めていたわ！　ほんとうよ！」レインの声音に絶望の色がにじみだ

す。「ずっと、あの日に戻って人生をやりなおしたいと思ってたわ。自分の言ったことをすべて撤回できたらと――本気で言ったわけじゃないもの。あなたを傷つけるつもりなんてこれっぽっちもなかった。傷つけたいと思ったことだってないわ。だけど、考えるべきことがたくさんありすぎて、あなたの気持ちをおろそかにしてしまった。誰もが自分のことで精いっぱいだったわ――あなただってそうでしょう！」

「ああ、そうだ」ヒースは静かに同意した。

「だったら、わかってくれるわね――」

「きみのことは、大昔に理解したし、許した」

「それならなぜ、恋人同士に戻るのをためらうの？」レインが当惑気味にたずねる。

「第一に、わたしは結婚している」

「別れろとは言っていないわ。結婚指輪も欲しくない……あなたがいればそれでいいの。ボストンに残るわ。だから好きなときに会いに来てちょうだい。この腕はいつだってあなたを歓迎する――」

「きみの腕はいらない。怒りを捨てたとき、きみへの気持ちも捨てた」ヒースはいったん口を閉じた。ぶっきらぼうに、冷酷に接しなければいけない状況が憎かった。だがほかでもないレインが、彼にそれを強いたのだ。「きみのことを考えるのもやめた」

「信じないわ」

「きみがなにを信じようが関係ない。二四時間以内に、ボストンを出ていってくれるなら」

「でも、わたしがどこに住もうが気にならないというのなら——」

「妻が気にする。重要なのは、その一点だけだ。次の船に、あるいは次の列車にこの手できみを積みこまなければならないというのなら、喜んでそうしよう。住む場所なら地球上にいくらでもある——ただし、マサチューセッツにはない」

「自分の幸せはどうでもいいの？　ルシンダとでは、あなたはいずれ不幸になる。じきに自分を理解してくれるほかの誰かが必要になるはずよ。同じ土地で育ち、ともに昔を懐かしむことができる相手が。彼女とあなたに共通の過去はないでしょう。でもわたしとならばあるわ」

いまの問いかけに対する答えなら、いくらだって考えられる。レインにわからせるための言葉ならいくらでも考えつく——過ぎ去った日々などなんとも思っていない、ルーシーは自分を深く理解してくれている、彼女はいとも簡単に自分に幸福をくれる。ここでの暮らしがどんなに心地よいか、ボストン暮らしがくれる達成感がいかに大きなものか。けれどもレインに是が非でもわかってほしいことは、ただひとつ。それを伝える言葉を、ヒースはひとつしか知らない。

「彼女を愛しているんだ」

「以前はわたしを愛してくれたわ」

「きみに惹かれていた。大切に思ってもいた。だが愛ではなかった。真実の愛では」

「わたしにとっては、あれに勝る真実はなかったのに」

「それは残念だったね。いつかきみも誰かと出会えるよう祈っている。だが、きみとわたしのあいだでは、祈るべき未来などない。レイン……わたしはずっと、彼女を探しつづけてきた。ようやく手に入れた宝物を、誰が二番手のために手放すと思う?」

「に、二番手ですって? わたしが、彼女の?」

「そうだよ。わかってくれたかい?」

「ヒース……なぜなの、どうしてなの」レインの自信が揺らぎはじめ、激しい動揺に長いまつげが震える。「彼女のどこがいいの? いったいどんな罠にかけられたの? 彼女……」言葉が見つからないようだ。「彼女のほうが、わたしより美しいとでも? そう思っているの? 仕事の話ができるからあの女がいいの?」

心からの哀れみをこめ、ヒースはレインを見つめた。

「きみに見ることも、触れることも、感じることもできないなにかを、言葉で説明するのは不可能だろうね。それにきみは理解しようとしないだろう。大切なのは、彼女の言動でも、容姿でもない――むろん、そのいずれにも欠点ひとつ見あたらないが。人はときに、なにもせずとも愛を得られるものなんだよ。そういうものなんだ。ただ、愛するものなんだよ」

レインはテーブルクロスに視線を落とし、無言をとおしている。だがその沈黙をヒースは正しく読みとることができた。明日の朝には、レインはボストンを発つだろう。

デイモンの乗る貸し馬車は、ルーシーの馬車とほぼ同時にパーカー・ハウスに着いた。デイモンは縁石に飛び下り、次の瞬間には彼女の馬車の扉の前に立っていた。

「ルーシー、なかに入れてください。数分でいいから話がしたい。お願いです」

ルーシーがしぶしぶ同意し、迷惑顔の御者が扉を開く。デイモンはすかさず乗りこんだ。車内の薄闇と静寂につつまれながら、ルーシーのとなりに腰を下ろし、いくつかの選択肢をすばやく頭に浮かべる。彼女にどう話せばいい？

「店内に入ってはいけません」ようやくまずはそう言ったが、彼女の瞳に浮かぶ深い絶望に気づくと、それ以上の言葉は出てこなかった。

「入りたくないもの」と応じるルーシーの声がかすれている。「ヒースとレインが一緒にいるところを見るのが怖い。見てしまったら、きっと――」

「ふたりはなかにいます……嘘じゃない。だからわざわざなかに入って、騒ぎたてる必要はありません」

「デイモン……どうしてふたりが一緒にいるの？　なぜヒースは言ってくれなかったの？　わたしはどうすればいいの？」ルーシーはハンドバッグのなかをごそごとやり、こぼれる涙をぬぐおうとハンカチを探している。

彼女の涙をデイモンは見ていられなかった。上着のポケットからハンカチを取りだして渡し、しばらくのあいだ、くぐもった泣き声に耳を澄ませる。これほどの無力感に襲われるのは久しぶりだった。やがて彼は、慎重に両腕でルーシーを抱き寄せた。情熱のかけらも感じさせない、兄が妹にするような優しい抱擁だった。泣き声がやまないので、彼女の後頭部に手をあててそっと、守るように撫でた。ほんのつかの間、目を閉じて、兄を演じる痛みと心地よさとに身をゆだねる。

だが兄を演じるのは危険すぎたようだ。ルーシーが肩に顔をうずめて泣きだすなり、デイモンは彼女をなぐさめてあげようなどと思った自分を悔やんだ。けれども彼女の涙に見て見ぬふりをするくらいなら、いっそ心臓が止まったほうがまだしも楽だ。デイモンは考えた。ヒースとの友情はかけがえがない。おのれの道義心というものもある。ルーシーの幸福も大切だ。つまり、彼の前に道はひとつしかない。

「いいですか」デイモンは意図して軽い口調を作った。「いまのわたしたちの姿は、他人の目にはきっと、ヒースとレインよりもずっと罪深いものに映ると思いますよ」

ぎくりとしたルーシーが身を離し、目を丸くする。

「つまり」彼は淡々とつづけた。「目に見えるもので判断するのはよくないということです」

「なにが言いたいの?」

「目に見えるとおりのものなど、ひとつもありません。安易な結論に飛びつくのではなく、ご主人の行動について、ご主人の口から説明を聞かなくては。それくらいのチャンスを与えるには値する男ですよ。単なる誤解から苦しむ羽目になっては、彼もかわいそうだ」

「ひとつだけ、はっきりしていることがあるわ」ルーシーはハンカチの端で濡れた頬をぬぐった。「妻に嘘をついたのよ。一緒にいるあいだ中、彼女がボストンにいることを隠していた。夫は嘘つきなの」

「嘘ならわたしもつきますよ。なんて言ったら、あなたを失うかもしれませんが」

まさかデイモンから、そのような言葉を聞かされるとはルーシーは考えてもみなかった。

「それこそ嘘だわ。あなたは紳士だもの。嘘なんかつくわけがない……そうでしょう？」

デイモンはため息をついた。

「ルーシー、人に多くを期待するのは悪いことじゃありません。でもそうすると、相手はそれにこたえようとして、よほどの努力をしなければならなくなる。人間、誰しもまちがいは犯します。わたしに言わせれば、ヒースは多くの人間に比べればまちがいを犯さないほうですよ」

「つまり、嘘をついた彼を許せと言いたいの？」

「こう考えてはいかがです。彼は、あなたに知られる心配はないと確信していた。それなのに、レインがまだボストンにいる事実をあえてあなたに打ち明ける危険を、冒す必要がありますか？　知らないままでいれば、あなたは傷つくこともなかった」

「夫の不誠実を正当化するつもり？」

「いいえ、彼があなたに話さなかった理由を説明しているだけです。あなたを守り、あなたの耳に不要なことを入れることなく、今回の一件を自分ひとりで解決できる、彼はそう考えて――」

「そんなふうに守ってもらう必要などないわ」

「それならヒースにそう言ったらいい。彼はちゃんと聞いてくれますよ」

「どうしてそう言いきれるの？」ルーシーがふいにたずね、勢いよく洟をかむ。「妻の言い分に彼ほどまじめに耳を傾ける男は、見たことがありませんから」

「聞くふりをしているだけよ」

「それはちがう。まったくの誤解です。ルーシー……」デイモンは苦笑をもらした。「わたしが話したことがばれたら、ヒースに殺されるでしょうね。でもやはり、あなたは知っておいたほうがいい。隠しておくのは得策ではないようだ。いいですか、ヒースはもともと、マサチューセッツには数カ月しかいないつもりだったんです。予定より長くいることになったのは、すべてあなたのためなんです。コンコードに家を買ったのも、ついには『エグザミナー』まで買収したのも、なにもかもすべて。南部に戻るつもりだった彼が、ニューイングランドに根を下ろそうと決心したのは、あなたがいたからなんですよ」

「ど、どういうこと。そんなのありえないわ」

「聖書に誓って真実だと言えます。ニューイングランドを発つ前に、彼が会いに来たんです。二度とここには戻らない、ここでは探しているものは見つからない、彼はそう言った。それきり、彼に会うことはなかった。あの日の彼は、根を失ったような顔をしていた。退役軍人の多くがあのときの彼のように——放浪の旅に出たものです。なかには鉄道のレールを歩いてさすらい、貨物車から貨物車へと飛び乗って一生を終える者も——」

「でも、ヒースはそこまで落ちぶれることはなかった……」

「ええ。とはいえ彼の顔には、ある種の表情が浮かんでいましたよ……寄る辺のない、居場所のない人のような表情……どう説明すればいいかわかりませんが。あれは、実際に見てみないとわからないでしょう。でもその表情は、再会したときには消えていた。一カ月後に戻ってきたヒースから、コンコードに家を買ったと聞かされました。妻に迎えたい女性を見つけたと言うんです。それと、当時はひたすら低迷していた『エグザミナー』を、ふたりで買収するなんていう愚かな計画まで聞かされた」デイモンは優しく笑った。「わたしは金のことになると、相当うるさいんです。当時はなにかと忙しかったし、買収計画に関しては、慎重に様子を見ることにしました。ところがヒースときたら、けっきょくはわたしを計画に引きこみ、妻まで連れて現れるんですからね」

「ちょっと待って……結婚相手の女性を見つけ、だからコンコードに家を買ったと彼は言ったの？」

「五月の終わりでした。あなたの名前も聞かされましたよ」

「でも……でも、そのときわたしたちは、会ってもいなかったわ」ルーシーは仰天して言った。一月、凍った川から彼に救出された日のことを思い出してみる。ヒースがコンコードの家を買ったのは、あの前の年の春だったのだ。

「たしかに彼は、通りを横切るわたしを、父の店を手伝うわたしを見かけたとは言っていたけど……たったそれだけで結婚を――」

「要するに、なにを見たにせよ、大いに気に入ったんでしょう」デイモンはゆっくりと笑みを浮かべた。「なにもかもあなたのためだったということですよ。これまでやってきたことすべてが、あなたのためだった。このわたしが『エグザミナー』の編集長になったのだって、あなたのためです。あなたじゃなかったら、ヒースにどれほど説得されようが買収計画に乗ったりしなかった」からかうようにルーシーを見つめる。「少しは気持ちが晴れましたか？まだ？ではもうひとつ教えましょうか……目に見えるものがどうあれ、ヒースがあなた以外の誰かを選ぶわけがないんです。彼にとっては、この世のいかなる女性もあなたにはかなわない。生涯ひとりと決めたんでしょう」

「どうしてそこまで確信できるの？」

つづく言葉を、デイモンはごく慎重に選んでいるようだった。

「あなたに会ってから、ヒースは変わりました。以前の彼は、まるで別人だった」

「別人って、どんなふうに？」

「非常に……自堕落な暮らしぶりでした。四六時中、浴びるように酒を飲んで。それだけではありません……」言葉を切り、感情のうかがい知れない黒い瞳でルーシーを見つめる。「あたかも一箱のキング・ビーを吸いきるかのように、女性を次々に利用しては捨てていたんです」

ルーシーは頬を赤く染めた。「キング・ビー……」

「二〇本入りで一箱五セント。質より量を重視する男が吸うたばこです。立てつづけにね。変な話を聞かせてすみません。でも、これでわかったでしょう……そもそも、彼が別の女性を見つめるところなんて見たことがありますか？」

「わたしがそばにいるときはないけど、でも――」

「あなたがいないときでも、同じことだ。この命を懸けて言えますよ。彼はどこまでもあなたに誠実だ。わたしとふたりでいるときに美貌の女性が通りかかっても、彼はちらとも見ませんからね。あなたという人がいるからでしょう」

「そうやってわたしの怒りを静めようとしているのでしょうけど――」

「そんなつもりはありません。わたしが言いたいのは、彼がどれほどあなたを――いや、この先は当人に言わせてあげましょう。すでに話しすぎた。それで、これからどうしますか？　店に乗りこみますか、それとも家に帰りますか？」

「わからない」

「家に帰られるなら、ヒースが会社に戻ったときに話しておきましょう。レインが町に残っていることが、あなたの耳に入ったと。そこから先、どうするかは、あなた自身が決めるといい」

ルーシーはうなずき、視線を上げて彼と目を合わせた。デイモンの静かな瞳には友情が浮かんでいて、その裏になにかが隠されている気配すらない。

「デイモン……会社であなたに言ったこと、ごめんなさい。あなたとの友情を、鞭みたいに頭上で振るったりして――」

「けっきょく、それでうまくいったわけですから」デイモンは肩をすくめた。

「ともあれ、今日はひとつ目的を達成できたわけね……」

「目的とは？」

「ようやく、ファーストネームで呼びあえるようになった」

屈託のないルーシーの笑顔が、デイモンの胸を喜びと痛みで満たす。ルーシーのため、デイモンはこれから永久に、兄が妹に見せる愛情だけをもって彼女に接するつもりだ。ヒースだけを愛しているルーシーが、彼女へのデイモンの本心に気づくおそれはない。本心を打ち明けてしまいたい気持ちは、たしかに胸の奥底にある。だが彼は、ルーシーに一ミリも疑われていない事実に安堵もしている。

「そうでしょう、デイモン？」ルーシーが返事を促す。デイモンは自嘲気味に笑った。

「ええ、ルーシー」馬車の扉を開け、簡単な別れの言葉を残し、彼はひらりと歩道に下りた。

夜はもうだいぶふけた。けれどもヒースはまだ帰ってこない。ルーシーはふさぎこみ、ひとり静かに夕食を済ませると、入浴のために二階へ向かった。熱い湯に肩までしっかりと浸かり、半ば目を閉じて、あれこれと考えをめぐらせる。ヒースがどんな状態で帰ってこようと、帰りが何時になろうと、今夜はきちんと話をするつもりだ。話しあって、理解しあわなければならない。ルーシーはいまのあいまいな状況にこれ以上耐えられそうになかった。彼に無理強いをすることになっても、それはそれでしかたがない。いずれにせよ今夜、ルーシーは夫のほんとうの気持ちを、ヒースは妻のほんとうの気持ちを知ることになる。

髪を洗い、頭にタオルを巻いて、ルーシーは慎重に浴槽を出た。化粧着が見あたらないので、別のタオルを体に巻きつけた。寝室に向かえばそこは心地よくぬくもっており、彼女は暖炉の前に膝をついて髪を乾かした。顔にあたる炎の熱が気持ちよくて、ついつい炉格子のほうへと近寄ってしまう。濡れた髪をブラシで軽く梳かしては、ときおり手をやすめて、もつれた部分を指先でほぐしていく。

梳かし終えた束を肩に落とし、次の束へと手を伸ばしていると、錬鉄の炉格子に髪が引っかかっているのが見えた。思わず叫び声をあげ、炎から逃れようと格子ごと引っ張り、つづけて自分の髪を引っ張ってみる。強情な髪はきつくからまって、ほどけようとしない。文字どおり、床にひざまずいて囚われたかたちだ。さらに強く髪を引けば、頭皮から数本が抜け、悪態をつくほどの鋭い痛みが走った。あまりに腹が立ち、しまいにはなんだかおかしくなってきて、くすくす笑いだすしまつ。痛む頭皮をさすりつつ、ルーシーは首をかしげて助けを求めた。

「ベス！　ベス、いないの？　誰か……もう、信じられない。ベース！」

「ルシンダ？　いったいなにをしているんだ」

低い男性の声に腰をひねって振り向き、ルーシーはあきらめのため息をついた。ヒースだった。お互いの変化について、まじめに夫と話をするつもりだったのに。堂々と、おだやかに、寛大な心をもって話す自分を想像していたのに。現実の彼女ときたら、濡れたタオルの上に半裸でひざまずいている。

「髪を乾かしていたら、格子にからまってしまったの」と事情を説明しながら、あまりのばかばかしさに笑いだす。一方のヒースは、この状況をちっともおもしろがっていないようだ。表情のないこわばった顔で扉を閉めると、わずか三歩で妻に歩み寄った。すぐにその場にしゃがみこみ、妻の手を炉格子から放す。

「わたしがやろう」

「どうやってもほどけないの」ルーシーは伝えた。おかしくてまだ声が震えていた。「そんなにたくさんからまったわけじゃないし……はさみかなにか——」

「静かに」

精神を集中させ、ルーシーは笑いをのみこむとまじめな表情を作り、少しずつ髪をほどいていく夫を観察した。

「背中が痛くなってきたわ。もう一〇分近くこうしていたから。濡れた髪はいやに重たいし」

返事がないので彼女は口をつぐみ、なかなか進まない作業を見ていたが、いよいよ背中の痛みが耐えがたいものになってきた。

「ヒース、背中が痛くてもうだめ」

「わたしに寄りかかればいい」

「あなたまで濡れちゃうでしょう」

心にもない反論を無視して、ヒースはルーシーのかたわらに座りこみ、両の腕を妻の体にまわした。こうなれば、夫の胸板に背をあずけるしかない。ルーシーはゆっくりと、彼の肩に頭をもたせた。慎重に手を動かす夫の硬い顎が、ときおりこめかみをくすぐった。夫の体からは、ひげ剃り石けんのほのかな残り香と、高価なリネンの香り、インクの匂い、そして温かな男性の肌の香気がたちのぼってくる。複雑に交じりあう香りはヒースだけのもので、その香りにつつまれるだけで心が安らぐ。

「デイモンと話した」ヒースが言った。

ルーシーは瞳に警戒の色を浮かべたが、背中を胸板にあずけている体勢のため、夫の表情を見ることができない。

「全部聞いたの？」

「デイモンのことだ、全部ではないだろう。だがあれだけで十分だ」

「ヒース、いくつか訊きたいことが――」

「わかってる。だが先に、わたしからひとつ訊きたい」

「なんでも訊いて。お互いに、心を開いて正直に話したいから」

「同感だ。だがこれまでだって、一度も嘘はついていない」

「だけど、わたしに知らせるべきことを隠していたわ……嘘とは言えないけど、正直とも言えないと思わない？」

「正直に言えば」ヒースが静かに語りだす。「きみにどうしても話せなかった。レインがボストンを発っていないとわかれば、きみの心は壊れてしまうと思った。いつもなら、きみが物事にどういう反応を示すか、手にとるようにわかる。だがレインのこととなると、どうしてもわからない。だから彼女から伝言を受け取り、ふたりきりで話す機会をくれるまでボストンを発つつもりはないと告げられたとき、きみには言わずにひとりで解決するのがいいと判断した。きみの目にどんなふうに映ったか想像はつく。だからといって、まさか信じているわけではないはずだ、レインとわたしが……」

ヒースがふいに言葉を失い、ルーシーは彼がなにを言おうとしていたのかを悟った。

「ええ」と短く答えると、夫が安堵に全身の緊張を解くのが感じられた。「あなたがわたしを裏切ったなんて、信じていないわ。たとえ、妻以外の女性を愛していたとしてもね。あなたは道義を重んじる人だもの。だから裏切り行為は――」

「彼女を愛してなどいない」

「そう……だろうと思ったけど」

「愛したこともない」

「いずれにせよ、彼女がまだボストンにいるのを、隠すべきではなかったのよ」

「あのときは、そうするのが一番だと思ったんだ」

「なるほどね」ルーシーは用心深く応じた。「でも、いなくなったはずの彼女がまだボストンにいるとわかったとき、もうあなたを信頼できなくなるかもしれないと不安だった。お互いに誠実に接するのを恐れるようなら……この結婚はまがいものだと思わない？」

「そんなふうに言わないでくれ」ヒースが髪を手から落とし、両の手を胸の下に置く。その体勢で抱きしめられたせいで、危うくタオルから乳房がこぼれそうになった。「どうか信じてほしい。自分自身の幸せよりも、きみの幸せを願っているわたしなんだから」

ルーシーはヒースの手に自分の手を重ねた。優しく、粘り強く説きつづける夫の声を聞くうち、心臓の鼓動が激しさを増していく。

「わたしのことも、信じてほしいわ。誰よりも深く信じてほしい。今夜はあなたに、そう伝えたかったの。あなたさえよければ、この数週間のことはきっぱり忘れて、明日からやりなおしましょう」

「それだけで……いいのかい？　反論も異論も――」

「反論してほしいの？」

「多少の口論は覚悟していた」

「今回はいいの。議論するべき点もないわ。だってお互いに同じことを望んでいるんだもの」手のひらで夫の手の甲を撫でると、ルーシーは夫のそばにいられる喜びに全身がうずいた。

「そのようだね」と応じるヒースの口調は当惑気味だ。

「ひとつだけ教えて。レインはどうしてボストンを発たなかったの？　家を出る日の朝、彼女にはっきり伝えたのよ。あなたを譲るつもりなんかないって」

「過ぎ去った日々が懐かしくないのか、知りたかったらしい」

「なんと答えたの？」

「懐かしくなどないと」

「彼女がその言葉を信じてくれるといいわね」

「信じたはずだ。もう一点、はっきり言っておいたから」

「なんて?」

「わたしが愛しているのはきみだと」妻の体におののきが走るのを、ヒースは感じとった。やわらかな髪に頬を寄せる。「わたしの美しいルーシー……とっくにわかっているものと思っていたのに。だが、もっと早く言葉にして伝えるべきだったと反省しているよ。一年前、きみを初めてこの腕に抱いたときから愛していた」

口の端を伝う涙に気づいて、ルーシーは舌で舐めとった。

「さすがのあなたでも、わたしについて知らないことはあるのね」

「たとえば?」

「そういう言葉をいつも聞きたがるタイプだってこと」

「愛しているよ」ヒースは笑いのにじむ声でくりかえした。

「毎日、毎晩聞かせて。もう一度聞かせて。お願い」

ヒースはその言葉を幾度もくりかえした。ルーシーの耳の裏に、首筋に、体のあらゆるくぼみに唇を寄せてささやいた。身をかがめ、ぴったりと巻かれたタオルを剝ぎ取る。

「痛い!」ルーシーは叫んで、引っ張られた髪の根本を手で押さえた。すぐさまヒースが彼女の体の位置をずらし、悪態をつきながらも、髪を炉格子からほどく作業を再開する。満たされない情熱がくすぶっているのを感じつつ、夫のじれったげな様子を見て、ルーシーは忍び笑いをもらした。

「早くしてくれないと、はげができそう」

「笑う気分じゃないんだ」

しかめっ面を向けられると、ますますおかしくなった。

「ああ、おかしい……ずっとお互いに待ちつづけて……やっとなにもかもうまくいきそうと思ったら、やっぱり待つ羽目に……」

ヒースはくちづけで妻の言葉をのみこんだ。数週間ずっと夢に見てきたとおりのやり方でキスをすると、やがて笑い声は消え、あふれる切望感だけがふたりをつつんだ。ルーシーが小さなあえぎ声をもらし、唇をいっそう強く押しあてずにはいられない。ヒースは指先をせわしなく動かしてついに髪をほどき終え、喉の奥で満足げにうめいた。妻を両腕で抱いたまま、よろめきつつ立ち上がる。ベッドに行くあいだも彼はキスをやめず、いったいどういう奇跡なのか、それでつまずくことも、妻を落としてしまうこともなかった。

ベッドに背中が着くとすぐ、ルーシーはヒースをわが身に引き寄せた。ほっそりとした腕を広い肩にまわし、引き締まった体を弓なりにする。そうしていまいましいシャツのボタンを夢中で引っ張った。たくましい裸身が肌に触れる感じを、早く味わいたかった。ふたりはともに彼の服を引きちぎらんばかりの勢いで脱がせた。互いを隔てる幾層もの生地が邪魔でしかたがなかった。ルーシーのもどかしげな様子に気づいて、ヒースがふいにかすれた笑い声をあげ、両手で彼女の頭を枕に押さえつける。シャツを脱がせていた妻の手をさえぎり、彼は荒々しくキスをした。ふたりの舌が熱くなめらかにからみあい、唇がぴったりと重なりあい、体と体が心地よい抱擁に沈んでいく。

「これからは二度と、当然のことだなんて思わないわ」ルーシーはささやき、顔をそむけると、ふたたび服を脱がせる作業に取りかかった。「あなたのそばにいられる自分……あなたを愛せる自分を……」

彼の濡れたみだらな唇が、首筋へと下りていく。

「愛の営みと呼べる行為は経験したことがなかった……きみと出会うまでは一度も。でも初めてきみとキスしたときにわかった。きみとならば、きっとちがうはずだと」

「キスだけで……わかったの？」

「ああ、あのときのキスを思い出させてあげるよ」

気づけばいつの間にかヒースは残りの服も脱いでいた。ルーシーを抱き寄せ、愛の言葉で彼女の全身を赤く染め上げる。それからふいに、ふたりの動きはゆっくりと、気だるく、丹念なものへと変わっていった。ふたりのあいだにもう壁はない――それがわかっているいま、破れかぶれに愛しあう必要はない。ルーシーは身を震わせ、きらめく金髪を指にからめ、乳房の上をうごめく夫の頭を抱きしめた。彼の唇がやわらかな薔薇色のつぼみをとらえ、優しく引っ張る。なめらかな舌が、早くも高ぶった肌をなだめたかと思うと、えもいわれぬ心地よさでつぼみをたぐる。ルーシーの全身は甘やかな痛みで満たされる。気だるくてたまらないのに、軽やかに触れる彼の手の動きも、毛むくじゃらの脚が自分の脚にこすれる感じも、肌にかかるときれがちな熱い吐息も、すべてがまざまざと実感できる。

それがどんなに心地よいものか、ルーシーは言葉にして伝えたかった。でも言葉は、懸命に追う彼女の唇と舌からあともう少しというところで逃げていく。ルーシーはあきらめ、夫の背中を軽くひっかくように指先で撫でた。するとヒースは身を震わせ、息をのんだ。それから彼は輝くばかりの笑みをたたえ、乳房の下の、花の香りを放つ薄い肌へと唇を這わせ、舌で愛撫を与えた。彼の重みに耐えかねてルーシーは膝を割り、自ら体を開いた。彼を早くなかで感じたくて、全身がうずき、こわばる。

「まだだよ……もう少し待って」ヒースが優しくなだめ、両の手をルーシーの体の下にすべりこませる。そうして妻を抱いたまま、彼は仰向けにごろりと横たわった。気づけば彼女は夫の太ももにまたがっていて、しなやかな曲線を描く肢体が、筋肉に覆われたたくましい肉体の上にあった。きらめく青碧の瞳に誘惑を読みとり、勇敢にも自ら身をかがめ、唇と唇、鼻先と鼻先がちょうど重なりあうよう体の位置をずらした。栗色の髪がきらめく滝となって、ヒースの体を覆う。彼はルーシーの顔にかかる髪をかきあげた。髪をつかんだまま唇を重ね、くちづけながら手を離せば、髪は絹のカーテンとなって彼の顔を隠した。ルーシーは重なりあったまま身をよじった。そうやって脚のあいだにたくましく硬いものを感じていると、夫の手に臀部をつかまれ、動きを止められてしまった。

「じっとしていて」ヒースはかすれ声で言った。指先が優しく、まろやかな丸みを揉みしだきはじめる。「ずっと待たされたんだ。今夜はわたしが、いつ、どこで、どんなふうにするか決めるよ」

ルーシーはほほえんで、惜しみなく唇を彼に与えた。

「だったら、言ってくれるだけでいいわ」くちづけながら彼女はささやいた。瞳にはいたずらな光が躍っている。「照れないで」夫の口の端にキスをする。「どんなふうに？」もう一度、今度は引き締まった顎の線に唇を寄せる。「いつ？」最後は首筋にキスをする。「どこで？」

巧みな動きで妻を仰向けにし、ヒースは彼女の唇を味わうと、いきなり身を起こした。

「ヒース？」ルーシーは動揺し、夫の姿を探した。暖炉の明かりを背に浮かび上がる黒い影しか見えない。「なにをしているの――」

「しーっ。さっきの質問に、一度に答えてあげるから」

立てた膝に温かな手のひらが置かれたかと思うと、脚が大きく広げられた。手のひらが内ももをなぞり、たまらずルーシーは枕に頭をあずけた。指先がくれる燃えるような愛撫に、目がくらみそうだ。ヒースが脚のあいだに顔を下ろし、たじろぐ彼女の体を両手で押さえこむ。やがて唇が、彼女の最もやわらかな、最も大切な場所に触れた。ルーシーは反射的に脚を曲げ、無意識にわが身を守ろうとした。けれども足首に足首がからめられていて、身動きもできなかった。夫の舌が震える花びらを舐め、夫の手がゆっくりと円を描くように骨盤を撫でる。ふたたび枕に身をもたせたルーシーは、弱々しくかすれた声で彼の名を呼んだ。誰も知らない自分をヒースは知っている……ルーシーは、ルーシーが彼を信じ、すべてをゆだねて抱かれると、それだけで彼が深い喜びにつつまれるのが感じとれた。たちまちルーシーのなかで血液が奔流となり、とどろくような脈動が耳をふさぐ。彼女は恍惚につつまれ、身を震わせた。

ヒースがゆっくりと顔を上げ、濡れそぼった巻き毛に鼻をすり寄せる。たったいまふたりで喜びを分かちあったばかりなのに、その様子を目にするとルーシーは顔を赤らめた。狼狽する妻を見つけて彼の瞳がきらめく。ヒースはふたたび身をかがめると首筋にキスをした。たとえようもなく親密な愛撫に、わが身のどこにももう彼が知らない場所などないのだと思えてくる。ここまで自分を知ろうとしてくれる人がこの世にいるとは、ルーシーは夢にも考えたことがない。初めて会ったあの日、彼が自分の気持ちも、思いも、体もなにもかも手に入れてしまうときが来るとは、想像だにしなかった。それでもやはり、自分は気づいていたような気もする。愛がいつ始まるかなんて、誰にもわからない。一目見たときから、初めてキスしたときから、約束したときから——いつだってかまわない。瞳に心からの愛情を宿してルーシーはヒースを見つめ、口の端にかすかな笑みをたたえた。

「愛しているわ、ヒース。あなたを愛してる」

ヒースが彼女を組み敷き、傷跡の残るなめらかな褐色の肌の上で、暖炉の明かりが揺れながら躍る。たくましい腱に覆われた夫は神々しく、そんな彼を手に入れたわが身の幸福にルーシーは酔いしれた。ヒースがゆっくりと彼女を満たしていく。内奥が心地よく締まるのを感じたのだろう、彼が不規則なうめき声をもらす。ルーシーはいっそう深く彼を受け入れようと腰を突き上げた。結ばれたまま、永遠のときがふたりのものとなる。ゆったりと重たい彼の動きに、ルーシーは完璧なリズムと、優しくもたくましい愛でこたえた。ヒースの全身がこわばり、最後に深々と彼のものが突き立てられ、焼き焦がすような熱がルーシーの体のなかに広がっていく。ふたりはきつく抱きあったまま、いかなる距離も互いのあいだに置きたくないと願った。ヒースがほほえんで、いかにも満たされた様子で気だるげにとなりに横たわる。それから彼は妻をわが身の上に引き寄せた。ルーシーは夫の髪に指を挿し入れ、汗ばんだこめかみに、頰に、唇にキスをした。ルーシーはなにものにも邪魔されることなく、キスの雨を降らせつづけた。

丸くなって夫に寄り添っているうち、キルトの下でふたりのぬくもりが交わっていった。

「一緒に過ごさなかった夜が、ますますもったいなく思えてきたわ」ルーシーはぼんやりと、夫のみぞおちを手で撫でている。

「わたしはそうは思わないな。お互いに、その間に学ぶべきことや、やるべきことがあったんだし」

「わたしが恋しくなかったの？」ルーシーはむっとした声をつくろった。

「落ち着きなさい」ヒースがくすくす笑い、彼女をいっそう強く抱き寄せる。「もちろん恋しかったさ。毎晩、天井をにらんだり、部屋を行ったり来たりして過ごしたよ。でもひとりの時間も必要だったと思う。おかげで、おのれの自尊心ごときのためにきみとの距離を置く自分は、とんでもない頑固な愚か者だと気づくことができた」

「自尊心のため？」

「寝こんでいた数週間……きみに頼りきっている自分にぞっとしてね……自尊心が、そういう自分を許さなかったわけさ」彼はばつが悪そうにつづけた。「わたしの育った環境では、男がすべてを取り仕切り、常に主導権を握るのがあたりまえだった。それがいきなり、きみをはじめとする周りの人間になにもかも頼らざるを得ない状況に置かれた。きみに八つ当りめいたまねをするべきじゃなかったのに、ふたりのあいだに距離を置くべきだと思いこんでしまった。なんというか……主導権を握りかえすまで」

「わたしもあなたにうるさく言いすぎたわ。ただ、あなたになにかあったらと思うと怖くて。あんなに不安になったのは生まれて初めて――」

「うるさくなんかなかったよ。きみはあのとき、やるべきことをきちんとやってくれた。きみがどんなに苦労したか、どんなに尽くしてくれたか、ちゃんとわかっているんだ。きみがどんな素晴らしい女性に成長したか、わからないほどわたしもばかじゃないんでね。まあ、それでもやっぱり、男の自尊心はすぐに傷つくものだから」

「肝に銘じておくわ」ルーシーは重々しく言い、夫がくすぐるまねをすると悲鳴をあげた。

「まったく。せっかく人がまじめに話しているのに、きみはすぐふざける」

「ねえ、ヒース……」ルーシーは夫に覆いかぶさり、胸板に頭をあずけた。「最初からこんなふうだったらよかったわね。いま思うと、ふたりでいがみあってばかりいたのが、信じられないくらいよ。わたしなんて……あなたとの親密なひとときを心底怖がって――」

「当時はお互いをよく知らなかったからね。わたしも、きみにもっと忍耐強く接するべきだった。なにしろこっちは、ダニエルからきみを奪いとり――」

「感謝しているわ」

「へえ、でもあのときは、そうは思わなかったんだろう?」

「当然よ、うぬぼれないで」まるで愛の言葉のようにそうささやき、ルーシーは夫の鎖骨にキスの鎖をかけていった。

「とはいえ、ダニエルからきみを奪った自分のやり方には少々罪悪感を覚えつづけることになりそうだ。もっと別のやり方にすればよかったよ。エマソン家で火事が起きたあの朝……きみの体面を汚せるような状況に持っていくことさえできれば、きっと誰かに目撃されるだろうと踏んでいたんだ。目撃者が、ダニエルとサリーだったのは不運だった」

「罪悪感なんて覚えなくていいわ」

「だが、わたしを心配して様子を見に来てくれたきみに……あの場で誘惑したのも、話の流れではなくて、最初から計画していたことで……しかもきみは、自分がなにをしているのかわかっていなくて――」

「自分がなにをしているのかくらい、わかっていたわ」ルーシーがおだやかにさえぎると、驚いたヒースが黙りこんだ。「誰かに、あなたの様子をひとりで見に行ってこいと言われたわけでもないんだもの。あの場で起こったことにしても……わたしは抗わなかった。むしろあなたを求めていたわ。だからあのとき起こらなくても、いずれ起こったことだと思うの」

「だったらいっそ、最初に出会ったあの三日間にきみの体面を汚しておけばよかったな。きみがちょっとでもそういうそぶりを見せてくれたら、きっとそうしていたんだが」

「破廉恥な人。あのときは、ドロワーズ姿でいるときに、あなたがどこからともなく現れてぎょっとさせられるんじゃないかと、ひやひやものだったのよ」

「ああ、あれ以来きみを見かけるたびに、ドロワーズとわたしのシャツを着たきみを思い出す羽目になった」

「やっぱりね」ルーシーは薄闇のなかでほほえんだ。「あなたに見つめられるたび、なんだか顔が赤くなるんだもの、そうだと思った。でもわたしも、一緒に過ごした三日間を思い出さずにはいられなかった。あれきりお別れしていたとしても、きっとあの三日間を忘れることなんてできなかったはずだわ。そうして、あなたと一緒ならいまごろどんな人生を送っていたかしらと、思いをめぐらせるの。ねえ、あなたもそう？」

「ああ、生涯きみを忘れられずにいただろうね」

両の腕をヒースの首にまわし、ルーシーは唇を寄せてささやいた。

「なんだか不思議ね、運命がふたりを結びつけてくれたなんて」

「運命にばかり感謝するのはおよし、ハニー。わたしは最初からきみと決めていた。この世にはね、これと決めたものがあったら、それを手に入れるすべを必ず探しだす男もいるんだよ――たとえ運命が、手を貸してくれなくてもね」

ルーシーは夫の言うことを信じた。ヒース・レインこそ、まさにそういう男だった。

訳者あとがき

クレイパスの初期作品のひとつである『ふるえる愛の灯火に（原題 Love, Come to Me）』をお届けします。

舞台はマサチューセッツ州コンコードおよびボストン。一八六一年から六五年まで続いた南北戦争からはまだ三年しか経っておらず、北部の町コンコードでは依然として、南部人への憎しみが色濃く残っています。

クレイパスの過去作品で米国が舞台となったものは数点ありますが、なかでも印象的なのが、南部を舞台とした連作ものの『偽れない愛』と『ただ一人のあなたへ』でした。じっとりと暑い南部ならではの風景描写は、英国を舞台としたヒストリカル作品で知られるクレイパスを読み慣れた読者には、非常に新鮮に映ったのではないでしょうか。

対する本作は、南北戦争を背景に、暑く湿った南部ではなく、冷たく乾いた北部を舞台としています。北部を舞台にした過去作品もすでにありますが（『愛の贈り物』所収「聖なる夜に誓いを」）、短編ということもあり、北部らしい描写はさほど見られませんでした。

そして本作ですが、北部の寒さが肌に浸み入るかのような場面から始まり、ストーリー半ばでもたびたび極寒の描写が登場するので、春に読むのはかえってちょうどいいかもしれません。

主人公は、婚約者との三年越しの結婚を夢見るルーシー・コールドウェルと、終戦後に南部から北部に移住した青年ヒース・レイン。凍った川に落ち、溺れ死にしかけたルーシーを救ってくれたのが、ヒースでした。以来、ルーシーは町でもヒースをしばしば見かけるようになり、いけないことと知りつつ徐々に彼に惹かれていきます。とはいえ彼女は婚約者のいる身。しかもヒースは、三年前まで敵だったこともあり、町ではあまり評判のいい人物ではありません。

ろくに働いている様子もないのに、いかにも羽振りのよさそうなヒースは、じつはふたつの目的を果たすため、忌み嫌われていると知りながらも北部の町に住みつづけているのでした。ルーシーを川から救うことになったのはあくまで偶然でしたが、彼女に近づくことこそが、目的のひとつへとつながっており……それがいったいなんであるかは、ぜひとも本文でお楽しみください。

なお本作は史実をベースとしているため、実在の人物なども数多く登場しています。これについては、クレイパス自身が原著のあとがきに簡単に記しているので、ここでご紹介したいと思います。

実在の登場人物のなかでもとりわけ有名なのが、思想家のラルフ・ウォルドー・エマソン。日本でも著書が邦訳されロングセラーとなっていますね。本作では、彼を襲う悲劇がヒース